Axel Kuhn wurde 1943 in Gelsenkirchen geboren. Seine Schulzeit verbrachte er zuletzt in Bremen. Er studierte Geschichte und Germanistik in Münster, Hamburg und Kiel. Von 1968 bis 2008 war er (wie seine Hauptperson Andreas Franck) an der Universität Stuttgart tätig, schließlich als Professor für neuere Geschichte.

In zahlreichen wissenschaftlichen Veröffentlichungen beschäftigte er sich mit deutschen demokratischen Traditionen seit dem Ende des 18. Jahrhunderts.

„Francks Debüt" ist sein zweiter Kriminalroman.
Kuhn lebt mit seiner Frau in Leonberg.

Axel Kuhn

Francks Debüt

Ein Stuttgart-Krimi

SWB

Umwelthinweis:
Dieses Buch wurde auf chlor- und
säurefreiem Papier gedruckt

3. Auflage 2012

Lektorat: Hilke Bemm M.A., Affing

Titelfoto: Julia Karl

Umschlag und Satz: Julia Karl / www.juka-satzschmie.de

Druck und Verarbeitung: E. Kurz + Co., Druck und
Medientechnik GmbH, Stuttgart www.e-kurz.de
Printed in Germany
ISBN: 978-3-938719-73-2

www.swb-verlag.de

Jetzt kann nur noch die Fantasie
die Sterbenden vom Eis befrein.

(Konstantin Wecker 1978)

But it was only fantasy,
the wall was too high, as you can see.

(Pink Floyd 1979)

Prolog

Juli 1979

Im Auto hielt sich noch immer die Treibhausluft eines heißen Tages. Schon am Vormittag war es gnadenlos dämpfig gewesen und so gewittrig schwül, dass die Fliegen sich voller Aggressivität auf jedes menschliche Gesicht gestürzt hatten, das ihnen in die Quere gekommen war.

Er kurbelte die Scheibe herunter und nahm erleichtert eine Prise der kühleren Nachtluft mit auf die Fahrt. Erst als die Kassette zu spielen begann, fuhr er los. In dem nassen Asphalt spiegelte sich das Licht der Straßenlaternen, aber es hatte aufgehört zu regnen. Die Sturzbäche an den Bordsteinkanten waren zu stillen Gewässern zusammengelaufen, und in die feucht glitzernde Fahrbahn pressten die Autos trockene Wegspuren.

Vielleicht sollte ich doch einmal die Reifen wechseln lassen, dachte er. So abgefahren, wie die sind. Wenn es noch so schütten würde, wie vor zwei Stunden, dann sähe ich jetzt alt aus.

Er hielt an der Kreuzung, sah zwei Scheinwerfer von rechts. Reichlich Zeit, um in die Landstraße einzubiegen.

Ob sie noch wach ist, wenn ich ankomme?

Er fuhr unwillkürlich langsamer.

Sie wird fragen, wie es gewesen ist. Wenn sie doch schweigen würde. Dieser Wunsch, am Berufsleben des Ehemannes teilzunehmen, ist auch nichts anderes als Ausfragerei.

Er spürte wieder den Druck im Magen.

Wahrscheinlich sitzt sie im Bett und heult.

„Du kommst immer später nach Hause. Deine Kinder kriegen dich gar nicht mehr zu Gesicht."

Neben dem Bett steht eine Flasche Rotwein, und ihr Lieblingsglas ist noch halb voll.

„Ich habe auf dich gewartet."

Nie trinkt sie ihr Glas aus, wenn sie schlafen geht. Schade um den guten Wein.

Er sah sich wie im Film die Rolle des heimkehrenden Ehemanns spielen; in einem Stück mit verschiedenen Ausgängen.

Variante eins: Das Auto in die Garage. Bange Frage: Ist noch Licht an? Nein, alles dunkel. Schlüssel in die Haustür, Licht anknipsen im Flur. Schnell und leise die Treppe hinauf. Die Tür zum Schlafzimmer steht immer offen. Licht an im Arbeitszimmer, Licht aus im Flur. Erstes Aufatmen. Die Post auf dem Schreibtisch; wieder nur Rechnungen. Die Aktentasche abstellen. Es ist alles gut gegangen. Sie schläft, Frist bis zum Frühstück. Der Weg zurück durch den Flur ins Bad. Im Kinderzimmer ist alles ruhig. Da knarrt das Bett; aber Gott sei Dank, sie dreht sich im Schlaf nur auf die andere Seite.

Doch dann der Schock: „Du brauchst gar nicht so leise zu sein, ich bin wach."

Die Straße glich hier einer Achterbahn. Das einzig Gute an diesem Schlitten war, dass man Kassetten hören konnte. Er stellte das Radio lauter und wartete auf die Stones. Er hatte das Auto nicht gewollt. Aber sie musste jedes Jahr ein neues haben. Eins größer als das andere. Scheißfarbe – Metallicgrün.

Variante zwei: Sie schläft schon. Leise ins Bad und unter die Dusche. Den Pyjama anziehen und schnell noch ein bisschen an den Schreibtisch. Den Inhalt des roten Schnellhefters sichten. Vielleicht ließ sich die Winterbergtrasse doch noch durchsetzen. Er hatte viel Arbeit in das Projekt investiert.

Wie spät mag es sein?, dachte er. Das Gespräch hatte länger gedauert als erwartet.

Die Gitarre setzte mit ein paar hellen Akkorden ein; die Melodie brach ab und begann von Neuem. Er konzentrierte sich, um den Einsatz nicht zu verpassen.

„Well, I followed her to the statiooon, with a suitcase in my hand. Yeah, I followed her to the station, with a suitcase in my häänd."

Ein paar Akkorde, als würde die Reise nach Hawaii gehen.

Er zog *station* so in die Länge, als wolle er nicht rechtzeitig ankommen.

„Oh, it's hard to tell, it's hard to tell, with all your loves in vain."

Mit dem Zug setzte das Schlagzeug ein, hart und erbarmungslos, wie das Leben selbst. Es gab keine gemeinsame Zukunft mehr. Sie fuhr für immer davon.

„When the train came to the station, I looked her in her eyes."

Er schlug den Rhythmus mit der rechten Hand aufs Lenkrad.

„Well, the train came to the station, and I looked her in her eyes."

Ein entgegenkommendes Fahrzeug blinkte ihn an. Hastig nahm er das Fernlicht zurück und fuhr etwas weiter rechts. Der Wagen geriet auf der nassen Fahrbahn leicht ins Schlingern. Er rieb sich die Augen.

Warum nehme ich nicht einfach den Koffer und gehe? Wer fährt eigentlich weg in diesem Song? Er ist es doch, der davonfährt, nicht sie. Ich würde doch nicht mit dem Koffer hinter ihr her dackeln, wenn sie für immer ginge.

Er sah die Bundesstraße vor sich liegen und gab Gas, um sich in den fließenden Verkehr einzuschlängeln. Die Kreuzung war gut überschaubar.

„When the train left the station, there where two lights on behind."

Er blickte aus dem offenen Seitenfenster und taxierte die Geschwindigkeit der Fahrzeuge. Nach dem Lkw würde es gehen, und dann gleich überholen. Mit sparsamen Bewegungen schlug er das Lenkrad nach rechts, ließ es zurückschnellen und drehte es leicht nach links weiter.

Als er an dem Laster vorbeisehen konnte, sprangen ihm zwei Lichter in die Augen. Es dauerte eine lange Sekunde, bis er begriff. Dann trat er die Bremse voll durch.

Aber der Wagen reagierte nicht.

Was ist denn mit der Karre los?, dachte er. Das schaffe ich doch nicht mehr!

Er riss das Steuer ganz nach links. Der Wagen sauste ungebremst über die Böschung und überschlug sich. Der Aufprall war unerwartet sacht.

„The blue light was my baby, and the red light was my mind."

Ein rotes Licht verlosch, doch immer weiter drehte und drehte sich das Karussell in seinem Kopf. Die harten Schläge, wieder und wieder.

Sein Zug war abgefahren.

Für einen Augenblick wurde es still. Dann begann jemand laut und ausdauernd zu klopfen. Er hörte noch die Hupe und die schrillen Töne. Spielte da jemand Geige?

Honky tonk women, dachte er, und dann nichts mehr.

Juli 1980
1

Dr. Andreas Franck saß an seinem Schreibtisch im achten Stock des Kollegiengebäudes II und freute sich auf ein paar ruhige Tage. Das Sommersemester neigte sich dem Ende zu; Frau und Kind hatte er schon zu den Schwiegereltern in den Urlaub geschickt. Zum ersten Mal waren sie allein gefahren, eigentlich ohne groß zu murren.

Seit zwölf Jahren unterrichtete Franck nun an der Universität Stuttgart das Fach Neuere Geschichte. Wie die Zeit verging! Er liebte seinen Beruf, obwohl die Arbeit in letzter Zeit durch die Stellenstreichungen bei den Geisteswissenschaften erheblich zugenommen hatte. Aber seine Vorlesungen hielt er nach wie vor gern. Er fühlte sich geschmeichelt, weil der Hörsaal immer voller wurde, und genoss es, dass seine Kollegen darüber vor Neid erblassten. Erst wenn es an die Prüfungen ging, bekam er die negative Seite der Popularität zu spüren.

Heute hatte er als Erster das Institut betreten, noch vor der Sekretärin und dem Chef, was relativ selten vorkam. Aber der Zug war schon um acht Uhr abgefahren, und den Weg vom Hauptbahnhof zum K II, dem Uni-Hochhaus, konnte man locker in zehn Minuten schaffen. So blieb Franck noch Zeit für einen Blick in die *Nachrichten*, bevor seine Sprechstunde begann. Auf der Suche nach dem Sportteil blätterte er bedächtig eine Seite nach der anderen um, bis er bei einer Schlagzeile hängen blieb: „Motiv weiterhin ein großes Rätsel".

Dieser Satz kam ihm irgendwie vertraut vor. Vertraut vielleicht deshalb, weil sich Franck in seinem Beruf ebenfalls mit den Motiven von Menschen beschäftigen musste, die in der Vergangenheit etwas angestellt hatten; und nur zu oft blieben ihm diese Motive rätselhaft.

In dem Zeitungsartikel wurde von einem Polizeikommissar namens Karl Dellwig berichtet, der eine Versicherungsgesellschaft betrogen hatte und nun vor Gericht stand. Ihm wurde vorgeworfen, bei der Untersuchung eines Verkehrsunfalls wichtige Tatsachen unterschlagen zu haben. Das schien kein aufregender Fall zu sein, wenn man davon absah, dass diejenige Person, die gewöhnlich Verbrechen aufzuklären hatte, dieses Mal auf der Anklagebank saß. Franck wollte sich schon der nächsten Seite zuwenden, da sprang ihm ein Wort ins Auge. Darmstadt.

Der Prozess wurde in Darmstadt geführt.

Franck strich sich durchs Haar. Er war noch nie in Darmstadt gewesen. Aber in Darmstadt arbeitete Petra Giseke, und zwar als Gerichtsreporterin. Franck hatte sie im vorigen Jahr beim Sommerfest zum ersten Mal getroffen. Ihr spektakulärer Auftritt war noch immer ein Thema im Institut. Hinter vorgehaltener Hand sprachen die Kollegen gern und immer ein wenig schadenfroh darüber, wie Petra die Begleiterin des Chefs abgekanzelt hatte, als diese nach Hause gehen wollte. Auch Franck erinnerte sich noch gut an ihren Auftritt.

Der Chef kam den ganzen Abend nicht aus seinem Sessel hoch, musste sich alle Speisen und Getränke reichen lassen und war umlagert wie eine mittelalterliche Festung. Als Petra Giseke schließlich zu ihm vorgedrungen war, hatte seine Begleiterin gehen wollen. Und Petra, die so lange auf ihre Chance gewartet hatte, sagte laut und ruhig: „Wenn ich so emanzipiert wäre wie Sie, würde ich alleine gehen."

Abrupt sprang die Begleiterin auf und verließ die Wohnung durch die offene Balkontür. Etwa eine halbe Stunde lang irrte sie in der Gegend herum, bis ein Suchtrupp von Festteilnehmern sie irgendwo in den Wiesen auflas. Das Fest war natürlich gelaufen, aber Franck war schwer beeindruckt von dieser Journalistin gewesen. Wahrscheinlich, weil er sich selbst so etwas nie getraut hätte.

Ich könnte sie anrufen und mit ihr über den Fall Dellwig reden. Die Gelegenheit nutzen, um den Kontakt wieder aufzunehmen.

Franck holte eine Schere aus der Schublade und schnitt den Artikel sorgfältig aus. Dann schrieb er mit seinem Kugelschreiber das Datum an den Rand: 16. Juli 1980. Genau so, wie er es als Wissenschaftler gelernt hatte.

Ich rufe sie morgen an, dachte Franck. Heute nachmittag muss ich Kathrin besuchen und mit ihr die Gutachten schreiben.

Geschäftig pflückte Kathrin eine Brombeere nach der anderen. Mit einem Fuß stemmte sie sich gegen den Hang und beugte Knie und Oberkörper vor, um ihre Hand noch tiefer in das dornige Gestrüpp stecken zu können.

„Ich habe heute morgen von einem interessanten Fall gelesen“, sagte Franck, während er ihr zusah. „Ein Mann stirbt sechs Tage nach einem Autounfall im Krankenhaus. Er lässt eine Frau, zwei Kinder und ein neues Haus zurück. Schulden hat er auch. Der Polizeibeamte, der den Unfall aufnimmt, wird von seinem Chef angewiesen, aus der Untersuchungsakte jeden Hinweis darauf zu tilgen, dass Alkohol mit im Spiel war.“

Kathrin gelangte mit einem kräftigen Rückwärtsschwung wieder in Grundstellung und betrachtete leicht abwesend ihre rot gefärbten Finger. In der Linken hielt sie eine Plastiktüte mit den gesammelten Beeren.

Gleich reibt sie sich die Hand an der Hose ab, dachte Franck, warnte sie aber nicht. Stattdessen fuhr er fort: „Der Mann fährt mit seinem Auto über die Böschung, oder was weiß ich. Auf jeden Fall hat er kräftig getankt, und die Versicherung zahlt nicht, wenn sie das erfährt. Die Familie des Toten kriegt nur die Versicherungssumme, wenn nicht herauskommt, dass er getrunken hat. Sie braucht das Geld aber, weil jetzt der Ernährer fehlt und das Haus bezahlt werden muss. Da ruft der Schwiegervater den Polizeichef an, schildert die Lage – alleinstehende Frau mit kleinen Kindern und so weiter – und der unterschlägt aus reiner Nächstenliebe alle Hinweise auf den Weinkonsum.“

Jetzt endlich waren seine Worte bei ihr angekommen. „Da steckt mehr drin“, sagte sie und zog ihre Stirn in Falten. „Der Polizist wird dazu gezwungen.“

„Siehst du, was das für eine gute Geschichte ist. Geht glatt als Anfang für einen Krimi durch. Streng deine Fantasie an, Kathrin!“

Sie blickte immer noch etwas ungläubig auf ihn herab. „Es muss zwischen dem Schwiegervater und dem Polizisten eine Beziehung geben. Komm, lass uns zurückgehen, Andreas, sonst kriegen wir noch den Regen ab.“

Drückend und schwül lag die Luft über dem Forst. Als sie vor einer Stunde losgefahren waren, klebten schon ein paar Tropfen an der Windschutzscheibe. Obwohl der Weg eben war, stand ihnen bereits nach wenigen schnellen Schritten der Schweiß auf der Stirn. Die Tannen und Buchen schienen Dampf abzusondern.

„Vielleicht hat er es wegen des Geldes getan", gab sie zu bedenken.

„Der Polizist ist doch Beamter. Der hat gewiss eine Lebensstellung. Was soll er mit einem Teil der Versicherungssumme? Dafür setzt man doch nicht seine Pension aufs Spiel."

Sie blieb stehen und strahlte ihn an. „Willst du wirklich, dass wir einen Krimi schreiben?"

„Warum nicht? Wir können es doch versuchen. Und das ist echt gut. Derjenige, der die Ermittlungen führt, ist in Wirklichkeit der Schuldige. Er gibt den Versicherungsbetrug zu, um eine größere Sache zu verheimlichen."

„Du meinst, wir sollen einfach diesen Fall aufgreifen und ihn zu unserer Geschichte machen? Das geht nicht. Was wissen wir schon über den Polizeidienst. Die Handlung müsste in unserem Erfahrungsbereich spielen. Im Universitätsmilieu." Sie dachte nach. „Was kann man denn da anstellen?"

„Prüfungsthemen verraten", antwortete er wie aus der Pistole geschossen.

„Das ist zu wenig, das bringt nichts."

„Vielleicht hat er eine Freundin, die er vor seiner Frau verheimlicht", schlug Andreas vor.

„Wer?" Sie blickte ihn an.

„Na, der Polizeichef, wer sonst!"

„Und deshalb soll er gleich einen Versicherungsbetrug begehen? Ich denke, wir wollen einen Krimi schreiben und keinen Liebesroman."

Der Regen setzte mit einer solchen Wucht ein, dass sie unter einen Baum flüchteten. Misstrauisch beobachtete Kathrin den Himmel. Bald fielen die Tropfen noch stärker durch die Zweige. Kathrin lief als Erste. Nach hundert Metern waren sie beide klitschnass. Die Kleidung klebte ihnen am Leib, und die Haare hingen Kathrin wie Korkenzieher in die Stirn. Schweigend schloss er die Wagentür auf. Während sie sich setzte, sammelte er rasch die Blätter vom Autodach.

Das sind Beweisstücke, die verschwinden müssen, dachte er. In den Städten gibt es keine Bäume mehr.

Da ihm der Weg zu ihrer Wohnung immer noch nicht geläufig war, musste sie ihm an jeder Kreuzung sagen, wie es weiterging. Früher hatte sie darüber gewitzelt.

„Manchmal wundere ich mich, wie das gut gehen kann mit deinen ewigen Ausreden“, sagte sie.

Er nickte. „Und ich ertappe mich bei dem Gedanken, dass ich auf der Rückfahrt von dir einen Unfall habe. Das ist doch eine völlig andere Strecke, als der Weg von der Uni aus. Wie sollte ich das denn vertuschen?“

Das Haus, in dem Kathrin wohnte, stand geduckt am Ende einer Sackgasse, als wolle es unter den anderen Mehrfamilienhäusern in dem Neubauviertel um keinen Preis auffallen. Schon auf dem Parkplatz trafen sie eine Mitbewohnerin; Kathrin wechselte ein paar Worte mit ihr. An der Haustür stießen sie auf den nächsten Hausbewohner, eine ältere Frau, die sich am Briefkasten zu schaffen machte. Bevor sie das oberste Stockwerk erreicht hatten, mussten sie eine weitere offene Tür passieren. Ein Mann lehnte am Türpfosten, es war etwas mit der Wasserleitung, und während er Kathrin alles erklärte, blickte er Andreas neugierig an. Andreas stieg die Treppe weiter hoch. Ihm fiel die Frau aus dem Nachbarhaus ein, die immer dann am Fenster stand, wenn er wieder abfuhr. Er wartete, bis Kathrin nachkam und aufschloss. Einen Schlüssel zu ihrer Wohnung besaß er nicht.

Die Tür zum Wohnraum stand offen, sodass der Blick durch das Fenster wieder direkt nach draußen gelenkt wurde. Wenn man auf einem der vier grünen Stühle saß, die um den Tisch herum am Fenster standen, konnte man über die Dächer der Nachbarhäuser bis zu den Löwensteiner Bergen sehen.

Die Möbel standen wie aufgereiht an den Wänden: zwei Bücherregale, ein Kleiderschrank, eine niedrige Kommode. Es gab auch zwei Sessel und einen Glastisch, aber die waren unter einer der schrägen Seitenwände so platziert, dass man sie nur als Ablage benutzen konnte. Auf dem Glastisch und darunter lagen Berge von Zeitungen. An die andere schräge Seitenwand drängten sich ein Schreibtisch, überfüllt mit Zetteln und Büchern, und ein Schreibmaschinentisch mit einer elektrischen IBM.

Andreas kannte Kathrin Hauser seit drei Jahren. Er konnte sich nicht mehr daran erinnern, was er empfunden hatte, als er die Wohnung zum ersten Mal betrat, als Vertrauensdozent, der mit Kathrin von der Stipendiatengruppe über weitere Aufnahmen in die Stiftung beraten sollte. Das Treffen hätte natürlich an einem neutraleren Ort stattfinden müssen.

Inzwischen hatte sich Andreas an die harten Holzstühle gewöhnt, auf denen sie saßen, nach der Arbeit endlos diskutierten und immer wieder dieselbe Cat-Stevens-LP hörten. Er konnte auch nicht sagen, ob er sich bei ihr wohlfühlte. Mit einem Anflug von Sarkasmus stellte er fest, dass der Raum in seinem Durcheinander, seiner hölzernen Nüchternheit und mit seinen dahinvegetierenden Blumen zu Kathrin passte. In regelmäßigen Abständen sprach sie vom Umräumen, aber es wurde nie etwas daraus. Kathrin kam mit einer Miene aus dem Bad, die alle Welt dafür verantwortlich machte, dass sie so klein und rundlich geraten war. Sie hatte ihre nassen Kleidungsstücke abgelegt und trug nun eine Latzhose aus Jeansstoff, dazu einen dicken Pullover.

Andreas quälte sich aus dem nassen Oberhemd, fand einen Bügel und hängte es zum Trocknen auf den Balkon. Es hatte aufgehört zu regnen. Er zog Schuhe und Strümpfe aus und brachte sie zu seiner Aktentasche neben den Schrank. Dann betrachtete er seinen nackten Oberkörper in der Balkontür. Er war über den Sommer etwas braun geworden, aber nicht sehr.

Andreas Franck, dachte er, du bist 37 Jahre alt und hast einen leichten Bauchansatz. Deine Oberarme könnten etwas kräftiger sein.

Gemeinsam suchten sie im Schrank nach einem Pullover für ihn. Sie fanden einen, der passte, wenn man die Ärmel hochschob.

„Hier ist der Zeitungsausschnitt", sagte er.

Sie nahm ihn an sich und las.

„Und weißt du, was der Clou ist?", fragte er. „In Darmstadt kenne ich eine Journalistin. Von ihr bekommen wir sicher weitere Informationen."

Kathrin sah Andreas ungläubig an.

„Ja, sie war zufällig auf unserem Sommerfest. Jemand brachte sie mit. Sie erzählte mir, dass sie vor Jahren eine Vorlesung von mir besucht hat und nun für die *Darmstädter Rundschau* schreibt."

Kathrin nahm eine Zigarette aus der Schachtel, suchte nach dem Feuerzeug und fand es nicht. Kurzes Entsetzen, Kramen in der Handtasche, Aufspringen, Blicke durch die Wohnung. Dann fand sie es auf der Fensterbank. Andreas musste sie beruhigen.

„Der reine Zufall“, sagte er. „Ich konnte doch damals gar nicht wissen, dass wir sie noch einmal brauchen würden. Ich habe kaum hingehört, als sie von ihrer Arbeit erzählte.“ Letzteres war eine glatte Lüge.

Zum Abendessen hatte sie zwei halbe Hähnchen in den Backofen geschoben. Die Beeren waren in der Plastiktüte zu einem ungenießbaren Brei verkommen und im Abfalleimer gelandet. Sie mussten mit den Händen essen, denn es stellte sich heraus, dass nur noch eine Gabel vorhanden war. Die anderen hatte Kathrin ausgeliehen. Studentenmilieu.

Auf dem Autobahnzubringer quälten sich kleine Leuchtwürmchen voran.

„Wann kommst du wieder?“, fragte sie.

Andreas betastete seine immer noch klebrigen Finger. Er verspürte keine große Lust auf ein baldiges Wiedersehen. Schließlich verabredeten sie sich doch für den nächsten Freitag. Er holte sein Hemd, stopfte es missmutig in die Jeans und gab ihr den Pullover zurück.

„Er liegt schön weich auf der Haut. Und er duftet nach dir.“

Ihre Antwort irritierte ihn.

„Ich habe den Geruchssinn in der Stadt verloren.“

Doch dann legte sie, einem plötzlichen Impuls folgend, von hinten ihre Arme um seinen Bauch.

„Heute kannst du ruhig in eine Kontrolle kommen, du hast ja nur Cola getrunken.“

Leise ging er die Treppen hinunter, knipste das Licht im Flur aus, schloss die Haustür und stieg in seinen Wagen. Er kurbelte die Scheibe herunter, um die abgestandene Luft herauszulassen. Schob eine Kassette ein und fuhr los. Es hatte wieder angefangen zu regnen. Das Licht der Straßenlaternen spiegelte sich in den Pfützen am Fahrbahnrand. Er bremste an der Kreuzung, ließ einen von rechts kommenden Volvo vorbei und bog dann in die Landstraße ein.

2

Am nächsten Morgen kam Franck erst um zehn Uhr ins Institut. Nachmittags standen einige mündliche Prüfungen an, die er im Fünfzehn-Minuten-Takt durchzuführen hatte. Im Übrigen blieb noch genügend Zeit, um an einem Vortragsmanuskript zu arbeiten, in dem es um Gemeinsamkeiten zwischen der Geschichtswissenschaft und der polizeilichen Ermittlung ging.

Eigentlich dürften die Prüfungen nicht von einem Dozenten allein abgehalten werden, dachte er. Ein Protokollant müsste dabei sein und dafür sorgen, dass es zu einigermaßen gerechten Ergebnissen kommt.

Aber die Kollegen machten es genauso, und er selbst verspürte auch keine Lust, noch einmal drei weitere Stunden bei einem von ihnen zu protokollieren. Außerdem würde das Vier-Augen-Prinzip auch nicht wesentlich mehr zur Objektivität beitragen; Vorurteile treten bekanntlich im Kollektiv auf.

Erst neulich hatte ein Student, der gleichzeitig jüngster Bundestagskandidat im Land war, seine mündliche Magisterprüfung abgelegt. Zwei der drei Prüfer unterhielten sich zuvor minutenlang über die „abstrusen" politischen Ansichten des Kandidaten. Vor ihnen auf dem Tisch lag ein Zeitungsbericht über den Nachwuchspolitiker. Sie nahmen den Artikel auch während der Prüfung nicht weg. Schließlich war nur eine Drei als Bewertung herausgekommen.

Franck öffnete eine Aktenmappe, in dem sich die Materialien zu seinem Vortrag befanden. Die Einleitung war eigentlich fertig. Stolz las er sie noch einmal durch:

„Die Entstehung der modernen Geschichtswissenschaft fällt in dieselbe Zeit wie die Entstehung des Kriminalromans und die Entstehung der Kriminalistik. Und es gibt nicht nur zeitliche, sondern auch inhaltliche Parallelen zwischen den dreien. Die Historiker sind seitdem auch zu Detektiven geworden. Unermüdlich begeben sie sich auf Spurensuche, rekonstruieren Ereignisse und fahnden nach den Mitwirkenden. Ihre quellenkritische Methode gleicht einem rechtsstaatlichen Untersuchungsverfahren: Zeugen werden aufgerufen und auf ihre Glaubwürdigkeit hin überprüft. Ihre Aussagen sind mit anderen

Berichten über den Untersuchungsgegenstand zu vergleichen. Was ist geschehen? Wer waren die Beteiligten? Welche Belege haben wir dafür? So lauten unsere Hauptfragen; und diese könnten auch die Arbeit eines Sherlock Holmes leiten."

Es klopfte an der Tür und herein trat Dr. Franz Heilmann, der spitznasige und bebrillte Institutsassistent. Er brachte zehn Klausurarbeiten.

„Viel Vergnügen", sagte Heilmann. „Willst du einen Kaffee zum Trost?"

Franck nickte. Die Hiwis von nebenan hatten seit Kurzem einen „Sonderforschungsbereich Kaffeekonsum" gegründet. Das Abspülen gehörte offenbar nicht dazu, denn im Waschbecken häuften sich unsaubere Tassen, in denen die Löffel an den Kaffeeresten klebten. Franck legte die Klausuren auf den Schreibtisch. Sie zu korrigieren würde ihn einen Tag kosten.

„Wann ruft man denn am besten bei einer Zeitungsredaktion an?", erkundigte er sich. Heilmann hatte bei den *Nachrichten* gearbeitet, bevor er vom Chef eingestellt worden war.

„Am späten Vormittag. Vor zehn ist keiner da, und ab elf sitzen sie alle in der Konferenz."

Franck hatte Glück. Petra Giseke war in der Redaktion.

„Schön, dich zu hören", sagte sie. „Wie geht es den Genossen? Seid ihr auch so frustriert?"

„Sie machen Karriere oder treten aus der Partei aus", sagte Franck.

„Und was machst du? Willst du immer noch den Marxismus in der SPD verbreiten?"

„Ich werde auch bald austreten. Eigentlich fühlte ich mich immer als Außenseiter, weil ich Wein statt Bier trank. Als ich 1969 zum ersten Mal eine Versammlung besuchte, war ich so unvorsichtig, das Wort zu ergreifen. Schon war ich stellvertretender Ortsvereinsvorsitzender."

„Was hast du denn gesagt?"

„Könnt ihr mal bitte das Fenster öffnen."

Sie lachte. „Du willst doch sicher etwas von mir wissen."

„Alles über den Fall Dellwig."

„Das hätte ich mir denken können. Wieder auf dem Krimi-Trip?"

„Ich schreibe einen Aufsatz über Gemeinsamkeiten zwischen Sherlock Holmes und Leopold von Ranke."

„Das klingt interessant. Hoffentlich wischst du dabei dem Stammvater der sogenannten objektiven Geschichtswissenschaft eins aus."

„Natürlich. Erinnerst du dich an den Anfang von *Der Hund der Baskervilles*, wo Holmes anhand eines liegen gelassenen Spazierstocks auf die Identität des Besitzers schließt? Eine völlig willkürliche Herleitung, nicht plausibler als die von Watson. Aber Holmes hat recht, weil er Holmes ist."

Sie schwieg einen Moment. „Dellwig ist damit nicht durchgekommen. Morgen sagt sein Stellvertreter Walter Quast aus."

„Erzähl. Ich habe nur einen Artikel in den *Stuttgarter Nachrichten* gelesen." Franck legte sich Kugelschreiber und Papier zurecht.

„Also, der Unfall ereignete sich vor einem Jahr; sechs Tage später starb der Verunglückte im Krankenhaus. Der diensthabende Polizeibeamte wurde von Dellwig angewiesen, Hinweise auf eine Alkoholisierung des Fahrers aus der Unfallakte zu entfernen. Dem Verunglückten wurde im Krankenhaus eine Blutprobe entnommen. Das Zentrum für Rechtsmedizin kam im Gutachten zu einem Ergebnis von 1,5 Promille; ein Wert, bei dem die Versicherungen nicht zahlen. Das Gutachten gelangte aber nicht in die Unfallakte, es fand sich erst drei Monate später auf Dellwigs Schreibtisch wieder. Zwischenzeitlich hatte die Versicherung gezahlt."

„Eine tolle Geschichte."

„Es kommt noch toller. Die Versicherung war mit der Unfallakte nicht zufrieden und erbat sich vom Krankenhaus die Arztberichte. Darin fand sie den Hinweis auf die Blutprobe. Das brachte den Fall ins Rollen. Am 18. Oktober wurde Dellwig verhört. Dabei sagte er aus, der Schwiegervater des Toten habe ihn angerufen und über finanzielle Schwierigkeiten seiner Tochter geklagt. Wörtlich heißt es dann im Vernehmungsprotokoll: ‚Ich glaubte, mit meinem Verhalten den Hinterbliebenen etwas Gutes tun zu können.' Und das Protokoll hat Dellwig auch noch unterschrieben."

„Damit gab er ja den Versicherungsbetrug zu."

„Damals schon. Aber jetzt bestreitet er die Richtigkeit des

Protokolls. Er habe es unterschrieben, ohne es noch einmal durchzulesen.“ Sie machte eine Kunstpause. „Und das nach dreiundzwanzig Dienstjahren bei der Polizei.“

„Ein fadenscheiniges Argument“, sagte Franck.

„Er bestreitet auch, dass der Schwiegervater mit ihm über die Schulden der Witwe gesprochen hat.“

„Und was ist mit dem manipulierten Unfallbericht und dem verschwundenen Gutachten?“

„Dellwig bestreitet keineswegs seine Anweisung, den Bericht zu ändern. Er glaubt aber, damit korrekt gehandelt zu haben. Über die Todesursache habe der Polizist damals nur Vermutungen anstellen können, und solche würden nicht in einen Unfallbericht gehören. Bezüglich des Gutachtens will er einen Oberstaatsanwalt gefragt haben. Der sei der Meinung gewesen, nach dem Tod des Verunglückten interessiere sein Alkoholisierungsgrad nicht mehr. Wer sofort tot ist, der wird auch nicht mehr angezapft.“

„Das ist aber eine merkwürdige Logik.“

„Du sagst es. Dellwigs Verteidiger geht nach einer anderen Strategie vor. Die klassische Geschichte: Zeugen unglaubwürdig machen; die Staatsanwaltschaft selbst angreifen. Anscheinend hat die Staatsanwaltschaft dem Hauptbelastungszeugen, also dem Polizisten, der den Unfallbericht verfasste, in Aussicht gestellt, gegen ihn kein Verfahren zu eröffnen. Jetzt will die Verteidigung natürlich den Anklagevertreter selbst in den Zeugenstand rufen.“

Franck pfiff durch die Zähne. „Dann kann er doch nicht weiter die Anklage vertreten.“

„Das sehe ich auch so. Außerdem will die Verteidigung beweisen, dass es in Dellwigs Dienststelle Intrigen gab. Dass man ihn von seinem Posten verdrängen wollte. Dazu soll morgen sein Stellvertreter aussagen. Er ist der Hauptzeuge der Verteidigung, um die Abschusstheorie zu erhärten.“

„Na, dann habt ihr ja noch spannende Prozesstage vor euch“, sagte Franck und unterstrich das Wort *Abschusstheorie* auf seinem vollgeschriebenen Zettel.

„Und ich bin gespannt, wie du das in deinen Aufsatz einbringen willst. Aber ich muss jetzt Schluss machen. Am Samstag erscheint mein zweiter Prozessbericht in der *Rundschau*. Tschüss!“

„Ciao, Petra! Und Dank dir."

Andreas Franck stand von seinem Sessel auf und trat ans Fenster. Er betrachtete die drei halb verdorrten Blumentöpfe auf der Fensterbank und einen Stapel Sonderdrucke, dessen oberstes Exemplar vom Sonnenlicht gebleicht worden war. Sein Blick schweifte über die roten und grünen Dächer der Stadt, die Kuppeln des Landesgewerbeamtes und blieb am Turm der Stadtkirche hängen. Schon zwölf Uhr.

Er steckte den *Kicker* in die Aktentasche, blieb unschlüssig vor dem kleinen Schrank stehen, ließ seine Lederjacke dann aber doch darin hängen. Ohne zu zögern, stellte er die schmutzige Kaffeetasse in das Waschbecken. In zwei Wochen würde die neue Bundesligasaison beginnen. Er wollte beim Mittagessen ausführlich die aktuellen Prognosen studieren. Werder spielte zwar nur noch in der 2. Liga Nord, galt aber als heißer Aufstiegskandidat.

3

Das Selbstbedienungsrestaurant in der Königstraße war nur mäßig besucht. Franck aß hier oft, weil die Auswahl groß, der Wein gut und etwas Warmes jederzeit zu bekommen war. Er ging in die Nichtraucherzone und betrat den Revolutionsraum. In der Ecke mit den Bildern von Voltaire, Danton und Robespierre saß schon ein Paar. Beide waren schwarzer Hautfarbe, sie hatten ihre Teller fast geleert. Die Nische mit Sartre und Simone de Beauvoir war noch frei. Gut ausgeleuchteter Vierertisch, jeweils zwei Sitzbänke – da konnte man essen und neben sich die Zeitung ausbreiten. Franck stellte die Aktentasche auf eine Sitzbank und ging zurück zum Buffet. Er entschied sich für Lachssteak auf Spinat, goss sich ein Glas Elsässer Riesling ein, zahlte an der Kasse und jonglierte sein Tablett zum Platz zurück.

Doch der war nicht mehr frei. Zwei ältere Damen saßen in der Nische und sahen Franck überrascht an, als er mit offenem Mund stehen blieb. Erst wollte er sagen: Das ist mein Platz! Merkte dann, wie absurd das gewesen wäre, und sagte stattdessen: „Und wo ist meine Aktentasche? Ich habe meine

Aktentasche hier abgestellt.“ Er nickte in Richtung auf eine Sitzbank.

„Hier lag keine Aktentasche. Als wir ankamen, standen gerade zwei junge Leute auf und gingen. Also setzten wir uns.“

„Aber ich habe doch meine Aktentasche hier deponiert.“

„Vielleicht ist sie heruntergefallen.“

Franck stellte das Tablett auf den Nachbartisch und beugte sich mit einem leichten Anflug von Panik unter den Tisch. Die Damen blieben sitzen. Da lag keine Aktentasche. Die ist weg, dachte er.

„Vielleicht ist sie abgegeben worden. Fragen Sie doch einmal in der Direktion.“

Ohne große Hoffnung machte er sich auf den Weg, um jemanden zu finden. Nein, es war keine schwarze Aktentasche abgegeben worden. Es tue ihnen leid, aber in einem Selbstbedienungsrestaurant käme so etwas öfter vor. Franck ging durch alle Räume und schaute auf die Stühle und Bänke. Gleichzeitig war ihm klar, wie sinnlos das war. Die beiden Damen saßen immer noch wie festgenagelt auf ihren Plätzen und verfolgten ihn interessiert mit ihren Blicken.

„Darf ich noch einmal unter den Tisch schauen?“

Er durfte. Die Damen blieben sitzen. Er beugte sich, blickte an ihren Beinen vorbei ins Dunkle. Der Tisch war an der Wand befestigt und wurde in der Mitte durch einen schweren Fuß gestützt. Keine Aktentasche, auch nicht hinter dem Fuß.

Da gab er auf. Er setzte sich an den Nachbartisch und stocherte in seinem Essen. Um Gottes willen! Was sollte er jetzt tun? Er schlug die Hände vors Gesicht. Versuchte nachzudenken.

Was war alles in der Tasche gewesen? Der Geldbeutel nicht, mit dem ging er ja zum Buffet. Also auch nicht die Kreditkarte. Aber der Schlüsselbund, die Brieftasche mit dem Führerschein und der Jahreswertmarke für den öffentlichen Nahverkehr, das Adressbuch und der Terminkalender. Der Terminkalender war unersetzlich. Wie sollte er denn ohne ihn alle seine Termine einhalten?

Er schaute auf die Uhr. In einer halben Stunde begannen die Prüfungen. Hastig verließ er das Lokal und ging zurück zur Uni. Er fand eine Sekretärin, die noch nachmittags arbeitete und ihm die Tür zu seinem Zimmer aufschloss. Griff zum Telefon.

„Hallo, Monika, hier ist Andreas. Mir ist meine Aktentasche gestohlen worden. Mit dem Schlüsselbund drin. Ihr habt doch einen Reserveschlüssel von uns."

Monika wollte gerade wegfahren, versprach aber, den Schlüssel in die Praxis ihres Mannes zu bringen.

„Was war denn alles drin?"

Franck zählte den Inhalt auf.

„Und in dem Adressbuch, steht da auch deine Adresse?"

Daran hatte Franck noch gar nicht gedacht. Er bekam nasse Hände. Natürlich hatte er gleich auf Seite eins seine Privatadresse, seine Dienstadresse und die Telefonnummern notiert. Auch das noch.

„Du musst sofort ein neues Schloss einbauen lassen. Das ist ganz wichtig. Die können dir alles ausräumen, und die Versicherung zahlt nicht einmal."

„Die was?" Franck schluckte. „Ich komme zwischen fünf und sechs in die Praxis. Vielen Dank."

Rasch beendete er das Gespräch. Atmete kurz durch und rief die Nachbarin an.

„Hallo, Doris, hier ist Andreas. Mir ist meine Aktentasche gestohlen worden. Mit Schlüsselbund und Adresse. Ich kann erst zwischen fünf und sechs Uhr nach Hause kommen. Könntest du ein bisschen auf die Haustür achten?"

Doris versprach es. Sie riet ebenfalls zu einem neuen Schloss. „Mein Gott! Wenn Uli seinen Schlüssel verlieren würde! Da hängt eine ganze Schließanlage dran. Die kostet 20.000 Mark."

Immer diese freundschaftlichen Ratschläge, dachte Franck. Sie machen alles nur noch schlimmer.

Zum Glück waren Monika und Doris zu Hause gewesen. Und mit dem neuen Schloss hatten beide recht, das musste man ihnen lassen. Natürlich hatte er auch den Schlüssel für sein Zimmer in der Uni verloren. Einen Generalschlüssel, der mehrere Räume öffnete. Er konnte doch diese Schlösser nicht auch noch austauschen lassen.

Für den Augenblick war nicht mehr zu tun. Die Prüfungen begannen. Hoffentlich kann ich mich überhaupt konzentrieren, dachte er.

Er schaffte es und gab – von einer Ausnahme abgesehen – allen Prüflingen gute Noten.

In der S-Bahn fiel ihm ein, dass er keine Fahrkarte dabei hatte. Glücklicherweise ließ sich kein Kontrolleur blicken.

Dr. Ernst Wieser war Heilpraktiker und ein guter Freund. Er hatte als Literaturwissenschaftler an der Universität begonnen und, nachdem seine Stelle gestrichen worden war, den Beruf wechseln müssen. Jetzt arbeitete er als Heilpraktiker mit derselben wissenschaftlichen Genauigkeit weiter. Und er bestellte seine Patienten in so großen Abständen, dass niemand warten musste. Wieser kam Franck in seiner charakteristischen Haltung entgegen, mit den beiderseits am Körpers herabhängenden Armen, und hielt den Reserveschlüssel schon in der rechten Hand. Dennoch bat er Franck noch einmal in sein Sprechzimmer.

„Willst du mir ein Rezept ausstellen?"

„Etwas zur Beruhigung. So ein Diebstahl ist wie eine kleine Vergewaltigung. Nur gut, dass du keine Klausuren in der Tasche hattest."

„Die liegen auf meinem Schreibtisch. Warum sollte ich sie über Mittag mitnehmen, wenn ich wieder in die Uni zurückkehre?"

Mit dem Schlüssel in der Faust verließ Franck die Praxis.

Zu Hause war alles in Ordnung. Die Nachbarin stand am Fenster und telefonierte, wahrscheinlich schon seit Stunden. Gegen halb sieben kam der Mann vom Schlüsseldienst. In fünf Minuten hatte er das Schloss ausgetauscht; genauso lange schrieb er an der Rechnung. Dann war Franck 190 Mark los. Er setzte sich an den Tisch, seufzte, schloss die Augen und stützte mit der Hand seinen Kopf ab. Das wäre erst einmal geschafft. Seine Wohnung war wieder sicher.

Abends am Stammtisch konnte er nicht anders; er musste von seinem Missgeschick erzählen. Die Kommentare der Männerrunde – ein Lehrer, ein Künstler, ein Bauingenieur – waren wenig hilfreich.

„Jetzt kommt deine Frau wohl nicht mehr in die Wohnung herein, mit ihrem alten Schlüssel."

„Sie muss ihn auf Knien anflehen, dass er sie wieder aufnimmt."

„Wahrscheinlich ist die Tasche gar nicht geklaut worden. Die Damen haben sie heruntergestellt und gehofft, dass du ihnen an den Beinen herumgrabschst."

„Warum bist du eigentlich vorgestern mit dem Sechseinundfünfziger gefahren?"

Franck setzte schüchtern zu einer Erklärung an. „Ich hatte einen Friseurtermin."

„Hätt' ich auch gesagt."

Männerfantasien. Sollte man sich wegen dieser Unterstellungen geschmeichelt fühlen? Um sich zu rächen, fragte er: „Na, wählt ihr am 5. Oktober wieder das kleinere Übel?"

Die Männer waren Sozialdemokraten und das kleinere Übel war der SPD-Bundeskanzler.

Am Freitagmorgen übte sich Andreas Franck in Schadensbegrenzung. Zuerst ging er zum Bahnhof und fragte wegen seiner Netzkarte nach. Gegen 100 Mark könne man ihm für den Rest des Jahres eine Ersatzkarte ausstellen – aber nur am Hauptbahnhof. Dann besorgte er sich im Papierladen ein neues Adressbuch. Einen Terminkalender für das laufende Jahr gab es nicht mehr. Um sein ausgefallenes Anliegen zu erklären, berichtete er der Verkäuferin vom Verlust seiner Aktentasche. Sie schenkte ihm einen mitleidsvollen Blick und kannte seinen Nachnamen. Beides tat ihm gut und hob seine Stimmung auf der Fahrt zur Uni.

Als er das Gebäude betrat, stellte sich wie so oft ein warmes Gefühl ein. Er ging an der Pinnwand vorbei, die mit Zimmerwünschen gespickt war. Wenn freie Zimmer angeboten wurden, steckte garantiert eine Verbindung dahinter. Die Cafeteria war für die vorlesungsfreie Zeit gut besucht. Anscheinend begannen einige Studierende ihren Tag hier mit dem Frühstück. In der Nähe dieser jungen Menschen konnte man sich ebenfalls jung fühlen.

Der Fahrstuhl hatte die Hitze noch nicht abgegeben, obwohl es draußen längst kühler geworden war. Er stoppte jedes Mal mit einem solchen Ruck, dass einem schlecht dabei werden konnte. Ein Sportstudent fuhr von Parterre in den ersten Stock. Franck ärgerte sich darüber, sagte aber nichts. Im achten Stock angekommen, ließ er sich von der Bibliotheksaufsicht sein Zimmer aufschließen. Er entschuldigte sich mit einem „Schlüssel vergessen“ und dachte, dass er sich bald einen Nachschlüssel würde besorgen müssen.

Die Sonne schien ins Zimmer; es wurde schon wieder heiß. Der Architekt hatte alle Räume an die Außenfront gelegt, sodass man in ihnen im Sommer nachmittags nicht mehr arbeiten konnte. Die Gänge im Inneren waren dagegen wie lange dunkle Schläuche; entgegenkommende Personen ließen sich nur schemenhaft erkennen.

Franck ging zum Fenster und kurbelte das Rouleau herunter. Dann setzte er sich an seinen Schreibtisch.

Es dauerte ein paar Sekunden, bis er es merkte: Die Klausuren lagen nicht an ihrem Platz. In den nächsten Minuten entfaltete er eine hektische Aktivität. Zwei-, dreimal suchte er auf dem Schreibtisch herum, durchwühlte verschiedene Papierstapel – nichts. Er stürzte zur Tür hinaus, in der Hoffnung, einen Kollegen zu finden – keiner da. Freitagmittag. Wochenende. Hatte etwa einer von ihnen die Klausuren mitgenommen? Das war unwahrscheinlich. Zwar mussten sie von zwei Personen korrigiert werden; aber noch nie hatte jemand Klausuren in der Ferienzeit freiwillig als Erster an sich genommen.

Langsam setzte sich eine Erkenntnis in ihm durch. Er hatte die verdammten Prüfungsarbeiten zusammen mit der Fußballzeitung versehentlich in die Aktentasche gesteckt. Nun waren sie weg. Für immer.

Er stand auf und lief im Zimmer hin und her. Was sollte er tun? Was konnte er tun? Die Klausuren noch einmal schreiben lassen? Unmöglich. Einfach Noten nach dem Eindruck geben, den er von den Studierenden im Seminar gewonnen hatte? Das ging auch nicht; denn er musste die Arbeiten ja mit ihnen besprechen. Und was wäre, wenn sich die Klausuren in einem Papierkorb auf der Königstraße wiederfänden? Nicht auszudenken. Er musste einfach öffentlich dazu stehen, dass sie weg waren. Was konnte ihm passieren? Würde man ihn entlassen? Das ging wohl nicht, denn er war Beamter. Eine Dienstaufsichtsbeschwerde? Um die käme er nicht herum.

Presserummel? Zerstreuter Professor verliert Prüfungsarbeiten im Schnellrestaurant. Vernichtende Schlagzeile! Dann würde er seine Karriere in dreißig Jahren an diesem Schreibtisch beenden.

Und wenn er einfach sagte, die Klausuren seien ihm gestohlen worden, und zwar im Arbeitszimmer? Vielleicht war das die beste Lösung. Er musste nur das Schloss zu seinem Zimmer aufbrechen. Das Wochenende stand bevor, also blieb viel Zeit dafür.

Franck packte seine Sachen in eine Stofftasche und ging. An Arbeit war sowieso nicht zu denken. In der S-Bahn fiel ihm ein, dass er seine Tür nicht hatte abschließen lassen.

In der Wohnung angekommen, legte er sich ins Bett und zog die Decke über die Ohren. Nach einer halben Stunde stand er wieder auf. Welches Werkzeug brauchte man für einen Einbruch? Er ging in den Keller und schaute sich seine Kollektion an. Ein Stemmeisen besaß er nicht. Schraubenzieher und Hammer müssten reichen. Und die Gartenhandschuhe, um keine Fingerabdrücke zu hinterlassen.

Er ging wieder nach oben, aß im Stehen zwei Käsebrote und trank zwei Gläser Chianti aus einer angebrochenen Flasche.

Dann rief er Kathrin an. Als sie erfuhr, dass er die Tasche fünf Minuten allein gelassen hatte, legte sie los: „Was für ein bodenloser Leichtsinn. Selber schuld. Man lässt doch keine Tasche mit Klausuren auf einer leeren Sitzbank stehen. Da lädt man ja direkt zum Diebstahl ein!"

„Das kann ich jetzt nicht brauchen, dass du mich beschimpfst", sagte er und legte auf.

Stumm vor sich hinbrütend blieb er sitzen, bis das Telefon klingelte. Wieder Kathrin, dachte er, und nahm den Hörer ab.

Es war die Ehefrau aus dem hohen Norden. Man war gut angekommen, das Wetter war gut, die Stimmung war gut, überhaupt ging es allen gut. Sohn Olaf freute sich darauf, mit dem Opa zum Hafen zu gehen.

„Du bist so einsilbig, was ist los?"

Er schob Müdigkeit vor, murmelte etwas von viel Arbeit und versprach, bald wieder anzurufen. Nur keine weiteren Anrufe mehr, dachte er und versank wieder ins Brüten.

Das Telefon hatte kein Erbarmen mit ihm. Mechanisch nahm er den Hörer ab. Kathrin tat es leid, dass sie vorhin so losgelegt hatte.

„Ist schon gut", brummte er, „aber ich muss jetzt ungestört nachdenken."

Um Viertel nach sieben klingelte noch einmal das Telefon.

„Restaurant Plaza, guten Abend. Sie haben ihre Aktentasche verloren? Wir haben sie wiedergefunden."

„Was? Sie ist wieder da? Wo war sie denn?"

„Unter dem Tisch. Sie können sie abholen."

Andreas Franck fuhr sofort los.

Nach kurzem Warten erhielt er tatsächlich seine Aktentasche zurück. Er setzte sich in den Revolutionsraum und begann sie zu untersuchen. Die Klausuren waren – er zählte sie rasch durch – alle da. Der *Kicker* auch. Es war alles da: Schlüsselbund, Terminkalender, Adressbuch, Brieftasche. Aber jemand hatte die Reißverschlüsse der diversen Innenfächer aufgezogen und ihren Inhalt in das Hauptfach geschüttet – gelegt konnte man dazu nicht sagen. Er nahm die Brieftasche heraus: Führerschein, S-Bahnkarte, die verschiedenen Mitgliedsausweise, die Einkaufskarte eines Warenhauses – nichts fehlte. Aber sie steckten in einer anderen Reihenfolge in den verschiedenen Fächern. Kein Zweifel: Die Tasche war gründlich durchsucht worden. Da sich kein Geld fand, hatte der Dieb sie zurückgebracht und unter den Tisch geworfen.

Am Abend rief er Kathrin an. Sie hörte die gute Nachricht, blieb aber skeptisch. „Wahrscheinlich ist die Tasche gar nicht gestohlen worden. So einen noblen Dieb gibt es nicht, der alles wieder zurückbringt, wenn er kein Geld gefunden hat."

„Aber man hat sie doch durchwühlt!"

„Das kann auch der Typ vom Plaza gewesen sein. Als er nach deiner Adresse suchte. Hast du ihn danach gefragt?"

Er hatte es nicht.

Nachts schlief er unruhig. Nach drei Stunden wachte er wieder auf. Der abnehmende Mond schien in das Schlafzimmer.

Kathrin ist die Einzige, die von den Klausuren weiß, dachte er. Ich muss ihr sagen, dass sie das für sich behält.

Er wälzte sich auf die andere Seite und döste vor sich hin.

Dann fielen ihm die Prüfungen von gestern ein. Die Studentin hätte eigentlich durchfallen müssen. Sie hatte alles durcheinandergebracht. Und den Abtreibungsparagrafen 218 hatte sie für einen Artikel des Bonner Grundgesetzes gehalten.

Obwohl der unter derselben Nummer schon in der Weimarer Verfassung gestanden hätte. Nur seien damals die Strafen höher gewesen. Als sie sich selbst ein Thema aussuchen durfte, wurde es auch nicht besser.

Wenn mir nicht das mit der Tasche passiert wäre, hätte ich ihr keine Vier mehr gegeben, dachte Franck.

4

Wenn eine Stecknadel auf den Boden gefallen wäre, hätte man sie hören können. Walter Quast, der stellvertretende Leiter des Polizeikommissariats Bernstadt, betrat den Zeugenstand. Quast war 54 Jahre alt; sein spärlicher Haarwuchs ließ ihn jedoch viel älter aussehen, sodass man ihn sich als Nachfolger Dellwigs kaum vorstellen konnte. Zur Person sagte er weiter aus, verheiratet und Vater eines Sohnes zu sein, der ebenfalls bei der Polizei arbeite. Dellwig würdigte er keines Blickes, sondern sah souverän über ihn hinweg.

Petra Giseke saß als einzige Frau unter den Kollegen auf der voll besetzten Pressebank. Seit drei Jahren arbeitete sie nun schon bei der *Darmstädter Rundschau*. Eigentlich hatte sie dort nur ihr Volontariat ableisten wollen, um dann nach Stuttgart oder München zu gehen, aber die Trennung von ihrem Mann kam dazwischen. Sie zog aus der gemeinsamen Wohnung aus und blieb in Darmstadt hängen.

Die erste Zeit war schlimm gewesen. Sie musste sich an das hektische Arbeitstempo gewöhnen und sich als einzige Frau in der Lokalredaktion durchbeißen. Und die Fassade aufrechterhalten, obwohl es ihr schlecht ging. Bei der Arbeit keine Schwäche zeigen.

Aber jetzt hatte sie es geschafft, und das Schreiben ging ihr flott von der Hand. Manchmal spürte sie bei den Kollegen in der Redaktion sogar schon den Anflug leichter Anerkennung. Nun den Arbeitsplatz zu wechseln, machte keinen Sinn mehr.

Es war schon eine Überraschung, dass Quast überhaupt zur Sache aussagte. Er berichtete von drei Gesprächen mit seinem ehemaligen Chef Karl Dellwig, und diese Gespräche belasteten den Angeklagten schwer. Obwohl Quast ursprünglich von der Verteidigung als Entlastungszeuge aufgeboten worden war, brachte er Dellwig jetzt noch weiter in Bedrängnis: Ein klassisches Eigentor der Verteidigung.

Petra Giseke schrieb sich die Finger wund. Sie fühlte sich lebhaft an ihre Universitätsjahre erinnert, als es darum ging, nur keines der goldenen professoralen Worte zu verpassen.

Angeblich habe Dellwig in einem ersten Telefongespräch seinen Stellvertreter Quast gefragt, ob man das Gutachten zur Blutprobe nicht einfach aus den Akten nehmen könne, da es in der Lebensversicherung eine Alkoholklausel gäbe. Quast habe die Frage verneint. Bei einem zweiten Telefongespräch habe der Polizeichef seinen Stellvertreter aufgefordert, die Rechnung für das Gutachten an die Hinterbliebenen schicken zu lassen. Quast hielt das nicht für vertretbar und lehnte es ab, die Anweisung zu befolgen.

Und schließlich erinnerte sich der Zeuge noch an ein persönliches Gespräch mit dem Angeklagten vom Oktober vorigen Jahres. Angesichts der bevorstehenden ersten Vernehmung habe Dellwig Quast gebeten, das versehentlich liegen gebliebene Gutachten nachträglich in die Akte zu heften. Das sei jedoch nicht mehr möglich gewesen, weil die Akte seinerzeit längst bei der Staatsanwaltschaft lag.

Offenbar war der Kammervorsitzende bereit, dem Zeugen zu glauben. Und so fragte er ihn, warum er denn bis heute nichts davon erzählt habe, obwohl die Ermittlungen schon seit Monaten liefen.

„Wenn man so lange mit einem Kollegen zusammenarbeitet, dann fällt es schwer, gegen ihn auszusagen", antwortete Quast. „Außerdem hat der Staatsanwalt ja alles im Großen und Ganzen schon gewusst."

„Und warum sagen Sie dann heute aus, und auch noch unaufgefordert?", wunderte sich der Vorsitzende.

„Weil ich zu der Überzeugung gelangt bin, dass jemand, der einen Fehler begangen hat, auch dafür geradestehen muss. Ich fühle mich verpflichtet, mein Wissen der Öffentlichkeit mitzuteilen", sagte Quast ein wenig zu pathetisch.

Auch die Staatsanwaltschaft stand in keinem guten Licht da. Der Anklagevertreter musste einräumen, Quast nicht vernommen zu haben, weil er dessen Aussage kein großes Gewicht beigemessen habe.

Nach der überraschenden Aussage Quasts forderte der Kammervorsitzende den Angeklagten auf, sich zu den Vorwürfen zu äußern und Petra Giseke hatte den Eindruck, dass der Richter ein Geständnis Dellwigs erwartete.

Dellwig wirkte überrascht, erhob sich langsam, strich seinen Anzug glatt, wie um etwas Zeit zu gewinnen, und sagte nur einen einzigen Satz: „Diese beiden Telefonate haben nicht stattgefunden."

„Nun denn", sagte der Vorsitzende und wandte sich wieder dem Zeugen zu. „Herr Quast, sind Sie bereit, Ihre Aussage zu beeidigen?"

Quast nickte. Er wählte die religiöse Fassung: „So wahr mir Gott helfe."

Obwohl der Vorfall mit seiner Aktentaschen ein gutes Ende genommen hatte, konnte sich Andreas Franck nicht auf seine Arbeit konzentrieren. Er beschäftigte sich mit den drei Erzählungen von Edgar Allan Poe, in denen Monsieur Dupin spektakuläre Kriminalfälle löste. Poe hatte sie zwischen 1841 und 1845 geschrieben und galt seitdem als Begründer der modernen Detektivgeschichte. Doch irgendwie stimmte das nicht. Poes Geschichten fehlte die Handlung. Sie waren lediglich Denkstücke eines überlegenen Verstandes, der zum Beispiel die Frage löste, wie der Mörder aus einem Zimmer verschwinden konnte, das von innen verschlossen war.

Franck schob sein Manuskript zur Seite. Es war Samstagmittag. Er rief beim Warenhaus an und erfuhr, dass mit seinem Einkaufsausweis seit drei Monaten nichts gekauft worden war. Diese Auskunft konnte ihn ein wenig beruhigen.

Noch einmal ging er zum Plaza, obwohl er beschlossen hatte, dort nie wieder zu essen. Im Restaurant war es ziemlich leer. Die meisten Gäste saßen an den Tischen auf der Königstraße und so war es ohne Weiteres möglich, die Tasche zusammen mit dem gefüllten Tablett in die ominöse Nische zu tragen.

Franck stellte das Tablett auf den Tisch, die Tasche auf die Bank, setzte sich und begann sein Experiment. Er berührte die Tasche; sie fiel nicht. Er stieß heftig gegen sie; sie fiel nicht. Er kroch unter den Tisch. Die Sitzbänke waren nach unten hin abgeschlossen. Kein Stauraum. Befriedigt tauchte er wieder auf. Die Tasche konnte niemals heruntergefallen sein und einen Tag lang dort unbemerkt gelegen haben. Sie war gestohlen und zurückgebracht worden. Und damit basta!

Befriedigt nahm einen guten Schluck Blanc de Blanc und widmete sich seinem Rösti mit Pilzen. Dann zog er die *Rundschau* hervor und überflog die Schlagzeilen.

Breschnew eröffnete die Olympischen Spiele in Moskau; Boykott zahlreicher Nationen wegen Afghanistan. Papst Johannes Paul II. kündigte für November einen Deutschland-Besuch an; fünf Stationen waren vorgesehen. Union und SPD lagen nach Meinungsumfragen Kopf an Kopf. Das Sozialistische Büro legte sich parteipolitisch nicht fest.

Der Artikel, den er suchte, stand an zentraler Stelle im Regionalteil; ein Dreispalter mit der Überschrift „Zeuge nimmt Belastungen auf seinen Eid“. Petra Giseke schrieb flott und anschaulich.

In den Aussagen Quasts stimmt etwas nicht, dachte Franck. Quast stellt sich als einen korrekten und kompetenten Polizisten dar, der allen unlauteren Avancen seines Chefs standhält. So weit, so gut. Aber wenn ich der Polizeichef wäre und ein Gutachten unter den Tisch fallen lassen möchte, würde ich mich doch nicht bei meinem Untergebenen erkundigen, wie das am besten zu bewerkstelligen ist. Ich mache mir doch meinen Stellvertreter nicht zum Komplizen, schon gar nicht, wenn er auf meinen Posten aus ist.

Und weiter: Wenn das erste Telefonat wirklich stattgefunden hatte, dann musste Dellwig das Gutachten entgegen Quasts Rat doch aus der Akte genommen und drei Monate auf seinem Schreibtisch liegen gelassen haben. Das ergab doch auch keinen Sinn. Niemand lässt belastendes Material so lange offen auf dem Schreibtisch herumliegen.

Vielleicht ist ihm seine Aktentasche ja auch gestohlen worden, dachte Franck mit einem Anflug von bitterem Humor. Und drei Monate später war sie dann plötzlich wieder da; mit dem Gutachten. Ein mysteriöser Fall, keine Frage, aber es fehlt die Handlung.

5

Karl Dellwig verließ das Haus, verschloss die Tür und ging zu seinem Wagen. Er hatte sich in den letzten Tagen angewöhnt, das Auto auf der Straße zu parken. Ein bisschen Alltagsleben der Öffentlichkeit zur Schau zu stellen, das konnte von Zeit zu Zeit gar nicht verkehrt sein. Die Nachbarn sprachen sowieso über ihn. Ein vom Dienst suspendierter Kriminalkommissar: Wohin würde der morgens um neun Uhr fahren, wenn er nicht zu einem Gerichtstermin musste? Vielleicht sollte er mit ein paar prall gefüllten Einkaufstüten zurückkehren.

Er schloss die Wagentür auf, legte seine Tasche auf den Beifahrersitz und klemmte sich hinter das Lenkrad, kurbelte die Scheibe herunter und ließ den Motor an. Er blickte in den Rückspiegel und drehte sich vorsichtshalber noch einmal um. Die Straße war leer; er konnte losfahren.

Dellwig war ein gut aussehender Mann, und er wusste das. Die wenig aufreibende Arbeit in der Dienststelle hatte in seinem Gesicht keine Spuren hinterlassen, und der Bart verdeckte die ersten Falten, die sich um seinen Mund bildeten. Die meisten Leute glaubten, ein Kommissar würde von Mordfall zu Mordfall hetzen und nachts nicht mehr schlafen können, bis der Fall gelöst sei. Aber in Wirklichkeit gab es in diesem beschaulichen Städtchen wenig Aufregendes zu tun, und so hatte er auf ein Bundestagsmandat hingearbeitet und darauf spekuliert, nach den nächsten Landtagswahlen ins hessische Innenministerium zu wechseln. Aber das war jetzt alles nicht mehr möglich.

Vor der Kreuzung verlangsamte er das Tempo und hielt in einer Parkbucht am Straßenrand. Er brauchte gar nicht lange zu warten, bis der dunkelblaue VW vorbeifuhr und nach rechts auf die Landstraße abbog. Dellwig ließ den Motor an und folgte dem Wagen, der augenscheinlich in Richtung Darmstadt fuhr. Er schaute in den Rückspiegel. Niemand war hinter ihm zu sehen. Die Landstraße schien an diesem Samstagmorgen wie ausgestorben zu sein.

Natürlich könnte auch seine Frau drin sitzen, dachte er.

Dellwig fuhr nun auf einem kurvenreichen Straßenstück durch den Wald. Die Bäume standen hier so dicht, dass sie eine schier undurchdringliche Wand bildeten. Der blaue VW war verschwunden. Am nächsten Waldweg stoppte Dellwig den Wagen, stieg aus und zündete sich eine Zigarette an. Im Radio dudelte ein Pop-Song, den er schon öfter gehört hatte. Er schaltete das Radio aus, schloss den Wagen ab und ging ein paar Schritte in den Wald hinein. Den Reifenspuren nach zu urteilen, war hier erst kürzlich ein Auto gefahren. In seinem eleganten sandfarbenen Anzug und den leichten braunen Schuhen kam er sich zwar ein wenig deplatziert vor, aber trotzdem ging er, einem inneren Antrieb folgend, weiter.

In der Ferne verbreiterte sich der Weg zu einer Lichtung und ihm war, als sei er früher schon einmal hier gewesen. Dellwig griff in seine Hosentasche und tastete nach dem Taschentuch. Es war eins von den großen Stofftüchern, die er sich vor einiger Zeit zugelegt hatte, und nicht zum Reinigen der Schuhe geeignet. Vor ihm hüpfte ein Vogel über den Weg, als wolle er dem Unbekannten die Richtung zeigen.

Als Dellwig sich der Lichtung näherte, sah er eine kleine Hütte, die mit roten Dachziegeln abgedeckt war und einen Schornstein hatte. Links daneben stand der dunkelblaue VW. Ein idyllisches Bild, und Dellwig hätte sich nicht gewundert, wenn der Besitzer aus der Tür getreten wäre, um ihn zu begrüßen.

Dellwig drückte seine Zigarette an einem Baumstamm aus und steckte das Mundstück in die Tasche. Er brauchte noch ein paar Schritte, bis es ihm wieder einfiel: das Grillfest, das er vor einigen Jahren mit den Quasts hier gefeiert hatte, als ihr Verhältnis noch nicht durch die Apfeläcker-Geschichte belastet gewesen war.

Nach einigen weiteren Schritten stutzte Dellwig. Saß hinter dem Steuer des Wagens nicht eine Person? Sie lehnte sich gegen die Kopfstütze und sah Walter Quast zum Verwechseln ähnlich: Die gedrungene Gestalt und der Haarkranz erinnerten ihn an seinen Stellvertreter und Rivalen im Polizeirevier. Doch warum sollte Quast hier regungslos in seinem Auto sitzen, nachdem er extra zu seiner Hütte gefahren war?

Dellwig wischte sich über die Augen. Das flimmernde Sonnenlicht zwischen den Bäumen, der rasche Wechsel von Hell und Dunkel hatten ihm wohl einen Streich gespielt. Und so war die Fantasie mit ihm durchgegangen. Dellwig blickte sich um. Weit und breit war niemand zu sehen, sogar die Sonne verschwand nun hinter einigen weißen Wolken. Er rieb sich die feuchten Hände an seinem Anzug ab, umrundete das Fahrzeug und griff in die Tasche. Im Auto saß wirklich niemand.

Dellwig nahm das Taschentuch, legte es auf die Kühlerhaube und drückte es leicht auf das Blech. Der Motor war noch warm. Er umwickelte seine linke Hand mit dem Tuch, ging langsam auf die kleine Hütte zu und stieg die drei Steinstufen empor. Die Tür ließ sich leicht öffnen. Nachdem sich seine Augen an das Halbdunkel gewöhnt hatten, fiel ihm der umgestürzte Holzstuhl auf. Dellwig betrat den Raum und schloss die Tür hinter sich.

6

Am Montag war die Sekretärin aus dem Urlaub zurück. Als Franck gegen 10 Uhr das Institut betrat, gab es keine schmutzigen Kaffeetassen im Waschbecken mehr, dafür hing an der Wand ein Zettel mit der Aufschrift: „Bitte aus ethisch-moralischen Gründen hier keine Tassen und dergleichen abstellen (am besten gleich spülen)." Frau Kaiser, eine Mittfünfzigerin, versuchte ihre Überforderung im Dienst auszugleichen, indem sie die gute Seele des Instituts spielte. Den Augenaufschlag ihrer Jugend beherrschte sie immer noch.

„Ach, Herr Franck", flötete sie, „wenn ich nicht da bin, gießt wohl niemand Ihre Blumen."

Franck lächelte sie an und ging in sein Zimmer. Er nahm sich die Klausuren vor, die Abschlussarbeiten aus einem Lektürekurs, den er ergänzend zu seiner Vorlesung über die Französische Revolution durchgeführt hatte. Die Studenten hatten jeweils einen von zwei angebotenen Texten aus dem Französischen übersetzen und interpretieren sollen. Interessiert stellte er fest, dass alle Studentinnen die Quelle aus der ersten, gemäßigten Phase der Revolution gewählt hatten; die Studenten hingegen mit einer Ausnahme das Manifest aus der Zeit der Jakobinerherrschaft.

Franck las die Interpretationen der Reihe nach durch und notierte sich jeden klugen Gedanken auf einem Blatt Papier und erhielt so für beide Quellen je eine Liste von zwölf Punkten. Dann nahm er sich die Klausuren ein zweites Mal vor, stellte die individuelle Punktezahl fest und gab der Arbeit mit den meisten Punkten eine Eins, der Arbeit, die nur halb so viel Punkte erhalten hatte, eine Vier. Franck hoffte, durch dieses System der relativen Benotung der Objektivität näher zu kommen. Manche seiner Kollegen gaben eher politische Noten: Diejenigen Studenten, die die Gesinnung des Professors teilten, wurden bevorzugt.

Es bestand in den Geisteswissenschaften bei der Notenvergabe ein großer Ermessensspielraum, besonders in mündlichen Prüfungen, die nur eine Viertel Stunde lang dauerten. Da lagen die Studierenden in ihren Leistungen immer dicht beisammen.

1968 hatte Franck Gruppenarbeiten und Einheitsnoten verteilt. Das zwang die jeweils Besten, sich für die Schwächeren einzusetzen, um selbst eine Zwei zu bekommen. Aber das Prüfungsamt hatte das nicht lange geduldet.

Franck errechnete den Notendurchschnitt der zehn Klausuren. Es gab zwei Einsen und eine Vier, die anderen lagen um den Durchschnitt herum. Erst jetzt schaute er sich die Namen auf den Klausuren an. Olaf Schilling hatte eine wirklich brillante Interpretation des Manifests von Jacques Roux abgeliefert. Der Student war Franck schon im Seminar positiv aufgefallen. Die andere Eins hatte Cornelia Grumkow geschafft.

Cornelia Grumkow? War das nicht die Studentin, die bei der mündlichen Prüfung so jämmerlich versagt hatte?

Franck suchte die Prüfungsliste der Vorlesung heraus. Es stimmte.

Da hat sie sich aber gewaltig gesteigert, dachte er.

Es gab diesen Typus, der im Mündlichen versagte und im Schriftlichen gut war. Das galt besonders für Frauen. Bei mündlichen Prüfungen war der Kontakt zum Professor wichtig. Als Prüfer konnte man so ziemlich jeden Kandidaten hereinlegen. Wenn die erste Frage so gestellt wurde, dass sie schwer zu beantworten war, dann hatte man den Prüfling gleich verunsichert. So mancher erholte sich davon nicht mehr.

Franck packte die Klausuren in einen Umschlag, verschloss ihn, schrieb den Namen des Chefs darauf und übergab ihn Frau Kaiser zu treuen Händen. Der Chef sollte die Zweitgutachten anfertigen. Dann beschloss er, für den Vormittag gute Arbeit geleistet zu haben und ging zum Essen. Es war vierzehn Uhr.

Zwei Stunden später klingelte das Telefon.

„Eine Frau Giseke möchte Sie sprechen", sagte die Sekretärin. Franck drückte den weißen Knopf.

„Hallo, Petra."

„Es ist etwas passiert", sagte sie. „Quast hat sich umgebracht."

„Was? Das gibt es doch gar nicht!", rief Franck.

„Doch. Nach der Morgenlektüre seiner Zeitung verabschiedete er sich von seiner Frau mit den Worten: ‚Es steht schon wieder etwas über mich drin. Ich kann das nicht mehr lesen.' Dann fuhr er zu seiner Hütte in den Wald und erhängte sich. Frag mich nicht nach Einzelheiten."

Franck schwieg zwei Sekunden lang. „Ich kann es nicht glauben. Was soll er denn für einen Grund haben, sich das Leben zu nehmen?"

„Es steckte ein Abschiedsbrief in seiner Tasche, aber den haben wir Journalisten natürlich nicht zu Gesicht bekommen. Soeben hat der Oberstaatsanwalt eine Pressekonferenz abgehalten. Quast soll unter seiner Zeugenaussage enorm gelitten haben. Er empfand es als furchtbar, seinen ehemaligen Vorgesetzten belasten zu müssen. Vor allem soll er den Gedanken nicht ertragen haben, dass man möglicherweise nicht ihm, sondern Dellwig glauben werde."

„Und was denkst du darüber?"

„Ich weiß nicht so recht. Wir sind vom Chefredakteur angewiesen worden, keine eigenen Recherchen anzustellen, sondern nur zu berichten. Um weiteres Unheil zu verhindern, wie er sagt. Immerhin griff der Oberstaatsanwalt auch den Verteidiger Dellwigs scharf an. Besonders dessen Versuch, Quasts Glaubwürdigkeit infrage zu stellen. Der Verteidiger hatte Quast vorgeworfen, auf die Stelle seines Chefs zu spekulieren."

„Ist da etwas Wahres dran?"

„Schon möglich. Quast hatte ja noch gut zehn Jahre. Übrigens hat auch der Personalrat Quast empfohlen, sich als Kommissariatsleiter zu bewerben. Vergiss nicht, dass Quast seit Dellwigs Suspendierung das Kommissariat praktisch schon leitete."

Franck schwieg.

„Bist du noch dran?", fragte sie.

„Können wir uns diese Woche in Bernstadt treffen, Petra?"

„Aha, Monsieur Dupin wollen den Tatort besichtigen. Aber ich kann erst am Freitag, nach dem nächsten Prozesstermin."

„Das ist mir recht."

„Also dann am Freitag um 16 Uhr im Café am Markt. Das können Sie nicht verfehlen. Au revoir, Monsieur!" Weg war sie.

Am Abend saß Franck mit Dr. Wieser auf dessen Terrasse und kam nach einem ausgedehnten Essen auf sein Lieblingsthema zu sprechen. Obwohl es noch recht mild war, hatte Wieser einen unzeitgemäßen roten Pullover angezogen und schien es zu genießen, sich einmal Geschichten von Mord und Totschlag und keine Krankengeschichten anhören zu müssen.

„In Poes dritter Dupin-Geschichte wird die Polizeiarbeit deutlicher als in den beiden früheren Erzählungen mit der Arbeit des Detektivs konfrontiert", sagte Franck. „Der Minister hat einer hochgestellten Person einen kompromittierenden Brief entwendet. Die Person will ihn zurück haben, doch die Pariser Polizei kommt mit ihren Methoden nicht ans Ziel. Deshalb wird Dupin engagiert, den Brief zu finden. Dupin denkt nach und findet ihn. Er liegt ganz offen auf dem Schreibtisch des Ministers."

„Nicht auf dem Schreibtisch", widersprach Wieser, „da verwechselst du etwas. Aber es ist richtig, dass er im Zimmer des Ministers lag, und zwar für alle sichtbar an einem augenfälligen Platz. Er war wie ein Handschuh von innen nach außen umgestülpt und neu adressiert worden. Bei der hochgestellten Person handelte es sich wohl um die Königin; der Brief war ein Liebesbrief, denn sie konnte ihn in Anwesenheit des Königs nicht an sich nehmen. Das nutzte der Minister aus. Er erpresste daraufhin die Königin achtzehn Monate lang und konnte während dieser Zeit politisch viel erreichen."

„Richtig“, antwortete Franck. „Jetzt fällt es mir wieder ein. Der Gipfel an Raffinesse ist, dass Dupin den Brief nicht einfach wegnimmt, sondern ihn durch einen ähnlichen ersetzt. So weiß der Minister nicht, dass der kompromittierende Brief nicht mehr in seinem Besitz ist. Er fährt mit seinen Erpressungen fort, als hätte er ihn noch, doch in Wirklichkeit hat die Königin nunmehr den Minister in der Hand und kann für seinen Sturz sorgen. Dieser Schachzug Dupins war wirklich genial.“

Wieser füllte die Weingläser. Er war ein verständnisvoller Heilpraktiker. Immer wenn Franck zur Behandlung kam und eigentlich auf Diät gesetzt werden musste, sagte er: „Du solltest lieber Weißwein statt Rotwein trinken.“

Heute tranken sie Rotwein; Franck war ja schließlich nicht in die Praxis gekommen.

„Wie steht es denn bei deinem Kriminalfall?“, erkundigte sich Wieser.

„Ich weiß nicht so recht“, antwortete Franck. „Hilfst du mir bei der Analyse?“ Wieser nickte ihm aufmunternd zu.

„Also: Ein finanziell abgesicherter Polizeikommissar begeht einen Versicherungsbetrug, von dem er nicht im Mindesten profitiert, sondern nur die ihm nicht näher bekannte Hinterbliebene eines Unfallopfers. Sein Stellvertreter belastet ihn schwer, hält aber die Konfrontation mit seinem Chef nicht aus und bringt sich um. Der Angeklagte gesteht nicht.“

Franck schüttelte den Kopf und fuhr fort: „Der Prozess wird mit einer Verurteilung enden. Ein paar tausend Mark Geldstrafe, schätze ich, und natürlich vorzeitige Pensionierung bei reduziertem Gehalt, das aber lebenslänglich.“

„In dieser Geschichte handeln zwei Personen offensichtlich vollkommen inkonsequent“, sagte Wieser. „Es ist unerklärlich, warum der Angeklagte die Tat beging und warum sich der Belastungszeuge umbrachte. Dupin würde eine Theorie entwickeln, die die Ungereimtheiten beseitigt.“

„Also gut“, meinte Franck. „Nehmen wir die Herausforderung an.“

Er dachte nach, trank einen Schluck Wein, um seinen Mund anzufeuchten, und begann: „Der verheiratete Kriminalkommissar D. unterhält eine sexuelle Beziehung mit Frau X, deren Mann bei einem Autounfall ums Leben kommt.“

Er unterbrach sich. „Ich weiß gar nicht einmal, wie die Frau des Toten heißt, und ob Dellwig verheiratet ist."

„Weiter", drängte Wieser. „Die Namen sind nebensächlich."

„Seiner Freundin zuliebe manipuliert Dellwig die Unfalldokumente. Der Vater der Witwe hilft ein wenig nach. Er weiß um die Beziehung und droht, Dellwigs Frau zu informieren. Auch Quast weiß Bescheid, schließlich ist er Dellwigs engster Mitarbeiter. Quast hat Angst, diese Beziehung unter Eid aufdecken zu müssen. Deshalb bringt er sich um."

Franck nickte. „So muss es gewesen sein. Nur wenn man ein Liebesverhältnis zwischen Dellwig und der jungen Witwe annimmt, lösen sich die beiden Ungereimtheiten auf; die betroffenen Personen handeln wieder vernünftig."

„Und warum kommt die Wahrheit nicht an den Tag?", fragte Wieser.

„Ganz einfach. Die Verteidigung hat natürlich kein Interesse daran; Dellwig würde nur umso schwerer belastet werden. Sie könnte höchstens den Vater als Erpresser entlarven und auf mildernde Umstände plädieren. Aber in diesem Fall würde Dellwig nie mehr zu seiner Geliebten gehen können. Nicht nur sein Berufsleben, sondern auch sein Privatleben wäre zerstört."

Franck war jetzt ganz in seinem Element und ließ sich von Wieser nicht unterbrechen. „Die Staatsanwaltschaft zeigt auch kein Interesse an Dellwigs Privatleben. Sich eine Geliebte zu nehmen, ist kein Delikt im Sinne des Strafrechts. Im Übrigen hackt eine Krähe der anderen kein Auge aus, deshalb verzichtet der Oberstaatsanwalt auch auf eine Vernehmung Quasts. Nur die Verteidigung begeht den unverzeihlichen Fehler, Quast als Zeugen vorzuladen. Sie will ihre Abschusstheorie beweisen, aber der vorsitzende Richter ist nicht bereit, die Querelen des Polizeikommissariats Bernstadt zu klären. Intrigen in einer Behörde sind strafrechtlich ebenfalls irrelevant." Zufrieden lehnte sich Franck in seinem Sessel zurück. „Was sagst du jetzt?"

Wieser schwieg ein paar Sekunden, dann antwortete er bedächtig: „Alles wunderbar. Wir haben den Fall gelöst. Es fehlen nur noch ein paar Beweise. Aber die wird uns Gott im Schlafe schenken."

„Das klingt ja wie ein Rauswurf", sagte Franck und stand auf. „Danke für das gute Essen und das gute Gespräch."

„Ich muss doch dazu beitragen, dass du als Strohwitwer nicht verhungerst. Und genügend Schlaf findest", fügte Wieser augenzwinkernd hinzu. „Wie lange bist du denn noch solo?"

„Was weiß ich", antwortete Franck. „Es ist doch noch keine Woche her, dass sie abgefahren sind."

„*No woman, no cry*", sagte Wieser und hielt Franck mit gespielter Zuvorkommenheit die Haustür auf.

7

„Der Chef hat schon nach Ihnen gefragt", rief Frau Kaiser, als Franck am Donnerstag das Institut betrat.

„Dann will ich mal gleich zu ihm. Welche Laune hat er denn?"

„Sie wissen doch, dass er nie eine Laune hat."

Das stimmte. Der Chef war grundsätzlich um neun Uhr im Institut, falls er im Institut arbeitete. Er kam immer im dunklen Anzug und Krawatte, ließ sich aber nicht anmerken, was er über die nachlässige Kleidung seiner Mitarbeiter dachte. Er hatte sich eine doppelte Tür einbauen lassen, um nicht durch Geräusche von außen gestört zu werden. Als müsse er sich vor der übrigen Welt verbarrikadieren.

Franck ging hinein, ohne anzuklopfen. Der Chef saß am Schreibtisch und legte seine Pfeife in einen quadratischen gläsernen Aschenbecher, als er ihn kommen sah. Sein Zimmer war das bei weitem größte im Institut. Die Kollegen hatten ihre ursprünglich gleich großen Räume längst verkleinern lassen, um mehr Platz für ihre Mitarbeiter zu gewinnen.

Nüchterner und unpersönlicher konnte man ein Arbeitszimmer kaum einrichten. Die Fensterfront war durch weiße Lamellen vollständig vom Außenlicht abgeschottet. In der entferntesten Ecke standen ein Sofa, drei Sessel und ein rechteckiger Couchtisch; Modelle der Fünfzigerjahre aus braunem Teakholz mit grauen Stoffkissen. Über dem Sofa hing eine Weltkarte. Die Wand den Fenstern gegenüber bestand aus Einbauschränken, die lediglich durch ein Waschbecken aufgelockert wurden.

Der Chef blieb sitzen, und Franck nahm notgedrungen auf dem Stuhl Platz, der vor dem Schreibtisch stand.

Damit die Hierarchie klar ist, dachte er.

Es ging um die Klausurarbeiten. In der Regel gab es bei der Benotung kaum Unterschiede zwischen ihnen beiden. Sie urteilten offenbar nach denselben Kriterien.

„Ich kann nicht verstehen, dass diese Frau Grumkow so eine ausgezeichnete Klausur geschrieben hat", sagte der Chef. „In meinem Proseminar war sie ein kompletter Versager. Wer hat denn bei der Klausur Aufsicht geführt?"

„Herr Heilmann", sagte Franck. „Auch in meiner Vorlesungsprüfung war sie die schlechteste. Ich hätte sie beinahe durchfallen lassen."

Dr. Franz Heilmann war schon seit mehreren Jahren Assistent, und der Chef hielt große Stücke auf ihn. Sein Misstrauen schien sich augenblicklich in Luft aufzulösen.

„Herr Heilmann ist heute nicht im Hause. Er hat sich eine Flasche auf den Fuß fallen lassen und läuft mit Krücken herum."

„Na ja, dann kann man nichts machen." Der Chef schob ihm den Packen Klausuren zu. In einer Stunde würde er den Fall vergessen haben. Franck erhob sich.

„Und lassen Sie den Bleistift hier."

Franck legte den Stift in die längliche flache Schale, die wie festgenagelt die Schreibunterlage krönte. Er musste ihn wohl aus der Schale genommen haben, für den Fall, dass es etwas zu notieren gab. Schale und Unterlage waren in demselben eintönigen Grau gehalten wie die Sofakissen.

Franck schloss die Tür, atmete tief durch und ging wortlos an Frau Kaiser vorbei. In seinem Zimmer sichtete er die Post. Der DGB-Kreis bat ihn um ein Referat bei den Schorndorfer Friedenswochen. Die Veranstaltung sollte Ende November im Jugendzentrum stattfinden.

Kann man nicht gut absagen, obwohl es sicher kaum etwas zu verdienen gibt, dachte er.

Dann fand er noch eine Einladung zur Tagung „Wie weiblich ist die Kriminalität?" Es sollte eine historische Auseinandersetzung mit dem Thema stattfinden, unter anderem auch ein Referat über die erste Polizeiassistentin des Deutschen Reiches vorgetragen werden. Nachmittags standen Vorträge über aktuelle Perspektiven auf dem Programm: Terrorismus und Geschlecht. Das hörte sich vielversprechend an.

Am Abend gab es eine Mitgliederinnenversammlung. Um Himmels willen! Was war das nun wieder für ein Exemplar: eine Mitgliederin?

Es klopfte und Karl Reichberg steckte seinen Kopf durch den Türspalt. Er kam regelmäßig alle halbe Jahre, um mitzuteilen, dass er sich nun zur Lateinprüfung anmelden werde. Jedes Mal wuchsen ein paar Haare weniger auf seinem Kopf. Ohne das Latinum konnte man Geschichte eigentlich nicht studieren. Doch Karl hatte alle Geschichtsseminare absolviert, sich vor dem Latein aber gedrückt, nachdem er einmal durchgefallen war.

„Komm herein“, sagte Franck.

Reichberg war ein Unikum. Ursprünglich hatte er bei Daimler gearbeitet und im Betriebsrat mitgewirkt, dann aber beschlossen, etwas Richtiges zu tun, nämlich zu studieren, und machte es nicht unter Philosophie und Geschichte. Auch an der Uni stürzte er sich sofort in hochschulpolitische Tätigkeit; er übernahm das Kulturreferat in der Fachschaftsvertreterversammlung. Die Folge war, dass man nunmehr zum ersten Mal in der Stadt Reggae hören konnte und dass die „Schmetterlinge“ ihre Proletenpassion im größten Hörsaal der Uni aufführten.

Das war im letzten Herbst gewesen und für Franck zu einem mittleren Debakel geworden. Denn in der Veranstaltungspause hatte Franck programmgemäß einen Kurzvortrag über das antifaschistische Lied „Der rote Wedding“ halten sollen. Aber als es so weit war, war im Saal die Beleuchtung ausgefallen und aus den hinteren Reihen waren Rufe nach „Aufhören, aufhören“ gekommen. Karl hielt das immer noch für einen Anschlag der K-Gruppen, was Franck aber nicht trösten konnte.

Karl setzte sich und legte ein Buch auf den Schreibtisch.

„Subversive Aktion“, sagte er. „Der Sinn der Organisation ist ihr Scheitern. Lies das mal.“

„Und sonst?“, fragte Franck.

Karl hatte über seine Examensarbeit nachgedacht. Nun wollte er den Fortschritt in der modernen Geschichte bearbeiten. Nichts mehr und nichts weniger. Vor einiger Zeit hatte Franck gewitzelt, Karl könne doch seine Memoiren als Magisterarbeit einreichen, aber erst nachdem er bis zum dreißigsten Semester fortgeschritten sei.

Karl ging, als die Sprechstunde anfing. Es kamen insgesamt sechs Studenten. Der erste roch penetrant nach Rasierwasser. Ein zweiter meldete sich für das Staatsexamen im Frühjahr an, ein dritter wollte am Hauptseminar teilnehmen und übernahm es, Franz Mehrings Schiller-Interpretation zu erarbeiten. Die anderen drei interessierten sich für ihre Klausurnoten. Merkwürdig, dachte Franck, die Besten kommen immer zuerst.

Dann stand Cornelia Grumkow an der Tür.

„Bitte nehmen Sie Platz", sagte Franck und ließ die Tür vorsichtshalber offen.

Frau Grumkow schien mitten im Sommer erkältet zu sein. Sie trug eine triste Wolljacke in einem undefinierbaren Beige-Grau und dazu einen gleichfarbenen Schal. Auf den streng zurückgekämmten Haaren steckte verloren eine Sonnenbrille. Cornelia Grumkow schaute Franck aus einem blassen Gesicht heraus an und wollte natürlich auch ihre Klausurnote erfahren. Das gute Ergebnis schien sie nicht zu überraschen.

„Ich habe auch viel dafür getan", sagte sie und schnaufte durch die Nase.

Franck wusste nicht, was er entgegnen sollte. So gab er ihr wortlos die Klausur und den unterschriebenen Lektürekursschein. Sie stand auf.

„Nun hoffe ich nur, dass meine weiteren Prüfungen bei Ihnen auch so gut laufen."

Franck folgte ihr auf den Flur. Sie verschwand genauso lautlos wie sie gekommen war. Als sei sie froh, das Gespräch hinter sich zu haben.

Komisch, dachte er. Bei einer solchen Note kommt man doch gern in die Sprechstunde. Er setzte sich wieder an den Schreibtisch und rief Heilmann an.

„Na, wie geht es dir?"

„So la la. Der Urlaub ist jetzt dahin."

„War die Flasche wenigstens leer?"

„Leider nein. Eins Komma fünf Liter Chianti vom obersten Regal."

„Ja, ja", sagte Franck. „Die großen Flaschen stehen immer oben."

„Wie soll ich denn das verstehen?“

„Wie du willst. Sag mal, du hast doch die Aufsicht bei den Klausuren geführt. Irgendwelche besonderen Vorkommnisse?“

„Nicht, dass ich wüsste. Warum fragst du?“

„Da hat eine Studentin, die der Chef und ich für eine Niete halten, eine super Klausur geschrieben. Cornelia Grumkow heißt sie.“

„Kenne ich nicht. Ich kann mich nur an einen Studenten namens Karl Grumkow erinnern. Der war in dem ersten Kurs, den ich gehalten habe, und auch so gut. Leider hat er dann die Uni gewechselt.“

„Du hast natürlich nicht die Taschen der Studenten überprüft?“

„Nein. Das macht man doch nicht. Du meinst, sie hat die fertige Klausur schon mitgebracht? Dann hätte sie ja das Thema vorher wissen müssen.“

„Ich weiß auch nicht. Aber diese Leistungsunterschiede sind schon merkwürdig. Der Chef hat das auch festgestellt.“

„Soll ich ihn anrufen?“

„Das ist wohl nicht nötig. Und gute Besserung!“

Franck ging ins Sekretariat und bat Frau Kaiser, in der Studentenkartei unter Grumkow nachzuschauen.

„Wir haben zwei“, sagte sie nach einigem Blättern. „Karl und Cornelia. Sie sind wohl Geschwister, denn sie geben beide dieselbe Heimatadresse an. Karl ist zwei Jahre älter als Cornelia. Er hat die Zwischenprüfung mit einer Eins abgeschlossen und dann die Universität gewechselt. Bei ihr sind noch keine Noten verzeichnet. Sie wohnt in der Haussmannstraße. Wollen Sie die Karten haben?“

Franck winkte ab. „Nein. Vielen Dank. Es war nur so eine Idee.“

Am Abend, als er vor dem Fernseher mehr lag als saß und erfuhr, dass es am nächsten Tag sonnig und warm werden würde, fiel ihm ein, dass er mit zwei Frauen auf einmal verabredet war.

Ich muss Kathrin auf die nächste Woche vertrösten, dachte er. Sie wird es verkraften.

Schließlich hatte sie ihn in Straßburg auch ganz schön abblitzen lassen. Es war eins der peinlichsten Wochenenden in seinem

Leben gewesen. Den ganzen Nachmittag waren sie an einem Flüsschen namens Ill spazieren gegangen, und sie hatte kein einziges Wort hervorgebracht. Nachts im Hotel lag sie im Bett, die Decke bis zum Kinn hochgezogen, mit einem Krimi vor der Nase. Und dann auch noch Edgar Wallace.

Da Kathrin nicht ans Telefon ging, sprach er ein paar Worte auf ihren Anrufbeantworter. Was natürlich auch nicht gerade die feine Art war.

Franck freute sich auf die Reise nach Bernstadt. Er nahm sich vor, schon am Morgen loszufahren, um das Städtchen vor dem Treffen mit Petra Giseke auf eigene Faust zu erkunden.

8

Zuerst geriet Franck in einen üppig blühenden Renaissancegarten. Er war gegen halb zwölf in Bernstadt angekommen und von seinem Parkplatz in der Bahnhofstraße aus die Treppen zum Schloss emporgestiegen.

Der Platz an der Südwestecke der alten Stadtmauer hatte nur zu einer bescheidenen dreiflügeligen Anlage gereicht. Franck wusste, dass die Grafen oder Fürsten in solchen Schlössern selten residiert hatten. Höchstens ihre Witwen. Der Hauptzweck solcher Bauten hatte darin bestanden, der Bevölkerung täglich klarzumachen, dass der Fürst mit seinem Hofstaat jederzeit anwesend sein könne. Die fürstliche Macht sollte den Untertanen vor Augen geführt werden, um jede mögliche Auflehnung im Keim zu unterbinden. Belustigt nahm er zur Kenntnis, dass ein Teil des Schlosses nunmehr einer anderen Obrigkeit als Unterkunft diente: dem Finanzamt.

Früher wurden sie von ihren Fürsten ausgesaugt, dachte er.

Franck schlenderte das Gässchen entlang zum Marktplatz, vorbei an der evangelischen Stadtkirche und dem Dritte-Welt-Laden. Im Zentrum des Marktplatzes stand, majestätisch und raumgreifend, das alte Rathaus, umgeben von mehrstöckigen Bürgerhäusern.

Das Café entdeckte er am anderen Ende des Platzes, dort, wo die Fußgängerzone begann. Auf seiner Außenterrasse saßen die

Gäste unter Sonnenschirmen an weißen Tischen und erholten sich von den Strapazen der Stadtbesichtigung. Kein Ort, um ein gutes Gespräch zu führen.

Das recht ansehnliche Stadtbild wurde durch die Parkplätze verschandelt, die sich vor dem Rathaus und dem Café befanden, und über den Marktplatz fuhren in regelmäßigen Abständen Linienbusse.

Am Kiosk vor dem alten Rathaus kaufte Franck ein Exemplar der *Odenwälder Heimatzeitung*. Die Schautafeln von SPD und CDU waren nur mit offiziellen Wahlplakaten bestückt. Im Touristikzentrum erfragte er die Telefonnummer des Stadtarchivs.

Am Rande der Fußgängerzone warb das älteste Restaurant der Stadt um hungrige Touristen. In seiner Bierstube bestellte Franck eine Portion Schweinebraten mit Kartoffelknödel und Rotkraut. Das Essen war reichlich und heiß. Den Namen der Stube missachtend, entschied er sich für einen Schoppen Weißwein.

Das neue Rathaus fand er außerhalb des historischen Ortskerns an der Durchgangsstraße. In einem Glaskasten der Stadtverwaltung informierte der Stadtverordnetenvorsteher gemäß Paragraph 58 Absatz 6 der hessischen Gemeindeordnung über die nächste Sitzung der Stadtverordnetenversammlung. Auf der Tagesordnung standen unter anderem eine Änderung des Bebauungsplans Apfeläcker sowieso eine Vorlage zur Erhöhung der Hundesteuer.

Gegenüber dem neuen Rathaus breitete sich die Polizeistation aus. Das dreistöckige, lang gezogene und weiß getünchte Gebäude war von allen Seiten mit einem zwei Meter hohen Zaun umgeben, dessen metallene Schiebetür sich nur öffnete, nachdem man eine Klingel betätigt und sein Anliegen über eine Sprechanlage mitgeteilt hatte. Da fragte man sich doch, wer vor wem geschützt werden sollte. Vor dem Haus, aber innerhalb des umzäunten Areals, befand sich ein großer Parkplatz, auf dem nur einige wenige grün-weiße in Wiesbaden zugelassene Polizeiwagen und ein paar Privatfahrzeuge mit dem örtlichen Kennzeichen standen. Wer wohl die Dienststelle jetzt leitete, nachdem Dellwig und Quast es beide nicht mehr konnten?

Auch die etwa 15 Tische im Inneren des Cafés waren gut besetzt. Den lang gestreckten Raum hatte man durch eine halbhohe

Galerie geteilt, um mehr Sitzplätze zu gewinnen. Von dort aus konnten die Gäste auf den Marktplatz schauen. Im hinteren Teil führten ein paar Stufen zu einer Empore und dort gab es freie Tische. Franck setzte sich so, dass er die Eingangstüren überblicken konnte und bestellte einen Eiskaffee.

„Das exklusive Tagescafé mit echter Caféhaus-Atmosphäre; ein Treffpunkt für Jung und Alt im Herzen der Stadt." So stand es wenigstens in der Karte. Mit echt deutscher Caféhaus-Atmosphäre, müsste man besser sagen, dachte er.

Tischdecken in Altrosa, braune Holzstühle, künstliche Blumen auf den Raumteilern, an den Wänden die unvermeidlichen vergoldeten Leuchter mit Glühbirnen im Kerzenformat. Junge Menschen gehörten nicht zu den Gästen. Unter den Alten dominierten die Damen. Die wenigen Männer nur in Begleitung ihrer Frauen und dem Berufsleben längst entwachsen. Touristischer Durchgangsverkehr zu den Toiletten im Keller.

Vier junge und freundliche Serviererinnen bugsierten mit ziemlicher Geschwindigkeit ihre Kuchentabletts zwischen den Tischen herum. Eine sah aus wie die andere: Alle trugen einen schwarzen Rock, eine weiße Bluse, eine graue Weste und bequeme schwarze Latschen. Vor den Röcken baumelten schwarze Geldtaschen und Schlüssel für die Registrierkasse. Alle hatten ihre Haare zu einem Pferdeschwanz gebunden, was ganz nach Anweisung von oben aussah. Franck bestellte noch eine Flasche Wasser.

Um zwei Minuten nach vier betrat Petra Giseke das Café. Franck winkte ihr zu, sie kam, legte den Autoschlüssel auf den Tisch, nahm ihre Tasche von der Schulter und setzte sich.

„Na, hast du dir das Städtchen schon angeschaut?"

„Ja. Viel zu hübsch, um einen richtigen Tatort abzugeben."

Petra trug einen weißen, kurzärmeligen Rolli, der sich über ihren Brüsten spannte und bis knapp über die Jeans ging. Ihre Arme waren leicht gebräunt.

Kein BH, dachte Andreas und betrachtete sie, während sie die Karte studierte. Hellbraunes Haar, das bis auf die Schultern fiel, Mittelscheitel. Sie griff mit einer Hand eine Haarsträhne und steckte sie hinters Ohr. Kleine Ohrringe, sonst kein Schmuck, auch nicht an den Händen.

Die Bedienung kam, und Petra bestellte einen Eiskaffee. Franck nahm noch ein Mineralwasser, es war heiß im Raum.

„Zuerst die Neuigkeiten vom dritten Prozesstag, o.k.?“

Franck nickte. Sie hatte blaue Augen und volle Lippen und war so gut wie nicht geschminkt.

„Dellwigs Wahlverteidiger hat sein Mandat niedergelegt.“

„Das kommt für mich nicht überraschend“, sagte Franck. „Wahrscheinlich sieht er ein, dass seine Strategie völlig daneben war und zudem ein Menschenleben gekostet hat.“

„Ganz und gar nicht. Er schiebt der Staatsanwaltschaft den schwarzen Peter zu. In seinen Augen war es eine böse Entgleisung, dass der Oberstaatsanwalt einen Zusammenhang zwischen der Verteidiger-Strategie und dem Freitod Quasts hergestellt hat. Er selbst habe nur seine Pflicht getan. Er legt sein Mandat nieder, um die Staatsanwaltschaft davon abzuhalten, Vorurteile, die sie gegen ihn habe, Dellwig anzulasten.“

„Das nennt man einen starken Abgang.“

Petra nahm einen Schluck Kaffee und schleckte mit der Zunge etwas Sahne von der Oberlippe.

„Der vorsitzende Richter hat das wohl schon vorher gewusst. Er reagierte prompt und verlas eine Erklärung, die alle Verfahrensbeteiligten unter ausdrücklicher Einbeziehung des Verteidigers von dem Vorwurf freisprach, mitschuldig an Quasts Selbstmord zu sein. Das konnte den Verteidiger aber nicht umstimmen.“

„Und wie geht es jetzt weiter?“

„Dellwig bekommt einen neuen Wahlverteidiger. Aber der muss sich erst einarbeiten. Das bringt den Terminplan durcheinander. Als nächster Verhandlungstag ist jetzt der vierte August vorgesehen, Montag in einer Woche. Doch das wird nur ein Geistertermin. Die Strafprozessordnung sieht vor, dass zwischen zwei Verhandlungen nicht mehr als zehn Tage liegen dürfen. Sonst platzt der Prozess.“

„Was nur der Verteidigung recht wäre.“

„Allerdings. Der Verteidiger hat mir schon vor Prozessbeginn gesagt, dass es mit Haken und Ösen zugehen wird. Jetzt spielt man alle Verfahrenstricks aus.“

„Für dich ist ein solcher Prozess sicher auch eine Chance, als Journalistin bekannt zu werden“, sagte Franck. „Du schreibst gut.“

Petra nickte nur. Über ihre Arbeit wollte sie jetzt nicht mit ihm reden. Sie lehnte sich zurück und schlug die Beine übereinanderander. Sie trug Sandaletten und hatte ihre Fußnägel weiß lackiert. Petra schaute Andreas in die Augen, und Andreas wurde unruhig.

„Du siehst besser aus ohne Bart“, stellte sie fest. „Wie geht es dir denn so?“

„Ich versuche auch, Gutes zu schreiben“, antwortete er. „Und ein guter Lehrer zu sein.“

„Das bist du. In deinen Seminaren hast du immer so viel Freundlichkeit und Wärme vermittelt. Ich habe mich bei dir wohlgefühlt, aber gespürt, dass du traurig warst.“

„Das ist auch schon wieder gut vier Jahre her. Viel hat sich aber seitdem nicht verändert.“ Franck trank einen Schluck Wasser. Sie schwiegen.

„Warst du schon im Urlaub?“, fragte er dann, eher aus Verlegenheit, als aus Interesse.

Die Sonne ging auf in ihrem Gesicht.

„Ja, über Pfingsten mit einer Freundin. In der Toskana. Es war ganz toll. In den Uffizien haben wir einen Tag lang Botticellis Primavera studiert. Edgar Wind hat ein ganzes Buch darüber geschrieben, und über die drei Grazien. Das Bild ist voller heidnischer Mysterien. Und in Siena saßen wir stundenlang auf dem Campo. Gigantische Kulisse! Wenn man einmal auf den Stufen dort gesessen hat, wird man ein anderer Mensch.“

„Und gut gegessen?“, fragte er.

Petra lachte und legte die Hand auf ihren Bauch.

„Viel zu gut gegessen.“ Sie stand auf und nahm ihre Tasche. „Ich komme gleich wieder. Bestelle mir doch noch eine Flasche Selters.“

Andreas folgte ihr mit den Blicken. Sie ging viel gerader und energischer als er.

Sie ist vielleicht fünf Zentimeter kleiner als ich, dachte er. Mit den Absätzen. Ihre Jeans kleben nicht am Körper, aber sie schlottern auch nicht. Sie braucht keinen Gürtel. Sicher hat sie einen schönen Po.

„Und wie passt nun der Fall Dellwig zu deiner Arbeit über die Geschichte des Kriminalromans?“, fragte sie, nachdem sie sich wieder gesetzt hatte.

„Mir scheint, der Fall Dellwig wird nach der Methode Holmes bearbeitet, aber man bräuchte einen Dupin, um ihn zu lösen.“

„Wie meinst du das?"

„Da muss ich etwas ausholen", antwortete Franck.

Petra schaute ihn aufmunternd an.

„In den von Auguste Dupin und Sherlock Holmes verkörperten Detektivtypen zeigen sich zwei miteinander rivalisierende Formen moderner Wissenschaft. Holmes ist der erste Detektiv, der nach den Regeln der empirischen Wissenschaften arbeitet, so wie sie sich im neunzehnten Jahrhundert durchgesetzt haben. Dupin ist noch ein Vertreter des universalistischen Denkansatzes der Aufklärung."

„Aha. Deshalb kannst du dann auch Holmes mit Ranke vergleichen."

„Genau. Was hat Ranke denn durchgesetzt? Denk an seine berühmt gewordenen Schlagworte: Er will bloß sagen, wie es eigentlich gewesen ist. Das heißt doch: Er glaubt daran, dass man zwischen den Tatsachen und der Meinung über sie sauber trennen kann und seine Meinung als Wissenschaftler nicht äußern soll. Mit anderen Worten: Der Historiker muss Detektiv und darf nicht zugleich Richter sein."

„Das denken auch viele Journalisten", entgegnete Petra. „Deshalb die Trennung zwischen Berichterstattung und Leitartikel. Dabei steckt die Tendenz schon in den Artikeln selbst."

„Eben. Ein anderer Grundgedanke Rankes ist für mein Thema noch interessanter. In seiner Antrittsrede an der Berliner Universität formulierte er ihn erstmals. Die Geschichtswissenschaft erschöpfe sich nicht mit Sammeln und Aneinanderreihen von Tatsachen. Sie müsse vielmehr nach den verborgenen Ursachen der Begebenheiten forschen. Die Frage nach dem Warum wird zur Hauptfrage des Historikers. Das heißt: Die Motive des Täters rücken in den Mittelpunkt der fragenden Vernunft."

„Ich verstehe. Jetzt schließt sich der Kreis: Gerade die Motive des Täters liegen im Fall Dellwig ja im Dunkeln."

„Du sagst es. Meine Vermutung ist, dass sie auch im Dunkeln bleiben. Man wird Dellwig den Versicherungsbetrug nachweisen. Eine ganze Reihe von Indizien spricht gegen ihn. Also wird er verurteilt. Aber seine Motive interessieren nicht. Sie werden nicht erforscht. In diesem Sinne wird der Prozess scheitern. Und sein Scheitern wird mir ein Beweis dafür sein, dass die empirischen Wissenschaften unfähig sind, die Probleme der Gegenwart zu lösen. Es fehlt ihnen der ganzheitliche Ansatz; früher hätte man universalistisches Denken gesagt."

„Da hast du dir aber einiges vorgenommen."

„Es ist nur ein Spiel", sagte Franck. „Ein intellektuelles Vergnügen. Warum eine trockene geschichtstheoretische Abhandlung schreiben, die dann keiner liest?"

„Mir fällt ein, dass ich vor Kurzem einen Aufsatz gelesen habe über einen Kunsthistoriker namens Morelly, der Ende des neunzehnten Jahrhunderts eine neue Methode entwickelte, um Kunstwerke zu identifizieren. Er ging von den unscheinbaren Details aus, auf die bisher niemand geachtet hatte, und konnte dadurch zahlreiche Gemälde Künstlern neu zuordnen, ja sogar Originale von Kopien unterscheiden. Der Autor verglich Morelly mit Sherlock Holmes und Sigmund Freud. Was die Indizien bei Holmes sind, das sind die Symptome bei Freud und die Details bei Morelly. War ziemlich spannend, der Aufsatz."

„Den muss ich auch lesen", sagte Franck. „A propos Details. Ist Dellwig eigentlich verheiratet?"

„Ja, aber seine Frau habe ich noch nie gesehen", sagte Petra. „Sie kommt nicht zu den Gerichtsverhandlungen."

„Und die Frau des Verunglückten? Ist sie hübsch?"

„Elke Simon. Wie man's nimmt. Etwa dreißig Jahre alt, blond, schlank. Sie sitzt immer unter den Zuhörern. Worauf willst du hinaus?"

„Könnte Dellwig ein Verhältnis mit ihr haben?"

Petra schüttelte den Kopf. „Willst du selbst nach dem Motiv suchen? Wenn du mich fragst: Ich tippe eher auf politische Hintergründe."

„Mir scheint, bei den meisten Verbrechen sind Leidenschaften wie Eifersucht auf eine Rivalin, Angst vor der Aufdeckung heimlicher Liaisons oder die Wut darüber, dass man sitzen gelassen wurde, mit im Spiel. Politische Skandale kann man doch vertuschen."

„Verbeiß dich nicht in deine Theorien, Andreas. Es gibt ein Leben außerhalb der Bücher."

Sie hat eine warme Stimme, dachte Franck. Und sie hat recht.

„Ich muss jetzt gehen, den Artikel für die morgige Ausgabe schreiben. Am Wochenende habe ich Dienst. Bleibst du noch in Bernstadt?“

„Vielleicht esse ich hier zu Abend und höre mir an, was man so alles am Stammtisch spricht.“

„Komm doch einmal nach Darmstadt und hör dir eine Verhandlung an. Zum Beispiel, wenn der Schwiegervater aussagt. Das könnte spannend werden.“

„Eine gute Idee“, sagte Franck.

„Ich übermittle dir den Termin in der Zeitung.“

„In der Zeitung? Geht denn das?“

„Na klar“, antwortete Petra und stand auf. „Ich spiele das Spiel mit. Botschaften in der Zeitung. So, dass nur du es merkst. Ein intellektuelles Vergnügen. Und schon fast eine heimliche Liaison. Hoffentlich endet das nicht mit einem Verbrechen.“

„Jetzt nimmst du mich auf den Arm“, sagte Andreas.

„Nein, in den Arm. Und es gibt ein sozialistisches Küsschen.“

Einen Augenblick lang spürte er ihren warmen Körper und ihre Lippen. Dann war er wieder allein. Er setzte sich und sah, wie sie das Café durch die Bäckerei verließ.

9

Petra Giseke ging mit schnellen Schritten zu ihrem Sportwagen. Das Gespräch mit Andreas hatte länger gedauert als erwartet, aber wenn sie gut durchkam, würde sie in einer Stunde in der Redaktion sein. Gerade noch rechtzeitig, um den Artikel fertigzustellen und den Chef zu beruhigen.

Er ist ja ganz nett, dachte sie und meinte nicht ihren Chef, sondern Andreas Franck. Aber der volle Softie. Ein bisschen zu schüchtern. Von allein kommt er nicht auf Touren. Und einen geraden Blick kann er auch nicht aushalten. Fühlt sich nur sicher, wenn es um seine wissenschaftlichen Themen geht.

Im Wintersemester 1975/76 hatte sie in Stuttgart seine Vorlesung über das Zeitalter der Aufklärung gehört, um den fachfremden Schein für ihr politikwissenschaftliches Studium zu machen. Gern hätte sie auch Geschichte studiert, aber da sie kein Latinum hatte, war das nicht möglich gewesen. Das ganze Semester harrte sie in der Vorlesung aus, was bisher sehr selten vorkommen war. Es ging viel um alternative Lebensformen. Sie hörte mit offenem Herzen zu und begriff, dass das Bürgertum in seinen kreativen Anfängen manche Utopien entwickelt hatte, die bis heute noch nicht eingelöst worden waren.

Persönlich lernte sie Andreas erst auf dem Sommerfest kennen, das er in seiner Wohnung ausrichtete. Er hatte damals die Idee gehabt, Menschen aus der Nachbarschaft, der Uni und der Politik zusammenzubringen. Die ersten Kontakte sollten über ein Tipp-Kick-Fußball-Turnier laufen, was natürlich nur bei den Männern klappte. Die Ergebnisse wurden im Kinderzimmer auf einer großen Schultafel notiert. Die ganze Wohnung stand den Gästen offen. Petra hatte sich fast eine Stunde lang mit Andreas im Garten unterhalten. Vor der Geschichte mit dem Chef. Als Genossen waren sie gleich per Du, und er hatte sich tatsächlich noch an sie als Studentin erinnern können. Sie sprach von ihrer Arbeit und schließlich auch von ihrer verkorksten Beziehung, bis seine Frau eifersüchtig dazwischentrat. Aber er hatte geduldig und ernsthaft zugehört. Allein das war schon viel wert, wenn ein Mann zuhören konnte und nicht immer über sich selbst reden musste.

Vielleicht ist er ja auch bereit, Utopien in seinem eigenen Leben zu verwirklichen, dachte Petra, als sie sich dem Stadtzentrum näherte. Sechzehn Monate nach der Scheidung war es an der Zeit, einen neuen Versuch zu wagen.

Im Auto war es immer noch heiß und stickig. Andreas Franck kurbelte die Scheibe herunter, ließ den Motor an und suchte nach der Kassette mit den Aufbruchliedern, die er sich aus verschiedenen LPs zusammengestellt hatte. Er schob sie in den Recorder und fuhr los. Die Sonne war hinter den sanften Hügeln des Odenwalds verschwunden. Heute fühlte er sich wohl.

Er hielt an der Kreuzung, sah ein Auto von links kommen. Das schaffe ich noch, dachte er, und bog in die Bundesstraße ein.

Die Stammtisch-Beobachtung hatte sich als Flop erwiesen. Lediglich drei Männer hatten zusammengesessen; von denen einer gerade ging, als Franck eintraf. Zurück blieben ein älterer Mann, der vor einem großen Bier hockte, und ein jüngerer, der eine Flüssigkeit trank, die wie Apfelsaft aussah. Fast eine Stunde lang saßen sie da und wechselten kein Wort miteinander. Dann hatte Franck keine Lust mehr, seinen Kaffeekonsum noch weiter zu erhöhen. Vielleicht war er am falschen Ort gewesen.

„Dass der Himmel heut so hoch steht, kann doch wirklich kein Versehen sein. Und es ist bestimmt kein Zufall, dass die Lichter sich vom Dunst befrein."

Ob sie schon zu Hause ist, wenn ich ankomme? Für die Hinfahrt habe ich mehr als zwei Stunden gebraucht.

Was hätte ich ihr noch sagen können?

Er fuhr unwillkürlich langsamer. Lächelte ein paar Frauen zu, die am Straßenrand standen und auf Grün warteten.

„Irgendwo da draußen pulst es, und ich hab es satt, ein Abziehbild zu sein."

Er spürte wieder einen Druck im Magen. Ich habe ihr nur einen akademischen Vortrag gehalten.

Konstantin Wecker und Hildi Hadlich spielten ein wunderbares Duo. Er mit den perlenden Klavierakkorden, sie mit dem warmen, dunklen Cello, wie ein Streicheln der Seele.

„Genug ist nicht genug, ich lass mich nicht belügen. Schon Schweigen ist Betrug, genug kann nie genügen."

Ihm traten Tränen in die Augen; er klammerte sich ans Steuerrad.

Vielleicht liegt sie schon im Bett. Ob sie wohl nackt schläft?

Das einzig Gute an diesem Schlitten ist, dass man Kassetten hören kann. Er stellte das Radio lauter. Die Straße ist hier wie eine Achterbahn, dachte er. Vielleicht sollte ich eine andere Strecke fahren.

„Viel zu lange rumgesessen, überm Boden dampft bereits das Licht. Jetzt muss endlich was passieren, weil sonst irgendwas in mir zerbricht."

Leichter gesagt als getan. Allein ist es viel zu schwer; das hat sie auch erlebt.

„Komm, wir brechen morgen aus, und dann stellen wir uns gegen den Wind. Nur die Götter gehn zu Grunde, wenn wir endlich gottlos sind."

Mein Gott, das ist die Wissenschaft. Vielleicht bin ich etwas alternativer als der Mainstream, aber die Wissenschaft steht für mich doch auch über allem anderen.

„Es gibt ein Leben vor dem Tod."

Dieser Satz stammte von Wolf Biermann. Es gibt keine Glückseligkeit ohne Bücher. Es gibt ein Leben außerhalb der Bücher. Das hatte sie gesagt.

Ich darf den Einsatz nicht verpassen. Düdübdüdüb, düdübdüdübdü.

Er schlug den Rhythmus mit der rechten Hand aufs Lenkrad. Ein entgegenkommendes Autos blinkte ihn an. Er nahm das Fernlicht zurück.

Morgen werde ich noch nicht ausbrechen, dachte er. Morgen beginnt das Wochenende, und ich werde mich in meinen Büchern vergraben. Den Aufsatz lesen, von dem Petra gesprochen hatte. Vielleicht gehe ich auch mal wieder ins Kino.

Wie spät mag es sein? Wann bin ich denn los gefahren?

Achtung, gleich kommen die Sirenenklänge. Und wieder der Basston des Cellos und dazu, wie einzelne Sekttropfen, das Piano.

Er sah die Autobahn vor sich und gab Gas, um sich in den fließenden Verkehr einzuschlängeln. Die Auffahrt war gut überschaubar. Er blickte aus dem offenen Seitenfenster und taxierte die Geschwindigkeit der Fahrzeuge. Nach dem Lastwagen würde es gehen, dann gleich auf die Überholspur. Mit sparsamen Bewegungen schlug er das Lenkrad nach links, ließ es zurückschnellen und drehte es wieder leicht nach links weiter.

„Stur die Straße lang und nichts denken, nur: Es ist heiß heute. Irgendjemand schüttet Licht aus. Der Motor läuft erstaunlich ruhig."

Auf der Autobahnbrücke standen Kinder und winkten. Er winkte zurück und verlor für eine halbe Sekunde die Kontrolle über das Auto.

„Die Tachonadel zittert ein wenig. Das ist normal. Natürlich geht es südwärts. Du hast deiner Frau nicht mal mehr die Meinung gesagt."

Auch vor dem Chef nicht die Hosen runtergelassen, ergänzte Franck.

„Die Felder driften nach Süden. Es liegt viel Weg vor dir."

Kathrin wird weiterhin nur Cat Stevens hören. *My Lady D'Arbanville, why do you sleep so still?* Weil sie tot ist, verdammt noch mal!

I'll wake you tomorrow, and you will be my thrill!

„Dein Anwalt wird alles mit deiner Frau regeln, während du diesen braunen Mädchen auf den Po blickst."

Es fing an zu regnen. Auf dem nassen Asphalt spiegelten sich die Lichter der vorüberfahrenden Autos. Er fuhr langsamer.

Oder sie steht unter der Dusche und streckt ihre Arme dem Wasser entgegen. Dann trocknet sie sich mit einem weichen Handtuch ab. Setzt den linken Fuß vorsichtig auf die sonnengelben Fliesen, dreht sich auf dem Fußballen halb um die eigene Achse und stellt den anderen Fuß auf den Beckenrand. Ein weißes Dreieck wird sichtbar. Mit der linken Hand streicht sie sich eine Haarsträhne aus dem Gesicht.

„Und immer wenn dein Kollege Paul sein Butterbrot auspackt, öffnest du eine weiße Flügeltür."

Er seufzte. Vor ihm lagen Wiesen.

August 1980
10

In den folgenden Wochen entwickelte Franck sich zu einem eifrigen Zeitungsleser. Bisher war er nie wesentlich über die täglichen Sportseiten hinausgekommen. Nun begann er seinen Arbeitstag in der Leseecke der Universitätsbibliothek.

Natürlich hatte Petra am Samstag nach dem Treffen in Bernstadt über den dritten Verhandlungstag geschrieben. Am Montag war ein weiterer Bericht von ihr erschienen. Die Strafkammer hatte sich darüber informiert, wie die Versicherungen vorgehen, wenn bei Unfällen Alkohol im Spiel ist. Franck konnte dem Artikel entnehmen, dass der Tiefbauingenieur Friedrich Simon am 5. Juli 1979 mit seinem Auto von der Fahrbahn abgekommen und die Böschung hinabgestürzt war. Warum beschrieb sie so detailliert ein Ereignis, das mehr als ein Jahr zurücklag? Ob das eine Botschaft für ihn sein sollte?

An der Infotheke der Bibliothek fragte Franck einen jungen Mann mit Bart und Brille nach dem Vorlesungsverzeichnis der TH Darmstadt.

„Ja, das gibt es hier. Aber ich weiß nicht, ob wir das aktuelle haben."

„Ich möchte nur eine Adresse nachschlagen. Geben Sie mir doch ein älteres."

Er bekam eines für das Sommersemester 1979. Das hatte gut geklappt.

Franck setzte sich an einen Tisch, schaute ins Personenregister, fand den Namen Simon, blätterte zurück und las: Dipl.-Ing. Friedrich Simon, Lehrbeauftragter im Fachbereich Bauingenieurwesen, Schwerpunkt Verfahrenstechnik des Tunnelbaus.

Na also, dachte er. Aber was bedeutete nun diese Information?

Der Verunglückte hatte allem Anschein nach einen Lehrauftrag an der Uni Darmstadt angenommen. Von einem Lehrauftrag konnte man bei der mickrigen Bezahlung, die es für ihn gab, nicht leben. Also hatte Simon einen anderen Job gehabt, in dem er etwas Besonderes leistete, sodass er trotz seiner Jugend gebeten worden war, an der Hochschule darüber zu lehren.

An der Leihstelle herrschte ein reges Treiben. Vor dem Eingang zum Lesesaal lagen einige Rucksäcke und Taschen der

Benutzer unbeaufsichtigt herum. Franck ging die Treppe herunter, schloss seine Tasche in einen Schrank ein und stieg die Treppe wieder hinauf in den Lesesaal und ging an den Bücherregalen entlang, bis er vor den Lexika stand. Er griff sich einen Band von Meyers Enzyklopädischem Lexikon heraus, schlug den Eintrag über Tiefbau auf und fand, was er gesucht hatte: Der Tiefbau war ein Teilgebiet des Bauwesens, das im Unterschied zum Hochbau die Arbeiten des Straßen-, Eisenbahn-, Erd- und Grundbaus, des Wasserbaus, der Abwasserbeseitigung usw. umfasste. Zufrieden verließ er den Lesesaal.

Die eigentliche Sensationsmeldung musste Franck ausgerechnet der *Bild*-Zeitung entnehmen. Er war am Morgen früh aufgestanden, weil er das Auto zur Inspektion bringen wollte, verließ das Haus, ohne gefrühstückt zu haben, nahm zwei Schlüssel, verschloss die Tür und steckte einen in die Aktentasche, den anderen in die Hosentasche.

Nachdem die Anmeldeformalitäten in der Werkstatt erledigt waren, erkundigte Franck sich bei dem Werkmeister, ob man Bremsen so manipulieren könne, dass sie im Normalfall funktionierten, bei einer Vollbremsung aber versagen mussten.

Der Werkmeister lachte. „Sie haben wohl zu viele schlechte Krimis gelesen."

Mit gesenktem Kopf verließ Franck die Werkstatt und fuhr mit der U-Bahn in die Stadtmitte.

Die Königstraße bot noch ein tristes Bild. Nur wenige Menschen verloren sich in ihr. Alle Geschäfte waren geschlossen und nirgendwo gab es eine Möglichkeit, im Sitzen zu frühstücken. Zum Hauptbahnhof wollte er nicht gehen, weil er sich in dessen Wandelhalle nicht wohlfühlte. Er wich einer Kehrmaschine aus, die ihre Kreise zog, ging über den Fußgängersteg, am leeren Parkplatz vorbei und stieg die Treppen zum Uni-Hochhaus hinauf.

Im Institut traf er nur die Putzfrau. Sie hatte mit ihrem Generalschlüssel alle Türen geöffnet und saugte gründlich die Teppichböden. Franck setzte sich an seinen Schreibtisch. Die Sonne stand noch so tief, dass sie ihn bei den ersten Arbeitsversuchen blendete. Auf dem Tisch entdeckte er einen versilberten Kugelschreiber, der ihm nicht gehörte.

Nach einer halben Stunde stand er auf und verließ das

Gebäude wieder. An der Kreuzung glaubte er für einen kurzen Moment, Cornelia Grumkow zu erkennen. Auf jeden Fall war es eine junge Frau in grauer Wolljacke, die ihn an die Grumkow erinnerte. Franck betrat die Bäckerei an der Straßenecke, bestellte eine Tasse Kaffee und ein Croissant und holte sein Portemonnaie aus der Tasche, öffnete es, suchte in ihm herum und legte die Münzen auf die Theke. Mit einem Seitenblick registrierte er den Stoß Zeitungen neben der Kasse. Die Verkäuferin trug einen grünen Kittel und eine weiße Haube auf dem Haar.

Die fetten, schwarzen Schlagzeilen kamen nur langsam bei ihm an. „Brutale Verteidiger-Strategie fordert zweites Opfer." Daneben prangte das Konterfei einer hohlwangigen Mittfünfzigerin. Zehn Tage nach dem tragischen Hinscheiden ihres Mannes wurde Lydia Quast in ihrem Ehebett tot aufgefunden. Sie sah aus wie die in Ehren ergraute Hauptdarstellerin eines Naturtheaters.

Zum ersten Mal in seinem Leben kaufte sich Franck diese Zeitung. Außer der Balkenüberschrift fanden sich auf der ersten Seite nur wenige Zeilen. Die schwer erkrankte Frau hatte sich mit einem Pflanzenschutzmittel vergiftet. Auf der unteren Hälfte des Blattes posierte die unvermeidlich halb nackte junge Dame. Diesmal hieß sie Alexandra, war 27 Jahre alt und fragte sich, was sie an diesem heißen Tag wohl anziehen solle, um ihren Kollegen zu gefallen. Dem Papst ginge es endlich wieder besser, verlautete aus seiner Sommerresidenz. Auch von ihm gab es ein Bild; er neigte den Kopf vor der barbusigen Schönheit. Außerdem wurde auf den Danziger Werften noch gestreikt, und Franz Josef Strauß, der Kanzlerkandidat der CDU/CSU, kritisierte die Steuerpolitik der Bundesregierung.

Auf Seite drei hatten die Redakteure aus dem Eheleben der Quasts einen süßen Brei angerichtet. In großen farbigen Bildern zeigten sie aus verschiedenen Perspektiven das Wohnhaus der Familie. Vor allen Fenstern hingen Blumenkästen mit offensichtlich hingebungsvoll gepflegten Geranien. Ein schwarzer Pfeil richtete sich auf das Fenster im ersten Stock, hinter dem das Leben der Frau qualvoll geendet hatte. Es war den Journalisten sogar gelungen, durch ein offenes Fenster einen

Schuss auf das Ehebett abzufeuern. Selbst ein Foto von der Silberhochzeit des Paares hatte man aufgetrieben. Ein Schnappschuss aus den glücklichen Zeiten, die mit dem unsäglichen Prozess so jäh zu Ende gegangen waren. Lydia Quast hatte sich nach dem Selbstmord ihres Mannes, den sie so innig liebte, in ärztliche Behandlung begeben müssen. Obwohl sie danach schwere Beruhigungsmittel zu sich nahm, konnte sie seinen Tod nicht verkraften. Die Familie war im Dorf allseits bekannt und geachtet.

Franck faltete das Blatt zusammen, verließ die Bäckerei und versenkte es im nächsten Papierkorb. Nach zwanzig Metern drehte er sich um und sah gerade noch, wie ein älterer Mann in schäbiger Kleidung die Zeitung aus dem Abfalleimer wieder herauszerrte.

In der Universitätsbibliothek musste Franck feststellen, dass weder die *Rundschau*, noch die *FAZ* einen Bericht über die neueste Entwicklung im Fall Dellwig brachten. Auch am Samstag schwiegen die überregionalen Zeitungen. So musste er sich wohl oder übel gedulden.

Petras Artikel erschien erst am Dienstag.

Es war der Bericht über den vierten Verhandlungstag, den sogenannten Geistertermin, an dem angeblich nichts Besonderes zu erwarten gewesen war. Franck hatte sich die Zeitung schon am Hauptbahnhof gekauft, da ihn der Rauch und das Gerede in der Leseecke der Universitätsbibliothek zunehmend störte. Nun saß er auf einer Bank in der Lautenschlagerstraße.

Der Bericht mit Foto füllte eine ganze Seite. Die Schlagzeile lautete: „Dellwig-Verteidigung fordert: Weiteres Unheil verhindern“. Darunter stand in kleineren Lettern: „Nach dem zweiten Freitod schlägt Anwalt vor, das Verfahren gegen den suspendierten Bernstadter Polizeichef auszusetzen. Unter dem Eindruck des Freitodes von Lydia Quast fühlt sich der neue Verteidiger nicht mehr frei genug, die Zeugen zu befragen.“

Petra hatte offenbar die Direktive eingehalten, sich von der Sensationsberichterstattung anderer Zeitungen abzugrenzen. Aber sie schrieb, wie sie es gelernt hatte: Jeder Artikel musste aus sich selbst heraus verstanden werden können. Man durfte nie davon ausgehen, dass der Leser die früheren Berichte zum Thema kannte. Deshalb waren alle ihre Artikel jeweils eine

Zusammenfassung des gesamten Falles, die die neueste Entwicklung mit einbezog.

„Als Motiv unterstellt die Staatsanwaltschaft Dellwig, er habe die Hinterbliebenen vor einer alkoholbedingten Kürzung der auszuzahlenden Versicherungssumme bewahren wollen. Eine besondere Beziehung zwischen den Hinterbliebenen und dem Angeklagten, die ein solches Verhalten erklären könnte, hat die Staatsanwaltschaft jedoch nicht nachweisen können."

Das hat sie gut formuliert, dachte Franck und las weiter. „Drei Tage nach seiner Zeugenvernehmung wurde Walter Quast in einer Waldhütte tot aufgefunden. Der Abschiedsbrief machte beklemmend deutlich, dass er ernorm darunter gelitten hatte, seinen ehemaligen Chef belasten und seine Dienststelle, in der auch sein Sohn beschäftigt ist, unsauberer Arbeit bezichtigen zu müssen. Zehn Tage nach Walter Quast nahm sich seine seit langem schwerkranke Ehefrau Lydia ohne Angabe von Gründen das Leben. Am Rande der Gerichtsverhandlung betätigte sich Dellwig als Prophet. Es sei dies nicht der letzte Tote im Verfahren, erklärte der 47-Jährige im Gerichtsflur."

Mein Gott, dachte Franck, das ist ja wie bei den zehn kleinen Negerlein. Wenn ich das in meinem Krimi schreibe, dann haut mir jeder Lektor das Manuskript um die Ohren.

Er nahm ein Blatt Papier aus der Aktentasche und notierte sich zwei Fragen:

Seit wann ist Frau Quast krank?

Womit ist Quasts Sohn in der Polizeistelle beschäftigt?

11

Der Donnerstag begann gleich mit einer schlechten Nachricht. Beim Auftaktspiel der neuen Saison hatte Werder in Oberhausen nur ein Unentschieden erzielt. Das Tor von Kostedde aus der siebenten Minute reichte nicht für den Sieg.

An solchen Tagen sollte man einfach im Bett bleiben, dachte Franck.

Gegen neun Uhr rief seine Frau an. Sie wusste, wann er in der Regel das Haus verließ und wollte ihm zuvor noch die freudige Mitteilung machen, dass sie am nächsten Mittwoch zurückkommen werde. Es gäbe auch eine Überraschung.

Wahrscheinlich hatte sie sich eine neue Frisur machen lassen. Der Afro-Look war immer noch in Mode. Mittwoch, das war der 13., ein Tag nach der fünften Verhandlungsrunde in Darmstadt. Da würde es schwierig werden, noch rechtzeitig die Wohnung zu richten.

Missmutig saß er nun an seinem Schreibtisch. Was hatte er in den drei Wochen seit Semesterende eigentlich getan? Ein Buch über Ranke gelesen, von dem er in Erinnerung behalten würde, wie der Begründer der modernen Geschichtswissenschaft seine Privatbibliothek geordnet hatte: nach dem Tag der Anschaffung. Wenn es drei Bände von einem Werk gab, die zu verschiedenen Zeiten erschienen waren, wie etwa Bismarcks Erinnerungen, würden sie nicht nebeneinander stehen.

Dann hatte er ein Taschenbuch studiert, das Aufsätze und Briefe von Raymond Chandler enthielt. Chandler empfahl allen zukünftigen Krimiautoren, bestimmte Szenen immer wieder neu zu schreiben, so lange, bis sie endlich gut seien. Er selbst hatte schreiben gelernt, indem er eine Erzählung von E. S. Gardner viele Male umformulierte.

Franck schluckte. Würde er je einen guten Krimi schreiben können?

Auch Kathrin erwies sich als ein Ausfall. Von ihr kam nur Schweigen. Sein Vorschlag, mit ihm zusammen einen Krimi zu schreiben, war so etwas wie ein letzter Versuch gewesen, die Beziehung zu retten. Die Zusammenkünfte hatte sie längst zu kostenlosen Nachhilfestunden für ihr Examen missbraucht.

Ansonsten hatte er Zeitung gelesen und sich in einen Kriminalfall verbissen; aus welchen Gründen auch immer. Dass er diesen Fall Dellwig für seine Arbeit über die Parallelen zwischen der Geschichtswissenschaft und der kriminalistischen Ermittlung brauchte, war an den Haaren herbeigezogen.

Er hatte ein Hobby: Kriminalromane lesen, und musste daraus gleich ein Forschungsprojekt machen. Als dürfe er einfach nicht in Ruhe diese Krimis lesen. Warum lag er nicht irgendwo am Strand und ließ sich von der Sonne bräunen? Dort konnte er ebenso gut sein Hobby pflegen. Stattdessen musste er immer wieder an dieses Gutachten zur Blutprobe denken.

Franck beobachtete eine Fliege, die seit fünf Minuten hartnäckig um einen Lichtfleck auf seinem Schreibtisch kreiste. Sie wollte sich dort nicht niederlassen, sondern lieber Loopings vorführen. Schade, dass ich keine Fliegenklatsche dabei habe, dachte er. Irgendwann wird sie in der Sonne landen.

Das Telefon klingelte und Francks kleine Schwester war am Apparat. Sie wohnte in der Nähe von Bremen und hatte lange nichts von ihm gehört.

„Ich schreibe gerade über den Detektivroman ‚Studie in Scharlachrot'. Arthur Conan Doyle hat ihn 1887 verfasst. In ihm tritt Sherlock Holmes zum ersten Mal auf", teilte Franck ihr mit. „Der Autor stellt seinen Helden in einem Labor zwischen Retorten, Bunsenbrennern und Reagenzgläsern vor – bei der Herstellung eines Gutachtens über eine Blutprobe. Mit diesem Auftritt ist in der Geschichte des Kriminalromans eine neue Stufe erreicht: Im Unterschied zu seinen literarischen Vorgängern ist Holmes der erste wissenschaftlich arbeitende Detektiv."

„Interessant, Herr Professor", erwiderte seine Schwester, „aber was sagen Sie zu Werder?"

Als das Gespräch nach einer halben Stunde zu Ende ging, saß Franck ohne die Fliege in seinem Arbeitszimmer und beschloss, sich selbst an seinem Haarschopf aus dem Morast zu ziehen. Das ging erfahrungsgemäß am besten, indem er in seinen eigenen, unveröffentlichten Werken las. Er angelte sich das Vortragsmanuskript und schlug den Aktendeckel auf. Es war ihm schon ganz gut gelungen, die Parallele zwischen Conan Doyle und Ranke herauszuarbeiten. Im ersten Holmes-Roman trug die Kriminalhandlung noch so wenig, dass die Vorgeschichte in einem umfangreichen Mittelteil im Stil eines Abenteuerromans dargeboten werden musste. Auch Ranke konnte seine neue kritische Methode zunächst nur formulieren, jedoch nicht in einem Werk einlösen. Er musste erst selbst auf Quellensuche gehen und in der königlichen Bibliothek zu Berlin die Staatsberichte der venezianischen Gesandten finden, um eine gelungene geschichtswissenschaftliche Abhandlung zu schreiben.

Franck hielt inne. So ähnlich wie Ranke ging es ihm jetzt auch. Er musste Quellen finden, die seine Hypothesen im Fall

Dellwig stützten. Infrage kam zuerst das Stadtarchiv Bernstadt.

Kaum hatte er die Nummer gewählt, meldete sich dort eine Frauenstimme. Er stellte sich vor und erklärte sein Anliegen.

„Wir bereiten eine große Untersuchung über den Wandel politischer Partizipation in ausgewählten süddeutschen Städten vor. Ein Vergleich zwischen 1970 und 1980. Wir haben dabei auch an Bernstadt gedacht. In diesem Zusammenhang würden wir gern wissen, ob Sie die *Odenwälder Heimatzeitung* in Ihrem Archiv aufbewahren."

Die Zeitung war vorhanden.

„Und die Protokolle der Stadtverordnetenversammlung?"

Die waren noch nicht ans Archiv abgegeben worden.

Die Dame schien geschmeichelt zu sein, dass sich die Wissenschaftler für ihre Stadt interessierten, und gab bereitwillig Auskunft.

„Um ermessen zu können, ob sich die Beschäftigung mit Bernstadt für uns lohnt, bräuchten wir Informationen über die politische Zusammensetzung der Stadtverordnetenversammlung nach den letzten Kommunalwahlen. Könnten Sie mir bei der Beschaffung dieser Informationen behilflich sein, wenn ich, sagen wir, am Montag vorbeikäme?"

„Das dürfte nicht schwer sein", antwortete sie. „Wir haben von acht bis sechzehn Uhr geöffnet. Aber Sie brauchen doch sicher auch die Zusammensetzung des Gremiums von 1970, wenn Sie vergleichen wollen." Sie hatte gut mitgedacht.

„Da haben Sie recht. Dann komme ich am Montag gegen elf Uhr."

Einmal im Schwung, rief Franck Dr. Wieser an.

„Guten Tag, Herr Doktor. Ich brauche einen weiteren Gesprächstermin zum Thema Krimis."

„Ich kann Ihnen leider erst einen am Samstagabend geben."

„Also gut. Das ist wohl der letzte in meinem Strohwitwerdasein."

„Ich verstehe. Torschlusspanik. Du willst noch alles Mögliche erledigen, bevor du dich wieder in den Ehemann verwandelst. Dagegen habe ich auch ein Mittel."

„Gegen den Ehemann?"

„Nein, gegen die Torschlusspanik."

„Schmeckt sicher ekelhaft, das Mittel. Wahrscheinlich zwanzig Minuten lang ausgekochte chinesische Wurzeln."

„Wie wär's mit einer Flasche Sancerre?"

„Die schlucke ich gern. Hoffentlich fällt sie dir nicht auf den Fuß, wenn du sie aus dem Regal nimmst."

Franck beendete das Gespräch und ging ins Sekretariat. Er fühlte sich nicht mehr so mutlos wie am Morgen.

Frau Kaiser war eifrig bemüht, ein Manuskript fehlerfrei auf der IBM abzutippen.

„Darf ich Sie etwas fragen?"

„Aber Sie doch immer, Herr Franck."

„Erinnern Sie sich? Sie haben noch vor ihrem Urlaub die Klausurthemen meines Lektürekurses geschrieben. Die mit den französischen Texten."

Sie nickte.

„Hat die Themen jemand anders zu Gesicht bekommen? Vielleicht eine Hilfskraft?"

Empört schüttelte sie den Kopf.

„Sie wissen doch, dass wir Prüfungsthemen nicht von den Hilfskräften vervielfältigen lassen. Nein, ich habe die Vorlage, nachdem Sie sie noch einmal durchgesehen haben, gleich Herrn Heilmann zum Kopieren gegeben. Er sollte doch die Aufsicht führen."

Sie schaute ihn an, als hätte er ihr einen unsittlichen Antrag gemacht.

Abends, am Stammtisch, drehte sich wieder alles um die Wahlen. Andreas Franck saß vor seinem Grunbacher Trollinger und hörte zu. Der Ortsvereinsvorsitzende, ein lang aufgeschossener Theologe mit sorgfältig gescheiteltem Haar, setzte sich vehement dafür ein, die SPD zu wählen.

„Es geht in erster Linie darum, eine Strauß-Regierung zu verhindern", rief er. „Das könnt ihr nicht, wenn ihr die Grünen wählt. Die haben zwar bei den Landtagswahlen mit ihren 5,3 Prozent einen Achtungserfolg errungen, werden aber im Oktober an der Fünf-Prozent-Hürde scheitern."

„Die entscheidenden politischen Weichenstellungen finden doch nicht mehr in den Parlamenten statt", entgegnete der einzige Juso am Ort. „Schmidt und Strauß sind überhaupt keine Alternative. Die sind sich doch einig, in den kommenden

Jahren den Atomstaat aufzubauen. Unterschiede gibt es allenfalls in den Methoden; in den Grundfragen der Politik besteht längst eine große Koalition."

„Aber denk doch daran, dass es für Linke noch andere wesentliche Aufgaben gibt als den Umweltschutz: Kampf gegen Aufrüstung und Kriegsgefahr, Abwehr der Arbeitsplatzvernichtung, Verteidigung der Grundrechte." Das war die Stimme des Gewerkschafters. „Die Grünen sind nicht in der Lage, diese Aufgaben zu lösen."

„Und wie willst du die lösen?", fragte der Juso.

„Es kommt hauptsächlich darauf an, die Arbeiter zu mobilisieren. Die sozialliberale Variante bürgerlicher Herrschaft muss unterstützt werden, weil sie den größten Spielraum für sozialistische Bestrebungen gibt."

„Warum trittst du eigentlich nicht aus der Partei aus, Michael?", fragte Andreas den Juso. Auch Michael hatte bei ihm Geschichte studiert.

Der Lehrer im Kreis wollte offenbar das Thema wechseln, um dem Juso die Antwort zu ersparen. „Was ist denn nun mit deiner Aktentasche?", fragte er.

„Die habe ich wieder zurückbekommen. Leider ist nun für teures Geld ein neues Schloss in der Haustür."

Der Lehrer grinste breit.

„Und? Wie passt denn das neue Schlüsselchen in das neue Schlösschen?"

Alle lachten. Die Parteieinheit war wiederhergestellt.

Andreas blickte in die Runde. „Sind 1,5 Promille eigentlich viel?"

„Nö", sagte einer. „Damit bin ich schon oft nach Hause gefahren."

12

„Schau, was ich heute auf dem Flohmarkt erstanden habe", sagte Franck.

Er hielt „Die kleine Schwester" in der deutschen Erstausgabe von 1957 in der Hand. „Niemand will diese alten Taschenbücher mehr haben."

„Die neue Übersetzung mit den Umschlagzeichnungen von Tomy Ungerer ist auch viel besser", entgegnete Dr. Wieser.

Es war Samstagabend, und die beiden saßen im Wohnzimmer vor dem Kamin. Auf dem Couchtisch standen eine italienische Vorspeisenplatte, ein Bastkorb mit Weißbrot und die angekündigte Flasche Sancerre.

„Das ist mir klar. Der alte Übersetzer hat sich für ‚Brummfliege' und ‚Luftsaltos' entschieden. Das klingt heutzutage lächerlich. Aber schau dir doch dieses Cover an. Das sind die Fünfzigerjahre pur. Wenn ich einmal Zeit habe, schreibe ich einen Aufsatz darüber, wie sich die Titelbilder von Krimis seit den Fünfzigerjahren verändert haben."

„Auch so ein Thema, für das sich niemand interessiert", brummte Wieser. „Gott sei dank, dass ich nicht mehr an der Uni bin. Kannst du nicht einmal etwas Sinnvolles tun?"

Schweigend nahm Franck das Buch wieder an sich. Für ihn war es ein guter Tag gewesen. In der Nähe des Flohmarkts hatte er auf einer Parkbank gesessen und einige Kapitel aus dem Chandler-Krimi gelesen. Die Handlung war wie immer so verworren, dass man es bald aufgab, mitzudenken. Wie immer gab es mehrere Tote, mehrere potenzielle Mörder und eine Frau, die die Männer in den Tod schickte. Und wie immer gab es brillante Dialoge, an denen man sich auch in einer schlechten deutschen Übersetzung erfreuen konnte.

In der *Darmstädter Rundschau* hatte er dann einen neuen Bericht von Petra über den Dellwig-Prozess studiert und erfahren, dass der Aussetzungsantrag der Verteidigung abgelehnt worden war. Nun teilte Petra Andreas mit, dass der nächste Prozesstag wie vorgesehen am Dienstag um 8.30 Uhr beginnen werde. Mehrere Zeugenvernehmungen stünden auf dem Programm. Neben dem ermittelnden Staatsanwalt solle auch der Oberstaatsanwalt gehört werden. Von Ersterem erwarte die

Verteidigung Informationen über die Abtrennung des Verfahrens gegen den jungen Polizeibeamten, der auf Anordnung Dellwigs die Unfallmeldung geändert hatte. Der Oberstaatsanwalt müsse Stellung nehmen zu dem Einwand des Angeklagten, er habe sein Handeln mit ihm abgestimmt. Schließlich werde sich der Schwiegervater des Unfallopfers zu der Frage äußern, ob er von den Vorgängen im Polizeikommissariat Bernstadt gewusst habe.

Der Prozessbeginn war allerdings viel zu früh angesetzt worden, aber für dieses Problem hatte Petra auch eine Lösung parat. In einem weiteren Artikel berichtete nämlich ein Kollege von ihr, dass in Bernstadt am Montagabend die mit Spannung erwartete Sitzung der Stadtverordnetenversammlung anberaumt worden war. Der Bebauungsplan Apfeläcker stand auf Antrag der CDU-Fraktion erneut zur Debatte. Das Gremium hatte ihn vor einigen Jahren abgelehnt und damit eine skandalträchtige Reaktion der Grundstücksbesitzer hervorgerufen.

Also würde Franck am Montagmorgen nach Bernstadt fahren, im Stadtarchiv arbeiten, ab 19 Uhr an der öffentlichen Sitzung teilnehmen, übernachten und Dienstag pünktlich in Darmstadt zum Prozessbeginn erscheinen.

Er freute sich auf diese ereignisreichen zwei Tage. In der letzten Zeit hatte eine merkwürdige Scheu ihn daran gehindert, Petra anzurufen. Ihm war, als würde sie ihn mit ihrem Vorschlag, über die Zeitung zu kommunizieren, auf Distanz halten. Nach dem Bernstadter Treffen konnte es für ihn kein Telefongespräch mehr geben, das sich nur um den Fall Dellwig drehte. Er hatte in Bezug auf Petra ganz andere Wünsche.

„Ich habe mir deine These einmal durch den Kopf gehen lassen", sagte Dr. Wieser. „So schlecht sind die Methoden von Holmes gar nicht. Es ist doch ein Fortschritt der Wissenschaft, dass man Personen aufgrund ihrer Fingerabdrücke identifizieren oder Blutproben im Labor untersuchen kann."

„Das bestreite ich gar nicht. Die Frage ist nur, ob man allein mit diesen Untersuchungen zur Wahrheit vorstößt. Denk an ‚Der Hund der Baskervilles'. Holmes kommt lediglich durch einen Zufall darauf, wer es wirklich gewesen ist. Er kennt dann sogar den Täter, kann ihm die Tat aber nicht beweisen. Um der Gerechtigkeit Genüge zu tun, muss der Mann dann im Moor versinken. Das ist doch keine Lösung."

Wieser wechselte das Thema, um Franck nicht recht geben zu müssen.

„Übrigens gibt es noch andere literarische Detektive zwischen Dupin und Holmes. Das wird dich interessieren. Sie passen zu deiner These."

„Und zwar?"

„Vor allem Lecoq. Das ist eine Schöpfung des französischen Schriftstellers Emile Gaboriau. Auch Gaboriau war noch kein reiner Kriminalschriftsteller. Er schrieb mehr als dreißig Fortsetzungsromane in Zeitungen. Der Detektiv Lecoq kommt in fünf Romanen vor, die zwischen 1866 und 1869 erschienen sind. Einige von ihnen gibt es auch in deutscher Übersetzung. Zum Beispiel ‚Monsieur Lecoq'. Hier steht der Titelheld im Mittelpunkt der Ermittlungen. Es geht um drei Morde, die in einer Spelunke verübt werden. Der Täter wird gefasst, aber Lecoq zweifelt an dessen Identität."

„In einer Zeit, wo der Fingerabdruck als Identitätsmerkmal gilt, wäre das kein Problem", warf Franck ein. Es war schwer, zu Wort zu kommen, wenn Wieser einmal angefangen hatte zu dozieren.

„Richtig. Aber die Polizeiarbeit ist noch nicht so weit. Man lässt den Verhafteten entkommen, um sich an seine Fersen zu heften. Lecoq nun setzt auf modernere Methoden: Er macht Gipsabdrücke von Fußspuren, fertigt eine Tatortskizze an, sammelt Staub als Beweismaterial. Die Methode Holmes kündigt sich an."

„Aha", sagte Franck. „Löst er auch den Fall mit ihr?"

„Interessanterweise nicht. Er lässt sich von einem Monsieur Tabaret das Geheimnis lüften. Dieser Tabaret ist ein zweiter Dupin, der den Fall mit unvergleichlichem Scharfsinn und fabelhaft schnellen Schlussfolgerungen durchschaut. Der letzte Teil des Romans spielt ein halbes Jahrhundert früher und erklärt, dass die Hintergründe der Tat Familienzwistigkeiten waren."

„Man könnte also sagen", überlegte Franck, „in der Aufspaltung Lecoq–Tabaret und in dem Scheitern des mit neuen Methoden arbeitenden Detektivs macht sich der Übergangscharakter der Zeit bemerkbar."

„Übergang ist ein gutes Stichwort", sagte Wieser. „Ich hole uns noch eine Flasche." Er schlurfte davon.

Auch Franck stand auf. Familienzwistigkeiten.

Merkwürdig, dachte er, seitdem ich in diesen Fall Dellwig eingestiegen bin, klingen einige Worte in mir immer wieder nach. Abschusstheorie aus dem ersten Telefongespräch mit Petra, Quellensuche aus der Biografie Rankes und jetzt Familienzwist.

Er nahm einen Kugelschreiber vom Tisch, notierte sich die drei Begriffe auf einem Blatt Papier und schloss sie in einem Kreis zusammen. Damit sie sich aneinander gewöhnten.

Die Regalwand war mit Büchern vollgestopft. Franck bemerkte, dass Wieser die Literatur nach dem Alphabet der Autoren geordnet hatte. Die Dünndruckausgabe der Erzählungen Poes stand zwischen den Gedichten von Cesare Pavese und Alfred Polgars Essays.

„Die Flasche kommt nur aus dem kühlen Keller", sagte Wieser entschuldigend.

Franck stand immer noch vor dem Bücherregal und nickte zustimmend.

„Was machst du, wenn du dir Petrarca kaufst?", fragte er.

„Dann reiße ich die Nachbarschaftsbeziehungen auseinander."

Sie setzten sich wieder und widmeten sich sorglos der zweiten Flasche Sancerre. Franck konnte zu Fuß nach Hause gehen. Jetzt war er es, der das Thema wechselte.

„Glaubst du eigentlich, dass man aus der Geschichte lernen kann? Wir führen seit Ranke eine nicht enden wollende Debatte darüber."

„Man muss nicht, aber man kann", antwortete Wieser. „Warum soll man denn Geschichte studieren, wenn es für die Gegenwart sinnlos ist?"

Franck nickte. Diese Antwort hatte er auch schon hundertmal gegeben. Aber sie befriedigte ihn nicht.

„Und glaubst du, dass man aus der Geschichte des Kriminalromans etwas für die Lösung aktueller Fälle lernen kann?"

„Warum nicht? Es gibt doch menschliche Standardsituationen, und die Palette der Lösungen ist begrenzt."

„Sodass alles schon einmal da gewesen ist?"

„Sodass alles sich in Variationen wiederholt."

Franck sank in den Sessel zurück. So hatte er das noch nicht gesehen.

Vielleicht brauche ich nur Krimis zu lesen und dann den richtigen herauszupicken, dachte er, um den Fall Dellwig zu lösen.

„Gib den Kugelschreiber wieder her“, sagte Wieser. „Den habe ich geschenkt bekommen; der ist mir wichtig. Ich kann dir gern einen anderen überlassen.“

„Ich brauche doch keine Kulis“, protestierte Franck. „Ich muss ihn versehentlich eingesteckt haben.“

Franck fühlte sich unbehaglich. Wieser hatte den ganzen Abend über dominiert, sein Wissen ausgebreitet und den Freund kaum zu Wort kommen lassen. Zum Abschied musste Franck aber noch eins draufsetzen.

„Wenn dir die Cover-Geschichte nicht gefällt“, sagte er spitz im Flur, „dann schreibe ich eben über die Bedeutung der Fliege im Kriminalroman. Weißt du eigentlich, dass Chandler bei der berühmten Fliegen-Szene zu Beginn von ‚Die kleine Schwester‘ durch Rex Stout inspiriert wurde? In dessen erstem Roman ‚Die Lanzenschlange‘ von 1934 eliminiert Archie Goodwin zwei Fliegen mit einer Klatsche.“

„Meinetwegen“, antwortete Wieser. „Aber damit kriegst du auch keinen Lehrstuhl.“

13

Das Thema „Bebauungsplan Apfeläcker“ war wohl mit Bedacht an das Ende der Tagesordnung gesetzt worden. Doch schon vor Sitzungsbeginn herrschte eine gespannte Atmosphäre im Saal. Die Herren am Vorstandstisch, der Vorsitzende der Versammlung, der Bürgermeister, der Finanz- und der Baudezernent der Stadt, blätterten in ihren Akten, blickten im gut gefüllten Saal herum und steckten immer wieder ihre Köpfe zusammen. Die Stadtverordneten saßen schon zum großen Teil auf ihren Plätzen. Sie hatten Schildchen aus Plexiglas vor sich, auf denen ihr Name, aber nicht ihre Parteizugehörigkeit vermerkt war. Die etwa dreißig Abgeordneten bildeten drei Halbkreise vor dem Vorstandstisch; sie mussten zu den leitenden Herren emporblicken.

Franck vermutete, dass die drei im Parlament vertretenen Fraktionen wie üblich nach ihrer politischen Gesinnung platziert worden waren: die SPD links, die Überparteiliche Wählergemeinschaft ÜWG in der Mitte und die CDU rechts. Unter ihnen befanden sich nur wenige Frauen; rechts gar keine, in der Mitte zwei, auf der linken Seite fünf.

Für die Zuhörer waren an der linken Saalseite mehrere Sitzreihen vorgesehen. Franck hatte einen Platz bekommen, von dem aus er nur den rechts außen sitzenden Volksvertretern ins Gesicht schauen konnte. Vor ihm, auf der Höhe des Vorstandstisches, saßen drei Pressevertreter. Immer wieder erhoben sich einige der Kommunalpolitiker, setzten ein fröhliches Gesicht auf, liefen geschäftig in Richtung der Zuhörer, schüttelten Hände und sprachen mit den Journalisten. Das Stimmengewirr erinnerte Franck an ein studentisches Proseminar kurz vor dem Austeilen der Klausurthemen.

Um Punkt sieben ertönte ein zartes Glöckchen, der Vorsitzende bat um Ruhe und eröffnete die Sitzung. Franck lehnte sich in seinem Stuhl zurück und streckte die Beine aus. Er hatte einen arbeitsreichen Tag hinter sich und fühlte sich bestens vorbereitet, um der Debatte über den Bebauungsplan folgen zu können. Er war früh aufgestanden, hatte die Nachricht von der Heimniederlage Werders weggesteckt, war pünktlich im Stadtarchiv erschienen und dort von einer kompetenten jungen Archivarin gut betreut worden.

Nun wusste er, dass die Bebauung der Apfeläcker vor drei Jahren mit knapper Mehrheit abgelehnt worden war. Ökologische und städtebauliche Argumente hatten sich gegen die Interessen der Grundstücksbesitzer durchgesetzt. Doch eine Woche nach dem Beschluss hatten die Grundstücksbesitzer in einer Nacht- und Nebelaktion mit der Kettensäge etwa sechzig kerngesunde Obstbäume auf den Apfeläckern gefällt. Wenn ein alter Streuobstbestand eine Bebauung der Fläche verhindert, so sagten sich die Naturfrevler, dann sägen wir die Bäume einfach um, und es gibt nichts mehr zu schützen. Franck hatte ein paar Fotos in der Zeitung gesehen. Wie Mikadostäbchen auf dem Kindertisch lagen die Bäume da kreuz und quer im Gras.

Die Fällaktion hatte damals wegen ihrer Dreistigkeit und Brutalität großes Aufsehen erregt. Selbst die Archivarin war noch voller Empörung. Sie hatte ihre Brille abgenommen und Franck mit Details versorgt, die nicht in der Zeitung standen. Bei der ungesetzlichen und ungenehmigten Aktion war die Polizei anwesend gewesen. Die Naturschutzbehörde hatte sie informiert und zum Eingreifen aufgefordert. Doch die Beamten hatten tatenlos zugesehen, wie ein Baum nach dem anderen fiel. Das hatte sich auch nicht geändert, als die angeforderte Verstärkung aus dem Nachbarort eintraf.

„Ja, warum griffen denn die Polizisten nicht ein?"

Auf diese Frage hatte die Archivarin nur die Schultern gezuckt, aber Franck wurde das Gefühl nicht los, dass sie die Antwort wusste.

Nachdem die Parteigänger der Grundstücksbesitzer aus den Kommunalwahlen gestärkt hervorgegangen waren, ließ die CDU das Thema im Gefühl eines sicheren Sieges erneut auf die Tagesordnung setzen. Fände sich jetzt eine Mehrheit für die Bebauung des umstrittenen Gebiets, so hätten die Abholzer nach drei Jahren Schamfrist doch noch an ihr Ziel erreicht.

Der Vorsitzende rief den Tagesordnungspunkt „Erhöhung der Hundesteuer" auf.

Franck zog den *Kicker* hervor und blätterte darin herum. Werder hatte eins zu zwei gegen den 1. FC Bocholt verloren. Rund 7000 Zuschauer mussten erleben, dass der zwischenzeitliche Ausgleich, den Benno Möhlmann in der 16. Minute durch einen Foulelfmeter erzielte, nicht ausreichte. Na ja, die Saison war noch lang.

„Wir beantragen, dass die Verwaltung Hundeklos nach dem Schweizer Vorbild einführt. Sonst können wir einer Erhöhung der Hundesteuer nicht zustimmen."

Franck blickte auf. Soeben sprach ein Volksvertreter auf der linken Seite des Gremiums; Typ Mitarbeiter im Designer-Büro, schlank, dynamisch, Drei-Tage-Bart, Lederjacke, offenes Hemd. Der Redner lehnte sich zufrieden in seinen Sessel zurück.

Aus der Mitte antwortete eine der beiden Frauen. Frisch frisiert, dezentfarbiges Kostüm. Taubenblau.

„Es gibt doch schon zwei Hundeklos in Bernstadt. Ich habe sie im Jahre 1975 beantragt. Eins davon ist auf dem Schlossberg."

Zurufe von links: „Nein, das sind nicht die richtigen! Da fehlen die Plastikbeutel!"

Unter den Volksvertretern breitete sich eine allgemeine Unsicherheit darüber aus, was das Besondere der Schweizer Hundeklos war. Franck faltete seine Zeitung zusammen. Dem Vorsitzende schien die Kontrolle über die Rednerliste zu entgleiten. Er wusste nicht mehr, wem er zuerst das Wort erteilen sollte.

„Nun stimmen Sie doch wenigstens dem Vorschlag der Verwaltung zu, die Hundesteuer um dreißig Mark pro Jahr zu erhöhen."

Der SPD-Mann meldete sich wieder und schaltete mit einem Knopfdruck das Mikrofon auf seinem Platz an.

„Ich modifiziere meinen Antrag. Vielleicht sollte die Verwaltung einmal beauftragt werden, sich darüber zu informieren, was Schweizer Hundeklos sind."

Zuruf von rechts: „Warum machen wir nicht eine Exkursion in die Schweiz?"

Nun erhielt der Fraktionsvorsitzende der CDU das Wort. Untersetzt, bebrillt, glatt gestriegeltes Haar, grauer Anzug, Krawatte.

Könnte Sachbearbeiter für Beinbrüche bei der Krankenkasse sein, dachte Franck.

„Bernstadt ist nicht nur eine Touristen-, sondern auch eine Hundestadt. Wir sind gegen eine Erhöhung der Hundesteuer."

Er wurde assistiert von zwei Volksvertretern, die in seiner Nähe saßen.

„Bernstadt hat wirklich Probleme mit den Hunden, besonders den auswärtigen."

„An der Vielzahl der Wortmeldungen sieht man, dass es viele Hunde in Bernstadt gibt."

Zuruf aus dem Publikum: „Besonders unter den Volksvertretern!"

„Meine Damen und Herren!" Das war der Vorsitzende. „Ich muss Sie doch sehr bitten, sich zu mäßigen und Zwischenrufe zu unterlassen. Sonst muss ich die Öffentlichkeit von den weiteren Verhandlungen ausschließen. Wir kommen jetzt zur Abstimmung."

Mit einer knappen Mehrheit wurde die Erhöhung der Hundesteuer beschlossen. Der Ersthund sollte nun 180 statt 150 Mark, der Zweithund 360 statt wie bisher 300 Mark kosten. Die Linken hatten einen historischen Sieg gegen die Hundefreunde auf der rechten Seite des Gremiums errungen. Doch nun sollte es ernst werden.

„Wir kommen zum Tagesordnungspunkt Bebauung der Apfeläcker."

Sofort erhob der Beinbruch-Experte beide Hände.

„Ich stelle seitens der CDU-Fraktion den Antrag, ohne weitere Diskussion sofort zur Abstimmung zu schreiten. Das Thema ist ja hinreichend bekannt."

Raunen im Publikum, Kopfschütteln bei der SPD. Der Designer-Typ sprang auf.

„Widerrede", rief er. „Es besteht ein öffentliches Interesse an der Diskussion dieses umstrittenen Themas."

Im Publikum wurde geklatscht. Auf allen Seiten meldeten sich Volksvertreter zu Wort. Der Vorsitzende drückte auf den Knopf des Mikrophons. „Der CDU-Antrag ist zwar ungewöhnlich, aber nach der Geschäftsordnung zulässig. Dazu kann es nur eine Widerrede geben. Sie hat stattgefunden. Ich muss jetzt über den Antrag abstimmen lassen."

Das Raunen im Publikum steigerte sich zu einem vielstimmigen Murren. Jemand rief: „Über die Hundeklos debattiert ihr stundenlang, aber die Apfeläcker wollt ihr durchpeitschen."

„Meine Damen und Herren", rief der Vorsitzende. „Bei der nächsten Meinungsäußerung aus dem Publikum tagen wir nichtöffentlich weiter. Meine Herren von der SPD, bitte nehmen Sie wieder Platz und beruhigen sie sich! Ich komme jetzt zur Abstimmung. Wer für den CDU-Antrag ist, den bitte ich um das Handzeichen."

Plötzlich wurde es still im Saal. Auf der Rechten hoben sich die Hände.

„Das sind vierzehn Stimmen. Wer ist gegen den Antrag?"

Nun gingen die Hände auf der linken Seite hoch. Die ÜWG in der Mitte schien gespalten zu sein.

„Zwölf Nein-Stimmen. Wer enthält sich?"

Diesmal wurden drei Hände in der Mitte erhoben.

„Damit ist der CDU-Antrag angenommen."

Jetzt habe ich die ganze Zeit vergeblich gewartet, dachte Franck.

„Ich lasse jetzt über die Sache selbst abstimmen. Wer dafür ist, dass die Apfeläcker in den Bebauungsplan aufgenommen werden sollen, den bitte ich um Handzeichen. Das sind fünfzehn. Wer ist dagegen?“ Vierzehn Hände fuhren in die Höhe.

„Damit ist der Antrag mit einer Stimme Mehrheit angenommen. Unter Verschiedenes liegt nichts vor. Ich schließe die Sitzung der Stadtverordnetenversammlung.“

Buh-Rufe und Händeklatschen im Publikum. Fast alle Zuhörer standen gleichzeitig auf und drängten aus dem Saal. Einige Volksvertreter der Rechten liefen in den Vorraum und nahmen Gratulationen entgegen. Auch Franck erhob sich. Er behielt die Abgeordneten der SPD im Auge. Da es noch nicht neun Uhr war, würden sie vielleicht noch zusammen ihren Ärger begießen. Er wollte ihnen im gemessenen Abstand folgen.

Auf diese Weise landete Franck eine halbe Stunde später beim Italiener. Und hier sollte er doch noch eine wichtige Information aufschnappen. Fünf Männer und zwei Frauen saßen in der Ecke des Restaurants um einen runden Tisch. Sie waren offensichtlich alle SPD-Stadtverordnete; jedenfalls bildete der Designer-Typ den Mittelpunkt der Gruppe. Er wurde Freddie gerufen. Auch die anderen duzten sich.

Franck nahm an einem Tisch direkt neben der Tür Platz, sodass zwischen ihm und der SPD-Gruppe zwei Tische frei blieben. Neben den Volksvertretern war er der einzige Gast. Er bestellte eine Pizza mit Thunfisch und ein Viertel Chianti und betrachtete dann intensiv die Gardinen. Sie hingen in Rüschen vor den Fenstern, die zur Straße führten, ließen aber den Blick nach draußen frei.

Die Sozialdemokraten waren noch immer aufgebracht. Besonders einer wollte sich nicht beruhigen. Immer wieder nahm er seine Brille ab und schüttelte seinen Kopf, dass die schwarzen Locken flogen.

„Wie kann man sich bei einem solchen Geschäftsordnungsantrag bloß der Stimme enthalten, das verstehe ich nicht.“

„Die Überparteilichen haben vorher mit der CDU verhandelt und dann beschlossen, dem Antrag zuzustimmen. Einige von ihnen waren damit nicht einverstanden, wagten aber nicht, offen gegen die Fraktionsmehrheit zu votieren.“

„Es war doch klar, dass es eine Mehrheit für die Bebauung der Apfeläcker geben würde. Nach dem, was passiert ist.“

Die Wirtin brachte fünf Gläser Bier und zwei Viertel Rotwein an den runden Tisch. Auch Franck bekam seinen Chianti. Er goss etwas davon ins Glas und nahm einen Schluck. Der Wein sah dunkler aus, als er sein sollte, schmeckte aber ganz passabel.

„Ich finde es trotzdem schade, dass du deine Rede nicht halten konntest."

Das war an Freddie gerichtet. Der zuckte mit den Schultern und spielte den abgezockten Profi. Der Schwarzgelockte sagte: „Was wohl in der Zeitung geschrieben steht? Ob die durchblicken?"

„Ich habe doch mit denen gesprochen und angedeutet, wie wir die Sache sehen. Der Chefredakteur steht auf unserer Seite."

„Aber Karl hast du rausgehalten?"

„Na klar", sagte Freddie und wischte sich den Schaum vom Mund.

„Ich darf doch nicht in ein schwebendes Verfahren eingreifen."

Franck erhielt seine Pizza. Nun konnte er sich ganz auf das Essen konzentrieren. Er hatte schon nicht mehr gewusst, wohin er sehen sollte.

Am Nachbartisch ergriff eine der beiden Frauen das Wort. „Macht euch keine Hoffnungen. Die werden nicht von Wiedergutmachung schreiben. Es wird in der Zeitung kein Wort darüber stehen, dass es einen Zusammenhang zwischen dem Apfeläcker-Beschluss und dem Fall Dellwig geben könnte."

„Wir müssten beweisen können, dass einer der Ja-Sager befangen ist; dann müsste die Abstimmung wiederholt werden."

„Irgendwie sind die doch alle befangen. Aber wenn einer dort ein Grundstück haben sollte, dann hätte er einen Strohmann vorgeschickt. Das können wir nie beweisen."

„Habt ihr heute kein anderes Thema?", fragte die zweite Frau.

„Wir bestellen noch eine Runde", sagte der Schwarzgelockte. „Oder lässt du dich dann nicht mehr von mir nach Hause fahren?"

„Lieber mit dir sterben, als zu Fuß gehen", antwortete sie.

Später, im Hotelzimmer, dachte Franck über seine weitere Vorgehensweise nach. Er musste Petra einspannen, das war klar. Sie könnte vielleicht herausbekommen, ob Karl Dellwig zur SPD gehörte.

Was wohl mit Wiedergutmachung gemeint war? Die eine SPD-Frau hatte von Wiedergutmachung gesprochen. Diejenige, die sich dann gerne nach Hause fahren ließ.

Hoffentlich gelang es ihm, einige Zeit mit Petra zu verbringen. Der Prozess würde bestimmt bis zum Mittag dauern. Aber auch eine vielbeschäftigte Journalistin bekäme irgendwann einmal Hunger. Nach dem Essen müsste sie den Artikel schreiben. Ob er sie dann noch einmal treffen könnte? Ein Rendezvous in ihrer Wohnung, das wär's. Mit ihr reden und ihr dabei auf den weißen Pulli schauen.

Aber wie sollte er das bloß hinkriegen? Er konnte doch nicht einfach sagen: Hallo Petra, ich bin scharf auf dich. Lass uns ins Bett gehen.

Es gab Männer, die so viel Selbstbewusstsein besaßen, dass sie jede Frau dumm anquatschten. Die meisten Frauen lehnten natürlich ab, aber das machte nichts. Es war nur eine Frage der Zeit, bis eine von ihnen Ja sagte.

Franck konnte es kaum ertragen, eine Absage zu erhalten. Das galt für alle Lebensbereiche. Wenn er ein Buchmanuskript fertiggestellt hatte, und ein Verlag es nicht drucken wollte, fiel er in eine monatelange Depression. Von Petra einen Korb zu bekommen würde noch viel schlimmer sein. Und wer garantierte ihm, dass es nicht so käme? Es war kaum zu erwarten, dass eine so attraktive junge Frau allein lebte. Am besten wäre es, einen Versuch erst gar nicht zu wagen. Dann könnte er auch nicht enttäuscht werden.

14

Sie trafen sich im Flur des Gerichtsgebäudes. Petra trug eine rostrote Lederjacke, die ihr bis zur Taille reichte, darunter eine weiße, hochgeschlossene Bluse und sah schon am frühen Morgen hinreißend aus.

„Gerade noch geschafft", stöhnte Andreas. „Ich komme direkt aus Bernstadt. War gestern bei der Sitzung der Stadtverordneten. Es gibt Indizien, die einen politischen Hintergrund wahrscheinlich machen. Aber man müsste weiter nachbohren."

Sie lächelte ihn an.

„Das interessiert mich. Gehen wir nachher zusammen Mittagessen?"

„Gerne."

„Also, bis dann", sagte sie und verschwand fürs Erste in der Menschenmenge, die zum Saal 113 drängte, in dem die Verhandlung stattfinden sollte. Andreas atmete auf und folgte ihr die Treppe hinauf in den Gerichtssaal. Das wäre geschafft, dachte er.

Die Verhandlung hatte bereits begonnen, als Franck den Saal betrat. Ein bunt gemischtes Publikum wartete auf die Befragung des ersten Zeugen. Franck sah Polizeibeamte in Uniform, wahrscheinlich Dellwigs Bernstadter Kollegen, und eine beträchtliche Anzahl interessierter Zivilisten, Männer und Frauen. Wer wohl Elke Simon war? Auch die Plätze für die Pressevertreter waren gut besetzt. Franck setzte sich so, dass er Petra im Auge behalten konnte.

Der vorsitzende Richter saß zwischen zwei Kollegen, blätterte in seinen Papieren und sah dann den Zeugen an.

„Sie sind Oberstaatsanwalt Dr. Rudolf Tillich, neunundvierzig Jahre alt und zuständiger Dezernent für Angelegenheiten des Straßenverkehrs?"

„Ja."

„Herr Dr. Tillich, haben Sie im letzten Jahr einen Anruf von dem Angeklagten erhalten?"

„Ja."

„Wann war das?"

„Genau kann ich das nicht mehr sagen. Auf jeden Fall im August vorigen Jahres."

„Worum ging es in dem Telefongespräch?"

„Dellwig fragte, ob bei einem Unfall mit Todesfolge ein Alkoholgutachten nötig sei."

„Und was haben Sie ihm geantwortet?"

„Ich sagte, wenn an dem Unfall niemand außer dem Opfer beteiligt ist, dann bedarf es keiner Blutprobe, weil das Ergebnis unter strafrechtlichen Gesichtspunkten keine Bedeutung hat."

„Hat Herr Dellwig sich mit dieser Antwort zufriedengegeben?"

„Nein. Er teilte mir mit, dass die Blutprobe in einem aktuellen Fall bereits unterwegs ins gerichtsmedizinische Institut sei."

„Handelte es sich bei diesem Fall um den Unfalltod Simons?"

„Ja."

„Was haben Sie auf Dellwigs Frage geantwortet?"

„Ich sagte, dann müsse alles seinen Lauf nehmen."

„Sie haben also nicht gesagt, dass das Alkoholgutachten aus den Akten weggelassen werden könne?"

„Wie hätte ich das sagen können? Das wäre ja rechtswidrig gewesen."

„Ich danke Ihnen."

Der Verteidiger erhob sich.

„Herr Dr. Tillich, habe ich richtig verstanden, dass im Zusammenhang mit dem Unfalltod Friedrich Simons kein Alkoholgutachten nötig gewesen wäre?"

„Ja, Sie haben richtig verstanden."

„Danke. Dann hat also der diensthabende Polizeimeister dienstwidrig gehandelt?"

„Dienstwidrig würde ich nicht sagen; übereifrig vielleicht."

„Hat Herr Dellwig Sie ausdrücklich gefragt, ob man ein überflüssiges Gutachten aus den Akten weglassen könne?"

„Nein. Von Weglassen hat er nicht gesprochen."

„Können Sie nachvollziehen, dass ein korrekter Beamter auf den Gedanken kommt, ein Gutachten nicht zu den Akten zu nehmen, wenn es überflüssig ist?"

Der Anklagevertreter sprang auf.

„Diese Frage ist unzulässig. Der Zeuge ist nur nach Fakten zu befragen."

„Das ist richtig", sagte der Richter. „Die letzte Frage wird nicht ins Protokoll aufgenommen. Herr Verteidiger, stellen Sie bitte nur Faktenfragen."

„Ich habe keine weiteren Fragen mehr."

Der Verteidiger setzte sich. Auch Franck lehnte sich in seinen Stuhl zurück. Das war ein Pluspunkt für Dellwig, dachte er. Petra beugte ihren Kopf über einen Stenoblock und schrieb. Ihre Haare schoben sich vor das Gesicht, sodass nur noch die Nasenspitze zu sehen war. Dann warf sie ihren Kopf zurück und schaute zu Andreas herüber. Er lächelte ihr zu. Sein Blick schwenkte zu Dellwig weiter. Der Angeklagte saß selbstbewusst auf seinem Platz, als wüsste er, dass der heutige Tag ihm gehören würde. Er war breitschultrig und hatte sich um Kinn und Mund einen Bart wachsen lassen, der langsam weiß wurde. In seinem leichten grauen Anzug und dem exakt gebundenen Schlips gab er eine gute Figur ab.

„Ich rufe jetzt Herrn Jürgen Probst in den Zeugenstand."

Probst war ein ganz schneidiger Geselle. Mit kleinen, schnellen Schritten trat er vor.

„Sie heißen Jürgen Probst, sind zweiundvierzig Jahre alt, von Beruf Staatsanwalt und haben die Ermittlungen im Fall Dellwig geleitet?"

„Das ist korrekt. Ich bin von der Polizeidirektion damit beauftragt worden."

„Trifft es zu, dass Sie einen Antrag an die zuständige Strafkammer gestellt haben, das Verfahren gegen Polizeimeister Hermann einzustellen?"

„Ja."

„Was hat Sie dazu bewogen?"

„Es war klar ersichtlich, dass Hermann in Dellwigs Auftrag gehandelt hatte und deshalb nicht zur Rechenschaft gezogen werden konnte."

„Die Strafkammer hat Ihren Antrag abgelehnt?"

„Ja."

„Was haben Sie daraufhin getan?"

„Das Verfahren gegen Hermann wurde vom Fall Dellwig abgetrennt und vor dem Amtsgericht verhandelt."

„Mit welchem Ergebnis?"

„Der Prozess wurde dort tatsächlich gegen eine geringe Geldbuße Hermanns abgeschlossen."

Der Anklagevertreter fragte: „Hat Sie das Urteil in ihrer ursprünglichen Einschätzung bestätigt, gar kein Verfahren gegen Hermann anzustrengen?"

„Ja."

„Ich danke Ihnen."

Offensichtlich zufrieden nahm der Anklagevertreter wieder Platz.

„Herr Probst", begann der Verteidiger, „wie lange bekleiden Sie schon das Amt eines Staatsanwalts?"

„Zehn Jahre."

„Wie oft ist es Ihrer Erinnerung nach in dieser Zeit vorgekommen, dass ein Untergebener beauftragt wurde, gegen seinen eigenen Chef zu ermitteln?"

„Ich lasse diese Frage nicht zu", sagte der Richter. „Bitte formulieren Sie sie um."

„Herr Probst, haben Sie Walter Quast damit beauftragt, im Fall Dellwig wesentliche Recherchen vorzunehmen?"

„Das hängt davon ab, was Sie unter wesentlichen Recherchen verstehen“, antwortete der Zeuge spitz.

„Würden Sie uns mitteilen, welche Aufgaben Sie Herrn Quast übertragen haben?“

„Vor allem sollte er nach dem Gutachten suchen.“

„Ist es nicht ungewöhnlich, dass ein Untergebener gegen seinen eigenen Chef ermittelt?“

„Das entzieht sich meiner Kenntnis“, sagte Probst schnell.

„Ist Ihnen bekannt, dass es in der Dienststelle daraufhin anonyme Drohbriefe gegen Quast gegeben hat?“

Nun griff der Anklagevertreter ein. „Ich beantrage, diese Frage nicht zuzulassen. Sie suggeriert einen nicht vorhandenen Zusammenhang zwischen der staatsanwaltschaftlichen Ermittlung und den Drohbriefen.“

„Stattgegeben.“

„Ich bitte um Entschuldigung“, sagte der Verteidiger. „Herr Probst, ist Ihnen bekannt, dass es in der Polizeidienststelle Bernstadt anonyme Drohbriefe gegen Quast gegeben hat?“

„Ja.“

„Wissen Sie, was Quast darin vorgeworfen wurde?“

„Diese Frage lasse ich nicht zu“, sagte der Richter. „Ich bin nicht bereit, hier im Saal die schmutzige Wäsche der Polizeidienststelle Bernstadt zu waschen.“

Der Verteidiger setzte erneut an. „Herr Probst, warum haben Sie Herrn Quast nicht als Zeugen benannt, wenn er doch so wichtige Recherchen für Sie vorgenommen hat?“

„Das schien mir nicht nötig zu sein, weil Dellwig sich bei seiner ersten Vernehmung am 18. Oktober vorigen Jahres selbst schwer belastet hat.“

„Das ist Ihre Meinung, Herr Staatsanwalt“, sagte der Richter. „Die Große Strafkammer des Landgerichts wird erst zu befinden haben, ob sie zutrifft.“

„Ich danke Ihnen, Herr Vorsitzender“, antwortete der Verteidiger. „Herr Probst, wäre es nicht klüger gewesen, Herrn Quast schon in der Voruntersuchung als Zeugen zu vernehmen und die Recherchen einem Auswärtigen anzuvertrauen?“

„Einspruch“, rief der Anklagevertreter. „Der Herr Verteidiger fragt den Zeugen nach seiner Meinung und nicht nach Fakten.“

„Dem Einspruch wird stattgegeben."

„Eine letzte Frage. Was sagen Sie zu der Aussage des ursprünglich als Mittäter beschuldigten Polizeimeisters Hermann, Sie hätten ihn gebeten, über die Niederschlagung seines Verfahrens Stillschweigen zu bewahren?"

„Das trifft in dieser Form nicht zu."

„In welcher Form denn?"

„Ich kann mich nicht erinnern, den Polizeimeister Hermann gebeten zu haben, über seinen Fall zu schweigen. Da muss er etwas falsch verstanden haben."

„Keine weiteren Frage. Ich danke Ihnen."

Der vorsitzende Richter sagte: „Ich bitte nun Herrn Hartenstein in den Zeugenstand."

Petra zog die Lederjacke aus und hängte sie über ihren Stuhl. Andreas sah, dass ihre Bluse ärmellos war. Ach Gott, dachte er, was hat sie für schöne Arme.

Petra schaute den Zeugen gespannt an. Auch Andreas versuchte, sich auf Hartenstein zu konzentrieren. Er trug einen schwarzen Anzug. Die schwarze Krawatte schien ihm regelrecht die Luft zu nehmen. Seine spärlichen Haare umkränzten einen kahlen Kopf, der glänzte, als sei er gerade erst poliert worden.

„Sie heißen Hans Hartenstein, sind der Vater von Elke Simon und einundsechzig Jahre alt."

„Jawohl."

„Welchen Beruf üben Sie aus?"

„Ich bin Angestellter bei einer Versicherung."

Na, dann weiß er ja Bescheid, dachte Franck.

„Herr Hartenstein, haben Sie nach dem Unfall ihres Schwiegersohns ein Telefongespräch mit der Polizeidienststelle Bernstadt geführt?"

„Ja, ich sprach mit Hauptkommissar Dellwig."

„Wann genau fand das Gespräch statt?"

„Ich kann mich nicht mehr genau erinnern." Er fuhr mit dem Zeigefinger in seinen Hemdkragen.

„War Ihr Schwiegersohn schon tot, als Sie das Gespräch führten?"

„Das war er, ja."

„Was wollten Sie denn von Herrn Dellwig?"

„Ich erkundigte mich nach dem Stand der Ermittlungen."

„Sie haben Dellwig gefragt, ob Ihrem Schwiegersohn eine Blutprobe entnommen wurde“, warf der Anklagevertreter ein.

„Das stimmt nicht“, widersprach Hartenstein.

„Sie haben nicht mit Dellwig über das Alkoholgutachten gesprochen?“

„Ganz gewiss nicht.“

„Herr Dellwig hat aber bei seiner Vernehmung am 18. Oktober zu Protokoll gegeben, dass Sie sich nach einem Blutgutachten erkundigt hätten.“

„Da muss er sich geirrt haben. Ich weiß mit Bestimmtheit, dass wir nicht darüber gesprochen haben.“

Hartenstein begann zu schwitzen. Franck sah zu Dellwig herüber. Der saß wie unbeteiligt an seinem Platz und schien fast ein wenig gelangweilt zu sein.

„Herr Dellwig hat weiterhin ausgesagt, Sie hätten die finanzielle Situation angesprochen, in die Ihre Tochter nach dem Tod ihres Mannes geraten sei.“

„Das ist nicht zutreffend.“

„Wollen Sie Herrn Dellwig der Lüge bezichtigen?“

„Er hat seine Aussage ja widerrufen.“

„Sie haben Dellwig nicht gebeten, das Alkoholgutachten angesichts der Schulden Ihrer Tochter zu unterdrücken?“

„Nein. Warum sollte ich denn? Wenn eine Blutprobe entnommen worden wäre, was ich, wie gesagt, weder wusste noch erfragt habe, wäre doch das Ergebnis noch gar nicht bekannt gewesen. Es hätte meinen Schwiegersohn ja auch entlasten können.“

„Herr Hartenstein, Sie sind bei einer Versicherung angestellt. Ist Ihnen bekannt, dass Versicherungen die Summe nicht auszahlen, wenn bei einem Unfall Alkohol im Spiel ist?“

„Das wird von den Gesellschaften ganz unterschiedlich gehandhabt.“

„Aber eine bestimmte Promillegrenze wird es doch geben.“

„Auch das ist bei den verschiedenen Gesellschaften unterschiedlich.“

Jetzt erhob sich der Verteidiger. „Herr Hartenstein, wenn ich Sie richtig verstanden habe, sprachen Sie mit Herrn Dellwig weder über eine Blutprobe, noch über die finanzielle Situation Ihrer Tochter.“

„Das ist richtig."

„Worüber haben Sie denn dann mit Herrn Dellwig gesprochen?"

„Ich wollte von ihm wissen, wann die Ermittlungen abgeschlossen sind."

„Warum das?"

„Weil wir erst nach dem Ende der Ermittlungen an die Versicherungssumme herangekommen wären."

„Sie haben später auch den zuständigen Versicherungsvertreter aufgesucht?"

„Jawohl."

„Und Sie haben die Blutentnahme dabei nicht erwähnt?"

„Mit keinem Wort. Woher sollte ich denn? Ich wusste ja nichts von ihr."

„Wann haben Sie denn von dem Alkoholgutachten erstmals erfahren?"

„Erst viel später; durch die Versicherungsgesellschaft meines Schwiegersohns."

Da schlug der Vorsitzende mit der Faust auf den Tisch. „Es muss einmal ein Ende haben mit der Lügerei hier!" rief er. „Drei Menschen sind schon gestorben. Sagen Sie endlich die Wahrheit, Herr Hartenstein!"

„Herr Vorsitzender, ich habe die Wahrheit gesagt."

„Ich habe keine weiteren Fragen mehr", sagte der Verteidiger.

„Der Zeuge Hans Hartenstein bleibt unvereidigt, da er der Beteiligung an der Tat verdächtig ist", verkündete der Richter. „Sie können abtreten. Ich vertage die Sitzung auf Freitag, den 15. August."

15

„Na, was sagst du jetzt?", fragte Petra.

„Ich fühlte mich wie in einem Perry-Mason-Krimi."

„Da warst du wohl nicht ganz bei der Sache. Wir befanden uns in einem deutschen Gerichtssaal."

„Dafür gab es aber ganz schön Trubel."

Zum ersten Mal gingen sie beide nebeneinander. Sie war wirklich einen halben Kopf kleiner als er. Es tat gut, sie neben sich zu haben. Am liebsten hätte er ihre Hand ergriffen, aber das war wohl nicht möglich. Sie hielt ihre Lederjacke in der Hand und hatte die Tasche um die Schulter gehängt. Ihre Sandaletten klapperten auf dem Asphalt.

„Da drüben geht Elke Simon. Neben ihrem Vater", sagte sie. „Du hast doch neulich nach ihr gefragt."

Frau Simon trug ein schwarzes eng anliegendes Kostüm und schwarze Nylonstrümpfe.

„Sie sieht aus wie die Nitribitt", sagte er.

„Nitribitt? Wer ist denn das?"

„Rosemarie Nitribitt, eine Lebedame, die man 1957 in Frankfurt ermordete. Der Fall wurde nie aufgeklärt."

„Damals war ich erst sieben Jahre alt. Aber du wirst sie auch kaum gekannt haben. Oder?" Sie zwinkerte ihm zu.

„Ich habe den Film gesehen. Sie wurde umgebracht, weil sie einen verheirateten Mann, mit dem sie eine Beziehung hatte, zur Scheidung zwingen wollte. Nadja Tiller spielte die Hauptrolle."

Sie überquerten die Straße und betraten das Restaurant.

„Ich nehme nur eine Kleinigkeit", sagte sie. „Nachher muss ich meinen Artikel schreiben."

„Verfasst du ihn zu Hause oder in der Redaktion?", fragte Andreas.

„In der Redaktion; ich habe dort ein Büro. Aber ich lade dich am Abend zu mir nach Hause ein, wenn du noch Zeit hast. Ich wohne nur ein paar Straßen weiter. Normalerweise nehme ich das Fahrrad, wenn ich in die Redaktion muss."

„Natürlich habe ich Zeit", antwortete Andreas. So einfach ging das also.

Sie legte ihre Hand auf seinen Arm. „Das freut mich. Dann brauchen wir uns jetzt nicht abzuhetzen."

Andreas hatte keinen Appetit, und so entschieden sie sich beide für einen Salat mit Thunfisch. Natürlich bot sich der Fall Dellwig als neutrales Gesprächsthema an.

„Wenn man den Prozess so im Detail verfolgen kann, wie ich heute", sagte Andreas, „dann kommt man zu dem Ergebnis, dass Dellwig doch nicht so schlechte Karten hat. Sein Verteidiger war ziemlich gut."

„Das fand ich auch. Aber das Protokoll vom 18. Oktober wird ihm zum Verhängnis werden. Wie er das nur unterschreiben konnte, weiß ich nicht. Muss ein momentaner Blackout gewesen sein."

„Zur Frage seiner Motive haben wir freilich heute nichts Neues gehört."

„Das stimmt. Wie war es denn in Bernstadt? Du hast Neuigkeiten?"

„Das war eine merkwürdige Sitzung. Erst haben die Stadtverordneten stundenlang über Hundeklos diskutiert, und dann ging ein Geschäftsordnungsantrag der CDU durch, ohne Diskussion über den Bebauungsplan Apfeläcker abzustimmen. Der Bebauungsplan erhielt eine Stimme Mehrheit."

„Vielleicht wollte die CDU etwas vertuschen", gab Petra zu bedenken.

„Das glaube ich auch. Ich bin den Sozialdemokraten bis in ihre Stammkneipe gefolgt und habe sie belauscht."

„Bravo, Sherlock." Petra war begeistert.

„Ein Mann, den sie Freddie genannt haben, führte dort das große Wort."

Petra lachte. „Alfred Stoll, genannt Freddie. Bei den vorletzten Kommunalwahlen wurde er nicht wiedergewählt, weil er in einen Vorort von Bernstadt umgezogen war. Die Genossen haben ihm daraufhin ein Ständchen gebracht und ‚Junge, komm bald wieder' gesungen. Seitdem wird er nur noch Freddie genannt."

„Kennst du ihn? Kannst du ihn anrufen?"

„Ja, das kann ich. Eine Journalistin kann fast alles. Was soll ich ihn denn fragen?"

„Ob Dellwig SPD-Mitglied ist. Sie haben von einem Karl gesprochen."

Petra pfiff durch die Zähne.

„Eine SPD-Frau hat gesagt, dass die Umkehrung der Mehrheitsverhältnisse ein Akt der Wiedergutmachung sei. Kannst du dir darauf einen Reim machen?"

Petra dachte nach.

„Wenn Dellwig SPD-Mitglied ist, dann hat seine Partei zusammen mit einem Teil der Überparteilichen bisher verhindert, dass auf den Apfeläckern gebaut wird."

„Genau. Und Wiedergutmachung müsste bedeuten, dass Quast nach seinem Tod etwas Gutes widerfahren ist."

„Also muss Quast dort ein Grundstück haben", schloss Petra.

„Jetzt bin ich begeistert. So könnte es gewesen sein."

„Wir sind halt ein gutes Team", sagte sie. „Aber ich muss jetzt gehen. Ich rufe Freddie an. Zur CDU habe ich keinen Draht. Ich weiß noch nicht, wie wir herausbekommen können, ob Quast auf den Apfeläckern ein Grundstück hat. Wenn es so wäre, würde sein Sohn der Erbe sein."

Sie erhob sich.

„Also, bis heute Abend. Sagen wir um sechs. Ich wohne in der Taunusstraße 36. Nicht vergessen."

Sie schwirrte davon wie ein Vögelchen.

Petra öffnete ihre Wohnungstür und ließ Andreas herein. Sie hatte sich umgezogen und trug nun statt der Jeans einen hellblauen Rock, der ihr bis zu den Fesseln reichte. Sie gingen einen langen fensterlosen Flur entlang und traten an seinem Ende in ein großes, sonnendurchflutetes Zimmer. Ihm war beklommen zumute. Nun hatte er das erhoffte Rendezvous und wusste nicht weiter.

Andreas sah sich um. Der Raum schien die Funktionen eines Arbeits- und Wohnzimmers in sich zu vereinen. Vor einem der beiden Fenster stand ein wuchtiger, dunkelbrauner Schreibtisch, der aussah, als sei er in einer Chefetage ausgemustert worden, nachdem die Firma auf neumodische Leichtmetallmöbel umgerüstet hatte. Hier, vor der weißen Raufasertapete, schien er seine alten Tage friedvoll zu verbringen und keinen anderen Wunsch mehr zu haben, als Petras nackte Unterarme zu spüren. Vom Arbeitsstuhl aus konnte man in den Raum hineinblicken. Die Fenster hatten weiße Rahmen, keine Gardinen, und ließen sich wie Flügeltüren öffnen. An der gegenüberliegenden Wand, die knallblau gestrichen worden war, lud ein Sofa mit warmen Beigetönen zum Verweilen ein. Vor ihm auf dem Parkettfußboden lag ein heller Berberteppich. Im rechten Winkel zum Sofa stand ein Sessel mit gleichfarbigem Bezug. Glücklicherweise fehlte der obligatorische Couchtisch, sodass die Sitzecke etwas Weitläufiges erhielt.

„Gefällt es dir?", fragte Petra.

„Sieht sehr gemütlich aus."

„Setz dich doch."

Andreas zog seine Schuhe aus, betrat vorsichtig den weichen Teppich und setzte sich in eine Sofaecke, ohne sich mit dem Rücken anzulehnen.

„Was machst du, wenn sie die Decke erreicht?", fragte er und deutete auf eine hochgewachsene Glückspalme, die hinter dem Sessel stand. „Ein Loch durch die Wand bohren?"

„Sie hört von selbst auf zu wachsen, wenn sie den Widerstand der Decke spürt."

Petra setzte sich ihm gegenüber in den Sessel und schlug die Beine übereinander. Ihre Bluse war um einen Knopf weiter geöffnet als am Vormittag. Die Abendsonne fiel schräg durch ein Fenster herein und verwandelte Petras Haar in ein goldbraunes Seidentuch. Erst jetzt sah er, dass sie ein einfaches Silberkettchen um den Hals trug.

„Ich habe Tzatziki gemacht", sagte sie. „Magst du Tzatziki?"

„Selbst gemacht?", fragte Andreas ungläubig.

„Das ist ganz einfach. Wenn du deutschen Joghurt nimmst, musst du ihn nur über Nacht auf einem Tuch abtropfen lassen. Sonst wird er zu flüssig. Dann raspelst du eine Gurke hinein. Wichtig ist auch, dass du viel Knoblauch nimmst. Am besten mit einer Presse zerdrücken. Dann Salz und Pfeffer, und fertig."

„Ehrlich gesagt, ich habe noch nie Tzatziki gegessen."

„Dann gibt es jetzt eine Premiere. Und dazu eine Flasche Retzina."

Andreas seufzte und ließ sich in das Sofa zurückfallen. „Das klingt ja wahnsinnig verführerisch."

Während sie in die Küche ging, betrachtete er den sechseckigen Terracotta-Topf, in dem die Palme stand. Er war rundherum mit Putten geschmückt, die lustvoll ihre runden Bäuche vorzeigten.

„Wo hast du den denn her“, fragte er, als sie mit einem vollen Tablett zurückkam. „Der ist ja ein richtiges Kunstwerk.“

Sie stellte das Tablett auf den Teppich.

„Ich habe ihn aus der Toskana mitgebracht. Auf jeder Seite ist ein anderer Engel zu sehen. Meinen Liebling habe ich nach vorne gedreht.“

Andreas schaute noch einmal hin. Petras Liebling stand breitbeinig und kräftig auf dem Boden. Er griff mit der rechten Hand über die Brust an seine linke Schulter, um das Tuch festzuhalten, das sich von seinen Lenden her hinter dem Rücken nach oben schlang.

„Schon wieder die Toskana“, seufzte er. „Ich war in diesem Sommer gar nicht im Urlaub. Zum ersten Mal, seitdem ich verheiratet bin.“

„Und das heißt?“

„Zwölf Jahre.“

Petra schwieg.

„Denkst du an die Vorlesung?“

„Das habe ich auswendig gelernt, Herr Professor. Die erste Ehe muss mindestens zehn Jahre lang dauern. Dann kann einer der beiden Partner sie jederzeit problemlos auflösen. Allerdings besteht bis zum vierzigsten Lebensjahr die Pflicht zur Wiederverheiratung. Kinder werden vom sechsten Lebensjahr an in der Kommune erzogen. Das Ganze nennt man utopischen Sozialismus.“

„Prüfung bestanden. Du selbst hast in deiner ersten Ehe nicht so lange ausgehalten. Und keine Kinder gehabt. Ich bin schon zwei Jahre überfällig.“

Andreas starrte an Petra vorbei aus dem Fenster.

„Und wie geht es dir mit deiner Geschichte des Krimis?“, fragte sie und setzte sich zu ihm aufs Sofa.

„Ich bin nicht viel weiter gekommen.“

Andreas trank einen Schluck Wein. Wenn er jetzt wieder anfing zu dozieren, war alles verloren. Er gab sich einen Ruck.

„Eigentlich würde ich ja lieber einen Krimi schreiben“, sagte er.

Ihm war, als lüfte er zum ersten Mal ein gut gehütetes Geheimnis. Sein Herz begann zu klopfen. Er spürte, dass es kein

Zurück mehr geben würde, wenn er jetzt über seine Wünsche sprach. Und er wusste nicht, wohin ihn sein Geständnis führen würde.

Petra zog die Beine an und breitete ihren Rock über sie.

Er nahm einen neuen Anlauf.

„Früher wollte ich immer Schriftsteller werden. Als ich 1962 mit dem Studium begann, habe ich zwei Semester lang nur Romane gelesen. Ich nahm an, dadurch lernen zu können, wie man einen Roman schreibt. Das war natürlich Unsinn."

„Warum fängst du nicht einfach an zu schreiben?", fragte Petra.

„Das habe ich doch. Ich habe den Verkehrsunfall von Friedrich Simon beschrieben. Dann wurde mir klar, dass ich meinen eigenen Tod inszenierte, und ich hörte mit Grausen auf."

„Das ist doch nicht so schlimm, den alten Adam zu beerdigen. Mach weiter. Beschreib jetzt deine Wiedergeburt."

„Alleine kann ich das nicht. Ich brauche jemanden, der mich unterstützt." Er zögerte. „Jemanden, der sozusagen meine Muse ist", fügte er hinzu.

Andreas sah Petra an. Sie hielt seinem Blick stand.

„Willst du meine Muse sein, Petra?", fragte er und senkte den Blick. „Ich will auch gar nicht geküsst werden."

„Natürlich willst du", widersprach sie. Sie beugte sich über ihn und küsste ihn auf den Mund. Ihre Lippen waren offen und weich.

„Die Musen sind ewig jungfräulich und frei von jeder sinnlichen Neigung", sagte sie. „Und sie küssen den Dichter höchstens auf die Stirn. Reicht dir das?"

Andreas schüttelte den Kopf. „Dann schon lieber eine Göttin der Freiheit."

„Die von Delacroix?"

Andreas nickte. Petra knöpfte sich langsam die Bluse auf.

„Die Freiheit ist eine einzige Verheißung", sagte sie.

Andreas wusste nicht, wohin er zuerst sehen sollte.

„Ich muss jetzt gehen", murmelte er, schob seine Hände aber unter ihre Bluse und streichelte ihren Rücken. Er drückte sie sanft an sich. Eine Weile lagen sie so und rührten sich nicht. Dann löste sie sich aus seinen Armen. Sie hob sein T-Shirt an und legte ihre Hand auf seine Brust. Ihm wurde schwindelig.

Ihre Stirn berührte die seine. Die Hand tastete weiter bis zum Hosenknopf, öffnete ihn und auch den Reißverschluss.

„Ich kann nicht“, sagte Andreas leise.

„Lass dich ganz einfach fallen. Ich halte dich.“

Eine Stunde später fragte er, ob sie alleine in der großen Wohnung leben würde.

„Das mittlere Zimmer habe ich an eine Kollegin vermietet. Aber sie ist mit ihrem Freund im Urlaub; natürlich in Italien. Er behauptet, für Konstantin Wecker Texte zu schreiben und will sich dort inspirieren lassen. Das glaube ich aber nicht. Wahrscheinlich gibt er nur an. Warum fragst du?“

„Nur so“, brummte Andreas.

„Willst du nichts essen?“

„Wenn du da so nackt herumsitzt, kriege ich nichts herunter.“

„Soll ich mir etwas anziehen?“, fragte sie und stellte einen Fuß auf den Berberteppich. „Wenigstens den Slip?“

„Nein, nur das nicht. Ich hab mich noch nicht sattgesehen.“

„Heute erfülle ich dir deine Wünsche. Du kannst von meinen Brüsten Retzina trinken, oder sie weiterhin nur unverschämt anstarren. Du musst deine Wünsche nur äußern.“

„Ich glaube, so richtig genießen kann ich erst beim zweiten Mal.“

„Soll das nun ein Wunsch sein? Dann komm. Mal sehen, ob du nachher Tzatziki magst.“ Sie stand auf und zog ihn vom Sofa. „Übrigens hast du recht gehabt. Dellwig ist SPD-Mitglied.“

„Das ist mir im Augenblick scheißegal.“

Petra lachte.

16

Donnerstag: Uni-Tag. Donnerstag, der 14. August: erster Schultag und erstes gemeinsames Frühstück der Eheleute Andreas und Steffi Franck nach vierwöchiger, urlaubsbedingter Trennung. Der arme Sohn war mit einem viel zu schweren Ranzen aus dem Haus getrottet. Steffi Franck, braun gebrannt und in neuer Haartracht, saß einem blassen und unausgeschlafenen Dr. Andreas Franck gegenüber.

„Willst du nichts essen?", fragte sie.

Was gab es darauf zu antworten? Vor anderthalb Tagen hatte er noch eine Antwort gewusst. Vielleicht sollte er sagen: Wenn du da so herumsitzt, kriege ich keinen Bissen herunter. Er zuckte mit den Schultern.

„Wie ist es dir denn mit deiner Geschichte des Krimis ergangen? Deswegen bist du doch zu Hause geblieben. Alle haben dich vermisst."

„Ich bin gut vorangekommen."

Franck trank einen Schluck Tee. Er gab sich einen Ruck.

„Am Montag muss ich nach Darmstadt. Kann ich das Auto haben?"

Das ist erst in fünf Tagen, dachte er. Am morgigen Freitag würden die Plädoyers gehalten werden. Aber Freitag und Montag in Darmstadt sein zu müssen, das konnte er nicht gut begründen. Gleich würde sie fragen, was er denn in Darmstadt zu tun hätte.

„Was hast du denn in Darmstadt verloren?"

„Wir haben ein Forschungsprojekt begonnen. Eine Untersuchung über den Wandel politischer Partizipation in einigen ausgewählten süddeutschen Städten vom Ende der Adenauer-Zeit bis heute."

„Wer ist wir?"

„Franz Heilmann und ich."

„Was, der Dr. Heilmann? Bist du verrückt?", rief sie. „Der ist doch nur auf seine Karriere aus. Weißt du nicht mehr, wie er sich gleich nach der Promotion auf Universitätskosten einen eigenen Briefbogen drucken ließ? Du hast ja immer noch keinen eigenen."

Dieser leise, vorwurfsvolle Unterton. In der letzten Zeit endeten ihre Reden regelmäßig mit einem Vorwurf.

„Das weiß ich. Und wir haben uns gemeinsam darüber lustig gemacht", antwortete er. „Aber das ist doch kein Grund, nicht mehr mit ihm zusammenzuarbeiten. Wenn meine Stelle in zwei Jahren ausliefe, würde ich mich auch mehr um meine Karriere kümmern. Schließlich ist er verheiratet und hat zwei Kinder. Ich möchte nicht hören, was du sagen würdest, wenn ich in zwei Jahren auf der Straße stünde."

Das hatte gesessen. Aber sie erholte sich schnell.

„Und warum musst du ausgerechnet nach Darmstadt?"

„Wir wollen einen Kollegen von der TH für das Projekt gewinnen. Er soll eine Kleinstadt im Odenwald übernehmen. Wenn alles gut geht, stellen wir einen DFG-Antrag."

Nun war sie beeindruckt. Zwei zu null gewonnen. Dachte Franck.

„Und Heilmann fährt auch hin? Dann kann er dich ja mitnehmen."

Das war das Anschlusstor. Franck musste noch einmal ran.

„Er hat sich am Semesterende eine Weinflasche auf den Fuß fallen lassen und lief wochenlang auf Krücken herum. Jetzt ist sein Fuß wieder hergestellt; er kann aber noch nicht Auto fahren."

Franck stand auf, nahm seine Aktentasche und verabschiedete sich bis zum Abend. Er ging zum S-Bahnhof und dort schnurstracks in das Stehcafé. Bestellte einen großen Kaffee und eine Butterbrezel. Während der Kaffee in die Tasse lief, legte er seine Aktentasche auf das Sideboard am Fenster. Drehte sich wieder zur Theke um, bezahlte und nahm Tasse und Teller, um zum Sideboard zurückzugehen. Dort stand inzwischen ein Mann und las in der Zeitung. Franck griff zur Tasche, um Platz zu machen.

„Lassen Sie sie ruhig stehen. Ich nehme Sie Ihnen schon nicht weg", sagte der Mann. Franck fand das gar nicht witzig.

In der Uni herrschte ein augusteischer Frieden. Das Oberschulamt erwartete von Franck, dass er eine 170 Seiten lange Arbeit als Staatsexamensschrift begutachtete, die an der FU Berlin schon als Magisterarbeit anerkannt worden war. Was für ein Schwachsinn! Er schrieb an den Berliner Kollegen und bat um dessen Gutachten.

Auch die Sprechstunde war nicht sehr besucht. Zwei Studentinnen, die kurz vor dem Abschluss standen, wollten ihre

Schwerpunktthemen näher besprechen. Eine der beiden hätte gut in einen Gerichtssaal gepasst. Sie stellte es so geschickt an, dass Franck ihr beinahe die Fragen verraten hätte, die er stellen wollte.

Als die Sprechstunde zu Ende war, rief er Heilmann an.

„Wie geht es dir, Franz? Was macht dein Fuß?"

„Die Krücken brauche ich nicht mehr. Aber Auto kann ich noch nicht fahren."

„Das habe ich mir gedacht", sagte Andreas. „Ich muss dir etwas anvertrauen. Ich habe meiner Frau gesagt, dass wir beide ein Forschungsprojekt angeleiert haben. Nicht, dass du mir in den Rücken fällst."

„Verstehe. Du meinst, ich soll mitspielen. Um was für ein Projekt handelt es sich denn?"

„Eine Untersuchung über den Wandel politischer Partizipation in einigen ausgewählten süddeutschen Städten vom Ende der Adenauer-Zeit bis heute." Der umständliche Titel ging ihm schon ganz glatt über die Lippen.

„Das Thema ist gar nicht schlecht", sagte Heilmann, „das könnten wir wirklich machen. Ich nehme ein Dorf auf der Alb, du eins am Kaiserstuhl und dann legen wir alle zehn Jahre eine Zeitschiene durch das Quellenmaterial und schauen, was sich ändert. Solche Untersuchungen gibt es bisher nur auf internationaler Ebene."

„Warum soll ich denn einen Ort am Kaiserstuhl bearbeiten?"

„Weil es dort Wein gibt." Heilmann lachte.

„Ich will aber lieber einen im Odenwald untersuchen."

„Ach so ist das. Na gut. Dann nimmst du einen Ort im Odenwald und trinkst Bier."

„Noch eins, Franz. Montagmorgen haben wir einen Termin an der TH Darmstadt, um einen dritten Kollegen für das Projekt zu gewinnen. Dann stellen wir einen DFG-Antrag."

„Das machen wir. Er sei in unserm Bunde der Dritte. Ich bin den ganzen Tag sowieso nicht zu Hause. Viel Glück bei dem Kollegen. Wie heißt er denn?"

„Vielen Dank." Franck wollte schon auflegen, da sagte Heilmann noch: „Übrigens, wie ist denn die Sache mit der Cornelia Grumkow ausgegangen?"

„Ach, die habe ich schon fast vergessen. Nichts Neues."

„Na dann viel Spaß.“ Heilmann legte auf.

Franck verließ sein Zimmer und fuhr mit dem Fahrstuhl nach unten. Er trat durch die beiden Glastüren ins Freie. Links und rechts neben dem Eingang parkte jeweils ein Lieferwagen und machte so den Weg schmaler. Die Mittagssonne blendete ihn, doch konnte er den Büchertisch sehen, der wie so oft am Weg zur Mensa stand. Franck hatte dort schon mehrfach Krimis gekauft. Er steuerte auf den Tisch zu.

Heute wird nicht viel zu verdienen sein, dachte er. Es ist ja kaum jemand da.

Dann stand sie plötzlich vor ihm. Das konnte kein Zufall sein. Sie musste auf ihn gewartet haben.

„Du kommst ja gar nicht mehr, Andreas“, sagte Kathrin.

Er fühlte sich überrumpelt; hatte sich keine Worte zurechtlegen können.

„Ich kann auch in der nächsten Zeit nicht mehr kommen“, sagte er ausweichend. „Es gibt viel Arbeit mit einem neuen Projekt. Ich rufe dich an.“

„Dann weiß ich ja Bescheid“, antwortete sie, „aber so leicht kommst du mir nicht davon, das kann ich dir sagen.“ Sie drehte sich auf dem Absatz um und stampfte die Treppen hinab.

Das war keine Meisterleistung, dachte er. Nach drei Jahren Freundschaft hätte sie mehr verdient gehabt. Aber nun ist es so geschehen. Wird schon nicht so schlimm werden.

Franck schloss die Haustür und stellte den nassen Schirm zur Seite. Seine Frau stand in der Küche und bereitete das Abendessen.

„Eine Frau Giseke hat angerufen“, sagte sie, ohne vom Zwiebelschneiden aufzublicken.

„Wer?“, Franck hielt sich am Türrahmen fest.

„Eine Frau Giseke aus Darmstadt. Sie konnte dich in der Uni nicht erreichen. Wo bist du denn gewesen? Wieder mit deiner drallen Gewerkschaftsfunktionärin in einer Sitzung?“ Sie schaute ihn prüfend an, mit dem Messer in der Hand.

Andreas blieb die Luft weg. Das war ein Doppelschlag, und einer landete unterhalb der Gürtellinie. Jetzt kommt der K.o., dachte er. Schon in der zweiten Runde.

„Was wollte sie denn?“

„Sie rief im Auftrag deines Darmstädter Kollegen an. Dr. Dellwig oder so. Der Montagtermin muss auf 8.30 Uhr vorverlegt werden."

Oh Petra, wie ist das aufregend mit dir. Nur jetzt nicht befreiend lachen.

„Dann muss ich schon am Sonntagnachmittag fahren."

Seine Frau nickte.

„Sie sagte noch, sie würde dir für die Nacht ein Zimmer besorgen, sofern du nicht zurückrufst. Scheint auf Draht zu sein, diese Sekretärin."

Sie legte das Messer aus der Hand und wischte sich die Hände an der Schürze ab.

„Guten Abend, Andreas. Es gibt Rostbraten. Holst du einen guten Rotwein aus dem Keller? Sonntag kannst du das Auto nicht haben."

„Dann fahre ich eben mit dem Zug. Obwohl das viel umständlicher ist."

„Du siehst ja ganz blass aus! Ist etwas?"

„Ich fürchtete, der Termin wäre ganz geplatzt."

„Ist er dir denn so wichtig?"

Als Franck aus dem Keller kam, hatte er sich wieder erholt.

Man muss den eifersüchtigen Ehefrauen etwas zum Fraß vorwerfen, dachte er. Genüsslich trank er einen Schluck Saint Emilion.

„Übrigens, damit das klar ist. Sie ist nicht *meine* Gewerkschaftsfunktionärin. Und drall ist sie auch nicht."

Wer sich verteidigt, klagt sich an. Es funktionierte wieder einmal.

„Sie sieht aus wie Hannelore Elsner im fünften Monat", rief seine Frau und nickte zur Bestätigung mit dem Afro-belockten Haupt.

„Ich habe meine Beziehung zu ihr beendet", sagte Franck.

„Ha, du gibst also endlich zu, dass du eine Beziehung zu ihr hast!", rief sie triumphierend.

„Ja, als Vertrauensdozent. Ich muss aber vorsichtig sein. Deshalb gebe ich diesen Job auf. Soll sich mein Nachfolger mit ihr treffen und Gutachten über die Neuaufnahmen schreiben. Das ist mir zu anstrengend."

„Wahrscheinlich, damit sich diese Sannie umso ungestörter auf dich stürzen kann."

„Sannie? Wer ist denn das? Ich kenne keine Sannie.“ Franck blickte seine Frau entgeistert an.

„Hier ist ihr Brief!“

Sie wedelte mit einem Schriftstück in der Luft herum.

„Soll ich ihn dir vorlesen? ‚Lieber Herr Franck! Vielen Dank für den Termin. Ich werde mich dann am Donnerstag auf Sie stürzen. Viele Grüße, Sannie Lewald.‘ Ist das die Sprache, mit der sich deine Studentinnen an dich wenden? “

„Ach so“, sagte Franck. „Susanne Lewald. Sie war heute in meiner Sprechstunde. Nächste Woche hat sie ihre Prüfung. Sie war froh, dass sie die Themen noch einmal mit mir absprechen konnte. Du siehst doch, wir sind noch per Sie.“ Franck schwieg einen Moment. „Hast du mir den Brief entwendet? Das ist ja ein Ding!“

„Der lag in meiner Post. Ich habe es erst bemerkt, nachdem ich ihn geöffnet hatte.“

„Dann musst du ja zugeben, dass ich von dem Auf-Sie-Stürzen erst jetzt erfahre.“

Seine Frau war nicht zu beruhigen. „Das ist doch ungeheuerlich, wie sich die Studentinnen heute ausdrücken. Verstehst du das nicht als eine Einladung? Ist sie hübsch?“

„Ja, sie ist sehr hübsch. Dicke schwarze Augenbrauen und volle rote Lippen. Ein bisschen blass. Wie im Märchen von Schneewittchen. Aber du glaubst doch nicht, dass ich schon vor der Prüfung mit ihr schlafe? Erst werde ich nächsten Donnerstag dafür sorgen, dass sie eine gute Note erhält. Dann ist sie mir dankbar und ich kann sie leichter rumkriegen.“

Jetzt blickte sie ihn entgeistert an.

„Und da wir gerade in der Beichte sind: Mit der Sekretärin von Dr. Dellwig habe ich auch schon geschlafen. Am Dienstag. Anschließend aßen wir auf einem Berberteppich Tzatziki. Natürlich nackt. Deshalb stank ich auch so nach Knoblauch, als du Mittwochnachmittag kamst. Ich konnte gerade noch die Wohnung aufräumen. Für die Badewanne reichte es nicht mehr.“

Sie starrte ihn immer noch sprachlos an. Er setzte noch einen drauf. „Du musst nämlich wissen, dass ich während deiner Abwesenheit mit drei Frauen angebändelt habe. Jetzt weiß ich nicht, für welche ich mich entscheiden soll. Sannie ist ein schöner Kosename. Vielleicht nehme ich sie.“

Da sagte seine Frau endlich das, was sie sagen sollte. „Jetzt glaube ich dir gar nichts mehr."

Die Tür flog auf und Sohn Olaf stürmte herein. „Papa, gehst du am Samstag mit mir ins Neckarstadion? Alle meine Freunde gehen zum VfB."

„Ja, wenn du willst. Gegen wen spielen sie denn?"

„Das weiß ich nicht. Aber du musst zwei Karten für die Cannstatter Kurve kaufen. Da laufen die Spieler zum Schluss hin, klatschen und werfen ihre Trikots in die Menge. Und du musst deinen VfB-Schal mitnehmen."

„Was, den Schal mitten im Sommer?"

Franck besaß einen rot-weißen VfB-Schal, der im Unterschied zu allen anderen VfB-Schals grüne Fransen hatte.

„Und du willst nicht lieber am Radio sitzen und hören, wie dein Klümpchenklub verliert?"

„Woher hast du denn diese Sprache? Natürlich gehen wir zusammen ins Neckarstadion. Versprochen ist versprochen."

17

Kathrin Hauser, die „dralle Gewerkschaftsfunktionärin", ging die breiten Treppen zwischen den Uni-Hochhäusern hinab und sann auf Rache. Zwar hatte sie so etwas Ähnliches schon geahnt, denn seit einigen Monaten war Andreas immer seltener gekommen, aber dass er sie so abblitzen ließ, war denn doch zu viel. Zumindest eine Erklärung hätte sie verdient. Schließlich waren sie sich in den letzten drei Jahren recht nahe gekommen. Dass es zwischen ihnen nicht intimer wurde, lag nun wahrlich nicht an ihr allein. Einen Draufgänger konnte man ihn nicht nennen. Und ihr lag das Herz nicht auf der Zunge.

So leicht kommt er mir nicht davon, dachte sie trotzig. Immerhin ist er noch Vertrauensdozent der Stiftung, und ich bin die Stipendiatensprecherin. Wir müssen weiterhin gemeinsam das Prüfungsgespräch mit den Bewerbern führen, und nachdem die Neuen aufgenommen worden sind, gibt es ein Wochenendseminar.

Aber was nützt das alles, wenn er nicht mehr will. Forget it.

Sie setzte sich auf die Steinstufen. Hinter der Wut stand die Enttäuschung. Auf einem solchen Seminar hatten sie sich näher kennengelernt. Es war das zweite nach ihrer Aufnahme gewesen. Im Naturfreundehaus Sechselberg. Dort schliefen sie alle in einem Matratzenlager unter einem nicht mehr ganz winddichten Dach. Und alle waren nicht mehr ganz nüchtern gewesen, als sie die Stufen zum Schlafraum hochstiegen. Andreas hielt sich dicht hinter ihr. Na ja, er schob sie wohl die Treppe hoch, so genau wusste sie das hinterher nicht mehr.

Kathrin hatte in den Sechzigerjahren als Verkäuferin gearbeitet, in den Siebzigern eine Stelle als Sekretärin bei der IG Chemie angetreten, die Eignungsprüfung für ein Studium bestanden und in Stuttgart die Fächer Deutsch und Geschichte belegt.

Schon die weiterführende Schule konnte sie nur mit dem Stipendium der Gewerkschaft besuchen. Aber sie kam ihrem Traum, Lehrerin zu werden, immer näher. Es ließ sich alles so schön an. Doch jetzt ... Sie schluckte.

Ob seine Frau dahintersteckt? Seine Platten stehen auch noch bei mir. Vielleicht kriege ich ihn rum, wenn ich mich anstrenge. Mit seiner Frau werde ich schon fertig. Enttäuschung verwandelte sich in Hoffnung.

Franck musste seiner Frau recht geben: Er hatte sich in den letzten Wochen verändert. Nicht nur, dass er ein bis zwei Kilo weniger wog; er hatte sich zum ersten Mal in seinem Leben selbstständig ein Hemd gekauft.

Er konnte eigentlich nichts Schlechtes über Steffi sagen. Im Gegenteil, es imponierte ihm, dass sie schwangere Frauen in die holländischen Abtreibungskliniken begleitete. Es war nur diese tödliche Konsequenz, mit der sein Leben ablief. Nach der Zwischenprüfung hatte er ihr vor ihren Eltern einen förmlichen Heiratsantrag machen müssen. Natürlich in Anzug und Krawatte. So waren die Sechzigerjahre gewesen. Der Schwiegervater in spe zeigte sich überhaupt nicht überrascht und hatte schon eine Flasche Sekt kalt gestellt. Nach dem ersten Examen wurde geheiratet; nun konnte Franck ja eine Familie ernähren. Natürlich kirchlich und in Weiß. Nach der Promotion wurde Sohn Olaf geboren und ein Auto angeschafft.

Natürlich ein R 4 mit Knüppelschaltung. Nach der Habilitation im Jahre 1973 legte er sich die erste Freundin zu, natürlich eine Studentin. Antje Holzwarth, die mit dem aufregenden Lachen. Drei Monate später war es schon wieder vorbei. Er hatte kein Glück mit den Frauen gehabt. Auch mit Kathrin Hauser nicht.

Das neue Hemd war aus Seide und vollkommen grün. Er wollte zu seiner weißen Sommerhose keine weiße Hemden mehr tragen. Darin sah er aus, wie ein Krankenpfleger. Was würde Steffi nur sagen, wenn er mit den hellbraunen Schuhen von Pollini ankäme? Sie hatte sich schon sehr gewundert, als er sich am Samstagmorgen freiwillig zum Einkaufen anbot.

Mit dem Einkaufszettel, der Geldbörse und einem Korb ausgestattet, fuhr er bis zum S-Bahnhof. Dort kaufte er sich die *Darmstädter Rundschau.* Petra berichtete im Lokalteil über die Plädoyers vom sechsten Verhandlungstag. Er sah sie vor sich, über den Stenoblock gebeugt, in der ärmellosen weißen Bluse.

Wie nicht anders zu erwarten, plädierte der Verteidiger auf Freispruch. Er sprach von einer erheblichen Rechtslücke in der Behandlung eines alkoholisierten Unfallopfers. In diesen rechtsleeren Raum sei Dellwig hineingeraten, als er korrekt und pflichtbewusst seine Arbeit verrichtete. Der Anklagevertreter beantragte hingegen eine zehnmonatige Freiheitsstrafe, die auf vier Jahre zur Bewährung ausgesetzt werden solle, sowie eine empfindliche Geldbuße in Höhe von 30.000 Mark. Dellwig selbst erklärte in seinem Schlusswort, dass er sich im strafrechtlichen Sinne schuldlos fühle. Das Urteil sollte am Montag um 14 Uhr verkündet werden.

Nach dem Mittagessen machte sich Andreas mit seinem Sohn auf den Weg zum Neckarstadion. Es war schon beeindruckend, wie sich die Masse Mensch, aus allen Richtungen kommend, schließlich vor den Stadiontoren formierte. Und mittendrin ein stolzer Vater mit seinem zehnjährigen Sohn, der zum ersten Mal ein Fußballspiel sehen wollte.

Dieser Tag wird wahrscheinlich wichtiger für ihn als die Konfirmation, dachte Andreas.

„Das ist ja picke-packe voll“, sagte Olaf begeistert, als sie ihre Stehplätze in der Cannstatter Kurve erreicht hatten. Die Spieler liefen sich gerade warm und übten noch einmal den Torschuss.

„Die mit dem roten Brustring, das sind die Stuttgarter", teilte Olaf, der Kenner, seinem Vater mit. „Der Torwart mit der Nummer eins, das ist der Roleder."

„Und wer gewinnt?", fragte Andreas, „die Mannschaft mit der besten Verteidigung?"

Es war der erste Spieltag der neuen Saison. Der VfB trat als Meisterschaftsmitfavorit gegen den Aufsteiger 1. FC Nürnberg an. Eigentlich eine klare Angelegenheit. Ungefähr 50.000 Zuschauer füllten in Erwartung eines Schützenfestes das sonnenerwärmte Oval und sorgten für eine farbenprächtige rot-weiße Kulisse.

„Bertie hat gesagt, wir müssen in der Cannstatter Kurve stehen, denn dort schießt der VfB immer seine Tore."

Und die Spieler erfüllten Olaf den Gefallen. Zwei Tore von Hermann Ohlicher sorgten für eine frühe Führung. Olaf konnte sehen, wie der Ball in der 11. und 23. Minute vor seinen Augen im Netz zappelte. Jedes Mal warf er begeistert die Arme hoch und animierte seinen Vater, so wie die anderen in der Umgebung mit dem Fan-Schal herumzuwirbeln. Dann kam die 35. Spielminute. Blondschopf Karl-Heinz Förster trieb den Ball in Richtung Nürnberger Strafraum, wurde unfair gestoppt und fiel auf den Rasen. Sofort war Olaf Teil eines vielstimmigen empörten Protests.

Der Schiedsrichter pfiff und lief auf den gestürzten Förster zu. Plötzlich stand Förster wieder, und der Nürnberger sank zu Boden. Im Nu hatte sich eine Spielertraube um die beiden gebildet. Olaf sah seinen Vater an.

„Hast du das gesehen? Förster hat den Nürnberger mit einem klassischen Haken zu Boden gestreckt", sagte Andreas. „Dafür muss er eigentlich mit Platzverweis bestraft werden."

Olaf nickte kleinlaut.

„Verlieren sie jetzt, Papa?"

Der Schiedsrichter zeigte dem Nürnberger die gelbe Karte und gab einen Freistoß für den VfB.

In der Halbzeit aßen sie zur Beruhigung jeder eine heiße Rote und tranken kameradschaftlich einen großen Becher Cola leer. Andreas nahm seinen Sohn an die Hand, und so gingen sie zurück auf ihre Plätze.

In der zweiten Halbzeit verflachte das Spiel. Erst als Georg Volkert in der 74. Minute der Anschlusstreffer für Nürnberg gelang, wurde es wieder spannend. Auch dieses Tor konnte Olaf in der Entstehung direkt vor sich sehen. Nun begann ein viertelstündiges Zittern. Jedes Mal, wenn die Nürnberger in die Nähe des Stuttgarter Tores kamen, erstarrte Olaf neben ihm.

Einmal schrie er begeistert mit den anderen Fans: „Abseits!"

Endlich war das Spiel zu Ende, und der VfB hatte zwei zu eins gewonnen. Jubelnd und zufrieden verließen sie das Stadion. Als sie aus dem dichtesten Gewühl heraus waren, fragte Olaf: „Was ist eigentlich Abseits, Papa?"

Andreas erklärte es ihm, ohne die komplizierten Sonderfälle zu erwähnen. In acht Jahren wird er mich fragen, was ein Überhangmandat ist, dachte er. Hoffentlich.

18

Andreas stieg gegen halb acht am Darmstädter Hauptbahnhof aus dem Zug und nahm den Bus zum Taunusplatz. Die Sonne hatte noch nicht viel an Kraft verloren, am Abend würde es warm bleiben. Er ging die Straße hinunter, bis er zum grau gestrichenen Haus mit den drei Eingängen kam. Sein Seidenhemd zeigte dunkle Flecken unter den Achseln, und das war ihm gar nicht recht.

Als Petra die Tür öffnete und ihn sah, hüpfte sie vor Freude mit beiden Füßen, als würde sie über ein Seil springen.

„Ich war mir nicht sicher, ob du heute kommen würdest", sagte sie.

„Petra, das Leben mit dir wird aufregend."

„Ja, willst du alle Tage lang vor dem Kamin sitzen und Krimis lesen oder selbst einen erleben?"

„Eigentlich wollte ich nur einen schreiben", meinte er.

Petra ignorierte seine Bemerkung.

„Ich konnte es nicht mehr erwarten", sagte sie. „Fünf Tage sind viel zu lang. Aber willst du im Hausflur stehen bleiben?"

Sie zog ihn in die Wohnung, legte ihre Arme um seinen Hals und schmiegte sich an ihn.

„Ich habe mir morgen früh frei genommen. Die Urteilsverkündung ist natürlich erst um 14 Uhr."

Fünf Minuten später lag Andreas in Petras Badewanne und genoss das warme Wasser.

„Komm doch mit rein", sagte er. „Die Musen baden gern in Quellen und Flüssen."

„Dann brauche ich mehr Schaum."

Petra ließ einiges Wasser ab, goss etwas kostbare Flüssigkeit in die Wanne und öffnete den Warmwasserhahn.

„Und du musst die Augen schließen."

Mit einem Auge blinzelnd, sah Andreas, wie sie die Arme über den Brüsten kreuzte und sich den weißen Pulli über den Kopf zog. Kurz blieb er an einem Ohr hängen. Sie kehrte ihm den Rücken zu und band sich die Haare vor dem Spiegel zu einem Pferdeschwanz. Öffnete ihren Hosenbund und blickte über die Schulter zu ihm zurück. Schnell schloss Andreas die Augen.

Er spürte, dass sie kam. Dann saß sie bis zu den Brüsten im Schaum. Zog die Beine an, sodass ihre Knie wie zwei Inseln auf dem Wasser schwammen.

„Aber deine Hände bleiben auf dem Beckenrand."

„Ja, Kalliope", sagte Andreas. „Du hast mich schon inspiriert. Ich habe ein weiteres Kapitel meines Krimis geschrieben."

Petra verdrehte die Augen. Sie konnte sich jetzt etwas Schöneres vorstellen, als einem Krimi zuzuhören.

„Es ist nur eine Seite lang. Das Manuskript liegt hier ganz zufällig." Andreas grinste.

„Dann lies es mir vor", sagte Petra ergeben.

Andreas setzte sich in Positur. Mit trockenen Händen griff er nach dem Manuskript.

„Aufregend war Dellwigs Leben erst geworden, als er Elke kennenlernte. Da sie sich heimlich treffen mussten, wechselte er sozusagen auf die andere Seite: Er hatte alle Hände voll zu tun, dass man ihnen nicht auf die Schliche kam. Mit der Routine seiner fast dreißig Dienstjahre war ihm das bis jetzt glänzend gelungen. Sie trafen sich regelmäßig freitags in Darmstadt; der Ort galt als sicher. Da sie beide verheiratet waren und ihre Ehen nicht auflösen wollten, waren sie mit dieser Regelung zufrieden gewesen.

Doch durch den Tod von Elkes Mann war das so perfekt ausgeklügelte Arrangement zerbrochen. Elke brauchte sich in Zukunft nicht mehr zu verstecken. Sie begann gefährliche Pläne zu entwerfen und malte sich aus, was sie nach einer angemessenen Trauerzeit gemeinsam unternehmen würden. Dellwig war das gar nicht recht. Irgendwann käme sie noch auf die Idee, dass er sich scheiden lassen solle.

Die Manipulation der Unfallakte war natürlich nur eine Notlösung gewesen, und er würde für sie bezahlen müssen. Aber wenn er die Situation genau analysierte, hatte der Prozess seine Position Elke Simon gegenüber wieder gestärkt, denn jetzt konnte sie nicht mehr verlangen, ihre Beziehung öffentlich zu machen. Schließlich stand und fiel seine Verteidigung mit der These, dass er die Familie des Unfallopfers nicht kannte.

Zum größeren Problem war Quast geworden. Das ursprünglich gute Verhältnis zwischen Dellwig und seinem Stellvertreter war zwar durch die Apfeläcker-Geschichte getrübt worden, aber Dellwig hatte nicht damit gerechnet, dass Quast ihn so schwer belasten würde. Das war ein Schachzug gewesen, für den er keinen Gegenzug fand. Warum musste Quast diese beiden Telefongespräche erfinden? Was hatte Dellwig ihm entgegenzusetzen und vor allem, wie konnte er verhindern, dass Quast seine Beziehung zu Elke öffentlich machte? Nach einigen Andeutungen von Quast zu urteilen, musste Dellwig davon ausgehen, dass sein Stellvertreter von der heimlichen Liebschaft Wind bekommen hatte."

Petra hörte aufmerksam zu.

„Hat er Quast nun umgebracht, oder war es doch Selbstmord?", fragte sie.

„Das bleibt zunächst einmal offen", antwortete Andreas und legte das Manuskript zur Seite.

„Es war ein Selbstmord", sagte Petra, „wie soll Dellwig denn ausgerechnet am Samstagmorgen Quast bei einer Hütte im Wald finden?"

„Vielleicht hat er ihn beschattet. Oder er sah das Auto zufällig und folgte ihm. Dann war der Mord nicht geplant, sondern eher eine spontane Handlung. Gelegenheit macht Mörder. Das kennt man doch."

„Du beschreibst also den Fall Dellwig, wie er sich deiner Meinung nach zugetragen hat?“

„Genau.“

„Und wer ist die Hauptperson in deinem Krimi? Derjenige, der den Fall untersucht?“

„Ein Historiker.“

„Wie praktisch“, sagte Petra. „Kann es zufällig sein, dass dieser Historiker im Laufe der Geschichte eine Journalistin kennenlernt?“

Andreas grinste.

„Wie hast du denn das herausbekommen?“

Petra setzte ihren rechten Fuß auf seinen Bauch.

„Aber meine Brüste beschreibst du nicht. Mein Veto.“

„Das ist schade“, sagte Andreas und spielte den Enttäuschten. „Ich wäre dabei zur Hochform aufgelaufen. Mir liegen die Worte schon länger auf der Zunge. Rosige Rundungen vielleicht, oder ...“ Er wartete auf ihre Reaktion, und sie kam prompt.

„Hör auf, Andreas“, rief sie, halb lachend, halb wütend.

„Also gut, dann beschreibe ich eben die Brüste von Elke Simon. Aber dafür fehlen mir noch die Worte.“

Petra schüttelte den Kopf. „Du bist unmöglich.“

Schnell fuhr er fort: „Darf ich endlich die Hände vom Beckenrand nehmen?“

Petra protestierte erst wieder beim Anziehen. „Kann ich nun diese Dienstkleidungen ablegen? Erst muss ich für dich in weißem Pulli und Jeans die Muse sein, dann die keimfreie Miss Della Street mit zugeknöpfter Bluse und schließlich mit blauem Rock, weißer offener Bluse und roter Lederjacke die Göttin der Freiheit. Was soll ich denn sonst noch sein?“

„Meine Geliebte“, sagte Andreas. „Hast du nicht so ein Hängerchen mit Spaghettiträgern, das eine Handbreit über dem Knie endet? Damit gehen wir zum Griechen und essen Lammkoteletts mit Tzatziki. Dann sagst du mitten im Hauptgang schüchtern: Ach Andy, ich habe ganz vergessen, mir einen Slip anzuziehen. Den Rest des Abends wirst du mit übereinandergeschlagenen Beinen dasitzen. Und ich kriege wieder keinen Bissen herunter.“

„Aha, der Herr Doktor beginnt zu leben. Ich kann doch nicht im Nachthemd ausgehen. Dieses Jahr schreibt die Mode lange Kleider vor. Und zuerst essen wir panierten Schafskäse. Nach den Lammkoteletts gibt es Joghurt mit Honig und Nüssen. Zum Trinken musst du einen schweren Rotwein aus Kreta bestellen."

„Gern. In Kreta trugen die Frauen Kleider, die eine Brust frei ließen. Zum Schluss gehst du mit einer Amphore auf dem Kopf aus dem Raum, während ich die Rechnung bezahle. Einverstanden?"

Petra nickte.

„Nimm den Text vom Hinscheiden deines alten Adams mit zu den Lammkoteletts."

„Es sind keine drei Seiten", wehrte er ab. „Und sie zerstören die ganze Stimmung."

„Aber es war der Anfang deiner Schriftstellerkarriere. Das ist mir wichtig. Und die Stimmung baut sich schnell wieder auf. Das hast du ja eben gesehen."

19

Die Flasche Rotwein war fast leer, doch die Amphore stand noch dekorativ in der Ecke der kleinen, gemütlichen Gaststube. Die Rückwand bestand aus einem großen Fresko: blaues Meer, grüne Insel, weißer Tempel. Es sollte wahrscheinlich Santorin darstellen, sah aber irgendwie steril aus. Kein Schiff auf dem ungekräuselten Wasser, keine Menschen auf der Insel. Andreas und Petra waren die einzigen Gäste; zu dieser Jahreszeit hielt man sich lieber im Freien auf.

„Wenn ich recht verstehe", sagte Petra, „hast du dich zuerst mit diesem Simon identifiziert. Das führte dich aber nur in den Tod. In deinem Krimi, meine ich. Seitdem versuchst du, dich in Dellwig hineinzuversetzen, und da du eine Beziehung zwischen Dellwig und Frau Simon annimmst, hast du dir eine Freundin zugelegt."

„Was heißt hier zugelegt?", protestierte er. „Du warst es doch, die mich nach allen Regeln der Kunst verführt hat."

„Nachdem du darum gebeten hast, und zwar seit der Vorlesung, in der du so ausführlich über alternative Lebensformen gesprochen hast. Du warst es, der mich angerufen hat, der mich um das Treffen in Bernstadt gebeten hat und der zum Prozess erschienen ist. Nun spiel nur nicht den Unschuldsengel."

„Also gut", sagte Andreas, „spinnen wir die Parallele fort. Soeben hörten wir das erste bescheidene Aufbegehren von Elke Simon dagegen, dass sie von ihrem Geliebten Karl Dellwig als reines Lustobjekt behandelt wird. Sie will ihn, aber sie will auch eine selbstständige Person sein, nicht nur eine bloße Rolle spielen, sondern mit ihren eigenen Problemen angenommen werden. Das macht die Beziehung schwieriger. Elke stellt Bedingungen, auf die Dellwig als verheirateter Mann nur schwer eingehen kann. Zum Beispiel, in kürzeren Zeitabständen zu kommen. Habe ich das richtig verstanden?"

„Ja, Andreas", sagte Petra leise. „Aus Spiel wird Ernst. In jeder Beziehung." Sie beugte sich vor und legte ihre Hand auf seinen Arm. „Bleib bei mir. Auch nach dem Ende des Prozesses."

„Ich bin doch nicht Dellwig", sagte Andreas. „Ich will auf die Dauer nur mit dir leben. Aber ich habe einen Sohn. Bitte lass mir etwas Zeit."

Später saßen sie sich in Petras Wohnung auf Sofa und Sessel gegenüber.

„Wir gehen den Fall von vorne bis hinten durch, so wie wir ihn einen Tag vor der Urteilsverkündung sehen", schlug Petra vor. „Einverstanden?"

„Einverstanden", antwortete Andreas. „Und wir überlegen, was noch getan werden kann. Du machst doch weiterhin mit?"

Petra nickte.

„Also gut. Zunächst zum Unfalltod Simons. Welche Fakten haben wir in der Hand? Ist jeder Verdacht auf einen Mord ausgeschlossen?"

„An den von Dellwig korrigierten Unfallbericht kommen wir nicht heran. Wir haben als Quellen nur die Zeitungsartikel von meinen Kollegen. Sie beruhen auf dem Unfallbericht, der der Öffentlichkeit übergeben wurde. Ich kann dir in unserem Pressearchiv den Artikel aus der *Rundschau* besorgen. Aber ich kann dir auch gleich sagen, was darin stand."

„Bitte", sagte Andreas.

„In der Nacht des 5. Juli 1979 geriet der Tiefbauingenieur Friedrich Simon auf der Bundesstraße 47 mit seinem Auto bei einem Überholvorgang auf die Gegenfahrbahn und stürzte die Böschung herunter, um nicht mit einem entgegenkommenden Fahrzeug zusammenzustoßen. Auf dem Asphalt fand man keine Bremsspuren.

Den Polizeimeister Hermann, der als Erster am Unfallort war, können wir wohl nicht befragen", fuhr Petra fort.

„Darüber habe ich auch schon nachgedacht. Ich würde gern wissen, ob er das Auto untersucht hat. Auf defekte Bremsen zum Beispiel. Nur um jeglichen Verdacht ausschließen zu können."

„Ich lasse mir etwas einfallen."

„Übrigens habe ich heraus bekommen, dass Simon einen Lehrauftrag an der TH Darmstadt hatte", sagte Andreas. „Aber diese Information scheint uns nicht weiterzubringen. Er war quasi ein Kollege von mir."

„Dann zu den beiden Toten im Hause Quast. Den Selbstmord von Lydia Quast können wir wohl vergessen. Da brauchen wir nicht weiter zu recherchieren."

„Warum nicht?"

„Frau Quast war schwer krank. Sie hatte nicht mehr lange zu leben. Verständlich, dass sie aufgibt, nachdem sich ihr Mann das Leben genommen hat."

„Ach so?", wunderte sich Andreas. „Ich habe in der Zeitung gelesen, sie sei erst nach dem Selbstmord ihres Mannes krank geworden."

„Das war wohl ein Revolverblatt, das die heile Welt der Familie Quast beschwor. Eine Familie, die erst durch die brutale Verteidigerstrategie ins Unglück gestürzt wurde. So könnte ich auch schreiben. Die Wahrheit ist, dass Frau Quast Krebs hatte."

„Woher weißt du das?"

„Die Kollegen haben sich im Dorf umgehört. Dann spricht man miteinander."

„Aha. Mündliche Überlieferung."

„Ich meine, wir müssen uns auf den Tod von Walter Quast konzentrieren", sagte Petra. „Sein Tod hat den Selbstmord seiner Frau nach sich gezogen."

Andreas setzte sich zurecht. „Walter Quast ist ermordet worden“, sagte er.

„Hast du einen einzigen Beweis für diese Behauptung?“

„Nein“, antwortete Andreas. „Es ist nur ein Gefühl.“

„Und ich sage dir, du brauchst für deinen Krimi einen richtigen Mord, sonst taugt er nichts. Mit einem Unfall und zwei Selbstmorden kannst du nicht aufwarten. Deshalb suchst du bei allen Toten nach dem Mörder im Hintergrund.“

„Ich suche nach dem Motiv für Dellwigs angeblich so uneigennütziges Verhalten und nach dem Motiv für Quasts Selbstmord. Die Motive sind der Knackpunkt in diesem Fall.“

„Das hast du mir schon früher auseinandergesetzt. Als wir uns in Bernstadt trafen. Du unterstellst eine Beziehung zwischen Dellwig und Elke Simon. Ich antworte heute wie damals: Der Fall hat eine politische Dimension. Lass uns diese beiden Ebenen verfolgen, die private und die politische.“

„Einverstanden. Aber es gibt noch eine dritte Ebene, die Geschichte des Kriminalromans. Lach jetzt bitte nicht. Ich werde das Gefühl nicht los, dass in Poes Dupin-Geschichten ein wichtiger Hinweis für unseren Fall Dellwig steckt. Ich möchte dich deshalb bitten, die drei Geschichten unter diesem Aspekt zu lesen. Ich habe die Dünndruckausgabe seiner Erzählungen dabei. Sie ist übrigens erst im letzten Jahr herausgekommen.“

„Puh“, sagte Petra, „das muss ich erst verkraften. Ich schlage eine Pause vor.“

„Gut. Hast du vielleicht eine LP von Konstantin Wecker? Eine, auf der ‚Ich will noch eine ganze Menge leben‘ drauf ist?“

Petra stand auf, strich sich das Kleid glatt und ging in Richtung Tür. „Du könntest Glück haben.“

Ihre schwarzen Sandaletten lagen schon auf dem Teppich.

„Also, dann auf zum zweiten Teil unserer Analyse“, sagte Petra und ließ sich wieder auf dem Sessel nieder. „Hast du Beweise für eine Beziehung zwischen Dellwig und Elke Simon?“

„Nein. Aber wenn sie miteinander schlafen, dann müssen sie es vormittags tun.“

„Warum denn das?“ Petra staunte.

„Sie hat zwei kleine Kinder. Eins geht wahrscheinlich in den Kindergarten, das andere in die Schule. Da ist vormittags die beste Zeit. Ideal wäre eine Hütte im Wald als Treffpunkt. Sie fahren getrennt hin und niemand sieht sie dabei. Ihren Nachbarn erklärt sie, dass sie zum Joggen fährt. Nachher kommt sie ganz verschwitzt zurück."

„Na, du hast dich aber schon gut in das Verhältnis hineingedacht. Übrigens ziemlich armselig auf die Dauer. Das geht nur als Übergangslösung. Aber wie willst du eine Bestätigung für deine Annahme finden?"

„Das weiß ich auch noch nicht. Ich kann doch nicht jeden Tag auf der Lauer liegen."

„Gehen wir einen Schritt weiter." Petra hatte jetzt die Gesprächsführung übernommen. „Welche Rolle spielt ihr Vater Hans Hartenstein in der Story?"

„In meiner Version nur eine Nebenrolle. Ich brauche ihn nicht. Aber in der offiziellen Version der Ankläger erhält er eine wichtige Aufgabe. Woher sollte Dellwig denn wissen, dass es der ihm unbekannten Frau Simon finanziell schlecht geht, wenn nicht von Hartenstein?"

„Hat Hartenstein in dem Telefongespräch mit Dellwig denn nun über die finanziellen Schwierigkeiten seiner Tochter geklagt oder nicht?"

„Meiner Meinung nach hat er nicht geklagt. Dellwig wusste es ja schon. Aber Dellwig muss so eine Information andeuten, um seine Beziehung herauszuhalten. Dann müssen sie es wieder abstreiten, um sich nicht zu sehr zu belasten. Eine schwierige Situation. Deshalb der widersprüchliche und schwächliche Auftritt Hartensteins beim Verhör."

„Das ist mir zu kompliziert", sagte Petra. „Frag du mich jetzt über die politische Ebene aus."

„Was wissen wir über eventuelle politische Hintergründe des Falls?"

„Erstens: Dellwig ist SPD-Mitglied", antwortete sie. „Die Genossen wollen das allerdings nicht an die große Glocke hängen. Sie befürchten, dass Stimmen bei der nächsten Wahl verloren gehen, wenn Dellwigs Parteizugehörigkeit allgemein bekannt wird."

„Dann stecken sie ja mit der CDU unter einer Decke! Die will auch nicht, dass ein Zusammenhang zwischen der Apfeläcker-Geschichte und dem Fall Dellwig zutage kommt. Warum hat Freddie dann in der Stadtverordnetenversammlung so gegen den Geschäftsordnungsantrag der CDU opponiert?"

„Das gehört zur politischen Taktik. Öffentlich muss man sich von der CDU absetzen, auch wenn sich die Interessen in diesem Fall decken. Wir wissen aber noch mehr."

„Was denn?" Gespannt schaute Andreas sie an.

„Ich habe eine Erklärung dafür, warum die Polizei vor drei Jahren bei der Baumfällaktion auf den Apfeläckern nicht eingegriffen hat."

„Und die wäre?"

Petra zog ihre Antwort genüsslich in die Länge.

„Das hat mir auch Freddie mitgeteilt. Ich musste ihm versprechen, nichts davon zu veröffentlichen, weil langsam schon Gras darüber zu wachsen beginnt. Sagt er jedenfalls. Auch du darfst die Sache nicht herumposaunen, Andreas. Ich verliere sonst meine journalistische Glaubwürdigkeit und würde von ihm nie mehr Tipps bekommen."

„Ja, doch", drängte er und beugte sich vor. „Nun sag schon!"

„Die Polizisten griffen nicht ein, weil sie unter dem Kommando von Anton Quast standen."

Andreas warf sich in das Sofa zurück. „Von seinem Sohn! Das hätte ich mir denken können!" Er stöhnte auf. „Warum hast du das denn nicht früher gesagt?"

„Ich hatte nur dich im Kopf. Und du wolltest keine politische Aufklärung von mir." Petra lächelte ihn an.

„Das stimmt. Also machen wir weiter. Was bringt uns diese Information?"

„Zumindest stärkt sie den Verdacht, dass Familie Quast auf den Apfeläckern ein Grundstück hat."

„Wie können wir das herausbekommen?"

„Ich habe eine Idee", sagte Petra. „Es bildet sich in diesen Tagen eine Bürgerinitiative ‚Rettet die Apfeläcker'. Sie besteht aus Personen, deren Häuser an die Apfeläcker grenzen, und die keine neuen Gebäude vor ihrer Nase haben möchten, und aus Mitgliedern von den Grünen. Die wollen sich natürlich für die Wahlen profilieren. Ich kann ohne Weiteres einen Artikel über die Gründung der Initiative schreiben, wenn Quast und Dellwig darin nicht vorkommen. Und zu diesem Ziel interviewe ich den Vorsitzenden der Bürgerinitiative."

„Das machst du als Nächstes. Das ist eine gute Idee.“

„Du kommst mit“, sagte Petra. „Ich gebe dir meinen Fotoapparat, und du spielst den Fotografen der *Rundschau*.“

„Jetzt bin ich erschöpft. Schluss für heute. Wir haben eine Perspektive. Können wir über etwas anderes reden?“

„Ich glaube, das war ein wichtiger Abend für uns, Andreas. Wenn etwas passieren soll, muss alles stimmen: Zuneigung, Zeitpunkt und Perspektive. Mir ist ganz schwindlig.“

In der Nacht lag Andreas lange wach. Er hörte ihre regelmäßigen Atemzüge neben sich. Er konnte einen nackten Arm und sonst nur ihre langen Haare sehen. Die dünne Bettdecke bildete über ihrem Körper eine S-Kurve. Sie lag auf der Seite und hatte die Beine angezogen. Der helle Vorhang vor dem Fenster schützte nur unzulänglich vor dem Mondlicht. Er mochte es, in halb dunklen Räumen zu schlafen.

Ich habe keine Lust, länger zu lügen, dachte er. Ich will auch noch den zweiten Schritt tun. Es wird alles gut.

Als Andreas aufwachte, schien die Morgensonne hell ins Zimmer. Der Platz neben ihm war leer. Er schob seine Hand unter Petras Bettdecke und fühlte, dass sie noch warm war von ihrem Körper. Er kroch auf ihre Seite, legte sich wohlig auf den Bauch und schob seinen linken Arm unter ihr Kopfkissen. So sog er einige Minuten lang den warmen Duft ihres Körpers ein.

Dann stand er auf, öffnete die Tür und trat den langen Gang durch den Flur an. Die Türen, an denen er vorbeikam, waren geschlossen. Unter seinen nackten Füßen kratzte der rote Kokosläufer. Vor dem Badezimmer blieb er stehen. Er öffnete die Tür und fuhr erschrocken zurück.

„Um Gottes willen! Das halte ich nicht aus. Zwei nackte Frauen auf einmal!“

Vier Augen strahlten Andreas an.

„Das ist meine Kollegin Anna“, sagte Petra. „Sie ist in der Nacht mit ihrem Freund aus Italien zurückgekommen.“

Anna war schmächtiger als Petra. Aus ihrem braun gebrannten Körper ragten zwei kleine Brüste mit hellroten Warzen hervor. Ihre Haare waren blond und wuschelig.

Anna reckte beide Arme hoch und drehte sich graziös vor

dem Spiegel. „Ich habe gekündigt“, sagte sie fröhlich. „Wir ziehen nach Berlin.“

Andreas registrierte, dass sie unter den Achseln rasiert war.

„Andreas“, sagte Petra in drohendem Ton.

„Ist ja gut, ich verschwinde schon.“

Nachdem sie alle angezogen waren, trafen sie sich in der Küche zum Frühstück. Zu viert saßen sie an einem kleinen Holztisch. Der ganze Raum duftete nach frischem Kaffee. Anna und ihr Freund erzählten von den Kunstschätzen Parmas. Correggio hatte drei Kirchen der Stadt mit den sinnlichsten Engeln und Putten ausgemalt, die sie je gesehen hatten. Zu seiner Überraschung konnte sich Andreas ganz locker mit Anna unterhalten, obwohl er sie doch eben erst kennengelernt hatte. Nur ihren Freund mochte er nicht. In seinen Augen war er ein großer Angeber.

20

Vor dem Gerichtssaal verabschiedeten sie sich voneinander, denn Andreas wollte unmittelbar nach dem Ende des Prozesses zurückfahren. Petra ging zu den Presseplätzen, legte schwungvoll ihre Tasche auf einen freien Platz und wechselte ein paar Worte mit einem Kollegen. Sie schien schon wieder ganz in ihre Berufswelt eingetaucht zu sein; eine Welt, in der Franck nicht vorkam.

Andreas riss sich von ihrem Anblick los und mischte sich unter die Zuhörer. Im Raum herrschte eine erwartungsvolle Unruhe. Einige Reihen weiter vorn entdeckte er Elke Simon. Sie saß neben ihrem Vater und trug ein schwarzes, ärmelloses Kleid mit einer Jacke, die ihr immer wieder von der Schulter rutschte.

Eine Seitentür öffnete sich. Von einem Polizisten begleitet, wurde Dellwig hereingeführt. Sein Verteidiger begrüßte ihn und beide setzten sich. Unmittelbar anschließend betraten der vorsitzende Richter und seine beiden Kollegen im Gänsemarsch den Saal. Unter den schwarzen Roben trugen sie weiße Oberhemden und silberne Krawatten. Die Anwesenden erhoben sich; es war ein feierlicher Moment, fast wie in der Kirche, wenn der Pfarrer den Segen erteilt.

Die drei Richter nahmen Platz und bildeten nun einen scharfen Kontrast zu der weißen, schmucklosen Wand hinter ihnen. Auch im Publikum fanden sich keine grellen Farben.

Richter, Pfarrer, Universitätsprofessoren: die Herren in den schwarzen Roben. Sie stammen aus einer Welt, der die Farbe abhanden gekommen ist, dachte Franck, aber sie symbolisieren allesamt Macht und Herrschaft.

Der Vorsitzende eröffnete die Sitzung, blickte in die Runde und sagte: „Alle am Prozess Beteiligten sind erschienen."

Dann stand er auf und verkündete das Urteil. Wegen Betrug und Urkundenunterdrückung wurde Dellwig zu einer Geldstrafe von 15.000 Mark verurteilt. Damit entschied sich das Gericht für einen Mittelweg zwischen der Verteidigung, die Freispruch gefordert hatte, und dem Oberstaatsanwalt, der für eine zehnmonatige Freiheitsstrafe und eine Geldbuße von 30.000 Mark eingetreten war.

Eigentlich liegt der Urteilsspruch sogar näher an der Position der Verteidigung, dachte Franck.

Er blickte zu Dellwig hinüber. Der ließ das Urteil reglos über sich ergehen. Auch Elke Simon rührte sich nicht. Sollte sie wirklich ein Verhältnis mit Dellwig haben, konnte sie mit dem Urteil zufrieden sein. Dellwig würde nicht ins Gefängnis kommen.

Der vorsitzende Richter begann mit der mündlichen Urteilsbegründung. „Das Aufsehen, die Zeit und der Arbeitsaufwand dieses Prozesses stehen in einem großen Missverhältnis zum Gegenstand des Verfahrens. Durch den beklagenswerten Tod zweier Menschen erhielt der Prozess eine Bedeutung, die dem strafrechtlich eher mittelmäßigen Vorwurf des Betrugs und der Urkundenunterdrückung in keiner Weise gerecht wird. Dennoch hat das Gericht frei von Emotionen entschieden. Die glaubwürdige Aussage des Zeugen Walter Quast war zur Überführung Dellwigs nicht nötig, sondern nur das Tüpfelchen auf dem i. Denn der Angeklagte war ein Zeuge gegen sich selbst. Er hat nicht nur das ihn schwer belastende Vernehmungsprotokoll vom 18. Oktober 1979 unterschrieben, auch der Aufwand und die Entschiedenheit seines Handelns sprechen gegen ihn."

Zur Entlastung des Angeklagten wertete das Gericht nur die Tatsache, dass er weder ein handfestes Motiv, noch einen eigenen Vorteil durch seine strafbare Handlung erzielt habe. Die von der Verteidigung ins Spiel gebrachte Vermutung, Dellwigs Stellvertreter Quast habe die ganze Sache angezettelt, damit der Chefposten bei der Bernstadter Polizei für ihn frei werde, sei im Prozess widerlegt worden.

Der vorsitzende Richter ging nun dazu über, den Tathergang zu schildern, so wie er sich nach den Ergebnissen der Beweisaufnahme darstellte. Franck hörte nur noch halb hin. Die Luft war raus. Er merkte sich den Satz des Richters, dass die angebliche Uneigennützigkeit Dellwigs strafmindernd gewirkt habe. Da konnten sie ja mit erfolgreichen Recherchen sogar zu einer Wiederaufnahme des Verfahrens beitragen.

Bei der Frage nach Dellwigs Motiv mussten auch die Richter passen. Trotz intensiver Ermittlungen war nichts Handfestes herausgekommen. Weder konnte dem Angeklagten ein eigener Vorteil nachgewiesen werden, noch eine Verbindung zur Familie des Verstorbenen.

„Wenn das so stimmt, dann muss eine ganze Menge Machtbewusstsein im Spiel gewesen sein“, sagte der Richter abschließend.

Franck sah zu Dellwig hinüber. Der strich sich über seinen Bürstenhaarschnitt und schaute dann ins Blitzlichtgewitter der Fotografen, mit einer Miene, die einem Filmstar alle Ehre gemacht hätte. Er genoss es sichtlich, im Mittelpunkt zu stehen. Vielleicht war es Machtbewusstsein, wie der Vorsitzende vermutete, aber auf jeden Fall war es ein gutes Stück Mediengeilheit.

Gleich setzt er ein triumphierendes Lächeln auf, dachte Franck.

Aber Dellwig konnte sich beherrschen. Er stand auf, zuckte kurz mit den Mundwinkeln und schüttelte dann seinem Verteidiger die Hand. Nicht überschwänglich, sondern irgendwie dezent. Als hätte er von Anfang an um den Ausgang des Prozesses gewusst. Sein Blick wanderte durch die Reihen der Zuschauer, bis er bei Elke Simon hängen blieb. Doch sie erwiderte seinen Blick nicht, sah nur starr vor sich hin. Dann stand sie auf und verließ schnurstracks und mit hoch erhobenem Kopf den Saal. Franck sah sie an sich vorüberrauschen. In ihrem Schlepptau folgte ihr Vater Hans Hartenstein. Er strahlte Zufriedenheit aus.

Die *Rundschau* unter dem Arm, betrat Dr. Andreas Franck am nächsten Morgen durch die beiden gläsernen Schwingtüren das K II, ging an der Cafeteria vorbei zu den Fahrstühlen und wartete, bis sich eine der Kabinen vor ihm öffnete. Er fuhr in den achten Stock, stieg über die kleine Treppe hinauf zu seiner Abteilung und schloss die Tür zu seinem Arbeitszimmer auf. Die Jalousie war noch immer nicht repariert worden. Sie hing auf halber Höhe und ließ sich weder aufwärts noch abwärts bewegen. Wie immer würde es mehrere Monate dauern, bis seine Schadensmeldung den Weg durch die Bürokratie genommen hatte und bei einem Handwerker gelandet war. Man musste das wohl akzeptieren.

Um nicht von der Sonne geblendet zu werden, setzte er sich aufs Sofa und faltete die Zeitung auseinander. Er hatte das Sofa vor Jahren von den Eltern eines Studenten kostenlos übernommen, als diese sich ein neues kaufen wollten. Es hatte ein Holzgestell und anthrazitfarbene Polster, und wenn man die drei Rückenkissen wegnahm, konnte man gut auf ihm schlafen. Freilich müsste es einmal wieder mit einem Staubsauger bearbeitet werden, aber die Putzkolonnen, die frühmorgens durch das Hochhaus marschierten, fühlten sich nur für die Fußböden und die Papierkörbe zuständig.

Die ersten drei Seiten waren mit Nachrichten aus Polen angefüllt. Polens Staatschef warnte die Streikenden auf den Danziger Werften: „Es gibt Grenzen, die niemand überschreiten darf.“ Die Streikenden auf der Leninwerft hatten ein Bild des Papstes aufgehängt. Auch der Kanzlerkandidat Strauß wollte mit einer Stellungnahme zu Polen Punkte sammeln. Er forderte die sozialliberale Bundesregierung auf, nicht die Unterdrücker in Warschau zu finanzieren.

Petras Artikel fand er erst auf Seite 18. Man hatte ihr vier Spalten zu einem ausführlichen Abschlussbericht über den Prozess eingeräumt. Sie schilderte lang und breit den Tathergang, so wie er sich den Richtern dargestellt hatte. Auch beim Lesen von Petras Zusammenfassung wurde ihm diese offizielle Version nicht plausibler. Es blieben einfach zu viele Ungereimtheiten stehen. Zustimmend las er ihren letzten Absatz: „Das Urteil bedeutet alles andere als einen Schlusspunkt. Sowohl der Anklagevertreter als auch der Verteidiger erklärten am Rande des Prozessgeschehens, die schriftliche Urteilsbegründung abwarten zu wollen und sich erst dann zu entscheiden, ob sie in die Revision gingen. Der Polizeibeamte Karl Dellwig wird sich nun noch in einem Disziplinarverfahren verantworten müssen. Gegen die Angehörigen des Unfallopfers ermittelt die Staatsanwaltschaft ebenfalls wegen des Verdachts, die Versicherung betrogen zu haben."

Franck stand auf, trat ans Fenster, das die ganze Zimmerbreite einnahm, und schaute auf die verglaste Front des gegenüberliegenden Hochhauses. Die Architekturstudenten im dritten und vierten Stock waren wie immer in kleinen Gruppen um Zeichenbretter und papierüberfüllte Tische versammelt. Im Seminarraum des siebenten Stockwerks mühte sich ein Dozent mit dem Overheadprojektor ab, während sich die Studierenden eifrig über ihre Aufzeichnungen beugten. Es musste sich um einen Ferienkurs für Ausländer handeln, denn andere Lehrveranstaltungen fanden zu dieser Zeit nicht statt. In einigen Stockwerken gab es vor den Fenstern graue Vorhänge, die man von innen schließen konnte.

Ich werde Frau Kaiser fragen, ob sie mir zwei Vorhänge näht, wenn ich ihr den Stoff bringe, dachte er.

Dann ging er zum Schreibtisch und sichtete den kleinen Stapel Post, der sich während seiner Abwesenheit angesammelt hatte. Meistens konnte man schon am Absender erkennen, ob es sich lohnte, den Brief sofort zu öffnen. Er legte die Hauspost auf die eine, die Werbungen und Veranstaltungshinweise auf die andere Seite. Zum Schluss blieb ein Brief in seiner Hand zurück, der keinen Absender trug und in Stuttgart abgestempelt worden war. Franck schlitzte ihn mit einem Brieföffner auf und strich das zweimal gefaltete Papier glatt. Mit wachsendem Erstaunen las er den maschinengeschriebenen Text:

„Werter Herr, in der letzten Zeit kommt es häufig vor, dass Aktentaschen in Stuttgarter Selbstbedienungsrestaurants verschwinden. Einen Tag später sind sie dann wieder da. Sie wurden zwar durchwühlt, aber es scheint nichts zu fehlen. Der Besitzer ist froh und beginnt die Angelegenheit zu vergessen. Aber das dicke Ende kommt nach. Legen Sie Ihre Tasche also nicht zur Reservierung auf einen Platz, bevor Sie zum Buffet gehen. Vor allem, wenn sich in ihr Dokumente befinden, die man nicht ersetzen kann."

Was sollten denn diese Sätze bedeuten?

„Das dicke Ende kommt nach."

Das klang ja wie eine Drohung! Obwohl der Text allgemein formuliert worden war, bezog er sich ganz genau auf Francks Missgeschick im Plaza. Der Verfasser musste davon Kenntnis erlangt haben. Franck erhob sich und ging im Zimmer auf und ab. Richtig! Es gab nur eine Person, die wusste, dass seine Aktentasche Klausuren enthalten hatte.

Und diese Person hieß Kathrin.

Das durfte doch nicht wahr sein! Wollte sie sich an ihm rächen, weil er sie sitzen gelassen hatte, und ihm auf diese Weise Angst einjagen? Franck fühlte, wie Wut in ihm aufstieg. Das sollte ihr nicht gelingen. Er würde den Brief einfach weglegen. So ein Schmierentheater! Sie würde ihm nichts anhaben können.

Er nahm das Schreiben noch einmal in die Hand, drehte es um, hielt es gegen das Licht. Doch er konnte nichts Besonderes erkennen. Er wühlte im Papierkorb nach dem Briefumschlag, fand ihn und untersuchte auch ihn. Ein ganz normaler Umschlag. Die Adresse war völlig korrekt und ebenfalls mit Schreibmaschine geschrieben worden.

Er nahm Briefbogen und Umschlag und ging ins Sekretariat. Frau Kaiser hatte zwei Stöpsel in den Ohren und tippte auf ihrer IBM. Als sie ihn sah, unterbrach sie ihre Arbeit und drehte sich auf ihrem Stuhl zu ihm hin.

„Schauen Sie sich einmal diesen Brief an", sagte er und setzte sich auf den Besucherstuhl.

Sie nahm den Bogen, las den Text und gab das Blatt wieder zurück.

„Das sieht aus wie ein Rundbrief von der Polizei oder von einem Selbstbedienungsrestaurant. Fehlerfrei getippt. Klingt wie eine Warnung. Haben Sie diesen Brief bekommen?"

Franck nickte.

„Komisch", sagte sie. „Im Institut hat niemand anders so einen Brief erhalten. Ich habe die Post verteilt. Es wäre mir aufgefallen, wenn es ein Serienbrief gewesen wäre."

„Können Sie sagen, auf was für einer Schreibmaschine er verfasst worden ist?"

Frau Kaiser nahm das Blatt und schaute es sich noch einmal an.

„Auf jeden Fall war es eine elektrische. Könnte so eine IBM wie diese hier gewesen sein." Sie zeigte auf die Schreibmaschine, an der sie arbeitete.

„Ich danke Ihnen", sagte Franck und stand auf.

„Ist was?", fragte Frau Kaiser.

Franck schüttelte den Kopf und ging. In seinem Zimmer warf er sich auf das Sofa. Das passte. Kathrin besaß eine alte IBM. Auf ihr hatten sie immer ihre Gutachten über die Neuaufnahmen geschrieben.

Franck stand auf, ging zum Schrank und besorgte sich aus den Ordnern, die er als Vertrauensdozent angelegt hatte, die Akte Kathrin Hauser. Er schlug sie auf und betrachtete ihr Foto auf dem Bewerbungsbogen.

Sie sieht im Gesicht wirklich Hannelore Elsner ähnlich, dachte er.

Im Oktober 1976 wurde Kathrin Hauser zunächst für zwei Semester in die Stiftung aufgenommen. Der damalige Vertrauensdozent, Francks Vorgänger, hatte ihre Aufnahme unter anderem mit folgenden Worten empfohlen: „Der bisherige Lebensweg von Fräulein Hauser beweist, dass sie ein einmal gestecktes Ziel zäh zu verfolgen imstande ist."

Fräulein Hauser. Franck schüttelte den Kopf. Er selbst hatte nie eine Studentin mit Fräulein angeredet.

In der Akte befanden sich auch zwei Semesterberichte Kathrins, die aus der Zeit nach ihrer Bekanntschaft mit Andreas stammten. Ihre offene Art hatte damals Hoffnungen in ihm geweckt. Aber das war nur eine Fassade gewesen, hinter der sich eine ganze Menge Unsicherheit verbarg. So wurden ihre Zusammenkünfte für ihn zu einer Kette von Enttäuschungen.

„Dass sie imstande ist, ihr Ziel zäh zu verfolgen."

Der zweite Bericht war mit einer anderen Schreibmaschine verfasst worden, als ihre früheren Stellungnahmen und Anträge.

Franck legte ihren Bericht neben den Drohbrief und verglich die beiden Schriftbilder. Man konnte ohne Lupe erkennen, dass sie sich ähnelten. Beide Schriftstücke waren zumindest auf demselben Schreibmaschinentyp erstellt worden.

Franck lehnte sich in den Sessel zurück. Er würde den Brief einfach ignorieren. Abwarten, wie weit ihre Zähigkeit diesmal ging. Ob sie noch zu weiteren Untaten fähig war. Irgendwo hatte er gelesen, dass es Grenzen gab, die man nicht überschreiten dürfe. Das galt auch, wenn man verlassen worden war.

Seit Tagen fand Kathrin nicht die Ruhe, die sie zum Arbeiten brauchte. Sie hatte noch ein Referat fertigzustellen, aber sie kam nicht voran. Stundenlang saß sie in ihrer Wohnung und starrte das Telefon an, als könne es ihr die Erlösung bringen. Ich rufe dich an, hatte er gesagt. Jetzt, da er weg war, merkte sie erst, wie sehr er ihr fehlte.

Sie begann, ihre Wohnung aufzuräumen; brachte all die alten Zeitungen fort, die sich monatelang angesammelt hatten, putzte den großen leeren Raum, putzte die Fenster. Dann saß sie wieder am Tisch und starrte auf die ferne Autobahn, über die er immer gekommen war. Manchmal später, wenn es einen Stau gab, aber gekommen war er dann doch. Resignation breitete sich in ihr aus, und sie ging einkaufen, um irgend etwas zu tun, und kam mit einer neuen Bluse zurück, die er vielleicht nie mehr sehen würde.

Am Samstagnachmittag, während der SDR die Fußballspiele im Radio übertrug und er mit den Ohren im Gerät hängen würde, fuhr sie nach Stuttgart und schlich um das Kollegiengebäude herum. Sie blickte zum achten Stock empor und zählte die Fenster, um sein Büro zu finden. Dort hatte er das erste Gutachtergespräch mit ihr geführt. Sie wusste nicht, ob sie jemals in ihn verliebt gewesen war, aber sie wusste doch, dass sie ihn brauchte. Sie zählte die Stockwerke bis zum flachen Dach des Hochhauses, von dem man gewiss eine gute Aussicht hatte. Bis zu den Löwensteiner Bergen, die zur Kulisse ihrer Gespräche geworden waren.

Als sie wieder ganz allein auf den Steinstufen saß, kroch die Wut in ihr hoch, wie die Schlange am Baum der Erkenntnis.

Vielleicht erzähle ich die Geschichte von den verlorenen Klausuren überall herum, dachte sie. Oder ich engagiere einen Detektiv, um zu erfahren, ob er eine andere hat und schicke die Fotos seiner Frau.

Doch dann nahm wieder diese schwarze Verzweiflung Besitz von ihr und ließ sie nichts anderes denken als: Es ist vorbei. Forget it.

21

Es war nahezu der beste Platz im Großraumwagen: der letzte Sitz am Gang, in Fahrtrichtung und mit Blick in das Abteil hinein, im Rücken die Wand, Stauraum für Gepäck und Jacke. Universitätsdozent Dr. Andreas Franck fuhr am Freitag, dem 22. August 1980 mit dem Intercity von Stuttgart nach Darmstadt, um angeblich zusammen mit Kollegen einen umfangreichen und zeitraubenden Förderungsantrag auszuarbeiten. Das Wochenende erwartete ihn. Der Fensterplatz war frei geblieben, sodass er seine Aktentasche neben sich platzieren konnte. Er freute sich auf eine spannende Krimilektüre.

Franck betrachtete vier Reihen männliche und weibliche Hinterköpfe. Der Zug war gut besetzt. An einem der Tischchen erblickte er eine aufgeschlagene *FAZ*, dahinter einen Kopf mit Brille. Der etwa fünfunddreißigjährige Leser hatte die Beine übereinandergeschlagen und zeigte glänzende schwarze Schuhspitzen. Nichts anderes als die Zeitung schien ihn zu interessieren.

So wie der aussieht, fährt er bis Frankfurt, spekulierte Franck.

Doch eigentlich war der Mann zwei Stunden zu spät dran. Die Jungmanager drängten sich gewöhnlich im Sieben-Uhr-Zug und besetzten invasionsartig den Speisewagen, um ein Continental-Frühstück einzunehmen. Später kamen die Familien, die mit Kind und Kegel ins Wochenende fuhren und, kaum dass der Zug angefahren war, ihre Butterbrote auspackten.

Franck vertiefte sich in seinen Krimi, einen Klassiker, der erstmals 1892 veröffentlicht worden war und in deutscher Übersetzung „Das große Geheimnis der Bow Street" hieß. Wieder ging es um einen Mord in einem von innen verschlossenen Zimmer. Der Täter, ein pensionierter Polizist von Scotland Yard, hatte die Tat erst begangen, nachdem er, von der Zimmerwirtin gerufen, die Tür gewaltsam aufgesprengt hatte. Der Mord war so perfekt geplant worden, dass ein Unschuldiger zum Tode verurteilt wurde. Da es dem Mörder nicht gelang, für den Verurteilten eine Begnadigung zu erreichen, legte er ein Geständnis ab.

Als sich der Zug Heidelberg näherte, machte der *FAZ*-Leser keine Anstalten auszusteigen. Merkwürdig, dachte Franck, er hat seine Zeitung noch nicht ein einziges Mal umgeblättert.

Der Krimi stammte von Israel Zangwill, konnte Franck aber nicht befriedigen. Den ansonsten unlösbaren Fall durch ein Geständnis des Täters aufzulösen, das war schwach. Der Leser hatte keine Chance, mitzudenken; vor allem deshalb, weil der Ermordete in keinerlei Beziehung zum Täter stand. Es hätte auch jemand anders umgebracht werden können, denn der Mörder wollte lediglich die Unfähigkeit seines Nachfolgers demonstrieren. Rivalität unter Polizisten, das war die Triebkraft der Tat gewesen. Allerdings hatte der Autor zum Schluss doch noch eine überraschende Pointe anzubieten: Die verschwundene Freundin des Ermordeten tauchte wieder auf und konnte den unschuldig Verurteilten entlasten. Das Geständnis des Mörders war also überflüssig gewesen.

Andreas sah Petra schon von Weitem. Er stieg die Treppe hinauf, und sie umfingen sich herzlich. Arm in Arm verließen sie den Bahnhof durch den Südausgang. Die Sonne schien und tauchte die Jugendstilhalle des Bahnhofs in ein silbriges Licht.

Der bebrillte Kopf stand mit der Zeitung unter dem Arm bei den Taxis. Sein Anzug sah doch nicht so elegant aus, wie von den blanken Schuhen her zu erwarten gewesen wäre.

Petra setzte sich an das Steuer eines kleinen roten Flitzers, nahm den Presseausweis von der Windschutzscheibe und fuhr los. Sie verließen die Innenstadt Richtung Osten. Franck blickte in den Rückspiegel und sah, dass ein Taxi hinter ihnen fuhr. Die Ampel schaltete auf gelb, Petra gab Gas und raste über die Kreuzung. Das Taxi hielt mit kreischenden Bremsen.

„Fährst du immer so flott?"

„Nur wenn du dabei bist", antwortete sie keck.

An der nächsten Kreuzung bog sie rechts ab. Franck konnte kein Taxi mehr sehen. Er entspannte sich. Das wäre ja noch schöner, dachte er, wenn Steffi mich bespitzeln ließe und von meinem Konto das Honorar dafür bezahlen würde.

„Wen besuchen wir?", fragte er.

„Sein Name ist Helmut Deinhardt, wie der Sekt. Er wohnt in einer Villa am Rand der Apfeläcker und ist zum Sprecher der Bürgerinitiative gewählt worden. Er vertritt sozusagen die Interessen der Hausbesitzer. In dieser Gegend wohnen die Reichen; Architekten, Künstler, Manager von IBM und so weiter. Deinhardts Stellvertreter wird auch anwesend sein. Er ist von den Grünen und heißt Eberhard Walter. Beide sind ganz scharf darauf, von uns interviewt zu werden. Sie versprechen sich Publicity. Auf dem Rücksitz liegt übrigens der Fotoapparat. Du kannst dich schon einmal mit ihm vertraut machen. Du musst die beiden mehrmals fotografieren und dann auch aus dem Fenster der Villa heraus Fotos von den Apfeläckern machen."

Das Haus war auf drei Seiten von einer üppigen Grünanlage und mehreren schattenspendenden Bäumen umgeben. Auf ihr Klingeln hin ertönte am Gartentor ein Summer. Andreas drückte das halbhohe Eisengitter auf und ließ Petra vorgehen. Der Rasen schien erst vor kurzer Zeit gemäht worden zu sein, er sah trotz des heißen und regenlosen Wetters der letzten Tage sattgrün aus.

Die beiden Bürgerrechtler hatten sich auf der Terrasse unterhalten. Herr Deinhardt kam den Gästen entgegen, begrüßte sie und führte sie über den Rasen zu zwei weich gepolsterten Rohrsesseln. Es gab Kaffee aus einer Thermoskanne; ein Schälchen war mit Keksen gefüllt.

Die beiden Männer bildeten ein ungleiches Paar. Helmut Deinhardt war etwa fünfundfünfzig Jahre alt und sonnengebräunt. Er trug eine leichte blaue Stoffhose, ein weißes Oberhemd, seine Füße steckten in Sandalen. Eberhard Walter war ein hoch aufgeschossener und schlaksiger junger Kerl, dem man ansah, dass er sich aus seiner Kleidung nicht viel machte. Er trug die Einheitstracht der Grünen: Jeans, T-Shirt und Turnschuhe.

Das Gespräch drehte sich zunächst um die Gründungsversammlung der Bürgerinitiative. Petra schrieb eifrig mit, erkundigte sich nach der Zahl der Mitglieder und ihren Zielen. Wie nicht anders zu erwarten, wollten die Anrainer ganz einfach nicht, dass ihnen der freien Blick über die Hügel und zum Wald genommen würde. Ganz abgesehen von dem mehrjährigen Baulärm und dem Anstieg des Verkehrsaufkommens. Zur Erschließung der zwölf geplanten Wohnkomplexe waren zwei Straßen vorgesehen.

Walter brachte die politische Perspektive in das Gespräch ein. Die Apfeläcker waren ein einzigartiges Biotop, das geschützt werden musste. Unabhängige Gutachter hatten das Gebiet als ökologisch wertvoll eingestuft. Und überhaupt musste man grundsätzlich die Frage stellen, ob Bernstadt in diesen schwierigen Zeiten weiterwachsen solle. Im Zentrum standen Wohnungen leer; es gab keinen Bedarf an neuen Wohnflächen.

Andreas fotografierte die beiden, wie sie nebeneinander saßen und mit den Händen gestikulierten. Ihre größte Hoffnung war es, dass zwei Grundstücke verkauft worden waren und die neuen Eigentümer dort nicht bauen wollten.

Schließlich führte Deinhardt die beiden Pressevertreter um das Haus herum zur Rückseite des Anwesens. Über eine brusthohe Hecke blickten sie auf die Apfeläcker. Überrascht stellte Andreas fest, wie dick die abgesägten Bäume gewesen waren. Jetzt packte auch ihn die Empörung, und er bemühte sich um eindrucksvolle Fotos.

Das Gelände zog sich in einem breiten Streifen leicht ansteigend von Osten nach Westen und Deinhardt erklärte ihnen, bis wohin die neuen Häuser stehen würden.

„Im Winter fahren hier die Kinder aus der ganzen Gegend Schlitten", sagte er.

„Das wäre doch eine gute Überschrift für den Artikel", warf Andreas ein.

„Und wo ist das Grundstück von Quast?", fragte Petra.

Der Grüne hob seine rechte Hand und zeigte zum Hügel im Westen. Bevor er etwas sagen konnte, fragte Deinhardt: „Woher wissen Sie denn, dass Quast hier ein Grundstück gehört?"

„Es geht mich eigentlich nichts an", antwortete sie. „Ich werde seinen Namen in meinem Artikel sowieso nicht erwähnen."

Andreas und Petra verabschiedeten sich und verließen das Grundstück durch die Gartentür.

Auf der Straße sagte sie: „Komm, gehen wir um die Ecke."

Dort stand ein Fahrrad, und es passte gar nicht in diese Villengegend.

„Also, wir haben richtig vermutet", sagte Andreas. „Quast hat ein Grundstück auf den Apfeläckern."

„Fragt sich nur, ob wir mit dieser Information weiterkommen", entgegnete Petra.

„Ich stelle mir das so vor: Das ursprünglich kollegiale Verhältnis zwischen Dellwig und Quast ist seit 1977 durch den ersten Apfeläcker-Beschluss der Stadtverordnetenversammlung zerstört worden. Fahren wir los?"

„Warte noch einen Moment“, sagte sie. „Warum zerstört?“

„Du kennst das doch. Quast kommt zu Dellwig und sagt: Kannst du nicht bei deiner Partei dafür sorgen, dass sie auch dafür stimmt, die Apfeläcker in den Bebauungsplan aufzunehmen? Dellwig kann oder will es nicht. Quast ist sauer, und damit beginnen die Intrigen in der Dienststelle.“

Die Gartentür klappte zu und Eberhard Walter kam um die Ecke.

„Sie haben natürlich recht mit Quast“, sagte er zu Petra. „Aber es gibt innerhalb der Bürgerinitiative Meinungsverschiedenheiten darüber, ob wir das an die große Glocke hängen sollen. Ich hätte nichts dagegen. Doch wir dürfen unser labiles Bündnis nicht gleich zu Anfang gefährden. Bitte, tun Sie mir den Gefallen und erwähnen Sie Quast nicht.“

„Das habe ich doch schon gesagt“, antwortete Petra. „Unsere Leser interessieren sich für den grundsätzlichen Konflikt zwischen öffentlichem und privatem Interesse.“

„Vielen Dank“, sagte Walter. „Dann werde ich auch nicht weiter darüber nachdenken, dass Ihr Begleiter kein Pressefotograf ist.“

„Wie bitte?“, fragte Andreas.

„So wie Sie fotografiert haben, können Sie nicht von der Presse sein. Ich wünsche Ihnen beiden alles Gute.“ Eberhard Walter stieg auf das Fahrrad und fuhr davon.

„War ich wirklich so schlecht?“

„Ist doch egal“, sagte Petra. „Für Deinhardt hat es gereicht. Und wir haben alles herausbekommen, was wir wollten. Lass uns jetzt ein bisschen in den Odenwald fahren. Es ist noch früh.“

Eine halbe Stunde später schlenderten sie über ein kurzes Wiesenstück, das rundherum vom Wald umsäumt wurde. Die Nachmittagssonne schickte ihre Strahlen durch die Äste der Kiefern und Fichten. Der Weg querte die Lichtung, sodass sie wieder nebeneinander gehen konnten. Beim Aufstieg war er eine Weile hinter ihr her gegangen. Je länger er sie vor sich sah, desto größer wurde seine Sehnsucht, sie in seinen Armen zu halten. Aber sie hatten ja die ganze Nacht noch vor sich.

„Ist Anna eigentlich ausgezogen?“, fragte er unvermittelt.

Petra blieb stehen. Sie dehnte ihr „Ja“ über Gebühr hinaus und schaute ihn misstrauisch an. „Warum fragst du?“

Er antwortete mit einer weiteren Frage. „Wirst du das Zimmer wieder vermieten?"

„Ich brauche das Geld", sagte sie.

Andreas schwieg.

„Jetzt sagst du nichts mehr."

„Ich denke nach", antwortete er ausweichend. Er wollte ein paar Sekunden Zeit gewinnen, um sich Mut zuzusprechen: Also mach jetzt den zweiten Schritt.

„Könnte ich das Zimmer mieten?"

„Du willst das Zimmer mieten und auch in ihm wohnen?"

„Ja", sagte Andreas. „Zumindest an den Wochenenden. Natürlich nur, falls du einverstanden bist. So weit ist die Fahrt nach Stuttgart auch nicht. Wenn ich dort arbeite, übernachte ich im Institut auf der Couch. Wenigstens so lange, bis ich eine kleine Wohnung gefunden habe. Ich ziehe von zu Hause aus."

„Das ist ja toll", rief Petra und fiel ihm mit einem solchen Schwung um den Hals, dass sie beide ins Gras stürzten.

„Ich dachte schon, du träumst von Anna, dabei willst du nur ihr Zimmer. Ja, natürlich bin ich einverstanden. Wir räumen meine Wohnung um. Annas Zimmer ist zwar groß, aber dunkel. Du kannst das kleinere helle Zimmer nehmen, das nach vorne auf die Straße geht. In dem wir bisher übernachtet haben. Jeder von uns beiden bekommt einen eigenen Raum zum Arbeiten und Schlafen. Wir haben zwei Betten, in denen wir uns abwechselnd miteinander vergnügen können."

„Ich glaube, ich komme ins Paradies", sagte Andreas.

„Nur nicht übermütig werden. Du hast noch schwere Wochen vor dir. So eine Trennung fällt nicht leicht. Auch dem nicht, der geht."

Sie drehte sich auf den Rücken, legte den Kopf in seinen Schoß und schloss die Augen.

„Magst du von deiner Trennung erzählen?", fragte er nach einer Weile.

„Es war ganz furchtbar", begann sie. „Mein Mann hat mir immer solche Schuldgefühle vermittelt, behauptete, er könne ohne mich nicht leben. Hat gedroht, er würde sich umbringen, wenn ich auszöge. Als ich dann endlich doch den Mut dazu aufbrachte, konnte ich tagelang nicht ans Telefon gehen. Ich dachte bei jedem Klingeln, jetzt kommt die Todesnachricht. Natürlich kam sie nicht."

Andreas nahm ihren Kopf in seine Hände und streichelte ihr Haar. Es war ein ungeschickter Versuch, sie zu trösten. Sie, die ihre Trennung schon hinter sich hatte.

Ihm stand sie noch bevor. Auch eine mögliche Selbstmorddrohung. Und die Angst des Täters vor dem Opfer.

22

Den nächsten Drohbrief erhielt er am Dienstag. Franck hatte nach seiner Rückkehr aus Darmstadt zwei Tage erlebt, die er im Kalender hätte streichen können. Auch der Dienstagmorgen begann mit Routinearbeiten. Nur dass die Fenster in seinem Arbeitszimmer jetzt mit zwei bordeauxroten Vorhängen geschmückt waren. Ansonsten musste er mit dem Chef ein längeres Gespräch führen, in dem es um eine neue Prüfungsordnung ging. Dann gelang es ihm, ungefähr eine Stunde lang ungestört an seiner Abhandlung über die Gemeinsamkeiten zwischen Historiker und Detektiv zu schreiben. Er hatte beschlossen, sich auf die Closed-room-Stories zu konzentrieren und schilderte nun, wie der junge Reporter Joseph Rouletabille das Geheimnis des gelben Zimmers lüftete. Wieder ging es darum, logisch zu denken und sich von den Indizien nicht in die falsche Richtung führen zu lassen.

Nachdem Frau Kaiser die Post verteilt hatte, ging Franck zu seinem Fach und nahm den einzigen Brief an sich, der an ihn adressiert war. Schon beim Öffnen des Umschlags bekam er ein schlechtes Gefühl. Er schloss die Zimmertür und setzte sich an seinen Schreibtisch. Da war sie nun, die zweite Botschaft, und es handelte sich ohne Zweifel um einen Erpressungsversuch:

„Sehr geehrter Herr Dr. Franck, der Wind hat uns einige Seiten einer Klausur herübergeweht, die ohne Zweifel zu Ihnen gehörten. Was sollen wir mit diesen Seiten anfangen, nachdem Sie schon alle Klausuren benotet haben? Sie sind im Wert ganz schön gestiegen; es fragt sich nur, für wen sie am wertvollsten sind. Vielleicht sollte man sie an den geschäftsführenden

Direktor Ihres Institutes schicken. Oder haben Sie einen besseren Vorschlag? Wir melden uns wieder."

Franck nahm das zweite Blatt heraus, das in dem Umschlag steckte. Es war eine Kopie der ersten Seite von Cornelia Grumkows Klausur, geschrieben auf genau dem Papier, das für alle Teilnehmer ausgegeben worden war. Franck konnte schon beim Überfliegen des Textes erkennen, dass es sich um eine andere, und zwar schlechtere Fassung handelte, als diejenige, die er korrigiert hatte.

Er lehnte sich in den Sessel zurück, streckte die Beine unter dem Tisch aus, stützte sich mit dem Ellenbogen auf die Lehne und legte die Hand vor die geschlossenen Augen. Dann atmete er tief durch.

Nun war es wenigstens klar. Nicht Kathrin, sondern die Grumkows standen hinter diesem Theater. Sie mussten die Aktentasche gestohlen und die Klausur ausgetauscht haben. Wahrscheinlich hatte ihr Bruder die exzellente neue Klausur entworfen und sie den Text abgeschrieben. Franck war sich ziemlich sicher, dass es sich bei beiden Varianten um dieselbe Handschrift handelte. Dann hatten sie die Tasche zum Plaza zurückgebracht. Sie mussten mit dem Generalschlüssel, den sie ebenfalls in der Tasche gefunden hatten, ins Sekretariat eingedrungen sein und ihre Drohbriefe dort gleich auf Vorrat geschrieben haben. Denn nachdem Franck die Tasche zurückerhalten hatte, wären sie nicht mehr an die IBM herangekommen. Es sei denn, sie hatten sich einen Nachschlüssel machen lassen.

Franck leistete Kathrin innerlich Abbitte. Wie hatte er sie nur verdächtigen können?

Oder konnte es sein, dass sie den ersten und die Grumkows den zweiten Brief geschrieben hatten? Er kramte den ersten Drohbrief hervor und legte ihn neben den zweiten. Es war dasselbe Schriftbild. Franck nahm eine Lupe aus der Schublade und untersuchte beide Briefe sorgfältig Zeile für Zeile. Es gab keinen Zweifel. Er entdeckte sogar, dass der Buchstabe „n" in beiden Schriftstücken jeweils etwas höher stand. Als würde die Maschine klemmen.

Kathrin hatte sich kampflos aus seinem Leben entfernt. Statt ihr dafür zu danken, hatte er sie zu einer Intrigantin gemacht. Was sie nie und nimmer gewesen war.

Franck stand auf und wanderte in seinem Zimmer auf und ab. Er versuchte, sich zu konzentrieren. Also gut, die Grumkows drohten ihm. Aber was wollten sie erreichen? Die strohdumme Cornelia durchs Examen boxen? Eine sehr gute Note hatte sie sich schon erschlichen. Die nächsten Prüfungen würden aber erst am Ende des Wintersemesters stattfinden. Bis dahin hatte er viel Zeit, eine Strategie zu entwickeln. Wenn sie die Manipulation offenlegten, um Franck zu schaden, dann waren sie selbst mit dran. Er konnte in Ruhe abwarten, wie es weiterging. So schlecht waren seine Karten gar nicht.

Aber im Grunde war es doch eine große Schweinerei. Erneut fühlte er die Wut in sich aufsteigen. Man müsste ihnen sofort das Handwerk legen.

Es klopfte an der Tür und Dr. Franz Heilmann trat ein.

„Mein erster Arbeitstag, heute“, sagte er. „Schau, ich kann wieder ganz normal gehen. Wollte nur kurz Grüß Gott sagen.“

„Das freut mich“, antwortete Andreas, „aber setzen kannst du dich trotzdem.“

„Ich nehme dankend an.“ Heilmann sah sich auf Francks Schreibtisch um. „Da ist ja mein silberner Kugelschreiber, den ich so lange schon vermisst habe. Den hast du mir wohl entwendet.“

„Oder du hast ihn bei mir liegen gelassen“, konterte Franck.

„Das ist unwahrscheinlich. Du bist doch im ganzen Institut dafür bekannt, dass du Kugelschreiber und Bleistifte mitgehen lässt.“

„Da du gerade hier bist“, sagte Franck. „Du hast bei der letzten Klausur an alle Teilnehmer die Bogen verteilt, die das Oberschulamt bei Staatsexamensklausuren verwendet. Das ist ziemlich unüblich.“

„Das stimmt“, antwortete Heilmann. Er nahm die Brille ab und putzte sie umständlich mit seiner Krawatte. Sie war rot und hatte weiße Punkte. Dazu trug er ein rotes Hemd und eine schwarze dünne Weste.

„Wir hatten noch so viele davon übrig, und ich wollte den Studenten ein bisschen die Examenssituation nahebringen. Man kann nicht früh genug damit anfangen.“

„Da hast du recht.“

„Was ist denn mit unserem fiktiven Forschungsprojekt?“, fragte Heilmann.

Franck grinste.

„Wir haben am Wochenende einen DFG-Antrag geschrieben. Aber ich vermute, er wird abgelehnt."

„Warum denn das? Fährst du nicht mehr in den Odenwald?"

„Das schon. Aber ich brauche kein Alibi mehr. Ich werde mich von meiner Frau trennen."

„Na, das sind ja Neuigkeiten. Da habe ich in meiner Krücken-Zeit einiges verpasst."

„Wie geht es dir denn?", fragte Franck. „Wie packst du es eigentlich, dass deine Stelle in zwei Jahren ausläuft?"

„Mit Optimismus. Ich habe noch einige Eisen im Feuer. Wahrscheinlich werde ich mit meiner Habilitation bis dahin fertig."

„Schön für dich", sagte Franck.

Heilmann erhob sich.

„Dann will ich mal sehen, was der Chef Neues zu sagen hat. Du warst ja auch schon bei ihm."

Heilmann verschwand. Das war wohl der Ansatz eines persönlichen Gesprächs, dachte Franck. Er holte eine Packung „Merci" aus der Schublade und ging mit ihr ins Sekretariat. Frau Kaiser strahlte, als er ihr die Pralinen zum Dank für den Vorhang überreichte.

„Es sieht wirklich sehr schön aus", sagte Franck. „Richtig wohnlich."

„Sie können sie als Schals hängen lassen oder zuziehen. Es reicht für das ganze Fenster."

„Wunderbar", antwortete Franck. Er stand auf und sagte im Gehen: „Haben Sie übrigens bemerkt, dass bei Ihrer Schreibmaschine das kleine „n" klemmt?"

„Sie registrieren aber auch alles, Herr Franck. Aber eine Reparatur lohnt sich nicht mehr."

Eine Stunde später rief ihn Frau Kaiser an, obwohl sie im Nebenzimmer saß. Aber sie war schon immer etwas gehfaul gewesen. „Der Chef möchte Sie noch einmal sprechen."

Franck machte sich auf den Weg. Er ging durch die schalldichte Tür und setzte sich wieder auf den Stuhl, der dem Schreibtisch gegenüber stand. Diesmal würde er keinen Bleistift mitgehen lassen.

„Ich habe einen Brief für Sie", sagte der Chef. „Er kommt vom Ministerium und ging über den Rektor bis zu mir."

Franck nahm das Schriftstück entgegen und las:

„Sehr geehrter Herr Dr. Franck, von einem Studenten wurde beim Herrn Minister Beschwerde über Ihr dienstliches Verhalten erhoben, welche wie folgt begründet wurde: Herr Dr. Franck hat am 3. und am 10. Juni 1980 jeweils zwei Doppelstunden Vorlesung über die Französische Revolution ausfallen lassen. Er begründete seine Weigerung zu lesen damit, dass er sich mit den streikenden Studenten solidarisiere, die eine bessere Verteilung der staatlichen Geldmittel zugunsten der Universität forderten. Zu der vorgenannten Beschwerde erbitte ich Ihre dienstliche Stellungnahme auf dem Dienstweg bis spätestens Freitag, den 5. September 1980. Eine Mehrfertigung dieses Schreibens geht dem Rektor der Universität zu. Mit freundlichen Grüßen, Schröder, Ministerialrat."

„Was sagen Sie dazu?", fragte der Chef.

„Es stimmt, dass ich die Vorlesung zweimal nicht gehalten habe. Das erste Mal bin ich mit den meisten Studierenden zur Vollversammlung gegangen, das zweite Mal gab es vor dem Hörsaal eine Diskussion über die Studiensituation am Institut."

„Sie wissen doch, dass Sie als Beamter nicht streiken dürfen."

„Ich habe nicht gestreikt, sondern beschlossen, das Thema der Vorlesungen kurzfristig zu ändern. Die Studenten konnten auf diese Weise über die Revolution mehr lernen als durch einen traditionellen Vortrag."

„Trotzdem sitzen Sie jetzt in der Patsche", antwortete der Chef.

„Sie wissen doch ebenso gut wie ich, dass die Studierenden recht haben", sagte Franck. „Der Lehrbetrieb konnte im Sommersemester nur unter freiwilliger und zum Teil kostenloser Mehrarbeit aufrechterhalten werden. Von unseren zwanzig Lehraufträgen waren fünfzehn unbezahlt."

„Das wird das Ministerium nicht beeindrucken. Bringen Sie die Sache so schnell wie möglich in Ordnung. Auf die Freiheit der Lehre brauchen Sie sich nicht zu berufen. Sie haben einen Teil des prüfungsrelevanten Lehrstoffs nicht vorgetragen. Denken Sie sich etwas anderes aus. Sie müssen Ihre Antwort zuerst mir übergeben; ich reiche sie dann weiter."

Damit war Franck entlassen. Er ging in sein Zimmer zurück. Jetzt stürzt aber alles zugleich auf mich ein, dachte er.

Diese Dienstaufsichtsbeschwerde sah ernster aus als die Erpressergeschichte. Er hatte keine Ahnung, was passieren würde, wenn er sich nicht zufriedenstellend rechtfertigen konnte. Dass er die Situation nicht überblicken konnte, machte ihn klein und hilflos. Die Angst ließ zuerst seinen Magen rebellieren, dann stieg sie in den Kopf und begann in den Schläfen zu wüten.

Er musste die von zwei Seiten zufällig zusammengekommenen Bedrohungen wieder trennen und ihnen nacheinander entgegentreten. Zuerst galt es, den Grumkows Einhalt zu gebieten. Das schien einfacher zu sein.

Franck ging in das Sekretariat. Frau Kaiser hatte den Schreibtisch aufgeräumt und abgeschlossen, bevor sie nach Hause gegangen war. Doch die Studentenkartei konnte man jederzeit einsehen. Er fand die Karte mit den Daten Cornelia Grumkows. Sie hatte eine Telefonnummer angegeben, unter der man sie in der Haussmannstraße erreichen konnte.

Hoffentlich ist es keine Wohngemeinschaft, dachte Franck.

Nach dem vierten Rufzeichen nahm jemand den Hörer ab. Franck wurde innerlich ganz kalt.

„Hier ist Dr. Franck vom Historischen Institut. Ich möchte mit Cornelia Grumkow sprechen."

„Ich bin am Apparat."

„Frau Grumkow, ich habe Ihre Briefe bekommen. Jetzt ist aber Schluss mit dem Theater. Sie können mir nicht drohen. Wenn ich die Sache aufdecke – egal, was mir passiert –, fliegen Sie von der Uni."

„Ich weiß nicht, wovon Sie reden", antwortete sie.

„Jetzt stellen Sie sich nicht so dumm." Franck spürte, wie sich die Wut wieder in ihm ausbreitete. „Sie haben Ihre Klausur in meiner Aktentasche ausgetauscht und mir dann zwei Drohbriefe geschrieben. Ich lasse mir das nicht länger bieten."

„Ich habe Ihnen keine Briefe geschrieben. Sie irren sich, Herr Dr. Franck."

Ihre Stimme klang gar nicht eingeschüchtert.

„Nun wird es mir aber zu bunt. Ich habe keine Lust, mit Ihnen zu diskutieren. Ich weiß, dass Ihre Klausur ausgetauscht wurde. Wer sollte es sonst gewesen sein, als Sie oder Ihr Bruder? Niemand anders konnte ein Interesse daran haben. Ihre Eins ist nicht rechtens zustande gekommen."

Frau Grumkow schwieg. Dann sagte sie: „Ich kann nur wiederholen, dass ich von diesen Briefen nichts weiß."

„Und ich kann nur wiederholen: Hören Sie auf, mich weiter zu erpressen." Franck knallte den Hörer auf den Telefonapparat.

So, das wäre geschafft. Ihre Stimme hatte zum Schluss gar nicht mehr so selbstsicher geklungen. Und ihm ging es wesentlich besser.

23

„Was machst du denn hier?"

Franck saß im Wohnzimmer auf dem Fußboden, neben sich ein aufgeschlagenes Buch, und hatte sich Kopfhörer über die Ohren gestülpt. So hatte er nicht bemerkt, dass seine Frau nach Hause gekommen war. Jetzt nahm er die Kopfhörer ab. „Wie bitte?"

„Was du hier machst, habe ich gefragt."

„Ich versuche, einen berühmten Song von den Stones zu verstehen. *Let it bleed.*"

„Warum denn das? Du hast doch ihr Songbook von Zweitausendeins."

Ihre Stimme klang aggressiv.

„Ja, aber die Übersetzung stimmt irgendwie nicht."

„Ist doch ganz einfach: ‚Wir brauchen alle jemanden zum Anlehnen, und wenn du willst, dann lehn dich doch an mich.' Solltest du damit Probleme haben, dann kann es nur an dir liegen."

„Nun fang doch nicht schon wieder an. Ich will nur in Ruhe diesen Song übersetzen. Die erste Strophe ist zwar ziemlich obszön, aber ich verstehe sie. Doch was heißt ‚*You knifed me with that jaded faded junky nurse, oh what pleasant company?*' Das packe ich nicht."

„Und deshalb hörst du dir diesen Song immer wieder an? Du hast wohl einen Blackout! Du *willst* den Sinn nicht erfassen, das ist es!"

„Warum schreist du denn plötzlich so?"

„Hier steht es doch." Sie fuchtelte mit dem Buch herum.

„Du hast mich mit so einer satten, matten Junky-Krankenschwester eiskalt betrogen." Sie knallte das Buch zu und rauschte aus dem Zimmer. Franck sah ihr entgeistert nach.

„Das sagt er doch zu ihr", rief er hinter ihr her. „Dann müsste sie ja lesbisch sein." Er stand auf, schaltete das Gerät ab und ging mit dem Songbook in sein Zimmer. Am Schreibtisch stützte er die Ellenbogen auf die Platte und drückte die Fäuste gegen die Schläfen. Nichts ging mehr.

Das ist ein Dialog zwischen einem verkrachten Paar, dachte er. Man darf den Text nicht wörtlich übersetzen. Das ist vulgärste Vulgärsprache. *Steel guitar engagement* steht als Metapher. Und es ist natürlich Blödsinn, sich unter *dirty filthy basement* eine dreckige, speckige Einliegerwohnung vorzustellen.

Ihm fielen die obszönen Gesten ein, die schon Elvis mit seiner Gitarre gemacht hatte. Andreas war fünzehn gewesen, als er sich in seinen ersten Elvis-Film geschlichen hatte. Mit klopfendem Herzen, denn der Film war erst ab sechzehn zugelassen. „King Creole" hieß er und lief in einem Non-stop-Kino, sodass Andreas den Film mehrmals hintereinander genießen konnte.

Jetzt verstand er auch die zweite Strophe. *Steel guitar engagement*, das war eine Metapher für stahlharten Sex. Der Dialog lief ungefähr so: Sie bietet ihm fürsorglich ihre Brüste zum Ausruhen an und lebenslänglichen Sex, der ungefähr so prickelnd ist wie ein Schluck Cola.

Daraufhin antwortet er: „Ich träume von einer harten Sex-Nummer, während du mit parfümiertem Jasmintee auf mein Wohl trinkst. Du kastrierst mich mit deiner satten, matten Krankenschwester-Tour. In was für eine reizende Gesellschaft bin ich da geraten."

Andreas stand auf und verließ das Haus, um in der Stadt zu Abend zu essen. Mechanisch ging er durch die Straßen, setzte Fuß vor Fuß. Die wenigen erleuchteten Fenster, die die schwäbischen Rollladen noch offen gelassen hatten, grinsten ihn dreckig an. In seinem Kopf dröhnte der Klangteppich nach, den Mick Jagger und die anderen geknüpft hatten.

Take my arm, take my leg, oh baby, don't you take my head.

Zum Schluss spielten sie wie entfesselt.

Ich muss einen klaren Kopf behalten, dachte er. Seit seine Frau bei Pro Familia arbeitete und in einen Kreis von Ärzten,

Psychologen und Psychoanalytikern geraten war, hatte er einiges aufgeschnappt. Es ging um Verdrängung, Sichtbarmachung des Unbewussten, Traumdeutung. Natürlich war es keine akademische Textinterpretation gewesen, um die er sich bemüht hatte. Aber Steffi war ja schon explodiert, bevor er den Text verstand. Freilich stimmte es, dass er sich schwertat, seine Wünsche direkt zu formulieren.

Andreas stand vor seinem Lieblingslokal, öffnete die Tür und trat ein. Er setzte sich an einen Tisch neben der Tür. Man kannte ihn hier. Er bestellte gemischten Braten mit Spätzle und Salat, dazu einen trockenen Fellbacher Trollinger. Inzwischen hatte er es schätzen gelernt, dass man hierzulande den grünen Salat zusammen mit Kartoffelsalat servierte. Er würde nie mehr an einem Ort leben wollen, in dem kein Wein wuchs.

Vor etwa einem halben Jahr war seine Frau plötzlich auf die Idee gekommen, dass man sich zu rituellen Gesprächen zusammensetzen sollte. Aug in Aug saßen sie sich auf dem Sofa gegenüber. Jeder durfte fünf Minuten lang ungestört reden, der andere musste schweigend zuhören. Die Sätze sollten nur in der Ich-Form ausgesprochen werden. Als der Part an Andreas kam, wusste er gar nicht, was er fünf Minuten lang sagen sollte.

Andreas zahlte. Mit einem vollen Magen sah die Welt schon ganz anders aus. Es war an der Zeit, zum wöchentlichen Stammtisch zu gehen.

Ob Dellwig sich auch mit seiner Frau herumzankte?

Als er in die „Krone“ kam, saßen sie schon alle da und besprachen dieselben Probleme wie vor drei Wochen: Michael, der Juso, Tobias, der Pfarrer, Theo, der Lehrer und Kurt, der Gewerkschafter. Nur, dass es jetzt um praktische Dinge ging: Der Wahltag rückte näher, und es war festzulegen, wer in welchem Bezirk die Werbebroschüren verteilen sollte.

„Auf mich könnt ihr nicht rechnen“, sagte Andreas und nahm einen großen Schluck von seinem Grunbacher Trollinger, „vielleicht hilft Steffi euch ja.“

Andreas mochte den Grunbacher Wein, denn ganz zum Schluss, nachdem er den Gaumen schon erfüllt hatte und bereit war, in den Magen herunterzufließen, schmeckte er ein klein wenig bitter.

„Du siehst so blass aus, Andreas“, sagte der Gewerkschafter, „wo hast du die ganze Zeit gesteckt? Soll ich dir einen Witz erzählen?“ Ohne auf eine Antwort zu warten, fuhr er fort: „Was ist grün und stinkt nach Fisch?“

Der Gewerkschafter schaute erwartungsvoll in die Runde. Keiner sagte etwas.

„Die Antwort lautet: Werder Bremen.“

Alle lachten. Nur Andreas verzog das Gesicht. Die Grünweißen von der Weser hatten gestern den vierten Sieg hintereinander errungen und den verkorksten Saisonstart wettgemacht. Dank Kostedde und Möhlmann, die wieder zwei Tore zum Sieg gegen Fortuna Köln geschossen hatten, war Werder mit neun zu drei Punkten auf den vierten Platz der Tabelle vorgestoßen.

„Könnt ihr bitte eure ausländerfeindlichen Sprüche sein lassen“, sagte er. „Ich bin dazu nicht aufgelegt.“

Keiner verstand, warum dieser Witz ausländerfeindlich sein sollte.

„Was hast du denn?“, fragte Michael.

„Ich habe eine Dienstaufsichtsbeschwerde an den Hals bekommen. Im vergangenen Semester, als die Studenten streikten, ließ ich zweimal aus Solidarität mit ihnen die Vorlesung ausfallen. Jemand muss mich verpfiffen haben.“

„Herzlichen Glückwunsch“, sagte der Lehrer. „Darauf müssen wir einen trinken. Jetzt bist du voll in unseren Kreis aufgenommen. Ich habe auch schon eine gehabt. Solange du noch nicht in Konflikt mit dem Staatsapparat gekommen bist, kannst du unter Linken nicht mitreden. Du wartest erst einmal ab und lässt dich mahnen. Nur nicht gleich so unterwürfig reagieren.“

„Wirklich?“, fragte Andreas. „Das ist gut zu hören.“

„Du bist doch in der GEW“, sagte Michael. „Die gibt dir Rechtsschutz, wenn es hart auf hart gehen sollte.“

Franck entspannte sich. Was doch ein Satz im richtigen Augenblick ausgesprochen bewirken konnte! Er hätte sie alle umarmen können. Trotz des Witzes.

Als Andreas nach Hause kam, war seine Frau nicht da. Er horchte an der Tür zum Zimmer seines Sohnes und hörte seine ruhigen Atemzüge. Andreas ging ins Wohnzimmer, schloss die Tür von innen ab und legte die Stones-LP auf. Es war eine billige Raubpressung aus Israel, ohne irgendwelche Informationen. Auf dem Cover prangte ein großer Kuchen auf einem Autoreifen, darunter war das Ziffernblatt einer Uhr zu sehen. Die Songs kamen in anderer Reihenfolge als auf der Original-LP: erst *Gimmie shelter* und *Love in vain,* dann *Honky tonk women* und *Live with me*, und ganz zum Schluss *Let it bleed.* Andreas schenkte sich den letzten Rest Chianti ein und drehte das Gerät auf Lautstärke.

Schon *Honky tonk women* wurde so rotzfrech gesungen, dass er aufsprang, die Hände an die Hosennähte legte und mit den Fingerspitzen den Rhythmus mitklopfte. Als dann das Knurren kam und die ersten Akkorde von Mick Jaggers Gitarre einsetzten, stellte er das leere Glas weg.

Es begann in ihm zu tanzen.

Erst vorsichtig und langsam setzte er seine Füße in Bewegung. Dann wurde er übermütiger. Er breitete die Arme wie zwei Segel aus und versuchte, sich zu drehen. Es ging gut. Dann begann er im Drehen zu hüpfen. *All over!* Als die letzten verständlichen Worte vorüber waren und das köstliche Höllenspektakel hereinbrach, reckte er die rechte Faust in die Höhe. So würde es gehen!

Am nächsten Morgen gab es kein gemeinsames Frühstück mehr. Nach einer überraschend ruhigen Nacht stand Franck auf, zog sich die Jeans an, wählte ein frisches, weißes Oberhemd aus, packte einige weitere Kleidungsstücke zusammen und nahm seine Aktentasche. Im Hausflur begegnete er seiner Frau.

„Ich komme heute Abend nicht nach Hause“, sagte er. „Ich werde fürs erste im Institut schlafen.“

„Das scheint mir auch der beste Weg zu sein“, antwortete sie kalt. „Was soll ich unserem Sohn sagen?“

„Gar nichts. Nur, dass ich ihn morgen Mittag zum Fußball abhole.“

Am Bahnhof betrat er die Bäckerei und bestellte einen großen Kaffee. Die Verkäuferin war schon zur Routine erstarrt und fragte immer: „Noch was?“

Franck nahm noch ein Croissant.

„Noch was?“

„Ein weich gekochtes Ei.“

Die Verkäuferin schaute ihn entgeistert an.

24

Petra erwartete ihn ungeduldig.

„Der Zug kam aus Salzburg und hatte schon in Stuttgart zehn Minuten Verspätung“, sagte Andreas. „Aber diesmal ist mir niemand gefolgt.“

„Was sagst du da?“ Erstaunt sah Petra ihn an.

„Ich glaube, mich hat vergangenen Freitag jemand beschattet, als wir die Vorsitzenden der Bürgerinitiative besuchten. Schon von Stuttgart aus. Wahrscheinlich sollte er Fotos von uns beiden machen. Aber die nützen ihm jetzt nichts mehr. Ich bin ja ausgezogen.“

Andreas stellte seine Reisetasche ab. Es war Samstagabend, und er hatte seine erste Nacht in der Uni hinter sich. Bequem war es nicht gewesen. Und am Nachmittag hatte er sich im Neckarstadion die Beine in den Bauch gestanden.

„Bist du sicher, dass du zwischen deinem Krimi und der Realität noch unterscheiden kannst? Du siehst ja ganz blass aus. Lass uns erst einmal etwas essen.“

Sie ging ihm in die Küche voraus, aus der ihnen der Duft von Gebratenem entgegenkam. Einfach fallen lassen, hatte sie gesagt. Nun gut. Bei ihr war er sicher. Er nahm sich Reis, Gulasch und viel Soße.

„Mir ist es in den letzten Tagen nicht gut gegangen“, sagte er. „Ich werde erpresst.“

„Wie denn das?“

„Vor etwa sechs Wochen habe ich meine Aktentasche in einem Selbstbedienungsrestaurant verloren.“ Er erzählte ihr die ganze Geschichte. Petra hörte aufmerksam zu.

„Dienstag kam ein anonymer Brief mit einer Kopie der Originalklausur und der Drohung, sie dem Chef zu schicken.“

„Was können sie dir denn anhaben?“, fragte sie. „Ich sehe keine echte Gefahr für dich.“

„Das habe ich auch gedacht. Doch dann kam noch diese Dienstaufsichtsbeschwerde dazu, an demselben Tag.“ Und Andreas redete sich auch diese Geschichte von der Seele.

Petra legte die Hand auf seinen Arm. „Beruhige dich. Das ist auch kein Problem. Am besten, du schreibst, die ausgefallenen Stunden würden nachgeholt. Du musst mit denen auf der formalen Ebene argumentieren. Nur keine politischen Bekenntnisse, das zieht nicht." Sie schwieg einen Augenblick. „Interessant ist nur, dass diese beiden Dinge gerade jetzt zusammenkommen", sagte sie dann.

„Wie meinst du das?"

„Denk doch einmal nach. Stell dir vor, du bist Student und dein Professor lässt zwei Vorlesungsstunden ausfallen. Du bist sauer darüber. Und dann wartest du zweieinhalb Monate mit deiner Beschwerde. Das passt doch nicht zusammen."

„Ich stehe heute auf der Leitung", sagte Andreas.

„Wahrscheinlich sind die Drohbriefe und die Dienstaufsichtsbeschwerde von derselben Person verfasst worden. Und die hat auch den Detektiv beauftragt, wenn es denn wirklich einen gab. Für sich genommen, sind alle drei Initiativen ungefährlich. Doch wenn sie alle zusammenkommen, könntest du durchdrehen und weitere Fehler machen. Du bist ja schon kurz davor. Deren Strategie ist, dich zu verunsichern, zu noch viel größeren Fehlern zu provozieren."

Andreas starrte Petra entgeistert an. „Du meinst, der Detektiv ist nicht von meiner Frau beauftragt worden?"

Petra zuckte mit den Schultern. „Es könnte auch jemand dahinterstecken, der dich fertigmachen und die Fotos deiner Frau zuschicken will. Wenn es denn wirklich ein Detektiv war. Möglicherweise besteht er nur in deiner Fantasie."

„Auf jeden Fall kann er mit den Bildern nichts mehr anfangen, seitdem ich ausgezogen bin. Das Problem bin ich los. Und der Grumkow habe ich auch Bescheid gesagt."

„Was hast du?"

„Ich habe sie angerufen und zusammengestaucht."

„Das war keine gute Idee, fürchte ich."

„Jetzt hör aber mal auf." Andreas wurde langsam wütend. „Der große Unbekannte hinter allem ist deine Erfindung. Und dein einziges Argument ist der späte Zeitpunkt der Dienstaufsichtsbeschwerde. Wenn wirklich eine Person hinter all dem steckt, dann ist das eine Nummer zu groß für die Grumkows. Wer soll es denn sonst sein?"

„Das weiß ich nicht."

Sie schwiegen eine Weile. Andreas stocherte in seinem Essen herum.

„Komm, hören wir auf zu streiten", sagte Petra. „Vielleicht

stimmt es ja, dass ich mich irre. Es kann auch ganz anders gewesen sein. Ich möchte nur, dass du vorsichtig bist. Versprich es mir, bitte."

Wenn sie so zu ihm sprach, wurde Andreas ganz weich. Erst jetzt nahm er sie überhaupt richtig wahr. Sie trug ein weißes, knapp sitzendes T-Shirt und darüber ein nicht geknöpftes Männerhemd mit aufgekrempelten Ärmeln.

„Ist schon gut", brummte er. „Das Gulasch schmeckt mir. Ich nehme noch etwas. Ich hatte nach dem Frühstück nur eine Bratwurst."

„Das Schlimmste waren die Zwiebeln. Es müssen ungefähr so viele sein wie das Fleisch. Dabei sind Brillenträger im Vorteil. Du hättest mich sehen sollen. Ein heulendes Elend, so als hättest du mich verlassen."

„Ich werde dich nicht verlassen", sagte Andreas. „Du kannst mir ruhig deine Meinung sagen. Ich halte das schon aus. Vielleicht hast du ja recht. Ich werde mich in Acht nehmen."

Am Sonntag saß Andreas an seinem neuen Schreibtisch und betrachtete die Häuserfront auf der gegenüberliegenden Straßenseite. Die durchweg vier Stockwerke hohen Gebäude stammten aus der Jahrhundertwende. Einige Jugendstilschnörkel verschönerten die ansonsten tristen Klinkerfassaden. Von seiner Position aus konnte man nicht auf die Straße sehen.

Er würde den ganzen Tag in der Wohnung bleiben. Petra hatte in der Redaktion Sonntagsdienst, und die Stadt war ihm noch fremd. Am Abend wollten sie ins Kino gehen. Auf dem Programm stand „Die Ehe der Maria Braun". Petra war ein Fassbinder-Fan. Dieser Film erzählte von einem deutschen Nachkriegsschicksal und er freute sich auf ein Wiedersehen mit Hanna Schygulla. Auf einem Szenenfoto stand sie im schwarzen, einteiligen Dessous da, ohne Träger, aber mit Strapsen und schwarzen Nylonstrümpfen. Sie trug eine Perlenkette und hatte ihr Kinn herausfordernd erhoben. Wenn das die Fünfzigerjahre gewesen waren, dann hatten sie trotz der Adenauer-Regierung einiges zu bieten gehabt.

Das Zimmer wirkte noch ziemlich kahl. Der Schreibtisch, eine rechteckige Holzplatte auf vier Beinen, stand vor dem Fenster. Anna hatte ihn zurückgelassen, ebenso wie einen abgewetzten Thonetstuhl mit Armlehnen. An der gegenüberliegenden Wand diente eine Matratze vorerst als Schlafplatz. Ansonsten befand sich nur noch eine Stehlampe in seinem neuen Zimmer. Als Nächstes würde er bei Ikea einige halbhohe Billy-Regale kaufen. Hier nun konnte oder sollte er den ganzen Tag lang an seinem Krimi arbeiten.

Petra hatte ihn mehrfach darauf hingewiesen, dass er sich unbewusst oder bewusst in Situationen begab, die denen Dellwigs ähnelten. Aber an dieser Parallele war nichts dran. Mit seiner Entscheidung, von zu Hause auszuziehen, begann er einen anderen Weg einzuschlagen, als Dellwig ihn gegangen war. Auch würde es wohl nicht so weit kommen, dass er vor Gericht erscheinen müsste. Worin sollte also die Parallele bestehen? Wenn man die beiden Behörden miteinander verglich, in denen Dellwig und er beschäftigt waren, dann fielen weitere Unterschiede ins Auge: Dellwig war der Chef, und Franck war gebunden an die Weisungen des Chefs. Wenn man so wollte, dann war Franck der Stellvertreter, also eher in der Rolle von Quast.

Als Petra schließlich nach Hause kam, überfiel er sie gleich mit einer neuen Idee. „Ich habe heute Zeit zum Nachdenken gehabt. Und es ist etwas dabei herausgekommen. Lass uns morgen die Sachbearbeiterin der Versicherung aufsuchen; diejenige, die den Verdacht bekommen hat. Frag mich nicht, warum. Es ist nur eine Vermutung."

„Ich glaube, sie heißt Lenz", sagte Petra.

„Sie ist im Zusammenhang mit dem Fall Dellwig nie befragt worden."

September 1980
25

Die Filiale der Versicherungsgesellschaft lag an der Ausfallstraße nach Frankfurt. Stadteinwärts war der Verkehr sogar noch um einiges dichter als auswärts. Andreas und Petra mussten bis zur nächsten Straßenecke gehen und auf die Grünphase der Ampel warten, um die vierspurige Straße überqueren zu können. Mit der Parkplatzsuche hatten sie dagegen keine Probleme gehabt. Offenbar wollte sich zur Morgenstunde kaum jemand in dieser Gegend aufhalten, was Andreas durchaus nachvollziehen konnte. Ungeduldig fixierte er das rote Männchen. Es dauerte eine Ewigkeit, bis es sich bequemte, dem grünen Fußgänger zu weichen.

Andreas wusste nicht, wie das Gespräch geführt werden sollte, schließlich wollte er ja keine Versicherung abschließen. Wenn die Angestellte sich weigerte, auf seine Fragen zu antworten, konnten sie gleich wieder gehen. Mit einem Kribbeln im Bauch ging er mit so großen Schritten auf das Gebäude zu, dass Petra ihm kaum folgen konnte.

Das Versicherungsbüro befand sich im Erdgeschoss eines vierstöckigen Hauses. Ursprünglich waren die Räume wohl für ein Ladengeschäft eingerichtet worden. Jetzt hatte man die großen Schaufenster durch weiße Lamellen abgedichtet und reichlich mit Werbeplakaten vollgehängt. Darüber prangte die Leuchtreklame der Gesellschaft.

Andreas blieb vor der Eingangstür stehen und sah Petra an. Sie nickte ihm aufmunternd zu. Er drückte die Klinke herunter. Sie traten in einen kleinen Vorraum, der mit einem runden Tisch und drei leichten Sesseln bestückt war, die mit ihren stockartigen Beinen an die Wohnzimmereinrichtungen der Fünfzigerjahre erinnerten. Auf dem Tisch lagen verschiedene Werbebroschüren. In der Ecke versteckte sich ein Schirmständer. Es fehlten nur die Bilderbücher, mit denen sich Kinder beschäftigen konnten, wenn ihre Mütter zur Beratung kamen. Aber es war ja Hans Hartenstein gewesen, der sich die Auskunft über den Versicherungsfall Simon geholt hatte.

Von diesem Wartezimmer mit dem Charme einer Zahnarztpraxis gingen zwei Türen in die Arbeitskabinen der Mitarbeiter.

Die Türen standen offen und ließen den Blick auf Schreibtisch und Aktenregal frei. Platz für andere Einrichtungsgegenstände gab es nicht. Das linke Zimmer war unbesetzt; im gegenüberliegenden Raum saß eine ältliche Person hinter dem Schreibtisch. An der Wand neben den Türen las Andreas die Namen der Sachbearbeiterin: Elvira Lenz, die nunmehr vom Schreibtisch aufblickte und ihre Brille abnahm. Sie schob das Telefon etwas zur Seite und legte ihre Arme auf die Schreibunterlage. „Was kann ich für Sie tun?"

Petra und Andreas setzten sich auf die zwei Stühle, die vor dem Tisch standen. Von draußen drang auf- und abschwellend der Verkehrslärm herein.

Frau Lenz war in einem Alter, das sie schon an ihre Pension denken ließ. Doch die Perspektive, diesen Raum auf immer verlassen zu können, schien sie nicht aufzumuntern. Sie saß da, in ihrem blauen Kostüm mit weißem Spitzentuch, und wirkte wie ein permanenter Vorwurf an das Leben. Man hatte sie ganz einfach hier abgesetzt und wie einen Regenschirm vergessen. Andreas spürte, dass sie leichtes Spiel haben würden. Diese Frau war um den größten Auftritt ihrer Laufbahn gebracht worden.

„Da kommen Sie aber viel zu spät", sagte Frau Lenz mit säuerlichem Lächeln, nachdem die beiden ihr Anliegen erklärt hatten. „Der Prozess ist doch schon längst zu Ende."

„Das ist so nicht ganz richtig", antwortete Petra. „Verteidigung und Anklage überlegen sich, in die Revision zu gehen. Dann können auch neue Zeugen vorgeladen werden."

„Ach so?" Frau Lenz zeigte steigendes Interesse.

„Nach unseren Informationen hat sich die Staatsanwaltschaft im Zusammenhang mit dem Versicherungsfall Simon nie an Sie gewandt", sagte Andreas. „Obwohl Sie es doch gewesen sind, die den Betrug aufgedeckt haben."

„Das stimmt. Die Staatsanwaltschaft hat sich für einen leitenden Herrn in unserer Frankfurter Zentrale entschieden. Ich musste den Fall ja abgeben, nachdem sich der Verdacht auf Versicherungsbetrug erhärtet hatte. Aber gefragt wurde er nur nach den Richtlinien, die wir bei Alkoholisierung von Verunglückten anwenden. Ich habe den Zeitungsbericht darüber genau gelesen."

Petra holte Stenoblock und Bleistift hervor. „Hätten Sie denn mehr erzählen können?"

Frau Lenz zögerte. „Werden Sie das alles veröffentlichen, was ich sage?"

„Nur mit Ihrer Zustimmung", antwortete Petra. Frau Lenz fühlte sich geschmeichelt.

„Ich habe zunächst anonym ein Gutachten zugeschickt bekommen, das bei dem Toten 0,5 Promille attestierte. So etwas ist mir bisher noch nie passiert. Und ich bin schon dreißig Jahre hier tätig."

„Null Komma fünf Promille?", fragte Andreas entgeistert.

„Ja. Normalerweise wird so ein Gutachten derjenigen Polizeibehörde zugestellt, die es in Auftrag gegeben hat. Aber nicht einer Versicherung."

„Und dann?"

Andreas konnte nur mühsam seine Aufregung unterdrücken. Frau Lenz sah ihn an, jetzt ganz die kompetente Sachbearbeiterin.

„Ich habe das Gutachten natürlich dahin weitergeleitet, wo es hingehörte. An die Polizeistation in Bernstadt. So sind unsere Vorschriften."

„Niemand will Ihre Arbeit kritisieren", sagte Petra begütigend. „Wir wollen nur verstehen, wie die Sache gelaufen ist."

„Ganz einfach. Die Versicherungssumme wurde ausgezahlt. Aber mir ist die Angelegenheit nicht aus dem Kopf gegangen. Nach ungefähr einer Woche rief ich das Zentrum für Rechtsmedizin an. Von dort erhielten wir dann offiziell ein Gutachten zugeschickt. Darin wurden im Blut des Toten 1,5 Promille festgestellt. Daraufhin habe ich den Fall Simon an die Zentrale abgegeben, und die hat die Staatsanwaltschaft eingeschaltet."

„Können Sie sich erklären, woher das erste Gutachten kam? Es war ja wohl offensichtlich falsch", fragte Andreas.

„Nein, das kann ich nicht. Das gehört auch nicht zu meinen Aufgaben."

„Haben Sie nicht auf den Poststempel geachtet?"

„Nein. Aber ich bin mir keines Fehlers bewusst", setzte sie spitz hinzu.

Wieder griff Petra ein. „Im Gegenteil. Sie haben Ihrem Arbeitgeber durch Ihre Aufmerksamkeit 60.000 Mark erspart. Dafür sind Sie gewiss gelobt worden."

Frau Lenz sah sie schweigend an, bevor sie fragte: „Wollen Sie noch etwas wissen? Ich muss nämlich diese Akten heute noch durcharbeiten.“ Sie zeigte auf einen Stapel von ungefähr zehn Schnellheftern.

„Ja“, sagte Petra, „eine letzte Frage noch, dann gehen wir. Wie hat man denn in der Zentrale auf das doppelte Gutachten reagiert?“

„Davon wissen die nichts.“ Frau Lenz senkte den Blick auf ihren Schreibtisch. „Ich habe das erste Gutachten einfach zurückgeschickt.“ Sie blickte Petra wieder an. „Verstehen Sie doch. Ich kann die Herren da oben nicht mit jeder Kleinigkeit behelligen.“

Petra stand auf. Auch Andreas erhob sich.

„Wir danken Ihnen sehr. Sie haben uns wirklich weitergeholfen. Wir werden Ihre Informationen zunächst vertraulich behandeln, wenn es Ihnen recht ist. Wir warten, ob der Prozess noch einmal aufgerollt wird.“

Frau Lenz nickte.

„Was hältst du von der Sache?“, fragte Petra einige Minuten später. Sie saßen in einem Café und versuchten, die neuen Informationen zu verarbeiten.

„Diese Frau Lenz sagt mit Sicherheit die Wahrheit. Sie ist ziemlich frustriert, weil sie von ihrer Zentrale ausgebootet wurde. Aber es dämmert ihr auch, dass es ein Fehler war, den oberen Herren von dem ersten Gutachten nichts zu erzählen. Deshalb hat sie sich nicht selbstständig gemeldet und ihr Wissen ausgebreitet. Sie schwankt zwischen dem Wunsch, groß herauszukommen, und der Angst, einen Rüffel von oben zu erhalten. Das war unsere Chance, und wir haben sie genutzt.“

„Sie hat gesungen, wie eine Nachtigall“, sagte Petra. „Das hast du gut gemacht, Andreas. Aber wie erklärst du dir diese Geschichte mit dem harmlosen Gutachten?“

„Mit unserem Wissen könnten wir zur Staatsanwaltschaft gehen. Die würden dort jubeln. Dellwig hat sogar versucht, das Gutachten zu fälschen.“

„Das ergibt keinen Sinn“, wandte Petra ein. „Warum sollte er ein gefälschtes Gutachten an die Versicherung schicken?“

„Darauf fällt mir auch keine Antwort ein."

„Außerdem verstehe ich nicht, warum die Untersuchungsbehörde diese wichtige Zeugin gar nicht vernommen hat."

„Die Staatsanwaltschaft hat eine Menge Ungereimtheiten produziert. Das wundert mich aber gar nicht. Der Quast wurde von ihr auch nicht verhört. Den Polizeimeister Hermann haben sie geschont. Und Frau Lenz wurde schlichtweg vergessen. Die Kritik an der Polizeiarbeit zieht sich seit 150 Jahren durch die Kriminalromane. Von Poe bis Sjöwall-Wahlöö."

Petra schaute ihn fragend an.

„Ich könnte einen Vortrag darüber halten", sagte er. „Aber nur so viel: In ‚Verschlossen und verriegelt', übrigens einer neuen Closed-room-Story, liegt ein Frührentner tot in einem von innen verschlossenen Raum. Die schwedische Polizei geht zunächst von Selbstmord aus. Es fällt ihr gar nicht auf, dass nach dieser Version eine Waffe im Raum liegen müsste."

„Was hat das nun mit unserem Fall Dellwig zu tun?"

„Ich würde gern wissen, ob die Hütte, in der Quast tot aufgefunden wurde, von innen abgeschlossen worden war. In diesem Fall könnte man einen Mord definitiv ausschließen."

Petra zuckte die Achseln. „Wie sollen wir das denn herausbekommen?", fragte sie.

Andreas ließ sich nicht beirren. „Außerdem spricht Kriminalkommissar Martin Beck ein paar aktuelle Sätze, die ich mir herausgeschrieben habe."

„Du kannst sie natürlich auswendig", sagte Petra ergeben.

„Ungefähr: Es geschah immer häufiger, dass man eine Untersuchung damit beginnen musste, herauszufinden, was die Polizei getan oder unterlassen hatte. Dies war nicht selten schwieriger als der eigentliche Fall."

„Na, ja, die beiden Autoren sind auch Kommunisten. Sie kritisieren von ihrem Standpunkt aus die schwedische Gesellschaft."

„Mit denselben Argumenten könnten sie auch den Fall Dellwig kritisieren", sagte Andreas. „Die deutsche Ausgabe ist vor fünf Jahren erschienen. Lies sie mal. Es ist der beste der zehn Krimis, den die beiden geschrieben haben."

„Ich bin noch vollauf damit beschäftigt, den Poe zu studieren", antwortete Petra. „Aber sag mir noch eins, Andreas. Wie bist du auf die Idee gekommen, die Sachbearbeiterin zu interviewen?"

„Weil ich zwei Klausuren von der Grumkow habe."

„Respekt. Der Erfolg heiligt die Mittel. Aber die Parallele stimmt nicht. Im Fall Dellwig hat die Sachbearbeiterin die Gutachten ausgetauscht. Die hat keinen persönlichen Vorteil davon."

26

Die folgenden drei Tage arbeitete und schlief Andreas Franck in Stuttgart. Sein Leben war in zwei Teile auseinandergefallen und hatte nun eine Sonnen- und eine Schattenseite.

Stuttgart war zum Begriff für die dunkle Seite geworden. Er arbeitete im Institut, bis er müde wurde. Da er nur noch von Dienstag bis Donnerstag hier war, wuchs ihm die Arbeit in dieser Zeit nahezu über den Kopf. Es waren Routinearbeiten, aber auch die mussten erledigt werden. Er hatte ein kleines Transistorradio dabei, das ihm etwas Abwechslung bot. Überkam ihn die Müdigkeit, legte er sich auf das Sofa, deckte sich mit einer Wolldecke zu und versuchte zu schlafen. Am Morgen, bevor die Putzkolonne kam, ging er wie gerädert zum Bäcker, um im Stehen zu frühstücken. Er wusch sich notdürftig mit kaltem Wasser. Einmal hatte er sich gewundert, dass so viele Autos mit Stuttgarter Kennzeichen an der Bäckerei vorbeifuhren, bis ihm einfiel, wo er gerade war.

Er hatte sich vorgenommen, seinen Sohn wenigstens einmal in der Woche zu besuchen. Das hatte er auch getan, aber bisher was es dabei jedes Mal zu einem Schlagabtausch mit Steffi gekommen. Das musste wohl so sein, dämpfte aber seine Stimmung. In solchen Momenten kamen ihm Zweifel, ob er richtig gehandelt hatte.

Donnerstags oder freitags, wenn Franck im Zug saß, begann er wieder zu leben. Zwar gab es eine Anwesenheitspflicht im Institut; aber seitdem er in Stuttgart arbeitete, war er noch nie kontrolliert worden und so ließ Franck es darauf ankommen. Auch der Chef kam und ging, wann er wollte. Das heißt, die

Sekretärin und die Hilfskräfte mussten da sein, sonst wusste er nicht mehr weiter. Franck bezweifelte, dass der Chef in der Landesbibliothek selbstständig ein Buch ausleihen konnte. In gewisser Weise war er von seinen Untergebenen abhängig geworden.

Mit jedem Kilometer, den der Zug zurücklegte, fühlte Franck sich besser. Die langen Wochenenden mit Petra entschädigten ihn für die triste Stuttgarter Atmosphäre. Dreiundzwanzig Tage waren jetzt vergangen, seitdem sie zum ersten Mal miteinander geschlafen hatten. Es kam ihm immer noch wie ein Traum vor. Der sich jedes Mal, wenn sie zusammen waren, erneuerte.

In den Stunden, die Petra in der Redaktion war, schrieb Franck an seinem Krimi. Die Abhandlung über Ranke und Holmes hatte er ebenfalls mitgenommen und sie stand kurz vor der Vollendung. Petras Unterstützung machte ihn mutig, wissenschaftliche Standards zu verlassen und mit neuen Formen zu experimentieren. Oder wenigstens verschiedene Sichtweisen miteinander zu verknüpfen. Eigentlich gab es doch nur ein Universum, in dem alles miteinander zusammenhing.

Vor einiger Zeit hatte er zufällig eine Radiosendung über die Musik der Beatles gehört, in welcher der Verfasser tatsächlich behauptet hatte, dass man deren Songs auch in umgekehrter Tonfolge singen könne. Franck war begeistert gewesen. So müsste man schreiben können: Unter einer offiziellen Version scheint eine alternative Botschaft auf, so wie sich ein leeres Blatt über einer brennenden Kerze mit Worten füllt, die in Geheimtinte geschrieben worden sind.

Diese Botschaft wäre voller Hoffnung und enthielte eine Vision, die sich erst im kommenden Jahrhundert erfüllen würde. Franck wollte dann seine ganze Kraft zusammennehmen, um in den Texten der Vergangenheit solche geheimen Codes zu entschlüsseln. Warum sollte nicht auch in früheren Generationen der Wunsch entstanden sein, mit den Nachkommen zu kommunizieren? Ahnte man diese überzeitlichen Zusammenhänge erst einmal, dann machte man sich eigentlich strafbar, wenn man die alten Botschaften in den Bleiwüsten der Bücher verdorren ließ.

Kurz bevor das Kollegiengebäude um 21 Uhr geschlossen wurde, ging sie durch die doppelten Glastüren, vorbei an der

Pförtnerkabine, in der der Hausmeister wie so häufig um diese Zeit seinen Rausch ausschlief, vorbei an der im Dämmerlicht liegenden Cafeteria und fuhr mit dem Fahrstuhl in den neunten Stock hinauf.

Die letzte Treppe musste sie zu Fuß emporsteigen. Die kahlen grauen Betonwände des Flures wurden vom Nachtlicht nur schwach beleuchtet. Alles war in ein diffuses Grau getaucht. Sie wusste, dass es unten im Erdgeschoss eine Nachttür gab, durch die sie das Gebäude verlassen und ins Leben zurückkehren konnte. Aber sie wusste nicht, ob sie das wollte. Waren wirklich schon drei Wochen vergangen, seitdem er sie sitzen gelassen hatte?

Sie konnte es kaum glauben. Sie konnte gar nichts mehr glauben. Er hatte sich nicht gemeldet. Nie wieder würde er sich melden. Sie spürte das.

Ich kann nichts mehr tun. Nie wieder werde ich ihn sehen, dachte sie.

Nun stand sie auf dem Dach des K II, ein paar Schritte von dem dürftigen Geländer entfernt. Der Wind zerrte an ihren Haaren und verwehte ihre letzten Tränen. Einmal noch wollte sie von hier aus zur schwäbischen Alb sehen. Dorthin hatten sie ganz zu Anfang ihrer Beziehung einen Ausflug gemacht. Sie waren zur Burg hochgestiegen, deren Name ihr nicht mehr einfiel, hatten im Restaurant gesessen und in die Ebene hinuntergeblickt.

Ja, damals war sie glücklich gewesen. Aber sie hatte es ihm nicht gesagt. Wie so oft nicht. Ihm, der vielleicht jetzt mit einer anderen zusammen war. Mit einer, die ihm mehr geben konnte als sie; mit einer, die ihm auch intellektuell ebenbürtig war.

In der Dämmerung gab es keine schwäbische Alb mehr zu sehen. Nur die bunten Lichter der Stadt tanzten vor ihren Augen. Es waren Leuchtwürmchen, die in ihr Gehirn krochen. Hinter ihnen verloren Stadt und Land ihre Konturen. Sie verschwammen zu einer großen grauen Wand, die genau so diffus war wie der Beton im Flur des K II und genau so grau, wie es in ihrem Inneren aussah.

Alles war so furchtbar grau. Noch einmal hob sie das Gesicht in den Wind. Sie trat ans Geländer und schloss die Augen.

27

Am Donnerstag, dem 4. September, machte sich Franck endlich daran, die Dienstaufsichtsbeschwerde zu beantworten. Mitten in dieser ungeliebten Tätigkeit, die ihm gar nicht von der Hand gehen wollte, klingelte das Telefon. Franck glaubte, für jede Ablenkung dankbar zu sein; aber er sollte sich irren.

Es meldete sich ein Kommissar Gächter vom Landeskriminalamt. „Dr. Andreas Franck?“, vergewisserte er sich. „Wir müssen uns mit Ihnen unterhalten. Eine ihrer Studentinnen ist tot.“

Franck begriff nicht sofort, was diese Mitteilung für ihn bedeuten sollte. „Tot? Ja, wer denn?“, fragte er zurück. „Was habe ich damit zu tun?“

„Das möchte ich lieber mit Ihnen unter vier Augen besprechen. Kann ich vorbeikommen?“

„Wenn es sein muss. Ich bin bis 13 Uhr hier in meinem Zimmer.“

„In einer Stunde“, sagte der Kommissar und legte auf.

Ein ratloser Franck blieb zurück. War der Kommissar besonders naiv oder besonders raffiniert gewesen, als er sein Anliegen nur halb aussprach? Anscheinend war eine Studentin gestorben. Warum interessierte sich die Polizei für ihren Tod, und warum wollte die Polizei ausgerechnet mit ihm reden? Die Formulierung „eine Ihrer Studentinnen“ hatte etwas Anzügliches an sich.

Franck stand auf und lief im Raum hin und her. Es konnte sich nur um eine Routineanfrage handeln. Außerdem gab es keine Studentin, die ausschließlich von ihm unterrichtet wurde. Alle Studentinnen und Studenten belegten Vorlesungen und Seminare bei mehreren Professoren. Erst zum Examen meldeten sie sich bei zwei oder drei Prüfern an.

Was für ein Unsinn, dachte Franck. Es gibt doch keine, die nur bei mir studiert und von den meisten kenne ich noch nicht einmal den Namen, geschweige denn ihre Lebensumstände. Er würde dem Kommissar nichts sagen können.

Franck ging zum Schrank und holte den Ordner mit dem Aufdruck „Korrespondenz“ heraus, setzte sich aufs Sofa und blätterte in ihm herum. Warum mache ich das eigentlich, dachte er. Er wird ja nicht gleich mit einem Durchsuchungsbefehl kommen.

Beim Buchstaben H fiel ihm ein Brief auf, den Kathrin ihm vor einem Jahr aus London geschrieben hatte.

Natürlich begann er mit der Anrede „Lieber Andreas". Franck nahm den Brief aus dem Ordner und wog ihn in der Hand. Der gehört eigentlich nicht zur dienstlichen Korrespondenz, befand er. Ich werde ihn mit nach Hause nehmen.

Er steckte den Brief in seine Aktentasche. Im übrigen wollte er dem Besuch des Kommissars ruhig entgegen sehen. Franck beförderte den Ordner in den Schrank zurück, setzte sich wieder an den Schreibtisch und versuchte, sich auf die Dienstaufsichtsbeschwerde zu konzentrieren, aber jetzt ging gar nichts mehr. Immer wieder schaute er auf die Uhr.

Unvermittelt und ohne vorheriges Anklopfen öffnete sich die Tür, und ein lang aufgeschossener, schlaksiger Mann lehnte am Türrahmen.

„Dr. Franck? Mein Name ist Gächter, ich komme vom LKA."

Franck stand auf, blieb aber hinter dem Schreibtisch stehen. Er bat den Kommissar herein, zeigte auf den Besucherstuhl und nahm wieder Platz. Der Kommissar, etwa 1,95 m groß und dürr wie eine Bohnenstange, hatte ein scharf geschnittenes Gesicht, aus dem eine Adlernase hervorragte. Er mochte ungefähr in Francks Alter sein.

Eine unangenehme Person, dachte Franck. Sein Gesichtsausdruck wirkt geradezu lauernd.

Der Kommissar schwieg, und so sagte Franck: „Sie wollten mich sprechen?"

„Wir haben Ihre Frau angerufen. Sie sagte, dass Sie zurzeit nicht bei ihr wohnen. Ist das richtig?"

„Ich weiß nicht, warum Sie das interessieren sollte", entgegnete Franck.

„Wo haben Sie denn gestern übernachtet?"

„Soll das ein Verhör sein? Worum geht es denn überhaupt?"

„Die Fragen stelle ich hier", sagte der Kommissar trocken. „Es geht um die Studentin, die gestern Abend vom obersten Stock des Universitätshochhauses heruntergefallen ist. Sie war sofort tot."

Über Franck stürzte ein mittleres Gebäude zusammen. Um Gottes willen, Kathrin, dachte er. Tu mir das nicht an.

„Damit Sie Bescheid wissen“, sagte der Kommissar, „ich bin momentan Leiter der Stuttgarter Mordkommission. Wir ermitteln in dem Fall. Und ich frage Sie, wo Sie gestern Abend gegen 21 Uhr gewesen sind.“

Franck schwieg. Natürlich hatte er kein Alibi. Nicht nur für den fraglichen Zeitpunkt. Für den ganzen Abend nicht.

„Sie werden ja ganz blass“, stellte der Kommissar fest.

„Wie heißt sie denn?“, brachte Franck mühsam hervor.

„Müssen Sie erst den Namen der Toten wissen, bevor Sie sich daran erinnern, wo Sie gestern Abend gewesen sind? Es wäre gut, wenn Sie für die Tatzeit ein Alibi hätten“, fuhr der Kommissar fort. „Sonst sitzen Sie in der Klemme.“

„Ich habe bis in den späten Abend hinein hier gearbeitet“, sagte Franck kleinlaut. „Dann bin ich schlafen gegangen. Auf diesem Sofa. Nein, es gibt niemanden, der das bestätigen kann. Das wollten Sie doch fragen, oder?“

„Ihr Name ist Cornelia Grumkow“, sagte der Kommissar.

Franck atmete tief durch. Es war ihm egal, dass der Kommissar seine Erleichterung registrierte. Nicht Kathrin hatte sich umgebracht. Es war jemand anders gewesen. Jemand, dem er keinen Anlass gegeben hatte, vom K II herunterzuspringen.

„Wie war noch gleich der Name?“

„Cornelia Grumkow. In welchem Verhältnis standen Sie zu der Toten?“

„Ach, die ... In gar keinem Verhältnis. Sie hat eine Vorlesung von mir besucht, und ich musste sie über den Inhalt der Vorlesung eine Viertel Stunde lang mündlich prüfen. Außerdem hat sie wie neun andere auch eine Klausur bei mir geschrieben. Dann kam sie in meine Sprechstunde, um die Note zu erfahren. Das ist alles.“

Der Kommissar schaute ihn misstrauisch an. „Wie lautete das Thema der Klausur?“

„Es war eine Quelleninterpretation zur Französische Revolution. Ein französischer Text.“

„Und welche Note haben Sie ihr gegeben?“

Franck zögerte. Dann sagte er: „Eine Eins.“

„Können Sie mir erklären“, – der Kommissar machte eine

Pause und fixierte sein Gegenüber – „wieso wir in der Wohnung der Toten zwei Klausurarbeiten über dasselbe Thema gefunden haben, eine, die von Ihnen mit einer Eins benotet wurde, und eine, die gar nicht benotet war? Zwei Arbeiten, die auf dem gleichen offiziellen Papier angefertigt wurden?"

Franck schwieg. Das war es also. Auf diese Weise hatte er sich in den Augen der Polizei verdächtig gemacht. Sollte sich die Grumkow wegen dieser Klausurgeschichte in den Tod gestürzt haben?

„Soll ich die unbenotete Klausur von einem unabhängigen Gutachter korrigieren lassen?", setzte der Kommissar nach.

„Machen Sie doch, was Sie wollen", sagte Franck.

„Kennen Sie den Bruder der Toten, Karl Grumkow?"

Was war das nun wieder für eine Finte? Ich muss auf der Hut sein, dachte Franck.

„Nein", sagte er. „Ich weiß, dass er einige Semester in Stuttgart studiert hat, aber er war nicht bei mir. Mein Kollege meint, er soll sehr gut gewesen sein. Fragen Sie ihn doch. Er heißt Dr. Franz Heilmann."

„Könnte es sein, dass eine der beiden Klausuren von dem Bruder der Toten stammt?"

„Nein, sie sind doch in derselben Handschrift verfasst worden." Zu spät merkte Franck, dass er sich verplappert hatte.

„Woher wissen Sie denn das?", fragte der Kommissar triumphierend. Er war nun wie ein Windhund, der Lunte gerochen hatte. „Soll ich Ihnen sagen, wie es gewesen ist? Sie waren hinter ihr her. Sie gaben ihr die Gelegenheit, im Nachhinein eine bessere Klausur zu schreiben, in der Hoffnung, sie würden Sie damit herumkriegen. Aber sie lehnte den Handel ab und drohte, Sie anzuzeigen. Es kam zu einer Auseinandersetzung, und dabei stießen Sie Frau Grumkow in den Abgrund. Sie haben ein handfestes Motiv und kein Alibi."

Franck schaute den Kommissar entgeistert an. Dann begann er zu lachen. „Und Sie haben eine blühende Fantasie. So schön war die Grumkow nun auch wieder nicht, dass ich ihr zwei Stockwerke auf die Dachterrasse hinterherlaufe. Ganz abgesehen davon, dass mir da oben gleich schlecht werden würde. Ich habe nämlich eine fürchterliche Höhenangst." Franck fühlte sich etwas besser.

„Also gut, ich bin hier auf meinem Zimmer und sauer auf Frau Grumkow, aus was für Gründen auch immer. Dann kommt sie, sieht Licht bei mir und stellt mich zur Rede. Es gibt eine Auseinandersetzung. Dann sage ich, lassen Sie uns auf die Dachterrasse gehen, von wo man leicht abstürzen kann, und dort weiterreden. Und sie kommt bereitwillig mit. Das nimmt Ihnen kein Richter ab, Herr Kommissar!"

„Wie war es dann?", fragte er lässig.

„Ich sage kein Wort mehr", antwortete Franck.

Der Kommissar stand auf.

„So kommen wir nicht weiter. Herr Dr. Franck, ich ersuche Sie, morgen um 10 Uhr zu einer offiziellen Vernehmung im LKA zu erscheinen. Dort werden wir Ihre Einlassungen protokollieren. Auf Wiedersehen."

„Was war denn das für einer?", fragte Frau Kaiser. „Steht im Türrahmen, dreht sich Zigaretten, schäkert mit mir und fragt mich dann nach den beiden Grumkows aus. Das war ja wie im Fernsehen beim Tatort-Krimi!"

Franck zuckte die Achseln. „Ich muss Ihre Begeisterung bremsen. Cornelia Grumkow hat sich umgebracht. Sie ist vom obersten Stock des Kollegiengebäudes herunter gesprungen."

„Oh je, aber da war sie nicht die Erste. Ich sage immer, der Durchgang zur Dachterrasse sollte geschlossen werden." Sie runzelte die Stirn. „Das ist doch diejenige, nach der auch Sie sich neulich erkundigt haben, nicht wahr?"

„Haben Sie das etwa dem Kommissar gesagt?", fragte er.

Erschrocken sah sie ihn an. „Hätte ich das nicht tun sollen?"

Franck winkte ab. „Doch, doch, schließlich ging es nur darum, ob wir dazu beitragen können, die Hintergründe ihres Selbstmords aufzuhellen. Aber wir kennen sie ja kaum. Das habe ich dem Kommissar gesagt."

„Unguter Mensch", sagte sie. „Ein Preuße."

„Ich muss doch sehr bitten, Frau Kaiser." Franck spielte den Empörten. Schließlich komme ich auch aus Norddeutschland."

„Sie kommen aus Bremen, das ist etwas anderes."

„Da mögen Sie recht haben. Aber ich mochte ihn auch nicht." Franck überlegte. „Sie können mir einen Gefallen tun, Frau Kaiser. Bitte rufen Sie doch bei Ihrer Kollegin in Heidelberg an;

Historisches Seminar, Abteilung neuere Geschichte, und fragen nach der Adresse von Karl Grumkow. Sagen Sie einfach, wir hätten noch einen Seminarschein für ihn, den wollten wir ihm zuschicken."

„Wird gemacht. Woher wissen Sie denn, dass er jetzt in Heidelberg studiert?"

„Das ist nur eine Vermutung. Schauen Sie auf seine Heimatadresse. Die Eltern wohnen in Weinheim."

Franck ging in sein Zimmer, setzte sich an den Schreibtisch und wartete. Nach kurzer Zeit kam Frau Kaiser herein und legte ihm einen Zettel vor.

„Volltreffer", sagte sie. „Er wohnt in der Dreikönigstraße. Das ist in der Altstadt. Wollen Sie ihn besuchen?"

„Ich weiß nicht. Er war es, der mir diese komischen Briefe geschrieben hat. Beide wollten mich erpressen, und nun ist sie tot", fügte er hinzu. Und da er nun schon angefangen hatte, erzählte er ihr auch noch die Geschichte mit der Aktentasche.

„Lassen Sie die Finger davon, Herr Franck. Schließlich bringt er sich auch noch um, und ich muss dem Kommissar verschweigen, dass Sie nach seiner Adresse gefragt haben. Frau Giseke würde genauso reagieren."

Sie ging und schloss die Tür hinter sich. Franck lehnte sich in seinen Sessel zurück und schaute ihr nach. Woher sie wohl von Petra wusste? Ganz schön helle, diese Frau Kaiser. Er hatte sie unterschätzt.

Ich hätte die Grumkow nicht anrufen dürfen, dachte er. Ich habe ihr gedroht und sie dadurch in den Tod getrieben.

Ach, was! Natürlich war es ganz allein ihre Entscheidung gewesen. Sie hatte ihm schließlich die gefälschte Klausur untergeschoben. Sie hatte den Betrug zu verantworten. Wer weiß, welche Gründe es sonst noch dafür gab, dass sie nicht mehr leben wollte. In der Sprechstunde hatte sie ganz krank ausgesehen, mit diesem Schal mitten im Sommer. Oder ihr Freund hatte von ihr nichts mehr wissen wollen. Vielleicht hatte sie einen Abschiedsbrief hinterlassen oder ein Tagebuch geschrieben. Seelisch labile Menschen schreiben immer Tagebuch.

Nein, das wäre nicht gut, wenn die Polizei ein Tagebuch von ihr finden würde. Sie hätte sicherlich darin seinen Anruf erwähnt. Nicht auszudenken, wenn dieser widerliche Kommissar von dem Telefongespräch wüsste. Franck erschrak. Vielleicht war er deshalb so fuchsig gewesen, weil er längst alles wusste!

Er stand auf und trat ans Fenster.

Und dann ausgerechnet vom Unihochhaus herunterspringen! Da stellte doch jeder gleich die Parallele zu einem gescheiterten Studium her. Wenn sie sich wenigstens vor eine S-Bahn geworfen hätte! Aber das Unihochhaus, das war so etwas wie eine letzte Trumpfkarte von ihr.

Merkwürdig, ihr Tod hatte eine Beziehung zwischen ihr und Franck hergestellt, eine Beziehung zwischen Täter und Opfer. Wobei unklar blieb, wer hier Täter und wer Opfer war. Irgendwoher hatte er von einer wissenschaftlichen Untersuchung erfahren, die zu dem Ergebnis kam, dass in einer Tötungssituation häufig zwei potenzielle Täter zusammentreffen. Es bleibt nur dem Zufall überlassen, wer von beiden stirbt.

Es war natürlich Unsinn anzunehmen, dass er und Cornelia Grumkow auf dem Dach des Kollegiengebäudes zusammentreffen würden. Aber beide hätten durchaus einen Grund gehabt, den anderen herunterzustoßen.

Jetzt ist aber Schluss, Andreas, sagte er zu sich. Du machst dich ja ganz verrückt.

Er schaute auf die Uhr und griff dann zum Telefon. Petra war sofort am Apparat. Er hatte den Kopf nicht frei und fiel deshalb gleich mit der Tür ins Haus. „Jetzt ist hier etwas passiert. Cornelia Grumkow hat sich umgebracht."

Petra schwieg zuerst.

„Ich bin entsetzt", sagte sie schließlich. „Du Armer. Wie geht es dir? Deine Stimme klingt so müde."

„Ich mache mir Vorwürfe, weil ich sie unter Druck gesetzt habe. Es war ein Stuttgarter Kommissar bei mir. Ein richtiger Wolfshund. Der will mir einen Mord anhängen. Morgen früh soll ich ins Präsidium kommen und eine förmliche Vernehmung über mich ergehen lassen. Mir graust davor."

„Aber man kann dir nichts anhaben. Du hast es doch nicht getan." Ihre mitfühlenden Worte taten ihm gut.

„*Wish you where here*", sagte er. „Du würdest mich auf andere Gedanken bringen."

„Komm morgen nach dem Verhör gleich nach Hause", sagte sie. „Dann holen wir alles nach. Ich habe viel Zeit für dich."

„Das hört sich gut an, Petra. Danke."

„Aber eins musst du mir versprechen, Andreas: Sag die Wahrheit. Ganz einfach die Wahrheit. Dann kann dir nichts passieren. Erzähle alles: von der Aktentasche bis zum Telefongespräch. Und lies das Protokoll durch, bevor du es unterschreibst."

Andreas lachte. „Ich bin doch nicht Dellwig", sagte er.

Es war ein befreiendes Lachen.

28

Als Petra in die Wohnung kam, war Andreas schon in der Küche beschäftigt.

„Was riecht denn hier so lecker?", rief sie. „Hast du etwa gekocht?"

Andreas steckte den Kopf durch den Türspalt und strahlte sie an.

„Nudelauflauf nach Studentenart. Du kannst gleich Platz nehmen. Es dauert nicht mehr lange."

„Und die Zutaten?"

„Stammen alle aus Stuttgart. Rigatoni, Tomaten, Hackfleisch, saure Sahne, Eier, Parmesankäse und Petersilie. Den Rest Zucchini aus dem Kühlschrank habe ich mit verarbeitet."

Er stand in der Küchentür, hatte sich eine viel zu kleine Schürze umgebunden und ließ sich von Petra umarmen.

„Dir geht es anscheinend besser", stellte sie fest.

„Ich habe die Vernehmung hinter mir. Es war nicht so schlimm, wie ich dachte. Es war noch jemand dabei; den fand ich ganz sympathisch."

Er nahm zwei Topflappen, holte die feuerfeste Form aus dem Backofen und stellte sie auf den Tisch.

„Wenn er so gut schmeckt, wie er aussieht, dann kannst du das öfter machen. Scheint nach Art italienischer Studenten zu sein", sagte sie und deutete auf die Flasche Chianti. Sie setzte sich und streckte ihre langen Beine unter den Tisch.

„Puuh, der Herd entwickelt aber ziemlich viel Hitze!"

„Tja", grinste Andreas. „Die Hitze gehört mit zum Abendprogramm. Die Ofentür muss offen bleiben. Darf ich dir auftun?"

Bereitwillig reichte sie ihm ihren Teller.

„Darf ich dir etwas Wein einschenken?"

Bereitwillig reichte sie ihm ihr Glas.

„Darf ich dir deine Bluse abnehmen?"

Sie lachte, zog ihre Bluse aus und saß nun in ihrem blauen T-Shirt da.

„Sonst noch etwas?"

„Erst mal anstoßen", sagte er und erhob sein Glas. „Dann sehen wir weiter."

Es gab nur einen sanften Klang, als die Gläser sich berührten.

„Jetzt muss ich aber probieren; ich bin ganz hungrig."

Petra griff zur Gabel, schob sie behutsam unter das Auflauf-Arrangement auf dem Teller, damit die knusprig-braune Oberfläche nicht zerstört wurde, und führte ein großes Stück in den Mund. Sie kaute, schloss die Augen und seufzte tief. Andreas sah sie erwartungsvoll an.

„Wo hast du denn das gelernt? Das schmeckt ja köstlich!"

„Ich war in meinem früheren Leben Koch bei den Gonzaga in Mantua", sagte er übermütig.

„Ach nee, haben wir uns da vielleicht schon einmal getroffen?"

Andreas nickte. „Aber du hast mich keines Blickes gewürdigt. Du warst im Tross des Herzogs von Württemberg, bei dieser Brautwerbung. Ihr habt gefressen, wie die Barbaren."

„Das muss aber schleunigst anders werden", sagte sie und stand auf. Sie ging um den Tisch herum und setzte sich auf seinen Schoß.

„Sie verstoßen gegen die Etikette, Gräfin."

„Ach was, Leonardo, ich ernenne dich zu meinem Leibkoch. Könntest du mir jetzt vielleicht ein Gäbelchen von deiner Portion in den Mund schieben?"

„Wenn Sie sich noch weiter zurücklehnen, Gnädigste, werden Sie vollends das Gleichgewicht verlieren. Sie werden mit Ihren Beinen in der Luft herumzappeln, und ich könnte trotz Ihrer vielen Ober- und Unterröcke zwei feingliedrige Fesseln zu Gesicht bekommen."

Petra stand auf. „Also, ich möchte doch lieber mit dir in der heutigen Zeit leben. Da kann ich dir mehr zeigen als Röcke und Fesseln."

Sie schlüpfte aus ihrer Jeans, ließ sie fallen und setzte sich wieder auf ihren Stuhl. Jetzt trug sie nur noch ein kleines schwarzes Höschen. Leider verschwand es vorerst mitsamt den nackten Beinen unter der Tischplatte. Eine Weile aßen sie schweigend.

„Ich habe ihnen alles erzählt", sagte er dann. „Der andere Kommissar konnte mich gut verstehen. Eigentlich war er wohl der Chef von diesem widerlichen Gächter, hatte aber nichts zu tun. Saß wie ein Privatmann dabei und hörte sich alles an. Zum Schluss sagte er: Ich habe mich auch gerade von meiner Frau getrennt." Andreas kratzte mit seinem Messer den angesetzten Rand des Auflaufs vom Topf ab. „Das ist das Beste", sagte er. „Der Hauptkommissar, Bienzle heißt er, saß in einem hässlichen, gelbbraunen Bürostuhl, die Hände über seinem prallen Bauch gefaltet und ließ ein Tonband mitlaufen. Auf dem Schreibtisch stapelten sich Aktenberge. Er ist ungefähr einen Kopf größer als ich, in meinem Alter und hat schwarze Haare. Ein Schwabe. Der Kommissar Gächter lehnte die ganze Zeit am Fenster und kaute auf einem Bleistiftstummel herum. Die Pose soll wohl die hartnäckigsten Leugner mürbe machen. Das Zimmer ist noch hässlicher als meines und so stickig, als wäre es wochenlang nicht benutzt worden. Gächter stellte die Fragen. Zu unterschreiben brauchte ich nichts."

Petra aß kräftig und hörte ihm zu. Um ihre Nase bildeten sich kleine Schweißperlen.

„Die gehen wohl inzwischen auch davon aus, dass Cornelia Grumkow sich umgebracht hat", sagte er. „Sie haben die zwei Klausuren bei ihr gefunden. Ich zeigte ihnen die beiden anonymen Erpresserbriefe und berichtete über mein Telefongespräch mit ihr. Es schien sie nicht zu überraschen."

„Dann ist es ja gut. Ich bin erleichtert." Sie blickte in die leere Auflaufform. „Und satt. Lass uns unsere Bäuche ein bisschen ausstrecken."

Sie gingen in Petras Zimmer und legten sich nebeneinander auf ihr Bett. Er spürte die Wärme ihres Körpers, aber erst musste noch etwas aus seinem Kopf heraus.

„Wenn ich im strafrechtlichen Sinne auch unschuldig bin“, sagte er, „dann bleibt mir doch noch das mulmige Gefühl wegen meines Anrufs. Ich war auf sie und ihren Bruder so wütend, dass ich sie wirklich hätte umbringen können.“

Petra setzte sich mit dem Rücken an die Wand, zog ihre Beine an und schlang die Arme um die Knie. „Rede nur weiter“, sagte sie. „Ich habe auch noch einiges zu sagen.“

„Wer weiß, wie viele Selbstmorde in Wirklichkeit Morde sind“, fuhr er fort. „Die angeblichen Selbstmörder werden in den Tod getrieben. Quast vom Verteidiger, Frau Quast von der Presse, und Cornelia Grumkow ...“ Er schwieg.

Petra schaute ihn an. „Jetzt übertreibst du aber. Prinzipiell magst du vielleicht recht haben. Aber solange du nichts über ihre Lebensumstände weißt, sind deine Selbstvorwürfe unbegründet.“

„Ich muss mit Karl Grumkow sprechen“, sagte er.

„Das fände ich nicht gut. Ich schlage einen anderen Weg vor.“

„Und welchen?“, fragte er, nur mäßig interessiert. Er blickte an ihr vorbei auf das Poster, das neuerdings an der Wand hing. *Gli affreschi nella cupola del Duomo di Parma*. Ein Abschiedsgeschenk von Anna. Die Putten schauten mit aufgelöstem Haar und entrücktem Gesichtsausdruck, als seien sie im siebten Himmel. Und das, angesichts der Botschaft des Herrn. Wer wohl dem Maler Modell gestanden hatte?

„Andreas, hör mir zu. Ich habe nachgedacht, und ich habe Angst. Wir müssen den Fall Dellwig so schnell wie möglich abschließen. Es darf keine weiteren Parallelen zwischen dem Fall Dellwig und dem Fall Franck mehr geben.“

„Petra, bitte ...“

Sie schnitt ihm resolut das Wort ab. „Nein, lass mich ausreden. Du besitzt ein hohes Maß an Intuition. Du hast die Sache mit den zwei Gutachten herausgekriegt, weil dir das mit den Klausuren passiert ist. Das hat mir imponiert. Ich glaube auch, dass du auf der richtigen Spur bist. Wahrscheinlich hat Dellwig wirklich die Elke Simon als Geliebte. Aber Dellwig stand vor Gericht. Und es gab zwei Tote, mit Simon sogar drei. In deinem Fall haben wir jetzt die erste Tote. Nun ist Schluss. Ich mache nicht weiter mit. Du hast es nicht nötig, alles durchzuspielen, was du in deinem Krimi schreiben willst.“

„Jetzt übertreibst aber du“, sagte er.

„Nimm doch einmal etwas von mir an, Andreas. Du begibst dich immer wieder in Situationen, von denen du vermutest, dass Dellwig sie erlebt hat. Und nun willst du Karl Grumkow besuchen. Merkst du nicht, wie gefährlich das ist?“

Andreas drehte sich auf den Bauch und verschränkte die Hände auf dem Hinterkopf.

„Ich muss dieses Schuldproblem lösen“, murmelte er in das Kissen.

„Das verstehe ich ja. Ich helfe dir dabei. Hallo, Andreas, dreh dich um.“ Sie stupste ihm mit dem Fuß in die Seite.

„Glaubst du, ich habe Lust, dich einmal pro Woche im Gefängnis zu besuchen und dir ein halbe Stunde lang die Hand zu halten? Wie geht es dir, Liebling? Brauchst du vielleicht eine neue Unterhose? Soll ich dir das nächste Mal ein paar Orangen mitbringen oder lieber den neuen Krimi von Felix Huby?“

Andreas setzte sich kerzengerade hin. „Glaubst du wirklich alles, was du da gesagt hast?“

„Ja, Andreas. Und ich will noch viele Stunden mit dir Liebe machen.“

Er stand auf und lief auf nackten Füßen in die Küche. Kam mit dem Chianti und den zwei Gläsern zurück.

„Trinken wir auf das Leben. Auch wenn es schwer ist, den richtigen Weg zu finden.“

„*Together we stand, divided we fall.* Heißt es nicht so, wenn die Mauer zu fallen beginnt? Zusammen können wir es schaffen. Allein rennst du ins Unglück.“

„Das ist ein starkes Wort.“

„Nur ein Pink-Floyd-Zitat, mehr nicht.“

„Also gut, Petra. Fang an. Welchen Weg schlägst du vor?“

Petra holte tief Luft. „Ich habe die Dupin-Geschichten von Poe gelesen“, begann sie. „Es gibt nur eine, die mehr als ein paar äußerliche Parallelen zu unserer hat. ‚Das Geheimnis der Marie Rogêt‘ scheidet aus, da geht es um ein Sexualverbrechen. ‚Der Mord in der Rue Morgue‘ passt auch nicht; du weißt, wer der Täter in dieser Geschichte ist. Freilich sehe ich bei beiden Fällen eine gewisse Ähnlichkeit zwischen Dupins Arbeitsweise und deiner. Ihr seid beide Amateurdetektive, lest über die Fälle in der Zeitung und löst sie, indem ihr der inneren

Logik nachspürt, während die Polizei mit ihren Methoden nicht weiterkommt. Das ist aber auch alles."

„Dann bleibt nur ‚Der entwendete Brief'", sagte Andreas. „Ich bin gespannt wie ein Flitzebogen."

„Setz einmal für die hochgestellte Person, die den kompromittierenden Brief erhält, Elke Simon und für den Brief das Gutachten. Frau Simon hat das Geld von der Versicherung erhalten, das Gutachten kompromittiert sie. Wer ist dann der Minister?"

„Kein anderer als Quast", antwortete Andreas.

„Richtig. Also entwendet Quast das Gutachten. Er hat dadurch Karl Dellwig und Elke Simon in der Hand. Er könnte nicht nur die Manipulation aufdecken, sondern auch die Beziehung zwischen den beiden."

„Wir gehen weiterhin davon aus, dass sie eine Beziehung miteinander haben?", fragte er.

„Ja. Dellwig sucht nach dem Gutachten. Er findet es bei Quast, und er tauscht es gegen ein gleich aussehendes, aber harmloses aus. Der Verunglückte hatte darin nur 0,5 Promille."

Andreas ging ein Licht auf. „Das erklärt, warum das Gutachten zunächst nicht in die Unfallakte gelangt und später auf Dellwigs Schreibtisch wieder auftaucht. Es hat gar nicht die ganze Zeit auf seinem Schreibtisch gelegen."

„Eben. Quast glaubt nun, weiterhin im Besitz des richtigen Gutachtens zu sein", fuhr Petra fort.

„Es ist aber für den Verlauf der Geschichte unerheblich, ob Quast das richtige oder das falsche Gutachten hat", wandte er ein. „Dellwigs Manipulation kommt so oder so an den Tag. Durch Polizeimeister Hermann."

„Ja, das ist noch ein Schwachpunkt unserer Theorie. Aber mal weiter. Die Versicherung erhält den entscheidenden Hinweis. Der Fall Dellwig kommt ins Rollen."

„Wie lässt sich nun aber Quasts Selbstmord erklären?"

„Quast muss wider Willen gegen Dellwig aussagen. Er erfindet die Telefongespräche. In diesem Punkt hat Dellwig recht. "

„Aber warum bringt Quast sich um?" Andreas blieb hartnäckig.

„Dellwig muss irgendetwas gegen ihn in der Hand haben."

„Genau. Es muss so etwas wie eine Pattsituation zwischen Dellwig und Quast geben. Beide können nicht die Wahrheit sagen, weil jeder sich dadurch belasten würde. Quast hält das nicht durch, Dellwig schon. Er ist jünger und hat mehr zu verlieren. Hier kommen die zerrütteten Familienverhältnisse im Hause Quast ins Spiel."

„Mit der Pattsituation hast du etwas Wichtiges gesagt, Andreas. Was kann Dellwig gegen Quast in der Hand haben?"

„Lass uns konsequent in Analogie zu unserem Vorbild Poe denken!"

„Dann muss es doch wichtig sein, dass Quast nur glaubt, er besitze das richtige Gutachten", sagte sie. „Und die Schwachstelle in unserer Analyse wäre beseitigt."

Andreas zog seine Stirn in Falten.

„Es kann nur so weitergehen", sagte sie, „dass Quast das falsche, also das nicht kompromittierende Gutachten an die Versicherung schickt, im Glauben, es sei das richtige."

„Das ist brillant, Petra. Und die Versicherungsangestellte schickt es als für sie wertlos an Dellwig zurück. Der hat jetzt beide Gutachten. Er begreift sofort, dass er nunmehr Quast vorwerfen kann, das Gutachten manipuliert zu haben. Es sind Quasts Fingerabdrücke drauf. Und er kann diese Frau Lenz in den Zeugenstand rufen lassen."

„Und die Pattsituation?"

„Wenn Quast die Beziehung Dellwig–Simon aufdeckt, dreht Dellwig den Spieß um und legt das 0,5-Promille-Gutachten vor. Umgekehrt gilt dasselbe. Ein Waffenstillstand auf dem Hauptkampfplatz, aber Scharmützel in Nebensächlichkeiten, die Quast mit seiner Aussage eröffnet."

„Nebensächlichkeiten? Immerhin hätte Quast dann nach unserer Analyse einen Meineid geschworen."

Andreas nickte. „Davon müssen wir ausgehen. Wahrscheinlich hat er nicht erwartet, vereidigt zu werden. Der Meineid könnte ein weiterer Grund dafür sein, dass er sich umbrachte. Mit ihm auf dem Gewissen war das Leben für ihn noch schwerer zu ertragen."

„Aber warum sagt Dellwig nach Quasts Tod nicht endlich die Wahrheit? Die Pattsituation hat sich doch aufgelöst", wollte Petra wissen.

„Eigentlich nicht. Er müsste doch dann gleichzeitig seine Beziehung zu Elke Simon aufdecken. Außerdem könnte man ihm vorwerfen, an Quasts Tod mitschuldig zu sein, zumindest moralisch."

Andreas und Petra schauten sich ein paar Sekunden lang schweigend an. Dann fielen sie sich in die Arme.

„Wir haben die Lösung!", triumphierte Petra.

Andreas nickte mit geschlossenen Augen. „Ich fühle mich ganz erschöpft." Er drückte seine Schläfe gegen ihr Haar. „Aber auch erleichtert. Irgendwie tut es mir gut, dass nicht Dellwig, sondern Quast der Bösewicht ist."

Eine Weile lagen sie schweigend beisammen. Dann fragte Andreas: „Wo wohnt eigentlich dieser Hartenstein, der Vater von Elke Simon?"

„In Heidelberg, glaube ich. Warum?"

„Lass uns morgen nach Heidelberg fahren."

„Hast du schon wieder eine Intuition?"

„Heidelberg ist ein guter Ort für Liebespaare. Wir schlendern durch die Innenstadt, sitzen in Cafés und schauen uns die Leute an, die vorübergehen."

29

Elke Simon sah nicht wie eine Witwe aus. Zwar trug sie schwarze lange Jeans, aber diese saßen so eng, dass man darunter die Umrisse eines knappen Slips erahnen konnte. Auch ihr weißer Pulli war eine Nummer zu klein, als dass er hätte bequem sitzen können. Ihr langes blondes Haar türmte sich kunstvoll auf und wurde durch einen roten Kamm zusammengehalten. In ihrem Nacken zeigte ein dunklerer Haaransatz, dass die blonde Pracht künstlich war. Eine braune Ledertasche baumelte lebenslustig von ihrer Schulter herab. Elke Simon war eine schlanke, attraktive Frau um die Dreißig, und schien auf dem Weg zu einem Rendezvous, oder doch wenigstens zu einer aufregenden Einkaufstour zu sein.

Sie ging durch die belebte Fußgängerzone, vorbei an Restaurants, in denen sich die Kellner auf die Mittagsgäste vorbereiteten, wechselte mehrfach von der einen Straßenseite auf die andere und verweilte dann schließlich vor einem Schuhgeschäft, um sich die neue Herbstkollektion anzuschauen. Anscheinend gab es im Schaufenster nichts, was ihre Begehrlichkeit weckte, und so ging sie weiter. Einige jüngere Männer schauten sich nach ihr um, doch das schien sie nicht zu interessieren. Sie betrat eine Parfümerie und kehrte nach kurzer Zeit wieder auf die Straße zurück. Sie sah auf ihre Armbanduhr.

Andreas und Petra waren morgens nach Heidelberg gefahren und hatten dort erst einmal in einem Straßencafé gefrühstückt. Der Autoverkehr brauste an ihnen vorbei, doch wurden sie durch die Sonne entschädigt, die Tische und Stühle auf dem schmalen Fußweg erwärmte. Am Nachbartisch saßen Amerikaner und tranken lärmend Sekt, doch auch ihr rüpelhaftes Benehmen beeinträchtigte die gute Stimmung nicht, in der sich beide befanden. Andreas blinzelte in die Sonne und streckte behaglich die Beine aus. Es tat so gut, nichts zu tun und einfach nur die Fußgänger zu betrachten, die vor den Tischen auf die Straße ausweichen mussten.

Später landeten beide in der Hauptstraße, gingen an Rathaus und Kirche vorbei in die Untere Straße, querten die Dreikönigstraße, an deren Ecke sich ein Buchantiquariat befand, und betraten schließlich am Heumarkt ein Café, von dem aus man einen guten Blick auf das Haus werfen konnte, in dem Hartenstein wohnte. So saßen sie vor dem Weißen Schwan und schauten auf den Weißen Bock. Jetzt brauchten nur noch Elke Simon und Karl Dellwig aus der Haustür zu treten, und die Welt wäre in Ordnung gewesen.

Für Andreas und Petra gab es nach dem geistigen Kraftakt vom Abend zuvor noch einiges zu besprechen. So verging die Zeit wie im Fluge. In Hartensteins Haus rührte sich nichts.

Über den Unfalltod Simons war nichts weiter herauszubekommen. Petra hatte den Polizeimeister Hermann ausgefragt, aber Simons Auto war so demoliert gewesen, dass man es gleich zum Schrottplatz transportiert hatte. Die Bremsen hatte niemand kontrolliert, denn da der Polizist den Alkohol aus Simons Mund gerochen hatte, war die Sache für ihn klar gewesen. Das konnte man ihm nicht verübeln.

„Vielleicht hat Simon von dem Verhältnis seiner Frau zu Dellwig gewusst“, sagte Andreas.

Sie waren immer noch überzeugt davon, die Lösung im Fall Dellwig gefunden zu haben. Quast hatte das Gutachten, ohne zu wissen, dass Dellwig es durch ein harmloses ersetzt hatte, an die Versicherung geschickt. Die Aussage der Versicherungsvertreterin in einem Revisionsprozess würde nicht Dellwig, sondern Quast belasten, unter der Voraussetzung, es fänden sich Quasts Fingerabdrücke auf beiden Gutachten. Warum hätte Dellwig der Versicherung im Wissen um das richtige Gutachten ein von ihm selbst manipuliertes Gutachten schikken sollen? Das ergab keinen Sinn. Mit dem Nachweis der zwei Gutachten nahm der Fall eine neue Wendung.

Sie diskutierten eine Weile darüber, ob sie ihr Wissen dem Verteidiger Dellwigs anbieten sollten. Vielleicht würde dieser ihnen dann ebenfalls helfen. Andreas hätte liebend gern Hinweise über die vermutete Beziehung zwischen Dellwig und Simons Witwe erhalten. Es war nicht auszuschließen, dass der Verteidiger solche Hinweise hatte, sie aber im Interesse seines Klienten zurückhielt. Der politische Hintergrund des Falles und das doppelte Gutachten erhärteten ohne Zweifel die Abschusstheorie; den Verteidiger würde das interessieren. Ob man vielleicht einen Deal aushandeln könnte? Schließlich verwarfen Andreas und Petra diese Strategie. Der Verteidiger würde sich darauf nicht einlassen.

Petra blätterte in der Zeitung, die sie sich am Bahnhof geholt hatte. Vermutlich eine Berufskrankheit von ihr. In jeder Stadt, die sie besuchte, musste sie eine Zeitung kaufen, um zu studieren, wie die Kollegen schrieben. Diesmal schien sie aber nichts Interessantes zu finden, bis sie eine weitere Seite umschlug, stutzte, las und schmunzelte. „Soll ich dir dein Horoskop für die kommende Woche vorlesen?“

„Nur, wenn es gut ist“, antwortete Franck.

„Liebe: Bald erleben Sie den lang ersehnten Durchbruch zum Dauerglück. Im Beruf müssen Sie an wichtige Aufgaben herangehen. Eine Vereinbarung nicht voreilig treffen.“

„Jetzt musst du aber auch vorlesen, was bei dir steht.“

„Also gut. Bei mir steht unter Beruf: Formulieren Sie eine Absage mit Fingerspitzengefühl. Allgemein: Eine Aussprache stellt den alten Frieden wieder her.“

Sie legte die Zeitung auf den Tisch. „Das kommt einen Tag zu spät. Und außerdem stimmt das sowieso alles nicht.“

„Und was steht bei Liebe?“, wollte Andreas wissen. „Das hast du mir verschwiegen.“

„Gar nichts“, sagte sie.

„Das kann nicht sein.“ Andreas angelte sich die Zeitung. „Aha. Das magst du wohl nicht vorlesen: Ganz still entwikkelt sich eine fantastische Partnerschaft.“ Er küsste sie auf die Wange.

„Denn man tau, wie man in Bremen sagt. Passt doch gut zusammen.“

„Ich war vor einiger Zeit ein paar Tage in Bremen“, sagte sie. „Der Marktplatz und der Schnoor haben mir gut gefallen. Aber dann entdeckte ich in der Nähe des Bürgerparks ein großes Elefanten-Denkmal, vielleicht zehn Meter hoch. Ich hätte gern gewusst, was das bedeuten soll.“

Bevor Andreas etwas antworten konnte, öffnete sich die Tür von Hartensteins Haus, und Elke Simon trat heraus. Die beiden Amateurdetektive hielten den Atem an. Aber es folgte ihr niemand. Frau Simon schloss die Tür, steckte den Schlüssel in ihre Hosentasche und schaute sich um. Dann ging sie in Richtung Hauptstraße davon.

„Sie ist allein“, sagte Petra enttäuscht. „Sie hat bloß ihren Vater besucht.“

„Komm, wir beschatten sie trotzdem.“

Andreas legte ein Fünfmarkstück auf den Tisch und stand auf. Petra war sogleich an seiner Seite. Die beiden hatten keine Schwierigkeit, Elke Simon zu folgen. Sie sahen aus wie Touristen. Um seinen Hals hing an einem langen Band der Fotoapparat und wippte vor seinem Bauch. Mehr gab es nicht zu tragen, und deshalb konnte er Petras Hand halten.

Elke Simon ließ sich Zeit. Sie begutachtete mehrere Schaufensterauslagen, hielt sich vor der Heiliggeistkirche links, hörte eine Weile den Straßenmusikanten zu und bog dann in die Steingasse ein.

„Sie geht auf die alte Neckarbrücke“, sagte Petra, „ganz wie eine Touristin. Wir verschwenden unsere Zeit.“

„Wir überholen sie, dann kommt sie uns auf der Brücke entgegen. Lass uns noch einen Versuch machen und setz ein verliebtes Lächeln auf“, bat Andreas.

Kaum standen sie auf der Brücke und betrachteten zusammen mit einer japanischen Gruppe das Schloss, tauchte Elke

Simon auf. Als sie keine drei Schritte mehr von den beiden entfernt war, nahm Andreas den Fotoapparat ab.

„Entschuldigung", sagte er, „würden Sie bitte ein Foto von uns machen?"

„Gern."

Elke Simon hatte blaue Augen, eine etwas zu lange Nase und ein kleines Muttermal oberhalb der Lippen. Sie war braun gebrannt und dezent geschminkt.

„Nur auf diesen Knopf drücken", erklärte Andreas und trat mit Petra in die Ausbuchtung. „Vielleicht mit dem Schloss im Hintergrund."

Sie tat wie geheißen, gab ihm den Apparat mit einem charmanten Lächeln zurück und wollte sich schon abwenden, da sagte Andreas: „Vielen Dank, Frau Simon."

Sie hielt abrupt inne. „Woher kennen Sie denn meinen Namen?"

„Wir haben Sie in Darmstadt im Gerichtssaal gesehen."

„Und heute treffen Sie mich ganz zufällig wieder? Das glaube, wer will." Doch sie ging nicht weiter, sondern blieb stehen.

„Wir haben eine interessante Information für Sie", fuhr Andreas fort. „Es gibt zwei Gutachten. Dadurch bekommt der Fall Dellwig eine neue Wendung."

„Ich weiß nicht, warum mich das interessieren soll", entgegnete sie wegwerfend. „Wer sind Sie überhaupt?"

„Wir sind von der Presse", fiel Petra ein. „Petra Giseke ist mein Name. Darf ich Ihnen meine Karte geben?"

„Warum sollte ich Kontakt zu Ihnen aufnehmen? Ich habe schon viel zu lange mit Ihnen geredet."

Dann nahm sie die Karte aber doch und verschwand in Richtung Altstadt.

Petra und Andreas sahen sich an.

„Auf in das nächste Gasthaus", sagte sie schließlich. „Ich muss mich erst einmal setzen. Wenn ich einen Hut aufhätte, würde ich ihn jetzt vor dir ziehen."

„Du hast auch ganz gut geschaltet", antwortete er.

Später, im italienischen Restaurant an der Heiliggeistkirche, bei Tagliatelle mit Pfifferlingen und Frascati, stimmten sie darin überein, einen wichtigen Schritt vorwärts getan zu haben. Frau Simon hatte in den wenigen Minuten des Gesprächs gleich drei

Fehler gemacht. Erstens hätte sie sofort gehen müssen. Nachdem sie aber stehen geblieben war, hätte sie sich nach dem zweiten Gutachten erkundigen müssen. Sie schien von dieser Nachricht nicht sonderlich überrascht gewesen zu sein. Und sie hätte Petras Karte nicht annehmen dürfen.

Andreas erhob sein Glas. Der Wein hatte die Farbe von Mineralwasser.

„Vor allem, dass sie deine Karte hat, finde ich ganz toll. Wenn unser Verdacht stimmt, beginnt es jetzt in ihr zu rumoren. Sie erzählt Dellwig von unserer Entdeckung. Der muss sich überlegen, ob er dich anruft, um herauszubekommen, wie viel wir wissen. Wenn er anruft, ist das ein Eingeständnis seiner Beziehung zu Elke Simon."

Es gelang ihm schon ganz gut, die Tagliatelle mit der Gabel am Tellerrand aufzudrehen. Die Pfifferlinge schienen in einer mit Weißwein verdünnten Sahnesoße geköchelt zu haben. Es gab nur eine Spur von Knoblauch im Gericht, sodass der frische Pilzgeruch dominant bleiben konnte. Andreas verzichtete auf den Parmesan.

„Gefällt sie dir?", fragte Petra. „Du bist ja ganz schön frech auf sie zugegangen."

„Na ja, mein Typ ist sie nicht. Ganz abgesehen davon, dass rot lackierte Fingernägel ein Scheidungsgrund für mich wären. Aber man kann Dellwig ganz gut verstehen. Sie ist wohl viel jünger als seine Frau."

Petra schaute auf ihre Nägel. „Was missfällt dir sonst noch an Frauen?"

„Strumpfhosen", sagte er spontan.

„Dann weiß ich ja Bescheid", lachte sie.

30

Vor ihnen marschierte die Japanese Attac Group auf; die Frauen mit Sonnenschirmen und Sonnenhüten, die Männer unentwegt fotografierend. Zwölf Personen im Gänsemarsch.

„Was machen wir jetzt?“, fragte Petra, als der Espresso kam.

„Spazieren gehen, schlage ich vor. An der Ecke zur Dreikönigstraße gibt es ein Antiquariat. Vielleicht hat es noch geöffnet. Und dann soll hier in der Nähe das Geburtshaus von Friedrich Ebert stehen.“

„Oh, der Historiker meldet sich wieder zu Wort. Ich würde gern auf halber Höhe über der Stadt promenieren und die Aussicht genießen.“

„Können wir das nachher machen?“

Sie nickte.

Im Schaufenster des Antiquariats entdeckte Andreas ein Taschenbuch, das er vor Jahren veröffentlicht hatte, das aber inzwischen vergriffen war. Da das Geschäft schon geschlossen hatte, nahm er sich vor, es telefonisch zu bestellen. Es würde ein hübsches Geschenk sein.

Die Dreikönigstraße war eine schmale Gasse, die in ihrem oberen Teil auf beiden Seiten mit mehrstöckigen Häusern bebaut worden war, sodass kaum Sonnenlicht hineinfiel. Das mochte früher ein sinnvoller Schutz gegen die Hitze gewesen sein. Jetzt gehörte die Straße nicht zu den bevorzugten Wohnlagen. Im Vorübergehen sah Andreas, dass an den Haustüren viele Namen standen, die zum Teil mit der Hand geschrieben waren.

Typisch für Wohngemeinschaften, dachte er. Vor der Nummer 26 blieb er plötzlich stehen.

„Schau mal, Petra, wer hier wohnt!“

Sie blickte auf das Namensschild, dann Andreas in die Augen und schüttelte den Kopf. „Das hätte ich mir denken können“, sagte sie. „Nun drück schon auf die Klingel; ich bin ja bei dir.“

Das Haus hatte eine Sprechanlage. Nachdem Andreas geklingelt hatte, meldete sich eine Stimme. „Ja, bitte?“

„Wir möchten zu Karl Grumkow. Dr. Franck von der Uni Stuttgart.“

Ohne Weiteres ertönte ein Summton, und Andreas drückte die Tür auf.

„Komm, Petra, heute ist mein Glückstag."

Gemeinsam stiegen sie eine dunkle Holztreppe mit ausgetretenen Stufen hinauf und kamen etwas außer Atem im vierten Stock an. In der geöffneten Tür stand ein etwa 1,80 Meter großer junger Mann in Jeans und verwaschenem roten T-Shirt. Andreas stellte sich und Petra vor.

„Irgendwann mussten Sie ja kommen", sagte Karl Grumkow zu Andreas. Er ging vor den beiden einen fensterlosen Flur entlang und öffnete dann eine Tür. Sie betraten ein Zimmer, das mit Regalen vollgestellt war, die unter der Last der Bücher schier zusammenbrachen. Auch auf dem runden Holztisch und dem Boden stapelten sich Bücher, aus einer Bibliothek ausgeliehen. Vor dem gegenüberliegenden Fenster stand ein mit Manuskripten überhäufter Tisch und auf ihm erblickte Andreas eine elektrische Schreibmaschine.

Grumkow war seinem Blick gefolgt und sagte: „Ich schreibe zurzeit an meiner Examensarbeit."

Ohne Hast nahm er die Bücher von den Stühlen, legte sie zu den anderen auf den Boden und schaltete ein Radio ab, aus dem Reggaemusik erklang.

Nachdem sie um den runden Tisch herum Platz genommen hatten, sagte Andreas etwas förmlich: „Es tut mir leid, dass Ihre Schwester den Tod gefunden hat."

Grumkow nickte schweigend.

„Ich will die Klausursache nicht an die große Glocke hängen. Meinetwegen braucht in Heidelberg niemand davon zu erfahren. Ich möchte nur herausbekommen, wie es wirklich gewesen ist. Das ist für mich wichtig."

Grumkow schwieg noch immer. Schließlich sagte er: „Nachdem Cornelia tot ist, bin ich bereit, alles zu sagen, was ich weiß. Mit der Stuttgarter Polizei habe ich auch schon gesprochen."

„Sie haben mir also die Aktentasche in dem Restaurant entwendet und die Klausur ausgetauscht?"

„Es war ihre Idee", sagte er leise. „Sie konnte ja noch nicht einmal gut Französisch übersetzen. Wir hatten ursprünglich nur abgemacht, dass ich Ihnen folge und auf eine günstige

Situation warte. Mich kannten Sie ja nicht. Sie haben es mir ziemlich leicht gemacht."

Andreas schluckte.

„Sie haben die Ersatzklausur entworfen, und Ihre Schwester schrieb den Text dann ab?"

Grumkow nickte wieder.

„Sie brachte die Aktentasche in das Restaurant zurück. Zuvor haben wir den Inhalt gründlich durchgeschüttelt, damit es nach Diebstahl aussah."

Andreas holte tief Luft. Petra schlug die Beine übereinander und blickte zu Andreas hinüber. Jetzt würde der wichtigste Teil kommen.

„Ich kann Ihnen leider nichts zum Trinken anbieten", sagte Grumkow.

„Das macht nichts. Sie haben in der Aktentasche auch den Zentralschlüssel für das Institut gefunden, auf der IBM die beiden Drohbriefe geschrieben und sie in gebührendem Abstand an mich abgeschickt?"

Grumkow schüttelte den Kopf. „Das ist nicht wahr. Diesen Sachverhalt haben Sie auch schon meiner Schwester unterstellt. Sie hat mir von Ihrem Telefonanruf berichtet. Aber so war es nicht."

„Wie war es dann?" Andreas schaute sein Gegenüber gespannt an.

„Ich weiß es nicht. Ich kann Ihnen lediglich versichern, dass wir nur diese einzige Klausur verbessern wollten. Erpressung war von unserer Seite her nicht mit im Spiel."

„Das soll ich Ihnen glauben?"

Grumkow zuckte die Schultern.

„Cornelia hatte einen Verdacht. Jemand anders ist bei uns aufgesprungen und benutzte uns für seine Zwecke. Dadurch wurde die Sache eine Nummer zu groß, und meine Schwester hat das nicht verkraftet. Dann kam auch noch eine unglückliche Liebesgeschichte hinzu, bei der sie anscheinend auch bloß ausgenutzt wurde. Sie war tagelang nicht mehr ansprechbar. Beides muss sich in ihrem Innern miteinander verbunden haben und sie kam zu dem Schluss, dass jeder sie immer nur missbrauchen würde. Sie war ziemlich zart besaitet, meine kleine Schwester Conny. Jetzt ist sie tot."

Ein paar quälende Sekunden lang blieb es still im Raum. Karl Grumkow starrte vor sich hin. „Ich hätte mich auf den Klausurentausch nicht einlassen sollen“, sagte er dann.

„Es ist nun mal geschehen. Aber wer ist bei Ihnen aufgesprungen? Wer ist der Erpresser? Hat Ihre Schwester keinen Namen genannt?“

„Nein. Das wusste sie wohl auch nicht. Das können nur Sie herausbekommen.“

Andreas sah Petra an. Sein Blick war wie eine Aufforderung an sie, sich zu äußern.

„Ich glaube ihm, Andreas“, sagte sie. „Es ist besser, wenn wir jetzt gehen. Herr Grumkow hat zu arbeiten.“

„Ich weiß nicht, ob ich heute noch viel vorankomme.“

„Wenn es Ihnen hilft, den Namen der Person zu erfahren, die hinter dem Erpressungsversuch steckt, dann werden wir Sie informieren. Wir lösen den Fall, da bin ich sicher“, sagte Petra und stand auf.

Auch Andreas erhob sich.

„Ja, ich glaube, dass mir das helfen würde. Diese Person ist eigentlich für den Tod Cornelias verantwortlich. Es hat mir schon gutgetan, mit Ihnen zu reden. Sie sind sehr freundlich.“

Petra gab ihm die Hand. „Ich wünsche Ihnen alles Gute, Herr Grumkow.“

„Vielen Dank, Herr Grumkow“, sagte Andreas und reichte ihm ebenfalls die Hand. „Das Gespräch mit Ihnen hat auch mir geholfen. Wenn Sie mal einen wissenschaftlichen Rat brauchen, dann kommen Sie nur.“

Später saßen sie auf einer Parkbank oberhalb der Stadt und blickten auf den Neckar. Während des Aufstiegs hatten sie wenig miteinander gesprochen. Andreas hing seinen Gedanken nach, und Petra ließ ihn in Ruhe. Nach einer Weile fragte sie ihn, wie er sich fühle.

„Besser“, antwortete er. „Das Gespräch mit Grumkow hat mir wirklich geholfen. Ich fühle mich freier.“

„Der arme junge Mann. Ich glaube, es geht ihm schlecht. Wie er in solch einer Verfassung seine Examensarbeit schreiben soll …“ Sie beendete ihren Satz nicht.

„Du bist sehr mitfühlend gewesen“, sagte Andreas.

„Ich finde es gut, dass du ihn nicht anzeigen willst.“

Sie schwiegen wieder. Schließlich meinte er: „Warum bist du so sicher, dass wir den Erpresser bald finden?“

„Wir sind kurz davor, Andreas.“

„In meinem Kopf ist nur Nebel.“

„Denk doch einmal nach. Es kann gar nicht so viele geben, die die Möglichkeit dazu hatten. Außerdem identifizierst du dich so gern mit Dellwig. Heute hast du schon angefangen, Parallelen zwischen Elke Simon und mir zu ziehen. Gott sei Dank habe ich keine roten Fingernägel.“ Bevor Andreas protestieren konnte, sagte sie: „Lassen wir das. Schließlich habe ich ja gut dabei abgeschnitten. Viel wichtiger ist herauszubekommen, wer der Quast in deinem Leben ist.“

„Ich weiß nicht, wie du das meinst.“

„Vergiss doch einmal, dass du von deinem Chef abhängig bist. Gibt es wirklich niemanden, der auf deinen Posten scharf ist? Der dich fertigmachen will?“

Andreas schaute Petra an. Dann schlug er sich mit der Hand vor die Stirn. „Was bin ich doch für ein Vollidiot! Ich habe ihn ins Vertrauen gezogen. Ich habe ihn überhaupt erst auf Cornelia Grumkow aufmerksam gemacht. Und er hat die Aufsicht geführt. Wie konnte ich bloß so naiv sein! Franz Heilmann heißt die Canaille!“

„Vorsicht, Andreas. Keine voreiligen Schlüsse. Wie soll er das denn gemacht haben?“

Doch Andreas ließ sich nicht bremsen. Er sprang auf und lief vor der Bank hin und her. „Natürlich. In zwei Jahren läuft seine Stelle aus! Wenn er mich aber ins Gefängnis bringt oder doch erheblich diskreditiert, sodass ich meinen Hut nehmen muss, dann kann er mein Nachfolger werden! Er hat die Briefe geschrieben; im Sekretariat auf der IBM. Er hat mich beim Ministerium angezeigt. Er hat den Detektiv engagiert. Dieses Schwein! Er war kurz davor, sein Ziel zu erreichen.“

Er setzte sich wieder, schloss die Augen und fiel mit dem Kopf vornüber.

„Beruhige dich, Andreas. Und erklär mir, wie er das bewerkstelligt hat.“

Er öffnete die Augen und schaute Petra an.

„Wie er das gemacht hat? Ganz einfach. Er hat die Aufsicht geführt, die Klausuren am Schluss eingesammelt und die Arbeit von Frau Grumkow kopiert. Als ich ihn dann auf den Widerspruch in den Prüfungsleistungen der Grumkow hinwies, ging ihm auf, dass er mich in Schwierigkeiten bringen konnte. Und er hat es schnurstracks getan. Er hat dem zweiten Brief die Kopie der ersten Klausurseite beigelegt. Ich könnte ihn umbringen!“

„Das wirst du nicht tun. Wenn es sich tatsächlich so abgespielt hat, wie du sagst, dann muss er ja im Voraus gewusst haben, dass die Grumkows die Klausur austauschen würden. Und das könnte er nur von ihnen selbst erfahren haben. Also hat Karl Grumkow soeben gelogen.“

Andreas starrte Petra an. „Moment mal. Was hast du gesagt? Lass mich nachdenken. Wenn die Aussage von Karl Grumkow stimmt, dass Heilmann im Nachhinein aufgesprungen ist, dann kann er eigentlich nicht im Voraus die Klausur kopiert haben. Hat er die Klausur nicht kopiert, dann kann er nicht den zweiten Brief geschrieben haben, denn ihm lag eine Kopie bei. Viel einfacher ist es, anzunehmen, dass die beiden Grumkows und Heilmann von Anfang an zusammengearbeitet haben. Aber dann gibt es keinen richtigen Grund für den Selbstmord von Cornelia Grumkow. Und ihr Bruder lügt. Oh, wie ist das kompliziert!“

„Lass es für heute gut sein, Andreas. Wir haben immerhin herausbekommen, dass dieser Heilmann vermutlich hinter allem steckt. Die Einzelheiten setzen wir auch noch zusammen. Hast du erwartet, dass der heutige Tag so erfolgreich sein würde?“

„Nein. Vor allem nicht, dass er so anstrengend sein würde. Und wir waren noch nicht einmal in Eberts Geburtshaus.“

„Wolltest du da überhaupt hin?“

„Aber ja doch. Schließlich hat er seine politische Karriere in Bremen begonnen.“

31

„Der klassische Krimi, stark geprägt von Conan Doyle, spiegelte die Welt der britischen Mittel- und Oberschichten wider. Das britische Empire stand auf dem Höhepunkt seiner Macht; die Welt schien von dort her leicht überschaubar zu sein, und die Rollen waren eindeutig verteilt: Auf der einen Seite stand der ruchlose Verbrecher, auf der anderen Seite der edle Detektiv.

Dann brach in New York die Weltwirtschaftskrise aus, und in demselben Jahr 1929 veröffentlichte Dashiell Hammett den ersten seiner berühmt gewordenen Kriminalromane aus dem Großstadtmilieu. In ihnen ging auch die bequeme Schwarz-Weiß-Zeichnung zu Ende. Niemand hatte mehr eine weiße Weste, auch der Detektiv Sam Spade nicht.

Aufgescheucht von diesem Verfall aller Werte, versuchte Hammetts Nachfolger Raymond Chandler, die Welt wieder zurechtzurücken. Im Jahre 1949 schrieb Chandler ‚Beiläufige Anmerkungen zum Kriminalroman'. Es wurden zehn Gebote und sechs Nachträge. Das wichtigste Gebot lautete: Der Leser darf mit einer stillschweigenden Garantie rechnen, dass der Detektiv ein ehrlicher Mann ist. Der wichtigste Nachtrag besagte, dass Liebesgeschichten für den Kriminalroman eine Schwächung bedeuten, weil sie den Detektiv von der Lösung des Falls ablenken. Im Unterschied zu Sam Spade war Chandlers Privatdetektiv Philip Marlowe nichts anderes als ein aufrechter Kämpfer für die Gerechtigkeit."

Franck schob sein Manuskript zur Seite. Er wusste, dass es noch knapp zwanzig Jahre gedauert hatte, dann war die wiederhergestellte heile Welt vollends zusammengebrochen. 1965 begann das schwedische Autorenpaar Maj Sjöwall und Per Wahlöö mit einer Serie von zehn Polizeiromanen um Kommissar Martin Beck. Zum ersten Mal in der Geschichte des Kriminalromans durfte sich der Serienheld weiterentwickeln. Martin Beck lebte, litt und liebte, ohne sich an die zehn Gebote Chandlers zu halten.

Seitdem kann es sich kein Kriminalschriftsteller mehr leisten, seinen Serienhelden ohne eine eigene Geschichte auszustatten. Aber dass ein Detektiv nur aufgrund seiner eigenen Lebensgeschichte den Fall lösen kann, das hatte es bislang noch nicht gegeben.

Warum nur verbanden sich der Fall Franck und der Fall Dellwig miteinander? Und warum zogen diese Selbstmordgeschichten Franck so an? Also gut, er hatte das Leben in diesen toten Beziehungen sattgehabt und einen neuen Anfang gesucht. Dann wurde er auf den Fall Dellwig aufmerksam. Zu diesem Zeitpunkt gab es erst einen Unfalltoten. Den Unfall Simons hatte er zuerst schriftstellerisch nachempfunden. Wenn er ganz ehrlich zu sich selbst sein wollte, dann musste er sagen: Das hätte ihm damals auch passieren können. Einfach geradeaus weiterrasen, die Böschung hinunter. Die Entscheidung einer Zehntelsekunde. Die Hände vom Steuerrad nehmen und die Augen schließen.

Good bye, cruel world, I'm leaving you today.

Dann hatte er Petra angerufen, sich die Aktentasche mit den Klausuren klauen lassen, und der Fall nahm seinen Lauf. Blieb noch die Frage, warum er den Fall Dellwig nicht losgelassen hatte, nachdem Petra und er zusammen waren. Vielleicht hatte auch er Angst, dass es mit ihnen nach dem Abschluss des Falls nicht weitergehen würde. Er musste mit Petra darüber reden. Sie brauchten eigentlich noch einmal einen Anfang; einen, der frei von diesen kriminalistischen Verstrickungen war.

Hatte sie das gemeint, als sie sagte, der Fall Dellwig müsse so schnell wie möglich abgeschlossen werden? Aber warum der Fall Dellwig? Erst einmal ging es darum, den Fall Heilmann zu beenden. Heilmann hatte die Erpresserbriefe geschrieben, da war er sich sicher. Obwohl er Petra zustimmen musste: Es war nicht klar, wie Heilmann an die Kopie der Klausur herangekommen war, falls er erst im Nachhinein von dem Betrug erfahren hatte.

Ob er Heilmann anzeigen sollte? Zu Chandlers zehn Geboten gehörte auch, dass in dem Kriminalroman der Verbrecher auf irgendeine Weise bestraft werden musste. Aber im Leben ging es anders zu als im Krimi. Viele Verbrecher liefen weiterhin unbestraft herum.

Franck fing schon an, die verschiedenen Ebenen, die Wirklichkeit und ihre Darstellung, miteinander zu verwechseln. Das war ihm neulich schon einmal passiert, als er einer Person begegnete, die er für seinen Krimi erfunden hatte. Vielleicht sollte er die Geschichte, wie er Heilmann beweisen konnte, dass er der Erpresser war, erst einmal schreiben. Dann würde es sich in der Realität vielleicht auch so zutragen.

Franck hatte einmal mit der Behauptung große Verwirrung gestiftet, dass sich der Mercedesstern auf dem Stuttgarter Hauptbahnhof genau so drehen würde, wie der Betrachter es wollte. Man müsse lediglich, so sagte er, in dem Augenblick, in dem der Stern nur noch ein Strich war, beschließen, in welche Richtung er sich nun drehen solle. Das Bewusstsein bestimmt das Sein. Karl Reichberg war daraufhin kurz davor gewesen, seine Freundschaft mit Franck zu kündigen.

Er konnte Heilmann nicht anzeigen, ohne dass bekannt werden würde, wie unvorsichtig er, Franck, mit den Klausuren umgegangen war. Dass er sie in einem Selbstbedienungsrestaurant unbeaufsichtigt hatte liegen lassen. Heilmann wusste das. Der würde sich nicht umbringen.

Heilmann würde mit seinen Intrigen fortfahren und straffrei davonkommen, obwohl er Cornelia Grumkow auf dem Gewissen hatte. Einen kleinen Betrug zur Aufbesserung ihrer Klausurnote, den hätte sie gut verkraftet. Auch Francks telefonische Anschuldigung warf sie nicht um. Er brauchte sich da keine Gedanken mehr zu machen. Gut, durch seinen Anruf war ihr aufgegangen, dass ihnen die Sache aus dem Ruder lief. Aber das hätte sie früher oder später sowieso erfahren. Seine Schuldgefühle waren fehl am Platz gewesen. Wenn Kathrin oder Steffi vom Dach heruntergesprungen wären, dann ja. Aber so …

Er würde nie mit jemandem am Abgrund stehen, sondern immer einige Schritte zurückbleiben. Früher hatte er gedacht, er hätte Angst, herunterzufallen. Aber es war anders. Er hatte Angst, jemanden herunterzustoßen. Aus dem Fenster, vom Balkon, vom Dach, vom Gipfelkreuz. Er wusste nicht, warum das so war. Aber es bedeutete schon eine ganze Menge, sich seines eigenen kriminellen Potenzials bewusst zu werden.

In der Nacht träumte er wieder, dass er zu spät zum Bahnhof kommen und den Zug nicht mehr erreichen würde. Noch auf dem Weg zur Uni hatte er schlechte Laune.

Wenn man die äußere Tür zum Historischen Institut öffnete, stieß man auf einen schmalen Gang, von dem aus es in die einzelnen Zimmer ging. Genau gegenüber, sodass man fast hineinstolperte, wenn Frau Kaiser anwesend war, befand sich das Sekretariat. Es war der kleinste Raum, und so machte es Sinn, die Tür stets offen zu lassen, damit sich wenigstens zwei Personen dort aufhalten konnten. Rechter Hand führte die schalldichte Tür ins Chefzimmer, linker Hand folgten Francks Zimmer, dann der stets hoffnungslos überbelegte Raum der Hilfskräfte, und am Ende des Gangs stand man vor der Tür zu Heilmanns Zimmer.

Mit dem Zentralschlüssel, den Franck in seiner Aktentasche verwahrte, konnte er mit Ausnahme des Chefzimmers alle Räume öffnen. Und so stand Franck zwar nicht zum ersten Mal überhaupt, aber doch zum ersten Mal heimlich in Heilmanns Dienstzimmer. Es war nicht größer als sein eigenes und bot dieselbe Aussicht auf das gegenüberliegende Hochhaus.

In einem Fenster des siebten Stocks hing seit Tagen ein wenig kollegiales Plakat, auf dem in großen Druckbuchstaben stand: Rettet euch doch selber. Natürlich war das auf den Kampf gegen die Stellenstreichungen in den Geisteswissenschaften gemünzt, die das Ministerium wie üblich in der vorlesungsfreien Zeit verkündet hatte. In diesen Monaten brauchte es keine Demonstrationen zu befürchten. Die Uni Stuttgart war Ende der Sechzigerjahre als Antwort auf die deutsche Bildungskatastrophe ausgebaut worden. Die ursprüngliche Technische Hochschule wurde damals durch einige geisteswissenschaftliche Fächer erweitert und nahm den neuen Namen Universität an. Jetzt, da die Zeit der rebellierenden Studenten vorüber war, versuchte das Ministerium, den Ausbau in Zusammenarbeit mit den ingenieurwissenschaftlichen Fakultäten wieder rückgängig zu machen.

Rettet euch doch selber: Franck hatte diese Aufforderung auf sich selbst bezogen. Der Zeitpunkt schien günstig zu sein. Es war acht Uhr morgens, gegen neun Uhr kam Frau Kaiser, und dann begann das Institut zu leben. Natürlich hätte Franck auch bis zum Abend warten können; in der Nacht wäre er ganz allein gewesen. Aber dazu war er doch zu ungeduldig.

Heilmanns Schreibtisch stand genau andersherum als der von Franck, sodass er mit dem Fenster im Rücken auf die Tür schauen konnte.

Im Übrigen gab es einige Regale mit Büchern, die noch signiert werden mussten, und Büchern, die wohl Heilmann selbst gehörten. Ein Büroschrank und ein kleiner Besprechungstisch mit zwei Sesseln ergänzten die Einrichtung. Im Großen und Ganzen sah alles um zehn Jahre moderner aus als bei Franck.

Er setzte sich auf den bequemen Sessel hinter den Schreibtisch und drehte sich ein wenig hin und her. Wie würden Lennart Kollberg und Gunvald Larsson das Zimmer durchsuchen, wenn sie nicht einmal wussten, worauf sie achten sollten? Er hob die Schreibtischunterlage hoch, fand aber nichts darunter. Schade. Per Mansson, ein Kommissar aus Malmö, der Zahnstocher mit Pfefferminzgeschmack kaute, hatte hier einmal einen wichtigen Hinweis gefunden.

Franck betrachtete das Porträt einer lachenden pausbäckigen Frau, die zwei kleine Kinder im Arm hielt. Das Foto stand gerahmt neben dem Telefon auf dem Schreibtisch. Es schien im Sommer aufgenommen worden zu sein, denn die Kinder waren leicht bekleidet, und ein blauer, wolkenloser Himmel bildete den Hintergrund dieser Familienidylle.

Franck zog an den Griffen der Schreibtischschubladen, doch die waren verschlossen. Er stand auf und öffnete die rechte Tür des Büroschranks. Es war der Garderobenteil, doch Kleidungsstücke enthielt er keine. Auf dem Boden stand eine halb geleerte Flasche Cognac der Marke Napoleon. Der linke Schrankteil war mit Aktenordnern vollgestopft. Heilmann hatte alles Mögliche aufbewahrt: natürlich seine dienstliche Korrespondenz, die Protokolle der verschiedenen Universitätsgremien, in denen er Mitglied war, die Prüfungsordnungen sowie die Themen der Staatsexamens- und Magisterprüfungen aus den letzten Jahren. Franck nahm einen Ordner mit den Prüfungsthemen heraus. Es handelte sich selbstverständlich nur um die Aufgabenblätter.

Er verließ Heilmanns Zimmer und ging den Flur entlang zum Sekretariat, öffnete die Tür und stand in zwei Schritten am Schreibtisch. Die rechte obere Schublade war nicht abgeschlossen; er öffnete sie und starrte auf einen Haufen kleiner und großer Schlüssel. Das hatte er sich gleich gedacht. Wenn sein Ersatzschlüssel im Sekretariat deponiert worden war, warum nicht auch der Heilmanns? Eigentlich gab es ja im Institut nichts zu verheimlichen.

Franck nahm den Schlüsselbund und kehrte in Heilmanns Zimmer zurück. Er schaute auf seine Armbanduhr; es war halb neun. Beim siebten Versuch reagierte der Mechanismus und die Schubladen ließen sich öffnen.

In der obersten befanden sich Materialien zu verschiedenen Lehrveranstaltungen. Die mittlere enthielt Briefpapier und Heilmanns Terminkalender der vergangenen zwei Jahre. Er zog den Kalender von 1979 hervor und blätterte in ihm herum. Auf Anhieb fand sich nichts Auffälliges. Sorgfältig legte er den Kalender an seinen Platz zurück und öffnete die unterste Schublade.

Da lagen sie. Franck sah sofort, dass es Kopien der Klausurarbeiten waren. Er holte den Stapel hervor und zählte ihn durch. Heilmann hatte alle zehn Klausuren kopiert. Ganz unten lag die Arbeit von Cornelia Grumkow. Franck schloss den Schreibtisch, stand auf und verließ das Zimmer. Plötzlich hatte er es eilig. Es war kurz vor neun. Rasch ging er ins Sekretariat, legte den Schlüsselbund in den Schreibtisch der Sekretärin, verschloss auch diesen Raum wieder und nahm seinen eigenen Arbeitsplatz ein. Es konnte keinen Zweifel geben: Heilmann hatte zur Sicherheit alle Klausuren kopiert und dadurch die Möglichkeit erhalten, im Nachhinein aus dem Täuschungsversuch der Grumkows eine Erpressung zu machen.

Franck rief Petra an, um ihr seine Entdeckung mitzuteilen.

„Ich habe auch eine Neuigkeit“, sagte sie, nachdem er ihr alles berichtet hatte. „Wir bekommen Besuch. Leider nicht Dellwig. Aber Hartenstein will mit uns sprechen. Ich habe ihn für Mittwochabend nach Darmstadt eingeladen. Er hat ohne Weiteres zugesagt. Scheint sich mächtig dafür zu interessieren, wie viel wir wissen.“

32

Franck hatte beschlossen, den Fall Dellwig so schnell wie möglich zu beenden, und dafür einen Plan entwickelt. Erstens wollte er sich einige Tage Urlaub genehmigen. Zweitens brauchte er ein Auto. So besuchte er am Dienstagnachmittag seinen Sohn, half ihm bei den Hausaufgaben, diskutierte mit ihm über den VfB und ertrug die gespannte Atmosphäre im Haus. Am Abend fuhr er mit dem R 16 nach Stuttgart zurück.

Am Mittwoch startete er schon im Morgengrauen. Der Verkehr war noch nicht dicht, und so kam er zügig voran. Hinter Heilbronn verließ er die Autobahn und folgte eine halbe Stunde lang dem Neckar. Wie immer war er auch heute wieder fasziniert von der Silhouette der Stauferstadt Wimpfen. Er fuhr an Kleinstädten vorüber, deren männliche Bewohner schon längst in den Fabriken arbeiteten und deren Frauen sich darauf vorbereiteten, ihre Kinder in die Schule zu schicken. Dann nahm er Abschied vom Neckar und fuhr Richtung Norden. Als er die Abzweigung nach Bernstadt erreichte, bog er rechts in die Kreisstraße ein und fuhr bis zur nächsten Ortschaft. Er parkte das Auto in der Nähe der Kirche und machte sich auf den Weg zum Dorfplatz.

Die Händler hatten schon ihre Stände aufgebaut und warteten darauf, ihr Gemüse und ihr Obst zu verkaufen. Franck schlenderte über den Platz. An den Schildern war zu erkennen, dass die meisten Händler aus der näheren Umgebung kamen. Der Jahreszeit entsprechend dominierten unter den Früchten die Zwetschgen und Blaubeeren. Es gab zwar auch noch Trauben, aber die stammten aus Italien. Die verschiedenen Salate waren mit Wasser besprengt worden und machten deshalb einen besonders frischen Eindruck. An einem Stand wurden sogar Steinpilze angeboten. Auch die SPD-Genossen waren vertreten und hatten auf einem Tisch Informationsmaterial ausgebreitet. Die Bundestagswahlen rückten immer näher.

Wie erhofft, fand Franck eine Bäckerei, in der er an einem Tisch Kaffee trinken und auf das allmählich bunter werdende Treiben schauen konnte. Es war ein Leichtes gewesen, herauszubekommen, an welchem Tag in diesem Dorf der Wochenmarkt abgehalten wurde. Die Telefonistin in der Ortschaftsverwaltung hatte eine solche Frage zwar nicht erwartet, aber dennoch bereitwillig Auskunft gegeben.

Ewig konnte er in der Bäckerei allerdings nicht herumstehen und so unternahm er noch einen Rundgang über den Markt.

Schließlich sah er sie, und ein Gefühl der Genugtuung erfüllte ihn. Wenn jetzt noch seine Annahmen stimmten, dann würde es klappen.

Elke Simon trug eine braune Kordhose, ein sandfarbenes T-Shirt und eine knapp sitzende Velours-Jacke von schmuddeligbrauner Farbe. Ihr Korb füllte sich langsam, während sie an den Ständen Gemüse und Salat einkaufte. Sie schien sehr wählerisch zu sein, denn sie besorgte sich nicht alles, was sie brauchte, von einem Händler.

Franck ging, eine Hand in der Hosentasche, auf den Stand zu, an dem sie gerade zwei Kartons Eier erworben hatte. Fünf Schritte hinter ihr blieb er stehen und blinzelte in die Sonne. Frau Simon legte ihre Geldbörse in den Korb und drehte sich um. Sie erkannte ihn sofort.

„Herrjeh, der Pressemann! Sind Sie hinter mir her?“

„Ja“, sagte Franck. „Ich möchte mit Ihnen sprechen.“

„Woher wissen Sie denn, dass ich das auch will?“, erwiderte sie.

„Ich nehme an, dass Sie an einer guten Presse interessiert sind. Wenn Sie nicht wollen, sagen Sie es einfach, und ich verschwinde.“

Sie blickte ihn von oben bis unten an. „Gehen Sie bei den Frauen immer so forsch vor?“

„Nur, wenn ich persönlich nichts von ihnen will. Sonst bin ich eher schüchtern.“

„Sie sind ein merkwürdiger Mann. Also gut, wenn Sie schon da sind, dann können Sie auch meinen Korb zum Auto tragen.“

Das wäre geschafft, dachte er. Die größte Hürde hatte am Anfang gestanden. Jetzt würde es leichter gehen.

„Wie heißen Sie eigentlich?“, fragte sie.

„Franck.“

Sie warf ihm einen fragenden Blick zu.

„Mit ck“, ergänzte er. „Franck ist mein Nachname. Und ich

bin kein Pressemann, sondern sozusagen nur der Mann der Pressefrau. Ich bin Dozent für neuere Geschichte an der TH Stuttgart."

„Und warum schnüffeln Sie dann hier herum?"

„Das ist eine gute Frage", antwortete Franck. „Inzwischen weiß ich es selbst nicht mehr. Ich habe mir in den Kopf gesetzt, den Fall Dellwig zu lösen. Mit meinen Methoden."

„Der Fall Dellwig ist abgeschlossen", sagte sie und blieb vor einem grauen VW stehen. Sie nahm ihm den Korb ab, stellte ihn auf den Rücksitz und setzte sich ans Steuer.

„Vielleicht für die Gerichte. Mich interessiert die Frage, warum Dellwig Ihnen das Versicherungsgeld zuschanzen wollte. Immerhin wird gegen Sie und Ihren Vater auch noch wegen Versicherungsbetrug ermittelt."

„Nun steigen Sie schon ein", fuhr sie ihn an. „Sonst steht morgen in der Zeitung, dass ich einen neuen Freund habe. Das Dorf ist klein."

Franck ging um den VW herum und ließ sich auf dem Beifahrersitz nieder. Sie startete den Motor und fuhr los.

„Es wird keinen weiteren Prozess mehr geben." Sie biss sich auf die Unterlippe. „Mein Vater und ich sind an der Betrugsgeschichte nicht beteiligt."

Eine Weile schwiegen beide. Dann fragte sie: „Woher wussten Sie eigentlich, dass ich heute auf den Markt gehen würde?"

„Ich wusste es nicht, es war nur eine Vermutung. Ich dachte mir, Sie haben Zeit zum Einkaufen, wenn Ihre Kinder im Kindergarten sind."

„Sie gehen zur Schule. Der Bub ist sieben, und das Mädchen sechs."

„Oh", sagte Franck, mit einem Versuch, galant zu sein. „Ich hielt Sie für jünger."

Wieder gab es eine Gesprächspause. Franck schaute geradeaus auf die Straße. Ihre roten Fingernägel ruhten auf dem schwarzen Lenkrad.

„Mein Sohn ist zehn", sagte er dann. „Ein schwieriges Alter. Es dürfte für Sie auch nicht leicht sein mit den beiden. Wohin fahren wir eigentlich?"

„Ich habe es mir überlegt. Sie haben gewonnen. Ich entführe Sie in die nächste Stadt, und Sie geben mir einen Kaffee aus."

Elke Simon trank den Kaffee schwarz.

„Mein Vater ist zu mir gezogen. Er achtet auf die Kinder, wenn ich fort bin. Ich habe eine Ausbildung begonnen und möchte demnächst eine Massagepraxis eröffnen."

Franck nippte an seinem Mineralwasser und schwieg.

„Was ist das für eine Geschichte mit dem doppelten Gutachten?"

„Ich dachte, Sie wissen davon", antwortete Franck, „nach dem, wie Sie in Heidelberg reagiert haben."

„Ich weiß nur, was bei den Prozessterminen ans Licht kam."

„Sie erinnern sich doch daran, dass das Gutachten angeblich drei Monate lang unbeachtet auf Dellwigs Schreibtisch lag?"

Sie nickte. Ihre Pupillen verengten sich. „So war es nicht. Quast hat es entwendet und Dellwig damit zu erpressen versucht. Aber Dellwig findet es bei Quast und tauscht es gegen ein harmloses Gutachten aus; ein Gutachten, in dem nur von 0,5 Promille die Rede ist. Dieses Gutachten schickt Quast an die Versicherung, in dem Glauben, es sei das richtige. Doch die Versicherungsangestellte gibt es an die Bernstadter Polizei zurück, und dadurch fällt es Dellwig in die Hände. Nur so konnten Sie zunächst die 60.000 Mark bekommen."

Drei Falten zeigten sich auf ihrer Stirn. „Womit können Sie diese Version beweisen?"

„Mit der Aussage der Versicherungsangestellten."

„Aber Sie haben die Aussage nicht schriftlich?"

„Nein. Frau Giseke und ich, wir wollen den Prozess nicht unbedingt neu aufrollen. Übrigens würde die Aussage der Angestellten Sie und Ihren Vater entlasten, wenn es doch noch zu einem Prozess käme. Es handelt sich um Rivalität zwischen zwei Männern. Jeder hat etwas gegen den anderen in der Hand, und deshalb schweigen sie lieber."

„Ich habe es schon kapiert", sagte sie. „Und Sie wollen von mir wissen, was Quast gegen Dellwig in der Hand haben könnte, nicht wahr?"

Jetzt nickte Franck. „Ihre Aussage werde ich auch nicht schriftlich haben wollen", fügte er rasch hinzu.

„Fragen Sie, und ich überlege mir, ob ich Lust habe zu antworten."

Franck atmete tief durch. „Seit wann kennen Sie Karl Dellwig?

Doch nicht erst, seitdem er Ihnen den Tod Ihres Mannes mitgeteilt hat?“

„Nein. Ich war bis vor einem Jahr Sekretärin bei der Gewerkschaft der Polizei. Auf einem Seminar sprach er über Kriminalprävention. Ich befand mich dienstlich dort und habe die Sitzung protokolliert. Im März letzten Jahres.“

„Ich kenne das“, sagte Franck, „man ist gleich unter den Kollegen per Du und übernachtet in demselben Hotel.“

„Dann brauche ich ja nicht in die Einzelheiten zu gehen.“

„Und in Heidelberg haben Sie jetzt eine sturmfreie Bude“, stellte Franck fest.

Elke Simon schüttelte den Kopf. „Da liegen Sie falsch. Es läuft nichts mehr zwischen uns. Für mich war es nur eine Episode. Nach dem Tod meines Mannes habe ich Schluss gemacht. Für ihn war es mehr. Seine protokollarische Aussage vom 18. Oktober letzten Jahres können Sie ruhig wörtlich nehmen. Er wollte der Hinterbliebenen etwas Gutes tun. Ohne mein Wissen und ohne meine Zustimmung. In Heidelberg schaue ich nur ab und zu nach dem Haus.“

Franck runzelte die Stirn. „Ist das die Version ihres Verteidigers oder die Wahrheit?“

„Die Wahrheit“, sagte sie.

„Hätten Sie diese Aussage auch vor Gericht gemacht?“

Sie zuckte die Schultern. „Die Frage hat sich nicht gestellt. Ich wurde ja nicht in den Zeugenstand gerufen.“

„Unglaublich“, sagte Franck, „was in dem Prozess alles vertuscht worden ist. Sind Sie denn nicht im Vorfeld des Prozesses vom Staatsanwalt verhört worden?“

„Doch; von diesem Probst.“

„Und was haben Sie dem gesagt?“

„Ich finde, dass Sie genug gefragt haben. Wir sind quitt. Sie haben doch bei der Urteilsbegründung gehört, dass keine Beziehung zwischen Dellwig und mir festgestellt werden konnte.“ Elke Simon stand auf. „Lassen Sie uns gehen.“

Auf der Rückfahrt, als sie an der Ampel hielten, um in die Kreisstraße einzubiegen, wandte sie den Kopf und schaute Franck an. „Sie könnten mir gefallen. Schade, dass Sie schon vergeben sind.“

„Seit einem Monat“, antwortete er.

„Ach, so ist das. Dann habe ich natürlich gar keine Chance."

Die Ampel schaltete auf Grün, und Elke Simon gab Gas. „Ich lasse Sie an der nächsten Kreuzung raus."

Sie bremste abrupt und gab Franck die Hand. Sie war braun, schlank und kühl. Er öffnete die Tür und stieg aus. Dann beugte er sich noch einmal ins Wageninnere. „Wie lange dauert denn so eine Ausbildung?"

„Wollen Sie sich bei mir anmelden?"

„In zehn Jahren, wenn ich auf die Fünfzig zugehe und von der Schreibtischarbeit einen krummen Rücken habe."

Sie sah auf ihre Armbanduhr. „Also am 10. September 1990. Da hätte ich noch den Termin um 18.30 Uhr frei."

„Das ist mir recht. Wird wohl nicht ohne rote Striemen auf dem Rücken abgehen."

Elke Simon lachte.

„Sie sind wohl mehr für das Zarte? Für Sie werde ich mir die Nägel schneiden."

33

Andreas Franck brauchte nur wenige Schritte bis zu seinem Renault. Er schloss die Wagentür auf, legte die Tasche auf den Beifahrersitz und klemmte sich hinter das Lenkrad. Es war ein gutes Gefühl, die Aktentasche neben sich zu wissen.

Ich habe es geschafft, dachte er. Sie hatte ihre Liaison mit Dellwig zugegeben. Und es gab keinen Grund, ihr das nicht zu glauben. Alles weitere konnte Verteidigungsstrategie gewesen sein. Ob die Beziehung nun beendet war oder nicht, das brauchte ihn nicht zu interessieren. Ob Dellwig den Versicherungsbetrug auf eigene Faust begangen hatte oder ob es doch einen Komplott zwischen ihm und Elke Simon gab, auch das war zweitrangig. Franck hatte auf seiner Suche nach Dellwigs Motiv recht behalten und das war das Einzige, was zählte. Der Fall konnte abgeschlossen werden.

Franck kurbelte die Scheibe herunter und ließ den Motor an. Er blickte in den Rückspiegel. Die Straße war leer; er konnte losfahren.

Franck drehte den Spiegel, bis er sein Gesicht sehen konnte. Zwei grau-blaue Augen blickten ihn triumphierend an. Darüber türmten sich buschige, dichte Augenbrauen. Es gab keine Falten auf seiner Stirn. Das bis über die Ohren reichende Haar war für seinen Geschmack zu wellig. Einige Strähnen wollten sich nie anpassen, sodass er immer wieder einmal wie Wilhelm Buschs Moritz aussah. Die Nase war ihm zu dick, der Mund ein wenig zu sinnlich. Um Oberlippe und Kinn zeigten sich kaum Bartspuren.

Er drehte sich vorsichtshalber noch einmal um und fuhr dann los. An der Kreuzung verlangsamte er das Tempo, ließ ein von rechts kommendes Auto vorbei und bog in die Landstraße nach Darmstadt ein. Er war viel zu früh dran und konnte sich Zeit lassen.

Franck schaltete das Radio ein. „*Lord, I'm five hundred miles away from home*", tönte es ihm entgegen. Er schlug den Rhythmus mit der rechten Hand auf das Lenkrad. Das kurvenreiche Waldstück kam ihm bekannt vor.

Die Bäume standen dicht und schwarz nebeneinander. Bei einem Waldweg hielt er den Wagen an und stieg aus. Den Reifenspuren nach zu urteilen, war hier kürzlich jemand gefahren. Er ging den Weg in den Wald hinein, obwohl der nicht für seine braunen Slipper angelegt worden war.

Wahrscheinlich hatte sie ihn um den Finger gewickelt. Die Beziehung zu Dellwig bloß erfunden, um sich interessant zu machen. Oder sie war immer noch mit Dellwig zusammen und würde alles leugnen, wenn es darauf ankäme. In Wirklichkeit war er keinen Schritt vorangekommen. Franck schloss vor dem flimmernden Sonnenlicht die Augen.

Wie es wohl aussah, wenn ihre Haare auf die nackten Schultern fielen? Er stellte sich vor, dass Dellwig am Rednerpult stand, seinen Blick über die Zuhörer schweifen ließ und bei ihr hängen blieb. Hatte er sich für einen Moment aus dem Konzept bringen lassen? Wahrscheinlich nicht. Blickte so selbstsicher wie im Prozesssaal in die Runde.

Franck machte sich auf den Rückweg.

Friedrich Simon war eigentlich ein beneidenswerter Mann gewesen. Wie hatte er eine solch attraktive Frau vernachlässigen können?

Am Auto angelangt, säuberte er sich die Schuhe mit einem Taschentuch und stieg ein. Er wendete kurzerhand und fuhr den Weg zurück, den er gekommen war. An der Bernstadter Kreuzung hielt er sich rechts. Nach etwa einer Stunde erreichte er bei Heilbronn wieder die Autobahn. Er drückte aufs Tempo, fuhr ständig auf der Überholspur, verließ die A 81 bei Zuffenhausen, passierte einige Dörfer und stellte den Wagen dann in der Garage ab. Anschließend nahm er die S-Bahn nach Stuttgart und hatte Glück, sofort einen Zug Richtung Darmstadt zu erwischen.

Im Speisewagen gab es um diese Zeit nicht mehr viele Gäste. Zufrieden lehnte er sich zurück und schaute aus dem Fenster. Er würde nach dem Essen noch einen Kaffee trinken und rechtzeitig in der Redaktion ankommen. Petra brauchte vorerst nichts von seinem Treffen mit Elke Simon zu erfahren.

Die Zusammenkunft mit Hans Hartenstein erwies sich als nicht ergiebig. Elkes Vater machte zwar eine bessere Figur als vor Gericht, konnte aber seine Neugier nur schwer verbergen. Andreas überließ Petra die Gesprächsführung.

Hartenstein blieb bei seiner Aussage, dass er sich in seinem Telefongespräch mit Dellwig nur nach dem Stand der Untersuchung erkundigt habe. Mit der Versicherungsangestellten sei er lediglich die Modalitäten der Auszahlung durchgegangen. Von der Existenz eines zweiten Gutachtens habe er erst am Wochenende durch seine Tochter erfahren. Was es denn damit auf sich habe?

Petra erklärte ihm nur, dass es auch ein harmloses Gutachten gäbe und dass die Versicherungsangestellte dieses an die Polizei Bernstadt zurückgeschickt habe. Anscheinend sei es von Dellwig gefälscht worden. Obwohl Dellwigs Handeln ihm dadurch noch rätselhafter als bisher erscheinen musste, empörte sich Hartenstein maßlos, als Petra ihn charmant, aber direkt fragte, ob es eine Beziehung zwischen seiner Tochter und Dellwig gebe.

„Das ist eine Unterstellung“, rief er erregt aus, „ich zeige Sie wegen Verleumdung an, wenn Sie das veröffentlichen.“

Andreas sah keinen Grund, Hartenstein mit der Aussage seiner Tochter zu konfrontieren. Entweder sie hatten sich noch nicht absprechen können, oder er wusste wirklich nichts.

Als Hartenstein sich anschickte, die Redaktion zu verlassen, stellte Andreas seine einzige Frage: „Fahren Sie jetzt nach Heidelberg zurück?"

„Nein, nach Bernstadt; ich bin zu meiner Tochter gezogen, um ihr bei der Erziehung ihrer Kinder zu helfen."

Petra sah Andreas an, sagte aber nichts.

Am Donnerstagmorgen nahm Franck den Frühzug nach Stuttgart und erschien pünktlich um neun Uhr im Institut. In seiner Post fand er einen Brief vom Ministerium. Er öffnete ihn und las:

„Sehr geehrter Herr Dr. Franck, für Ihr Schreiben vom 4. September 1980 danke ich Ihnen. Aufgrund Ihrer Stellungnahme wird die Angelegenheit nicht weiter verfolgt. Ich bitte Sie um ausdrückliche Bestätigung, dass die am 3. und 10. Juni 1980 ausgefallenen Lehrveranstaltungsstunden von Ihnen nachgeholt worden sind. Mit freundlichen Grüßen, Schröder, Ministerialrat."

Die haben wohl auch nichts Besseres zu tun, als Professoren hinterherzuspionieren und sie dabei freundlich zu grüßen, dachte er. Den Brief würde er erst einmal eine Woche lang unbeantwortet liegen lassen. Der Herr Ministerialrat sollte ruhig eine Mahnung schreiben. Wahrscheinlich hatte er sich für den Fall Franck eine Mappe anlegen lassen und musste sich jedes Mal wieder umständlich einarbeiten, wenn ein neuer Brief fällig wurde.

Dann kam ihm ein Gedanke. Er nahm den Brief und ging zum Kopiergerät. Glücklicherweise war es nicht außer Betrieb. Zufrieden holte er die Ablichtung aus dem Korb. Sie sah dem Original ziemlich ähnlich. Auf dem Rückweg rief ihm Frau Kaiser zu: „Ist alles in Ordnung?"

Franck hob zustimmend die Hand. „Bis jetzt noch. Selbst der Kopierer funktioniert."

Sie lächelte ihn an und wandte sich wieder ihrer Schreibmaschine zu.

Er steckte die Ablichtung in einen Briefumschlag, schloss ihn und schrieb „Herrn Dr. Franz Heilmann" auf die Vorderseite. Ging noch einmal am Sekretariat vorbei in den Treppenraum und warf den Brief in Heilmanns Postfach. Auf dem Rückweg fing er einen prüfenden Blick von Frau Kaiser auf. Franck blieb stehen und sagte: „Wir haben alles im Griff. Es gibt keine weiteren Toten."

„Damit macht man keine Scherze, Herr Franck."

Gegen zehn Uhr klingelte das Telefon. „Ein Anruf für Sie", sagte Frau Kaiser.

Franck drückte auf den weißen Knopf und meldete sich.

„Danke, dass Sie meinem Vater nichts verraten haben", sagte eine Frauenstimme. „Er weiß nämlich nichts."

Es dauerte zwei Sekunden, bis Franck schaltete, dann brachte er nur ein schwaches „Das ist doch klar" heraus.

Sie lachte und schien es zu genießen, ihn verwirrt zu haben. „Mir war das nicht so klar."

Franck hatte sich wieder gefangen. „Das ist ja ein richtiger Überfall von Ihnen. Ich hätte nicht gedacht, so bald wieder von Ihnen zu hören."

„Sie können mich auch bald wiedersehen", sagte sie in verführerischem Tonfall.

Er versuchte, sich mit Ironie zu retten. „Ja, haben Sie Ihre Ausbildung als Masseuse schon abgeschlossen?"

„Das heißt nicht Masseuse, sondern Masseurin. Ich eröffne eine Praxis und kein Studio."

„Aber ich gehe doch auch ganz harmlos zur Friseuse", protestierte er, aber sie ging nicht darauf ein.

„Ich habe Ihnen gestern nicht die volle Wahrheit gesagt, Herr Franck."

„Das überrascht mich überhaupt nicht."

„Jetzt spielen Sie den Hartgesottenen. Das passt aber gar nicht zu Ihnen. Ich konnte doch einem wildfremden Mann nicht gleich meine ganze Lebensgeschichte erzählen."

„Und jetzt bin ich wohl nicht mehr wildfremd. Wo soll das Rendezvous denn stattfinden? In der sturmfreien Bude? Wieder ohne Tonbandgerät?"

„Ich habe etwas für Sie", sagte Elke Simon. „Morgen bin ich ab 14 Uhr im Haus meines Vaters. Aber kommen Sie allein."

Sie legte auf. Franck wischte sich mit der Hand über die Stirn. Dass ein kurzes Telefongespräch ihm so einheizen konnte.

Mit welcher Version sie wohl nun aufwarten würde. Es wäre das beste, einfach nicht hinzufahren. Die ewige Fahrerei ging sowieso schon ins Geld.

34

Franck befand sich in einer ähnlichen Situation wie Holmes beim Mord an Sir Charles Baskerville. Ja, im Fall Dellwig war der Täter sogar schon von Anfang an bekannt; Petra und Andreas hatten nun auch sein Motiv und die Einzelheiten des Tathergangs ermittelt. Aber Franck bezweifelte, dass ihre Beweise ausreichen würden. Zwei mündliche Aussagen – und die ließen sich beide leicht abstreiten, wenn es ernst werden sollte.

Elke Simon begann anscheinend bereits, ihre Redseligkeit zu bereuen.

Schon aus diesem Grund musste er eigentlich ihrer Einladung nach Heidelberg Folge leisten, obwohl sie an Deutlichkeit wenig zu wünschen übrig ließ.

Freilich würde Dellwig nicht im Moor versinken, und es war weit und breit kein Grund für ein Geständnis des Täters gegeben. Ganz abgesehen von der Frage, was er in dieser unendlichen Selbstmord-Geschichte eigentlich gestehen sollte.

Es könnte natürlich auch sein, dass Elke wirklich belastendes Material auftischte. Man musste abwarten, was sie zu bieten hatte.

Neben der Hausnummer 17 befand sich ein kleiner weißer Klingelknopf mit Namenschild. Leise schlug das Läutwerk drinnen an. Fast augenblicklich öffnete sich die Tür. Die schönen blauen Augen blickten ihn an und die roten, wenn auch etwas schmalen Lippen lächelten ihm entgegen. Elke Simon trug einen frühlingsfarbenen weiten Rock und ein atemberaubend knappes Top. Ihre braunen strumpflosen Beine steckten in hochhackigen Schuhen mit bleistiftdünnen Absätzen.

„Hallo", sagte sie sanft und streckte ihre Hand aus. Mit ihr zog sie ihn ins Haus hinein.

Franck stieß die Haustür mit dem Ellenbogen zu und schlängelte sich an Elke vorbei. Er trat in ein Wohnzimmer und blickte sich um. In dem kleinen Raum standen entschieden zu viele Möbel. Sie mussten aus der Zeit stammen, als Elke noch im Laufställchen herumgekrabbelt war: Sofa und Sessel in dunkel geblümten Farben, unbequem anmutende Stühle, eine Schrankwand mit einigen verloren wirkenden Büchern, Stehlampe mit Tütenschirm, Polydor-Plattenschrank. Auch die Sofakissen mit den exakten Hasenohren durften nicht fehlen, dafür hatte man wenigstens den obligatorischen Nierentisch irgendwann durch einen quadratischen Glastisch ersetzt. Die Fenster an der Rückwand waren gardinenverhangen und durch eine Abteilung verschiedenfarbiger Kleingewächse verstellt. Unwillkürlich sah sich Franck nach einem Gummibaum um, konnte ihn jedoch nicht finden.

Franck setzte sich auf den Rand eines tiefen, weichen Sessels und wartete erst einmal ab. Sie nahm ein halb volles Glas vom Tisch und trank einen kräftigen Schluck.

„Wollen Sie auch einen?"

Franck nickte. „Halbe halbe, mit Leitungswasser."

Sie mixte den Drink, stellte ihn in seine Reichweite auf den Tisch und versank anschließend im Sofa. Sie lehnte ihren Kopf an ein Kissen und streckte ein Bein aus, sodass ihm der Schuh mit den metallglänzenden Absätzen beträchtlich nahe kam.

Franck nahm einen Schluck und blickte sie über den Rand des Glases an.

„Sie wollen Ihre Aussage korrigieren und haben etwas für mich. Deshalb bin ich hier."

Sie zog ihr Bein vom Sofa zurück. Ihre Mundwinkel sanken fast bis zum Kinn herunter. Eine Weile schwieg sie und konzentrierte sich darauf, ihr Glas zwischen beiden Händen zu drehen und die Flüssigkeit zu betrachten. Anscheinend fand sie nichts Besonderes an ihr; denn schließlich hob sie doch den Kopf und sah Franck an. „Es ist nicht leicht für mich, darüber zu reden. Du musst mir etwas entgegenkommen."

Sie griff nach ihrer Handtasche, suchte in ihr herum, fand nicht das Richtige und stellte sie wieder neben sich auf den Boden. Mit der Hand strich sie über das Sofa, obwohl es dort nichts glatt zu streichen gab.

„Es ist so muffig hier", sagte sie und erhob sich, um ein Fenster aufzuklappen. Das Licht in ihren Augen war erloschen.

Franck kam ihr entgegen. „Du hast ihn geliebt, nicht wahr?"

Sie nickte und setzte sich wieder auf das Sofa, diesmal ohne sich zurückzulehnen.

„Es war genau umgekehrt", stellte er fest. „Für ihn war es eine Episode, nicht für dich. Er hat dich verlassen."

„Er wollte seine Ehe nicht gefährden. Nach dem Unfall meines Mannes saß ich mit den Kindern da ..." Sie hielt inne, senkte den Kopf und schloss die Augen.

„Nicht weinen", sagte er weich und setzte sich neben sie auf das Sofa. Er legte seinen Arm um ihre Schultern. Sie lehnte den Kopf an seine Brust.

„Du wirst nie nachempfinden können, wie erniedrigend das ist", murmelte sie. „Er stand da, sah die Leere in mir und sagte, dass er für die Versicherungssumme sorgen würde. Für mich war es wie eine – eine Abfindung."

Franck strich über ihr Haar. „Aber ich kann dich verstehen", sagte er.

Sie hob ihren Kopf, und er sah ihr in die Augen.

„Sagst du mir auch, wie es mit deinem Mann war, bevor er starb?"

„Ich gerate immer an die falschen Männer. Und die richtigen sind vergeben. Unser Zusammenleben war langweilig geworden. Er hatte keine Lust mehr, mit mir zu schlafen. Er tat es zwar hin und wieder, aber er war dann nicht bei mir. Ich spüre das. Er hatte nur seine Arbeit im Kopf." Sie erhob sich. „Geh bitte. Ich möchte jetzt allein sein." Sie streifte sich mit den Zehen die Schuhe ab und stieg die Treppe hinauf. Langsam entschwand sie seinen Blicken. Zuletzt sah er ihre braunen Beine.

Franck beugte sich vor und griff nach der Handtasche, die sie neben das Sofa auf den Boden gestellt hatte. Der Reißverschluss war offen, und er brauchte nicht lange zu suchen. Er betrachtete das Foto in seiner Hand. Es zeigte Karl Dellwig und Elke Simon Arm in Arm auf der Heidelberger Brücke. Elke schenkte ihm ein himmlisches Lächeln. Sogar ihr Muttermal oberhalb der Lippen war zu sehen. Franck stand auf, steckte das Foto ein und verließ das Haus.

Petra sah ihn wütend an. „Und das soll ich dir glauben? Du bist mit ihr im Haus allein, trinkst einen Whisky mit ihr, sie erzählt dir alles über ihre Beziehung mit Dellwig und übergibt dir zum Schluss auf einem silbernen Tablett das Beweisstück, das du von Anfang an suchst. Das kannst du deiner Großmutter erzählen!"

Sie warf das Foto auf den Schreibtisch und begann im Zimmer hin und her zu laufen. Das Foto segelte über die Tischkante und landete auf dem Boden. Andreas bückte sich und hob es wieder auf. „Sie hat es mir ja nicht übergeben. Ich habe es aus ihrer Handtasche geholt."

„Die sie vor deinen Augen theatralisch durchgewühlt hat." Sie blieb vor ihm stehen. „Du hast mit ihr geschlafen. Gib es doch zu!"

Sie nahm ihren Marsch wieder auf. Vier Schritte hin, vier Schritte zurück.

„Petra, glaub mir..."

„Du hast sie schon beim ersten Mal auf der Brücke regelrecht verschlungen. Und dann dieses Märchen mit den roten Fingernägeln. Warum sollte sie ausgerechnet dir dieses Foto geben?"

„Schrei doch nicht so, Petra. Ich habe nicht mit ihr geschlafen. Das musst du mir glauben."

„Oh! Fragt den Hartenstein ganz scheinheilig, ob das Haus in Heidelberg leer steht! Du glaubst wohl, mit mir kannst du alles machen? Da hast du dich aber getäuscht!" Sie riss die Tür auf. „Geh doch wieder hin zu ihr, vielleicht hat sie noch ein paar Nacktfotos zu verschenken."

Die Tür knallte zu. Andreas sprang auf und lief hinter Petra her. Dicht vor seiner Nase fiel auch ihre Tür ins Schloss.

„Ich habe nicht mit ihr geschlafen, verdammt noch mal!", schrie er. „Sei doch vernünftig, Petra!"

Andreas kehrte in sein Zimmer zurück und setzte sich an den Schreibtisch. Er stützte die Ellbogen auf die Tischplatte und die Backenknochen auf die Fäuste. So etwas Ähnliches hatte er befürchtet. Schon seit der Zugfahrt lag ihm ein Kloß im Magen, aber dass es so schlimm kommen würde, hatte er nicht erwartet.

Er schickte einen tristen Blick durch das Fenster auf die gegenüberliegende Häuserreihe. Freitagabend, Feierabend, Fernsehabend.

Wollte sie das Foto bewusst einsetzen, um seine Beziehung mit Petra zu spalten? Franck überdachte noch einmal den Ablauf des Gesprächs. Dann schüttelte er den Kopf. Elke hatte nicht Theater gespielt. Ihre Traurigkeit war echt gewesen.

Er blickte sich in seinem Zimmer um. Es war viel gemütlicher geworden, seitdem er die Regale aufgestellt und seine wichtigsten Bücher aus der alten Wohnung geholt hatte. Auch der neue Sessel machte sich gut neben der Stehlampe. Er würde hier nicht so bald wieder ausziehen.

In ihren grau gesprenkelten Jeans und dem weißen Pulli war sie wie ein Panther in seinem Zimmer herumgerannt, hatte ihren Kopf eingezogen, ihren Rücken gekrümmt und ihn regelrecht angefaucht. Selbst wenn sie wütend war, sah sie hinreißend aus.

Franck ging durch den Flur in die Küche und trank aus der Leitung einen Schluck Wasser, aber auch auf seinem Rückweg blieb ihre Tür verschlossen. Er sah auf seine Armbanduhr. Eine halbe Stunde war seit ihrem Wutausbruch vergangen. Von seinem Sessel aus sah die Welt auch nicht besser aus. Er stierte auf den Teppichboden.

Eigentlich regte sich Petra umsonst auf. Er hatte nicht mit Elke Simon geschlafen. Das stand nun mal fest. Gut, er hatte im Auto ein bisschen mit ihr geschäkert und war am Telefon auf ihren frivolen Ton eingegangen. Aber im Haus ihres Vaters war er sehr zurückhaltend gewesen. Sicher, er hätte mit ihr schlafen können. So, wie sie angezogen war und wie sie sich anfangs im Sofa geräkelt hatte ... Aber er war auf ihr Angebot nicht eingegangen. Nur das zählte.

Er stand auf und ging nun seinerseits im Zimmer hin und her, die Arme auf dem Rücken verschränkt, den Kopf gesenkt, die Hacken zuerst auf den Boden setzend. Der Raum konnte wirklich zum Käfig werden.

Natürlich war Elke Simon eine Sünde wert. Aber es hätte für ihn nur eine Episode sein können. Er seufzte. Noch immer schien sich alles zu wiederholen. Und er musste sich auch eingestehen, dass er sich eine Massageszene mit ihr lustvoll ausgemalt hatte. Aber das war doch reine Fantasie. Ein Zitat von Konstantin Wecker fiel ihm ein und gleich darauf die Antwort von Pink Floyd. Hoffnung und Verzweiflung standen dicht beieinander. Er wollte demnächst einmal darauf achten, warum die Wand zu hoch war.

Franck kratzte sich am Kopf und begann im Kreis herumzulaufen. Wie die Gefangenen beim täglichen Freigang, dachte er.

Aber für seine Fantasien kann man nicht bestraft werden. Das wäre ja noch schöner. Aus den Fantasien wird in der Zukunft eine neue Welt entstehen.

Am besten wäre es, Petra zu sagen: Ich habe nicht mit Elke Simon geschlafen, aber ich hätte es gern getan. Das wäre nicht nur mutig, sondern auch wahr gewesen, würde aber ihre Wut nicht mindern.

Er lachte bitter auf. Die eine ist wütend über meine Fantasien, die andere traurig darüber, dass ich sie nicht verwirkliche. So weit kann es kommen, wenn man sich Fantasien überhaupt zugesteht. Vielleicht könnte er diese Szene mit Elke wenigstens in seinem Krimi fantasievoll ausarbeiten. Nein, selbst das ging nicht, Petra würde ihm wahrscheinlich auch dann an den Hals springen.

Franck blieb abrupt stehen. Petra hatte recht. Er hatte sie in seinen Träumen betrogen. So nannte man das in dieser Welt. Worin lag denn der Unterschied, ob man etwas in Wirklichkeit tat oder in seiner Fantasie?

Er schüttelte den Kopf.

Ich bin schon ganz wirr im Kopf, sagte er sich. Vielleicht sollte ich einmal das Fenster öffnen und frische Luft reinlassen, falls die Luft so mitten in der Stadt überhaupt frisch ist. Stattdessen legte er sich aufs Bett, verschränkte die Hände hinter dem Kopf und stierte zur Abwechslung an die Decke.

Eine Sünde wert – wahrhaft biblisch formuliert. Ihm fiel ein Kunstwerk aus dem 16. Jahrhundert ein, das er irgendwo gesehen hatte. Es stellte Adam zwischen Eva und der Schlange dar. Adam stand in der Bildmitte an den Baum der Erkenntnis gelehnt, Eva befand sich links, und die Schlange ringelte sich rechts empor. Die Schlange hatte einen Frauenkopf. Franck wusste nicht mehr, wen Adam anschaute.

Wann würde man endlich begreifen, dass der Biss in den Apfel der erste Aufstandsakt des Menschen gewesen war? Warum sollte der Mensch nicht zwischen gut und böse unterscheiden dürfen? Gott hatte das Verbot in der Hoffnung ausgesprochen, dass der Mensch sich nicht daran halten würde. Gott mochte keine Untertanen.

Im Paradies gab es keinen Unterschied zwischen Fantasie und Wirklichkeit. Aber seit dem Aufstandsakt wurden nur noch die

Taten bestraft, die wirklich begangen worden waren. Er befreite die Fantasie. Sie ging straffrei aus.

Franck war unschuldig. Er hatte nichts Böses getan. Petra musste das anerkennen. Er stand auf, öffnete seine Tür, war mit einem Schritt an ihrer Tür, öffnete auch diese und trat in ihr Zimmer. Petra saß ganz in der Ecke auf ihrem Bett, die Knie bis an das Kinn hochgezogen und ihre Arme um die Beine geschlungen. Sie hatte geweint.

„Es tut mir leid, wenn ich dir wehgetan habe", sagte Andreas und setzte sich auf die Bettkante. „Aber ich habe wirklich nicht mit ihr geschlafen. Ich will das nur mit dir machen. Ich liebe dich."

Sie schaute ihn von unten herauf an; sagte aber nichts.

„Ich verfolge den Fall Dellwig nicht weiter. Er ist das alles nicht wert."

Sie wischte sich mit den beiden Zeigefingern unter den Augen ein paar Tränen weg.

„Lass uns ein paar Tage Urlaub machen und nach Italien fahren. Wir beginnen unser eigenes Leben. Dellwig kann meinetwegen ewig frei herumlaufen. Es ist mir vollkommen egal."

Endlich begann Petra zu sprechen.

„Ich will dir glauben. Wenn es so war, wie du sagst, dann muss sie einen anderen Grund dafür haben, dass sie dir das Foto gibt. Hast du mal darüber nachgedacht?"

„Nein", sagte er. „Ich habe nur an dich gedacht."

Jetzt lächelte sie wieder. „Ich kann erst übernächste Woche Urlaub machen. Wo willst du hin?"

Andreas strahlte. „In die Lombardei. Pavia, Cremona – und zum Schluss zeige ich dir Mantua. Dort übernachten wir im Broletto; der Chef erkennt mich wieder und sagt: *‚Ah, il nostro vecchio cliente'*; dann verstecken wir uns in der *camera degli sposi …*"

„Im Hochzeitszimmer?" Petra machte große Augen.

„Ja, wegen der Fresken von Mantegna. Die sind das Beste im Palazzo ducale, aber bei der offiziellen Führung wirst du durch den Raum gejagt, dass du sie gar nicht genießen kannst. Sie waren gerade fertig, als ihr im Jahre 1474 aus Württemberg zur Hochzeitsfeier kamt."

„Ich erinnere mich nur noch schwach", sagte Petra.

„Schließlich essen wir auf der Piazza delle erbe zu Abend; aber erst nach 21 Uhr. Dann schlafen nämlich die Tauben."

„Warum müssen denn die Tauben erst schlafen?"

Andreas ließ sich nicht mehr bremsen. „Es gibt Tortelli di zucca, eine Spezialität, die wir damals erfunden haben. Mit Kürbis gefüllte Nudeltäschchen; einmalig in ihrem leicht süßen Beigeschmack. Dann nehmen wir ... Magst du Fisch?"

Sie nickte.

„Wir nehmen lucchio; Hecht mit Polenta. Und zum Abschluss geht kein Weg am Mandelkuchen vorbei, mit einem Schuss Grappa. Oder möchtest du lieber Kürbispudding mit Lakritze?"

Petra schüttelte lachend den Kopf. „Kannst du deine Verführungskünste auch noch auf etwas anderes als das Essen ausdehnen?"

„Natürlich. Im Broletto gibt es schmiedeeiserne Doppelbetten, die sind grün angestrichen. Und nur ein ganz dünnes Laken zum Zudecken. Weil es doch so schön warm ist. Dort versuche ich, meinen kleinen Panther zu zähmen. Das Frühstück müssen wir natürlich in einer Bar einnehmen ..."

„Hör auf, hör auf. Du bist wirklich unmöglich!"

Petra rutschte die Wand herunter, bis sie ganz flach in ihrem Bett lag, und streckte die Beine aus.

„Umarme mich, mein kleiner Prinz", sagte sie. „Nächsten Montag fahren wir. Aber willst du Dellwig wirklich laufen lassen?"

35

„Kein Journalist der Welt würde sich eine solche Gelegenheit entgehen lassen", sagte Petra.

Sie saßen in der gemütlichen Küche und nahmen ein ganz und gar unitalienisches Frühstück ein: Tee und Toastbrot mit Spiegelei. Es war Sonntag, der 14. September. Am Samstag hatten sie nicht mehr über den Fall Dellwig gesprochen. Sie brauchten den Tag, um wieder zusammenzufinden. Andreas war erleichtert, dass es ihnen einigermaßen gelungen war.

„Ich könnte sogar eine Serie schreiben", fuhr sie fort. „Im ersten Artikel würde das Foto von Dellwig und Elke Simon veröffentlicht und der Prozessverlauf resümiert werden. Im zweiten ginge es um die politischen Hintergründe. Die Apfeläcker-Geschichte. Im dritten um das doppelte Gutachten."

„Jetzt bist du es, der von dem Fall nicht loskommst", sagte Andreas. „Hast du Freddie nicht versprochen, seine Informationen unberücksichtigt zu lassen?"

„Ja, das habe ich. Aber wenn es eine große Sache ist und von öffentlichem Interesse ... Natürlich müsste ich Dellwig interviewen."

Petra blickte angestrengt auf ihren Teller, konnte dort aber nur entdecken, dass das Eigelb vom Brot herunterlief. Entsetzt schaute Andreas sie an.

„Um Gottes willen! Auch das noch! Wollten wir nicht in Urlaub fahren?"

„Bis dahin ist doch noch eine Woche Zeit."

„Zu Dellwig kannst du nicht gehen. Jedenfalls nicht mit dem Foto. Was willst du denn sagen? Hallo, Herr Dellwig, ich bin Petra Giseke von der *Darmstädter Rundschau.* Ich habe ein Foto, das Sie belastet und den Prozess neu aufrollen wird. Was sagen Sie dazu?"

„Na, so dumm bin ich nun auch wieder nicht", protestierte Petra. „Aber über die zwei Gutachten könnte ich mit ihm reden. Natürlich vor dem ersten Artikel."

„Also, du willst allen Ernstes weitermachen?"

„Wir können doch Dellwig nicht so einfach laufen lassen."

„Gut", sagte Andreas. „Dann gehen wir den Fall noch einmal durch. Wie er sich uns jetzt darstellt. Was wir noch tun können."

„Einverstanden. Wir beginnen mit dem, was wir wirklich wissen."

„Es gibt drei Dinge, die wir herausbekommen haben und die im Prozess nicht zur Sprache gekommen sind", sagte Andreas. „Zunächst das Foto. Es beweist, dass Dellwig und Elke Simon ein Verhältnis hatten oder haben. Mit dem Foto würde die Staatsanwaltschaft den Prozess neu aufrollen können. Dellwig bekäme eine höhere Strafe. Der vorsitzende Richter hat in seiner Urteilsbegründung ausdrücklich darauf hingewiesen, dass

Dellwigs angeblich uneigennütziges Handeln strafmildernd wirke."

Petra runzelte die Stirn. „Er bekommt wahrscheinlich eine Gefängnisstrafe auf Bewährung und eine höhere Geldstrafe aufgebrummt. Lohnt sich das überhaupt?"

„Für wen?"

„Zunächst einmal für uns."

„Na ja", sagte Andreas, „wir wissen jetzt, dass wir mit unserer Vermutung recht hatten."

„Dafür brauchen wir die Sache aber nicht an die große Glocke zu hängen", wandte Petra ein. „Keiner weiß, was wir vermuteten. Wir müssen niemandem beweisen, dass wir recht behalten haben."

Sie schwiegen. Andreas goss Tee nach. Petra nahm einen Schluck und fragte dann: „Wie viele Abzüge mag es von dem Foto geben? Und wer hat das Negativ?"

Andreas stand auf und ging in sein Zimmer, um das Foto zu holen. „Sieht aus, als wäre es mit einer Kamera aufgenommen worden, die das Bild sofort entwickelt. Von einem dieser Fotografen, die Touristen knipsen und das Foto dann zum Kauf anbieten. Ich halte es für unwahrscheinlich, dass sie sich so wie wir mit ihrem eigenen Apparat haben fotografieren lassen."

Petra nickte. „In dem Fall gäbe es nur dieses eine Foto. Das macht es kostbar."

„Aber Dellwig wüsste sofort, woher wir es haben", ergänzte er.

„Und Elke Simon hätte dich das einzige Exemplar nehmen lassen", fuhr sie fort.

Andreas ging auf diese Spitze nicht ein. „Du hast vorgestern gesagt, vielleicht will sie, dass wir es in ihrem Sinne verwenden. Sie will Dellwig nicht offen belasten, aber sie will, dass er belastet wird. Das gäbe doch einen Sinn. Wenn ihre Geschichte stimmt, dann wird sie das Foto als Erinnerungsstück nicht mehr wollen."

„Zweitens haben wir Kenntnis davon, dass es zwei Gutachten einer Blutprobe gibt", sagte Petra. „Ein von Dellwig manipuliertes mit 0,5 Promille und das echte mit 1,5 Promille. Unsere Zeugin ist die Versicherungsangestellte."

„Das manipulierte Gutachten befindet sich bei Dellwig", ergänzte Andreas. „Es würde aller Wahrscheinlichkeit nach Dellwig weiter belasten. Dass es Quast war, der es im Glauben, es sei das echte, an die Versicherung schickte – das würde die Staatsanwaltschaft leicht als bloße Spekulation abtun."

„Es wird auch Spekulation bleiben", sagte Petra. „Wir können das nicht beweisen. Es erklärt uns die Pattsituation zwischen Quast und Dellwig. Für die Öffentlichkeit bliebe es unverständlich, warum Dellwig ein von ihm manipuliertes Gutachten an die Versicherung geschickt haben soll. Es hätte gereicht, gar keins zu schicken, damit Elke Simon das Geld bekommt."

Petra dachte nach. „Übrigens wäre die Pattsituation aufgehoben, wenn das Foto auftauchte."

„Das stimmt." Andreas nickte Petra anerkennend zu. „Da hast du etwas Wichtiges gesagt. Wenn das Foto veröffentlicht wird, vernichtet Dellwig das manipulierte Gutachten. Falls er es überhaupt noch hat. Ohne das Gutachten stünde seine Aussage gegen die Aussage der Angestellten. Das darfst du nicht vergessen, falls du zu Dellwig gehst. Du musst ihm mit dem manipulierten Gutachten noch Angst einjagen können."

„Schon kapiert", sagte Petra.

„Drittens die politische Ebene", fuhr Andreas fort. „Soll ich zusammenfassen?"

Petra nickte.

„Quast besitzt ein Grundstück auf den Apfeläckern. Er nimmt es Dellwig übel, nicht dafür gesorgt zu haben, dass er dort bauen kann. Bei der Baumfällaktion greift die Polizei unter dem Kommando von Quast junior nicht ein. Nach der Quast'schen Familientragödie stimmen die Stadtverordneten dem Bebauungsplan zu. Jetzt kann gebaut werden, aber Quast ist tot. Mehr haben wir nicht."

Wieder geriet das Gespräch ins Stocken. Schließlich sagte Andreas: „Dann erkläre mir jetzt, warum Quast Selbstmord verübt hat."

„Die offizielle Version lautet, dass er es nicht ertragen konnte, als Kronzeuge gegen seinen Vorgesetzten Dellwig aussagen zu müssen. Unsere Version beginnt mit der politisch motivierten Gegnerschaft zwischen Dellwig und Quast. Quast erfährt vom Verhältnis zwischen Dellwig und Elke Simon ..."

„Was nur eine Vermutung ist“, warf Andreas ein.

„... und es bietet sich ihm die Möglichkeit, Dellwig zu erpressen. Schon vor dem Unfalltod Simons. Nachher sowieso, weil Dellwig den Unfallbericht neu schreiben lässt und das kompromittierende Gutachten nicht los wird.“

„Und was will Quast von seinem Chef? Dessen Posten?“

„Die Baugenehmigung“, sagte Petra. „Und was den Selbstmord betrifft: Die Sache wuchs ihm über den Kopf. Wie bei Cornelia Grumkow.“

„Den Aspekt Erpressung wegen der Baugenehmigung hatten wir noch nicht auf unserer Rechnung. Das klingt wesentlich plausibler als Rivalität auf der Polizeidienststelle. Kannst du nicht noch einmal mit Freddie reden?“

„Kann ich schon. Aber warum?“

„Vielleicht haben wir einen Denkfehler gemacht. Was die Grünen mit den Apfeläckern wollen, das ist mir klar. Wir haben bisher angenommen, dass die SPD dasselbe beabsichtigt. Fest steht aber nur, sie will keine Privatbebauung des Gebiets.“

„Also, ich habe zwei Aufgaben“, sagte Petra, „und du hast keine.“

„Ich möchte mit Quasts Sohn sprechen. Und du sprichst bitte erst einmal nur mit Freddie. Über den Besuch bei Dellwig reden wir noch. Der ist mir zu gefährlich. Da würdest du ja wie ein Lockvogel auftreten. Nicht auszudenken, in welche Lage du kämst, wenn Dellwig Quast umgebracht hätte.“

Während Petra mit Freddie telefonierte, saß Andreas in seinem Zimmer am Schreibtisch und wartete. Die sonntägliche Herbstsonne hatte die obersten beiden Stockwerke des Hauses in gleißendes Licht getaucht. Nach dem Wetterbericht sollte es den ganzen Tag über freundlich und warm sein. Erst am Nachmittag würde der Raum im Schatten liegen.

Eigentlich war der Fall Dellwig für ihn abgeschlossen; aber nun wollte Petra weitermachen. Er hatte sich von Anfang an für Dellwigs Motive interessiert. Für das Blatt, das im Prozess unbeschrieben blieb. Für den blinden Fleck in der Urteilsbegründung. Er war davon ausgegangen, dass nur ein Verhältnis zwischen Dellwig und Elke Simon die Ungereimtheiten in der Versicherungsgeschichte erklären könnte. Damit hatte er recht gehabt.

Seine Methode war eine Mischung gewesen aus Intuition, Logik und der sogenannten teilnehmenden Beobachtung, wie die Wissenschaft es titulierte. Er hatte sich mit seiner Hauptperson identifiziert und Situationen hergestellt, die denen Dellwigs glichen. Dadurch war es ihm gelungen, zwei entscheidende Beweise zu erhalten. Den politischen Hintergrund hatte Petra mit ihren Beziehungen und Fähigkeiten hinzugefügt. Aber ohne das Foto, das er von Elke Simon erhalten hatte, wären alle Überlegungen nur kluge Konstrukte geblieben.

Freilich war das Spiel, auf das sich Franck eingelassen hatte, immer gefährlicher geworden. Auch in seinem Lebensbereich gab es eine Tote, einen Erpresser und er hatte sich einem polizeilichen Verhör unterziehen müssen. Seinem Erpresser konnte er übrigens immer noch nichts nachweisen. Heilmann hatte, bei Licht besehen, lediglich alle Klausuren kopiert, was ihm zwar die Möglichkeit zur Erpressung eröffnete, mehr aber auch nicht.

Franck hatte schließlich seine Identifikation mit Dellwig so weit getrieben, dass er sich an dessen Freundin herangemacht und dadurch seine Beziehung zu Petra aufs Spiel gesetzt hatte. Damit musste jetzt Schluss sein. Dieser Identifikationszwang führte nur ins Unglück.

Franck stand auf und trat neben den Schreibtisch, um auf die Straße hinunterzuschauen. Sie war auf beiden Seiten mit Autos zugeparkt. Menschen sah er keine.

Er wohnte jetzt mitten in der Stadt, aber in einer Nebenstraße, durch die kaum Verkehr floss. Unten an der Kreuzung querte der Rhönring, auf dem sich die Autos in mäßigem Tempo, gebremst durch die Zebrastreifen, in west-östliche Richtung bewegten.

Franck hatte sich immer gewünscht, seinen Arbeitsplatz zu Fuß erreichen zu können. Morgens auf dem Hinweg würde er in einem Café frühstücken, dabei den Sportteil seiner Zeitung lesen und abends in kleinen Geschäften die Zutaten für ein gutes Essen einkaufen. Jetzt konnte er die TH und die Innenstadt zu Fuß erreichen, aber es war nicht seine Hochschule. Vielleicht sollte er einmal mit den Darmstädter Kollegen reden, ob er nicht zu ihnen wechseln könnte. Aber zuvor musste er sicher sein, dass die Beziehung zu Petra hielt.

Erst hatte sie sich so darüber aufgeregt, auf welche Weise er an das Foto gekommen war, und nun wollte sie es sogar in ihrem Artikel veröffentlichen. Übrigens, ohne ihn gefragt zu haben. Das musste doch auch einmal gesagt werden. Erst das Foto hatte ihre Ermittlung auf eine neue Stufe gehoben.

Petra kam und setzte sich in den kleinen Sessel. „Er hält sich ziemlich bedeckt", sagte sie. „Redet irgendwie um den heißen Brei herum. Wie ein Diplomat."

„Was sagt er denn?"

„Wir in der Fraktion wollen, dass auf den Apfeläckern nicht gebaut wird."

„Ja, und?"

„Er betonte das Wort Fraktion so merkwürdig. So als ob es in der Bernstadter SPD außerhalb der Fraktion noch andere Meinungen gäbe."

„Dem müssen wir nachgehen. Wie viel Einfluss hat Freddie, wie viel Dellwig?"

„Dann sagte er noch etwas: Die Geschichte mit der Schnellstraße ist ja längst ad acta gelegt."

„Verstehst du, was er damit meint?", fragte Andreas.

„Nein, das muss vor meiner Zeit gewesen sein. Aber ich werde morgen in unserem Zeitungsarchiv nachforschen."

„Hör mal, Petra." Andreas schaute sie an. Sie saß im Sessel und hatte die Beine hochgezogen. Er gab sich einen Ruck.

„Du möchtest das Foto veröffentlichen. Ich finde, du hättest mich fragen müssen, ob ich dazu bereit bin. Schließlich habe ich es beigebracht. Auf eine Art und Weise, die du kritisiert hast. Jetzt tust du so, als könntest du über das Foto verfügen. So geht das nicht."

Petra schwieg. Dann sagte sie: „Da ist immer noch ein Wurm drin."

„Ja. Es ist, wie es ist. Ohne das Foto hätten wir nichts in der Hand."

„Und du meinst, das rechtfertigt deinen Alleingang?"

„Irgendwie schon. Zu zweit hätten wir das Foto nicht bekommen. Aber ich bin nicht zu weit gegangen. Und ich will nicht, dass du aus Rache allein zu Dellwig gehst. Das ist ein ganz anderes Kaliber."

Petra stand auf. „Ich werde darüber nachdenken."

36

Am Montagmorgen um zehn Uhr stand Franck vor der Polizeiwache in Bernstadt. Er war mit Petras Auto gefahren, und sie hatten vereinbart, sich am Abend wieder in Darmstadt zu treffen.

Franck überdachte noch einmal seine Strategie. Ursprünglich hatte er Anton Quast mit den Ergebnissen ihrer Recherchen konfrontieren wollen, wozu auch gehörte, dass Quast senior in ihren Augen ein übler Erpresser gewesen war. Aber auf diese Weise hätte er den Sohn nicht zum Reden bringen können. Man musste um ihn werben, ihn mit ins Boot nehmen.

Franck drückte auf die Klingel und näherte sein Gesicht der Sprechanlage. Wie er diese unpersönliche Art von Kommunikation hasste! Zu seiner Überraschung öffnete sich die Schiebetür ohne Weiteres. Er ging über den Parkplatz auf das Gebäude zu. Wahrscheinlich wurde der Eingang von einer Videoanlage überwacht und man hatte beschlossen, den Besucher als ungefährlich einzustufen. Die Schiebetür schloss sich hinter ihm.

Franck fuhr sich mit der rechten Hand übers Kinn. Er war sorgfältig rasiert, die nicht zu langen Haare waren gewaschen und gekämmt. Seine Kleidung wirkte sportlich-leger. Die enge Leinenhose und die offen gelassene Lederjacke hatten keine ausgebeulten Taschen. Die Füße steckten weder in Turnschuhen, noch in strumpflosen Sandalen. Er trug nichts in den Händen. Für einen Moment spielte er mit dem Gedanken, sich mitten auf dem Parkplatz umzudrehen und sich von hinten beobachten zu lassen, was ihm dann aber doch zu theatralisch vorkam.

Er war noch nie auf einer Polizeiwache gewesen. Seine Kenntnisse schöpfte er aus amerikanischen Fernsehkrimis. Dort kam man immer in einen Raum, der von einer großen Theke geteilt wurde. Der Besucher musste hier anstehen und sein Anliegen vortragen. Hinter der Barriere saßen mehrere Uniformierte an ihren Schreibtischen und waren stets irgendwie beschäftigt. Immer wieder stand jemand auf und hastete aus dem Zimmer in die rückwärtigen Räume. In den neueren Filmen waren auch immer eine Polizistin und mehrere schwarze Beamte zu sehen. Außerdem klingelte dauernd ein Telefon.

Franck betrat einen kleinen Eingangsraum und teilte sein Anliegen einem Pförtner mit, der in einem Glaskasten saß. Fast war er erleichtert, dass er nun doch seinen Personalausweis durch ein rundes Loch in den Glaskasten reichen musste. Der Beamte notierte sich etwas in ein Buch und nannte ihm dann ein Zimmer im ersten Stock.

So einfach ging das also. Wahrscheinlich hatte es eine Anweisung gegeben, dass sich die Polizei möglichst bürgernah und freundlich darstellen solle, was nach den vielen Krawall- und Schlagstockszenen seit 1968 auch dringend erforderlich war.

Franck stieg die Treppe hoch und gelangte in eine Art Besucherzimmer. Große Fenster ließen die Sonne herein, und an den weiß getünchten Wänden hingen Aquarelle mit Landschaftsszenen. In der Mitte des Raumes stand ein runder Tisch, von vier Stühlen umringt. Ungläubig betrachtete er das Spitzendeckchen auf der Tischplatte.

Während Franck sich noch umsah, betrat jemand den Raum und schloss die Tür. Quast junior war von gedrungener Gestalt. Er trug einen mausgrauen Anzug und eine korrekt gebundene Krawatte. Seine Haare begannen sich schon zu lichten, obwohl er nicht viel älter als dreißig sein konnte.

„Bitte setzen Sie sich doch“, sagte er förmlich. „Was kann ich für Sie tun?“

Franck nahm Platz, stellte sich vor, nannte seinen Beruf und erklärte, dass er sich für den Fall Dellwig interessiere, weil er auch wissenschaftlich Motivationsforschung betreibe.

„Und Sie wollen mit mir über meinen Vater sprechen?“

„Ja“, antwortete Franck. „Ich sehe ein, dass ich erst Vorleistungen bringen muss. Warum sollten Sie sonst mit mir reden?“

Er griff in seine Jackentasche, holte das Foto hervor und legte es auf den Tisch. Quast betrachtete es schweigend und sagte dann: „Das ändert allerdings einiges. Ich will gar nicht wissen, woher Sie es haben.“

„Ich würde es Ihnen auch nicht sagen. Aber es ging alles legal zu. Keine Wohnungseinbrüche oder ähnliche Gesetzwidrigkeiten.“

Quast lächelte. „Dann kann ich mir schon denken, wie Sie an das Foto herangekommen sind.“ Er reichte es Franck zurück.

„Ich hätte gerne von Ihnen einige Auskünfte", sagte Franck. „Die Beziehung zu Elke Simon erklärt Dellwigs Verhalten schon besser als die offizielle Version. Aber befriedigend ist das immer noch nicht. Und ich denke mir, dass Sie daran interessiert sind, das Bild Ihres Vaters in der Öffentlichkeit zu korrigieren."

„Mein Vater war nicht der Typ, der sich umbringt. Und schon gar nicht, weil er es nicht ertragen konnte, gegen seinen Chef aussagen zu müssen."

„Wenn er sich nicht selbst umgebracht hat", sagte Franck, „dann gibt es nur noch eine andere Möglichkeit. Er wurde ermordet. Und als Täter käme niemand anders als Dellwig infrage."

Quast nickte. „Ich bin zwar nicht bei der Kripo; aber ich habe auf eigene Faust versucht zu recherchieren. Es ist nichts dabei herausgekommen."

Jetzt starrte er ziemlich resigniert an seinem Besucher vorbei auf die Raufasertapete. Er schien weit weg zu sein.

„Wie erklären Sie sich denn den Abschiedsbrief Ihres Vaters?"

Quast kehrte zurück in den Raum und antwortete bereitwillig: „Ich habe ihn nach dem Ende des Prozesses zurückerhalten. Der Text ist mit der Schreibmaschine verfasst, nur die Unterschrift ist mit der Hand geschrieben worden. Die Unterschrift ist ohne Zweifel echt, aber den Text hätte man, wenn man eine Blankounterschrift besitzt, mit jeder beliebigen Schreibmaschine ergänzen können." Er zögerte, setzte aber dann doch hinzu: „Ich habe den Text auf Dellwigs Dienstmaschine abgetippt und mit dem Abschiedsbrief verglichen. Ohne positives Ergebnis. Im Dienst hat er den Text nicht geschrieben."

„Wie stand Ihr Vater zu Dellwig?"

„Seit einigen Jahren hatten sie kein gutes Verhältnis mehr."

„Seit der Apfeläcker-Geschichte?"

„Das wissen Sie auch? Dellwig hat mit allen Mitteln verhindern wollen, dass die Grundstücksbesitzer dort bauen."

„Ist Dellwig denn so einflussreich? Er sitzt doch in keinem politischen Gremium, so viel ich weiß."

„Jetzt nicht mehr, da haben Sie recht. Aber er saß bis 1977 für die SPD im Kreistag. Nachdem er Bernstadter Polizeichef geworden war, ist er zurückgetreten."

„Die Apfeläcker sind doch keine Kreis-Angelegenheit. Haben Sie eine Theorie? Warum sollte Dellwig denn Ihren Vater umgebracht haben?"

„Das weiß ich nicht. Vielleicht hat mein Vater irgendetwas gegen Dellwig in der Hand gehabt."

„Er könnte natürlich erfahren haben, dass Dellwig ein Verhältnis mit Frau Simon hatte", sagte Franck bedächtig.

Quast schob seine Unterlippe vor und schwieg.

Er ist nicht auf den Kopf gefallen, dachte Franck. Jetzt hat er kapiert, dass sein Vater möglicherweise versucht hat, Dellwig zu erpressen.

„Also, wenn ich Sie richtig verstanden habe, Herr Quast, dann hegen Sie einen massiven Verdacht gegen Dellwig, kennen aber weder sein Motiv noch haben Sie einen Beweis gegen ihn in der Hand."

„So ist es", sagte Quast müde, „ich komme nicht weiter."

„Dann müssen wir uns eben Beweise schaffen."

Quast sah ihn fragend an.

„Würden Sie mir den Abschiedsbrief zur Verfügung stellen, wenn ich einen Brief hätte, den Dellwig auf seiner privaten Schreibmaschine verfasst hat?"

„Sie wollen ihn hereinlegen?"

„Ich könnte ihm doch von Stuttgart aus schreiben, ihn um irgendetwas bitten, sodass er mir antworten muss."

Quast nickte anerkennend. „Das könnte gehen. Die Idee ist nicht schlecht." Er stand auf. „Ich kann hier nicht so lange über diese Dinge reden. Tauschen wir unsere privaten Telefonnummern aus. Wir bleiben in Kontakt. Rufen Sie mich zu Hause an. Es freut mich, Sie kennengelernt zu haben. Vielleicht können wir ja doch noch etwas bewegen."

Franck suchte nach aufmunternden Worten, fand aber keine. So drückte er Quast nur schweigend die Hand.

Am Glaskasten erhielt er seinen Ausweis zurück. Als er die Schiebetür erreicht hatte, ging sie wie von Geisterhand bewegt auf und Franck trat ins Freie.

37

Petra kam nur wenig später heim als Andreas. Sie stürzte geradewegs in sein Zimmer, warf sich auf sein Bett und streckte alle Viere von sich. Ein paar Mal atmete sie tief durch. Dann richtete sie sich auf und platzte heraus: „Ich darf die Artikel nicht schreiben. Er hat es mir verboten."

Andreas schaute sie fragend an.

„Na, er, der Chefredakteur, wer denn sonst? Und da heißt es im Grundgesetz so schön: Eine Zensur findet nicht statt!"

„Warum denn? Was hat er denn gesagt?"

„Gesagt hat er, unsere Zeitung ist ein seriöses Blatt. Und dann noch: Wir bringen die täglichen Neuigkeiten; Hintergrundberichte und Serien gehören in die Magazine und Illustrierten. Aber ich glaube ihm kein Wort. Er hat die Hosen voll, aber gestrichen."

„Du solltest doch während des Prozesses auch nicht auf eigene Faust recherchieren", warf Andreas ein.

„Das stimmt. Er ist natürlich SPD-Mitglied und will seinen Parteigenossen Dellwig schonen. Wahrscheinlich spekuliert er darauf, dass Börner ihn bei der nächsten Kabinettsumbildung zum Staatssekretär macht." Sie stand auf und setzte sich in den Sessel. „Aber nicht mit mir. So lasse ich mich nicht abspeisen. Und dann diese väterliche Tour: ‚Frau Giseke, wir schätzen Ihre Arbeit sehr. Aber Sie sind noch nicht so lange bei uns, da ist es verständlich, wenn Sie einmal übers Ziel hinausschießen.' Jetzt erst recht. Ich will wissen, was dahintersteckt. Die Sache ist oberfaul."

Andreas seufzte.

„Ja, seufze nur. Am Anfang habe ich deinetwegen mitgemacht. Bei einem Spiel, wie du gesagt hast. Aber es ist immer ernster geworden. Jetzt mache ich weiter. Und du?"

Andreas betrachtete sie. Da saß sie nun in ihrer rostroten Lederjacke und ballte die Fäuste. Ihre blauen Augen blitzten ihn herausfordernd an. Unter ihrem T-Shirt hoben und senkten sich ihre Brüste. Eine widerspenstige Haarsträhne blies sie aus dem Gesicht.

„Also gut", sagte er, „ich mache weiter mit. Aber du bist ab sofort die Chefin. Du leitest die Ermittlung."

„Meinetwegen. Dann berichte über dein Gespräch mit Quast junior."

„Wir haben ihn als Verbündeten gewonnen. Er gab mir seine private Telefonnummer. Er glaubt nicht, dass sein Vater sich umgebracht hat. Er hat Dellwig in Verdacht, kann ihm aber nichts beweisen." Andreas schilderte den Gesprächsverlauf im Einzelnen. „Er schien mir ziemlich resigniert zu sein. Hatte wohl schon aufgegeben. Ich habe den Eindruck, auch nach deinen Erfahrungen in der Redaktion, dass man überall gegen eine Wand stößt."

Petra nickte. „Da hält eine Clique fest zusammen", sagte sie. „Jetzt gehen wir erst einmal zu Nino. Ich habe Hunger. Dann erzähle ich dir von meinen Forschungen in unserem Archiv. Es gibt vielleicht eine Spur."

Die Pizzeria lag gegenüber der TH und war gut besucht. Am Nachbartisch tafelte eine Gesellschaft von zwölf Personen, offenbar Professoren und deren Mitarbeiter. Nur eine unscheinbare junge Frau versuchte die Männerrunde zu zieren.

Petra verdrückte eine warme Gemüsevorspeise, trank ein Glas Frascati und sprudelte los. Andreas hörte aufmerksam zu und beschäftigte sich dabei mit seinen Pennette Portofino und einem Pinot grigio aus dem Veneto.

Mitte der Siebzigerjahre waren Pläne für eine Verbindungsstraße zwischen der A 81 und der A 5 entwickelt worden. Die Schnellstraße sollte von der Anschlussstelle Tauberbischofsheim bis nach Bensheim führen und durchgängig vierspurig ausgebaut werden. Man rechnete mit einer Verkehrsdichte von 20.000 bis 25.000 Fahrzeugen pro Tag. Abgesehen von dem enormen Landschaftsverbrauch und der Vernichtung von Erholungsgebieten – Perspektiven, die sofort die Naturschützer mobilisiert hatten –, gab es auch Kontroversen über die Trassenführung.

Die Zeitungen berichteten monatelang und ausführlich über das Projekt. Strittig war vor allem die Straßenführung durch den Odenwald. Es gab eine Variante, die direkt an Bernstadt vorbeiführte; eine zweite Trasse war weiter nördlich vorgesehen. Variante eins schien teurer zu sein; für Variante zwei waren zwar komplizierte Tunnelbauten vonnöten, sie schonte aber die Erholungsgebiete im Odenwald.

„Das Ganze verlief wie ein Sturm im Wasserglas", sagte Petra und sah sich nach dem Wirt um. Sie bestellte Tiramisu; Andreas entschied sich für eine Portion Panna cotta.

„Das Thema verschwand so plötzlich aus den Zeitungen, wie es hereingekommen war“, fuhr sie fort.

Der Nachtisch wurde serviert, und Petra löffelte genussvoll von ihrer Kalorienbombe.

„Ja, und?“, fragte Andreas. „Noch sehe ich keinen Zusammenhang mit unserem Fall.“

„Den habe ich mir für den Schluss aufgehoben.“ Petra lächelte. „Der Bernstadter Kreistag hat sich 1977 noch kurz vor den Kommunalwahlen für die teurere Variante eins entschieden. Die Stimmen der SPD gaben den Ausschlag für diesen Beschluss.“

„Und Dellwig war zu dieser Zeit Kreistagsmitglied“, ergänzte Andreas, „das hat mir Quast junior gesagt.“

„Nicht nur das. Er war Fraktionsvorsitzender der SPD.“

Andreas ließ sich Zeit, um diese Informationen zusammen mit seiner Fruchtspeise zu verdauen.

„Es ist doch ganz natürlich“, sagte er dann, „dass man sich hier im Kreis für die Bernstadt-nahe Variante entscheidet.“

„So einfach ist das nicht“, entgegnete sie. „Die Variante zwei ginge auch durch den Kreis.“

„Das heißt also, man hat sich mehrheitlich ganz bewusst für die kostspieligere Lösung entschieden. Und mit welcher Begründung?“

„Das Hauptargument war offenbar: Die zweite Variante scheint zwar billiger zu sein, enthält aber größere Risiken. Die Firma, die die Tunnelbauten ausführen wollte, arbeitet mit einem neuen Verfahren, das angeblich noch nicht ausgereift ist.“

„Hmm. Wenn das so ist, dann sehe ich kein Verbrechen in dieser Straßenbaugeschichte. Man kann sich fragen, ob eine solche Schnellstraße nötig ist. Aber Unrecht? Was soll Dellwig denn verbrochen haben? Hast du etwa noch mehr auf Lager?“

„Bei der Variante eins würden die Apfeläcker mit verbaut werden.“

„Moment mal!“, rief Andreas.

„Nicht so laut“, mahnte Petra. „Man wird schon auf uns aufmerksam.“

Am Nachbartisch führte ein älterer Herr mit weißem Bart- und Kopfhaar das große Wort. Er redete auf seinen Gegenüber ein, aber es war klar, dass er sich indirekt an die jungen Leute am Tisch wandte. Andreas konnte sie sehen, wenn er an Petra vorbei in den Spiegel blickte. Imponiergehabe und nichts dahinter. Die Mitarbeiter hörten gelangweilt zu.

„Mir geht es um die Vernunft, nicht so sehr um den Intellekt", sagte der Grauhaarige gerade.

„Ich wende mich nur dagegen, den Menschen rein auf die Logik zu reduzieren", widersprach das Gegenüber.

„Vernunft ist nicht gleich Logik", erläuterte der Grauhaarige und stocherte in seinen Spaghetti bolognese.

Gleich werden sie auf den Unterschied zwischen Mensch und Tier kommen, dachte Andreas. Vielleicht bleibe ich doch lieber in Stuttgart.

Andreas hob die Hand. Er bestellte Espresso und einen Grappa, Petra einen Cappuccino. Sie warteten schweigend, bis die Getränke serviert worden waren. Andreas probierte den Grappa, rührte einen Löffel Zucker in den Espresso, trank ihn mit zwei Schlucken aus – schwarz, heiß und süß; so wie er sein sollte – und lehnte sich dann behaglich zurück.

„Jetzt noch einmal leise und in Ruhe", sagte er. „Im Jahre 1977, kurz vor den Kommunalwahlen, setzt die SPD im Kreistag einen Beschluss durch. Es handelt sich um ein Straßenbauprojekt und um eine Trassenführung, die offensichtlich teurer ist als eine ebenfalls zur Diskussion stehende Variante. In demselben Jahr, aber nach den Kommunalwahlen, lehnt die Bernstadter Stadtverordnetenversammlung knapp und mit den Stimmen der SPD eine Wohnbebauung der Apfeläcker ab."

Andreas goss vorsichtig etwas Grappa in die Espressotasse, schwenkte sie und trank die lauwarme braune Flüssigkeit.

„Ich komme mir vor, wie bei einem Puzzlespiel. Einen Teil haben wir schon zusammengesetzt. Aber er scheint nicht das ganze Bild zu ergeben. Nun finden wir zwei weitere Stücke, die vielleicht dazugehören. Sie passen möglicherweise zueinander, aber man kann sie nicht an den fertigen Teil anlegen. Was machen wir nun?"

„Weitersuchen. Aber zuerst zahlen und nach Hause gehen."

Petra war müde. Andreas ergriff ihre Hand. „Es war ein anstrengender Tag für dich, nicht wahr?"

„Ich möchte ins Bett und an deiner Seite einschlafen", sagte sie.

Hand in Hand gingen sie dann in wenigen Minuten von der Alexanderstraße nach Hause. Mit einem frischen Abendwind kündigte sich schon der Herbst an. Es wurde höchste Zeit, den Sommer durch eine italienische Woche zu verlängern. Sie kamen an den Häusern der Katholischen Studentenschaft Nassovia und der Burschenschaft Germania vorbei. Auf dem Ballonplatz saßen die Gäste noch immer im Kerzenschein draußen.

Petra schwieg, und Andreas hing seinen Gedanken nach.

Irgendetwas in Petras Bericht, über das sie noch nicht gesprochen hatten, war bei ihm hängen geblieben, wollte aber nicht ins Bewusstsein aufsteigen. Es war ein drittes Teilstück ihres Polit-Puzzles, ein wichtiges, das die Verbindung zu Dellwigs Versicherungsbetrug herstellen konnte. Eine Information, die Andreas vor mehreren Wochen erhalten, aber nicht weiterverfolgt hatte, weil sie nicht in das Konzept der Beziehungsgeschichte passte. Jetzt war sie im Hinterkopf gespeichert und musste aktiviert werden. Er nahm sich vor, seine Unterlagen in Stuttgart noch einmal gründlich durchzugehen.

38

Jeder Kilometer, den Franck Richtung Stuttgart zurücklegte, brachte ihn mehr in den Alltag zurück. In etwa einem Monat würde das neue Semester beginnen. Er musste seine Vorlesung überarbeiten, die diesmal die erste Hälfte des 19. Jahrhunderts behandeln sollte. „Europa zwischen Restauration und Revolution“ würde er sie nennen. Außerdem wollte er ein Seminar über Geschichtstheorien abhalten; dabei konnte er auf seine Ranke-Studien zurück greifen. Vielleicht war es sogar möglich, den Aufsatz über Holmes und Ranke in einer Seminarsitzung vorzutragen. Die erste Semesterwoche würde wie immer anstrengend werden. In allen Gremien standen Sitzungen an, und die vielen neuen Studenten mussten eingewiesen und betreut werden.

Franck blickte aus dem Fenster, gerade rechtzeitig, um zu sehen, wie der Zug an den ersten Weinbergen Württembergs vorbeirauschte. Es wäre auch an der Zeit, sich um eine Wohnung in

Stuttgart zu bemühen. Auf die Dauer und vor allem im Semester würde er nicht in seinem Arbeitszimmer hausen können. Er hasste diese Wohnungssucherei, vor allem wegen der vielen Absagen, die man sich dabei einhandelte. Die besten Wohnungen wurden sowieso unter der Hand vergeben.

Der Zug fuhr durch den Bahnhof Zuffenhausen an einer haltenden S-Bahn vorbei. Mit einer gewissen Schadenfreude sah Franck, dass sich auf der Einfallstraße nach Stuttgart wieder der Verkehr staute. Sollen sie doch öffentliche Verkehrsmittel benutzen!

Er faltete den *Kicker* zusammen, der noch auf seinen Knien lag, und verstaute ihn in der Aktentasche. In den letzten turbulenten Wochen war er kaum dazu gekommen, ihn zu lesen. Werder hatte am Samstag zwar nach Toren von Kostedde und Kamp 2:1 gegen Eintracht Braunschweig gewonnen, dümpelte aber mit 11:5 Punkten auf dem sechsten Tabellenplatz herum. Völlig indiskutabel für einen Aufstiegskandidaten. Wenn da man nicht bald der Trainerstuhl wackelte!

Als der Zug durch den Nordbahnhof fuhr, stand Franck auf, zog seine Jacke an, prüfte nach, ob sich die Schlüssel in der Aktentasche befanden, und stellte sich hinter die Reisenden, die schon im Gang auf die Ankunft warteten. Er schüttelte leicht seinen Kopf. Die Geschichte mit der verlorenen Aktentasche und dem Hausschlüssel hatte er immer noch nicht verkraftet.

Wenige Minuten später betrat er die Bäckerei, in der er am 1. August den Tod von Quasts Frau aus der Bildzeitung erfahren hatte. Mein Gott, wie lange ist das her, dachte er, und was ist seitdem alles passiert!

Am 12. August hatte er zum ersten Mal mit Petra geschlafen. Obwohl Historiker, konnte er sich Daten nur schlecht merken. Aber den 12. August würde er nicht vergessen. Franck bestellte eine Tasse Kaffee und eine Butterbrezel. Nirgendwo anders gab es so gute Brezeln wie in Württemberg. Sie wurden sogar in Ständen auf der Stuttgarter Königstraße verkauft.

Als er das Institut betrat, begrüßte er Frau Kaiser und lobte sie dafür, dass sie sich wieder um seine Blumen gekümmert hatte. In seinem Zimmer sichtete er die Post, unterzeichnete die eingegangenen Rundschreiben und blätterte die neuen Hefte der historischen Zeitschriften durch. Er fand keine Aufsätze darin, die ihn interessierten, nahm die Rundschreiben und die Zeitschriften, stand auf und trug sie in Heilmanns Zimmer. Dort legte er sie auf einen penibel aufgeräumten Schreibtisch.

Zurück in seinem Zimmer machte er sich daran, den Brief an Dellwig zu schreiben, aber das war leichter gesagt als getan. Schließlich musste es ja einen plausiblen Grund geben, warum er sich an Dellwig wandte, und der Brief sollte so formuliert sein, dass der Empfänger ihn auch beantworten würde.

In der ersten Fassung lud Franck ihn zu einem Vortrag über Kriminalprävention ein. Aber dann knüllte er den Bogen zusammen und warf ihn in den Papierkorb. Eine solche Einladung konnte nach allem, was passiert war, nur als Hohn aufgefasst werden. Schließlich entschloss er sich, bei der Wahrheit zu bleiben, jedenfalls so weit wie möglich. Er legte sein „wissenschaftliches“ Interesse am Fall Dellwig dar und bat um ein Gespräch. Ein solches Ansinnen würde Dellwig sicher ablehnen, aber hoffentlich in nicht zu wenigen Worten.

Er frankierte den Brief und brachte ihn trotz des Protestes von Frau Kaiser höchstpersönlich zum Briefkasten. Anschließend ging er die wenigen Schritte zur Universitätsbibliothek, um ein Buch zu bestellen. Er betrat das Foyer, warf einen mitleidigen Blick in die rauchgeschwängerte Leseecke und stieg schnell die Treppe hinauf.

Als er an der Infotheke vorbeikam und den jungen Mann mit Bart sah, fiel es ihm wieder ein. Das dritte Teilstück des Puzzles, nach dem er gestern vergeblich gesucht hatte, war Friedrich Simons Lehrauftrag an der TH Darmstadt. Simon war Bauingenieur gewesen.

Plötzlich hatte Franck es eilig. Er gab die Fernleihscheine am Schalter ab und hastete die Treppe hinunter. Zwei Studenten schauten ihm überrascht hinterher. Der Fahrstuhl im Uni-Hochhaus fuhr viel zu langsam. In seinem Zimmer schnappte er sich die Unterlagen zum Fall Dellwig und begann in ihnen zu blättern. Schließlich fand er das Blatt, auf dem die Notizen aus dem Darmstädter Vorlesungsverzeichnis standen. Simons Schwerpunkt war Verfahrenstechnik des Tunnelbaus gewesen.

Franck griff zum Telefon und rief im Dekanat des Fachbereichs für Bauingenieurwesen an. Es war Dienstag, vielleicht hatte er Glück und der Darmstädter Kollege mit dem schönen Namen Klinkerstein befand sich im Dienst. In Stuttgart waren die Uni-Parkplätze am Dienstag und Mittwoch stets überfüllt; an den anderen Tagen ließ der Diensteifer der Professoren jedoch bedenklich zu wünschen übrig.

Der Professor mit dem wohlklingenden Namen saß wirklich im Dekanat; seine Sekretärin stellte den Anruf durch, und er beantwortete „gerne", wenn auch mit sonorer Stimme, die Fragen des „verehrten" Kollegen. Ja, er hatte Friedrich Simon gut gekannt, ein exzellenter Mitarbeiter, der Spezialist für eine innovative Technik des Tunnelbaus gewesen war. Es sei jammerschade, dass er auf so tragische Weise ums Leben kommen musste. Man hätte noch viel von ihm lernen können.

„Wir haben ihn euch Stuttgartern weggeschnappt", sagte er lachend.

Als Franck die Frage stellte, worin denn die Innovation läge, setzte der Professor zu einem akademischen Vortrag an, in dem es hauptsächlich um Statik und Schwerkraft ging. Franck verstand davon immerhin so viel, dass Simon Tunnel mit übereinanderliegenden Fahrspuren entwickelt hatte, wodurch weniger Erdarbeiten vonnöten sein würden. Und ein solches Projekt wäre wesentlich preiswerter als die konventionelle Lösung mit nebeneinander liegenden Spuren für Hin- und Rückfahrt.

Ob denn diese Bautechnik schon voll ausgereift sei, um sie bedenkenlos in die Praxis umsetzen zu können, wollte Franck wissen.

Der Professor bejahte dies entschieden und wies auf eine Reihe von Bergstrecken in Europa hin, bei denen es dieses Tunnelsystem schon gäbe. Übrigens könne man auch beim Brückenbau nach diesem „Huckepackprinzip" verfahren. Er sagte wirklich Huckepackprinzip, wohl um sich bei dem geschätzten Kollegen, der offensichtlich Laie in diesen Dingen war, verständlich zu machen.

„Wissen Sie, bei welcher Firma Herr Simon privat gearbeitet hat?"

Nein, das wusste der Herr Professor leider nicht. Er beendete das Gespräch mit den üblichen Floskeln und trug Franck auf, die Stuttgarter Kollegen zu grüßen.

Franck legte den Hörer auf und trommelte mit den Fingern der linken Hand auf der Schreibtischplatte herum. Dann rief er Petra an. Er erreichte sie in der Redaktion.

„Es ist wichtig", sagte er. „Weißt du, welche Firma sich für die Variante zwei beworben hat?"

„Ich habe es irgendwo in meinen Papieren", antwortete Petra. „Warum willst du das denn wissen?"

Während sie in ihren Papieren wühlte, erzählte Andreas ihr von Simons Lehrauftrag und seinem Telefongespräch mit dem Darmstädter Professor. Wahrscheinlich klemmte sie den Telefonhörer an ihre Schulter, um beide Hände frei zu haben.

„Hier steht es", sagte sie, „die Firma heißt Hessen Tiefbau. Ich rufe sie an und frage, ob Simon bei ihnen gearbeitet hat. Gut?"

„Ja, darum wollte ich dich bitten."

„Schon kapiert, wo es lang geht", sagte sie fröhlich. „Bei so etwas bin ich in meinem Element. Wir sprechen uns heute Abend. War schön, die Nacht mit dir."

„Du bist doch gleich eingeschlafen."

„Trotzdem."

„Du hörst dich ja ganz dynamisch an."

„Ich fühle mich wie neugeboren und voller Tatendrang. Jetzt lege ich auf. Tschüss, bis später."

Franck lehnte sich in seinem Sessel zurück. Es war wie bei einer Jagd, nachdem der Jäger die Fährte aufgenommen hatte. Aber jetzt würde man erst einmal warten müssen. Franck erhob sich und trat ans Fenster. Es war schwer, sich wieder auf die alltägliche Arbeit zu konzentrieren. Die Themen für das Theorieseminar mussten dringend festgelegt werden. Doch Franck sollte noch nicht dazu kommen.

Es klopfte an der Tür und Karl Grumkow kam herein.

„Ich besuche gerade ein paar Freunde in Stuttgart und dachte, ich schaue mal kurz vorbei."

„Nehmen Sie doch Platz", sagte Franck. „Wie kommen Sie mit Ihrer Examensarbeit voran?"

„Es geht nur langsam", antwortete Grumkow. „Ich muss viele Bücher per Fernleihe bestellen. In Stuttgart war der Bestand größer."

„Ich weiß gar nicht, worüber Sie schreiben."

„Über ein Thema, das Sie interessieren wird. Eine Biografie des rheinischen Jakobiners Biergans."

„Das ist ja toll", rief Franck aus. Er hatte vor zwei Jahren einen Quellenband herausgegeben, in dem sich auch Texte von Biergans befanden.

In der nächsten Viertelstunde entspann sich ein angeregtes Gespräch. Offenbar war Grumkow gekommen, um sich einige Tipps zu holen, und Franck war froh, ihm helfen zu können. Als Grumkow bemerkte, dass Franck auf seine Uhr blickte, erhob er sich. „Ich will Sie nicht weiter aufhalten."

„Ganz im Gegenteil. Es ist gleich zwölf. Kommen Sie mit zum Essen! Dann können wir ausführlich miteinander reden."

Als sie im Flur standen und auf den Fahrstuhl warteten, fragte Grumkow: „Haben Sie schon den Erpresser enttarnt?"

„Ja", sagte Franck, „aber wir können ihn nicht überführen. Ich erzähle Ihnen alles beim Essen."

Am Nachmittag stellte Frau Kaiser noch kurz vor Dienstschluss ein Gespräch durch. Es war Petra; sie hatte schlechte Nachrichten.

„Die Firma gibt keine Auskünfte über ihre Mitarbeiter. Sie beruft sich auf den Datenschutz. Erst bin ich durchgereicht worden von Pontius zu Pilatus und dann diese Auskunft." Sie machte eine Pause. „Aber ich habe eine andere Idee. Du musst sie anrufen."

„Wie, ich? Die Firma?" Andreas verstand nicht.

„Nicht die Firma! Elke Simon."

„Du sagst, ich soll Elke Simon anrufen?"

„Ja, sie weiß doch bestimmt, wo ihr Mann gearbeitet hat."

„Also, wenn du das sagst, dann mache ich es."

„Du kannst mich die nächsten Stunden nicht erreichen", sagte sie, „ich bin in einer Pressekonferenz."

„Ich hätte Lust, heute Abend nach Hause zu kommen", sagte Andreas.

„Au, ja", antwortete sie. „Aber nicht so spät, damit ich nicht gleich in deinen Armen einschlafe."

„Dann schaffe ich es bis sieben."

„Wunderbar", sagte sie, gefolgt von einem lang gezogenes „Tschüss".

Franck behielt den Hörer gleich in der Hand, drückte auf die Telefongabel und wählte Elkes Nummer.

„Hallo, hier ist Franck", sagte er, als sie sich meldete.

„Oh, ich hätte nicht gedacht, so bald wieder von dir zu hören", antwortete sie.

„Kompliment, das war gut reagiert. Aber ich möchte nur eine Frage über deinen Mann stellen. Du weißt doch sicher, wo er gearbeitet hat."

„Natürlich, bei Hessen Tiefbau."

Franck pfiff durch die Zähne. „Das habe ich vermutet. Dann sind wir ja auf der richtigen Spur."

„Und wo führt die hin? Da bin ich aber neugierig."

„Hast du schon einmal darüber nachgedacht, dass dein Mann eventuell gar keinen Unfall hatte? Dass ihn jemand umgebracht hat?"

Sie schwieg. Franck spürte förmlich, wie sie am anderen Ende der Leitung blass wurde.

„Nein, der Gedanke ist mir völlig neu. Ich bin sprachlos."

„Wir recherchieren in diese Richtung. Kannst du dich erinnern, ob dein Mann vor etwa drei Jahren von einem Straßenbauprojekt durch den Odenwald gesprochen hat?"

Diesmal antwortete sie sofort. „Meinst du die Winterbergtrasse? Ja, ich erinnere mich. Damals stand es um uns noch besser. Er sprach mit mir über seine Arbeit. Später versank er in Schweigen und arbeitete dafür umso länger."

„Und was war mit dieser Trasse?"

„Es sollte ein Tunnel gebaut werden; er hatte ihn konzipiert. Aber seine Firma bekam den Auftrag nicht. Darüber war er ziemlich sauer."

„Das ist eine ganz wichtige Information für uns, Elke", sagte er. „Ich glaube, damit kommen wir einen Schritt weiter." Franck dachte nach.

„Bist du noch dran?", fragte sie.

„Ja, ich überlege. Hat dein Mann eigentlich auch zu Hause gearbeitet?"

„Natürlich; oben in seinem Arbeitszimmer. Zeitweise kam er nur noch zum Essen und Schlafen heraus."

„Und was ist mit seinen Unterlagen?"

„Die habe ich bisher noch nicht angerührt. Die müssten alle noch da sein. Soll ich für euch etwas suchen? Ich wühle da aber nicht gerne herum."

„Wenn ich wüsste, nach was man suchen soll … Nein, warte noch. Ich rufe morgen wieder an. Bist du morgen da?"

Jetzt fand sie wieder zu ihrem lockeren Tonfall zurück. „Du

weißt doch, wo ich Mittwoch morgens bin. Danach kannst du mich zu Hause erreichen – wenn du willst."

Franck packte seine Sachen zusammen und hastete zum Bahnhof, um den Fünf-Uhr-Zug noch zu erreichen. Mit etwas Glück an den Ampeln konnte man es in sieben Minuten schaffen.

Petra kam in den Flur, als sie hörte, dass sich sein Schlüssel im Türschloss drehte, und umarmte ihn freudig. Noch in der offenen Tür sagte Andreas: „Volltreffer! Simon arbeitete bei Hessen Tiefbau."

„Komm in die Küche und erzähl mir alles. Ich habe gefüllte Paprika gekocht."

Andreas setzte sich an den Tisch, und Petra goss ihm ein Glas Barolo ein. Auf seinem Teller thronte eine dicke rote Paprika inmitten von weißem, langkörnigem Reis. Er schnitt die Paprika durch und ließ den Fleischsaft auf den Reis laufen. Der Wein verbreitete eine samtene Wärme im Magen. Nach dem Essen lieferte er seinen Bericht ab und sagte: „Nach welcher Theorie gehen wir nun vor? Sag du es, du bist die Chefin!"

Petra konzentrierte sich.

„Dellwig als einflussreicher SPD-Politiker ist maßgeblich an der Entscheidung des Kreistags für die Variante eins des Straßenbauprojekts beteiligt. Nennen wir sie Dellwigtrasse. Simon als Spezialist für innovative Tunnelkonstruktionen erarbeitet die Winterbergtrasse. Sie ist billiger, aber seine Firma erhält trotzdem nicht den Zuschlag. Simon kann das nicht verstehen. Das Projekt wird als Ganzes ad acta gelegt. Zwei Jahre später kommt Simon bei einem Autounfall ums Leben. Zu dieser Zeit hat Dellwig ausgerechnet mit der Frau seines Konkurrenten ein Verhältnis. Er will die Beziehung nach dem Tode Simons nicht mehr fortsetzen und versucht, Frau Simon mit dem Geld von der Versicherung abzufinden. Die Sache geht schief. Das sind die Fakten. Alles weitere ist Spekulation."

„Und was spekulierst du?", fragte Andreas.

„Erstens: Es könnte sein, dass das Projekt gar nicht passé ist und nach der Bundestagswahl mit Zuschüssen aus Bonn fortgesetzt wird. Zweitens: Simon begann zu recherchieren. Er fand etwas, das Dellwig nicht passte, und Dellwig half bei dem Unfall nach."

„Dem müssen wir nachgehen. Ich rufe Quast junior an. Jetzt gleich."

Er verließ die Küche und ging zum Telefon. Petra hörte ihn sprechen. Als Andreas zurückkam, blitzte Triumph in seinen Augen.

„Man kann die Bremsen eines Autos sehr wohl manipulieren. Die Bremsleitung wird nur teilweise gekappt, sodass das Seil beim ersten kräftigen Bremsen reißt. Wenige Meter hinter der Unfallstelle geht die Straße in einer Kurve relativ steil bergab. Da hätte Simon voll auf die Bremse treten müssen. Aber er fuhr schon bei dem Überholmanöver ohne zu bremsen die Böschung herunter."

„Wenn es so war, wie wir vermuten, dann müsste Dellwig Simons Terminkalender gekannt haben", wandte sie ein.

„Das ist richtig", antwortete er.

In der Küche wurde es plötzlich ganz still. Nur der Wasserhahn tropfte in penetranter Eindringlichkeit. Franck fühlte, wie die kalte Wut in ihm aufstieg. Er stand auf, drehte den Hahn zu und lehnte sich rückwärts gegen die Spüle. Petra sah aus wie ein Häufchen Elend.

„Denkst du dasselbe wie ich, Petra?"

„Ja", entgegnete sie, „die arme Frau."

Später, als sie beide erschöpft und beglückt wieder nebeneinander im Bett lagen, sagte sie: „Du musst die Unterlagen im Arbeitszimmer ihres Mannes durchsehen, Andreas. Gleich morgen. Nimm meinen Wagen."

39

Als Franck vor dem hübschen Reihenhaus am Ortsende stand und die Klingel am Gartenzaun entdeckt hatte, kamen ihm zwei blondgelockte Kinder neugierig entgegen.

„Na, wollt ihr mich in euer Haus führen?", fragte er, und sie nickten. Er gab den beiden die Hand und folgte ihnen durch den kleinen Vorgarten zur Haustür, wo, von Efeu umrankt, Elke Simon stand und lächelnd die kleine Prozession betrachtete.

Franck stieg die drei Stufen zu ihr empor und küsste sie auf die Wange. Vor ihm erstreckte sich ein großer Wohnraum, der die Länge des ganzen Hauses einnahm und den Blick durch das gegenüberliegende Fenster wieder ins Grüne lenkte. Den Parkettfußboden wärmten weiche Teppiche. Der Raum war sparsam, aber ausgesprochen geschmackvoll möbliert. Kinderspielzeug lag auf dem Boden, dem Sofa und dem niedrigen Tisch: ein Bilderbuch, ein bunter Stoffball, rote und blaue Legosteine. Die Astern im Garten blühten in denselben Farben.

Franck schlüpfte aus seinen Schuhen und folgte Elke die Wendeltreppe nach oben. Sie trug eine weite schwarze Hose und einen dünnen weißen Pulli, aber mit Ärmeln, die knapp über die Ellenbogen reichten. Das Haar hatte sie mit einem Kamm hochgesteckt, wie damals in Heidelberg, als sie sich auf der Brücke zum ersten Mal trafen.

Sie betraten ein kleines Zimmer, das eindeutig lange nicht gelüftet worden war. Aber es atmete nicht den Geruch von alten Büchern und verbrauchter Wärme, den Franck so liebte und der Gedanken ausbrüten half. Hier war die Luft ganz einfach nur abgestanden, wie beleidigt durch die monatelange Abwesenheit von Menschen. Tagsüber hatte die Sonne sie nutzlos erwärmt, und nachts hatte sie sich wieder nutzlos abgekühlt.

Elke ging zum Fenster und kippte es auf. Dann drehte sie sich um, ließ ihre Silhouette zu einem Schattenriss des 18. Jahrhunderts gerinnen und fragte, ganz Gastgeberin, ob er einen Kaffee wolle.

„Vielleicht später", antwortete Franck.

Sie ging und schloss behutsam die Tür.

Franck schaute sich um. Vor dem Fenster stand ein kleiner Schreibtisch. Die rechte Wand wurde fast vollständig von einem Zeichenbrett eingenommen. An der gegenüberliegenden Wand befanden sich bis zur halben Höhe Regale mit Ordnern. Die Mitte des Zimmers füllte ein weiterer Tisch, der offenbar ebenfalls zum Zeichnen vorgesehen war. Verschiedene Zeichengeräte, wie Lineal, Dreieck, Zirkel, lagen darauf herum und warteten geduldig, benutzt zu werden.

Franck nahm den Zirkel, spießte ihn auf einen Bogen Zeichenpapier und vollführte eine spielerische Halbkreisbewegung. Dann setzte er sich an den Schreibtisch und schob eine Reiseschreibmaschine zur Seite. Er fuhr mit dem Zeigefinger über die staubige Tastatur. Hier hatte Simon also gehockt und sich darüber geärgert, dass seiner Firma der Auftrag Winterbergtrasse entgangen war.

Franck konnte sich nur schwer ein Bild von dem Ingenieur machen. Er hatte Friedrich Simon ja nie kennengelernt; ein Foto mochte er von Elke nicht erbitten. Was Simon wohl für ein Mensch gewesen war?

Jetzt saß Franck an Simons Platz und wollte seinen Nachlass durchgehen. Ihm grauste vor den vielen Zeichnungen und Zahlen, die erwartungsgemäß auf ihn zukommen würden. Wenn Simon doch ein Schriftsteller gewesen wäre ..., dachte er.

Franck schaute aus dem Fenster auf einen kurz geschnittenen, makellos grünen Rasen hinab. Am Himmel übten ein paar Vögel den Formationsflug in den Süden. Er drehte sich im Sessel herum und betrachtete die Regalwand. Die Ordner waren sorgfältig beschriftet, aber Franck konnte mit den Bezeichnungen nichts anfangen. Es handelte sich weder um Jahreszahlen noch um allgemein verständliche Begriffe, sondern um Kombinationen von Zahlen und Buchstaben. Aus ihnen war nicht ersichtlich, nach welchem System die Ordner aufgereiht worden waren.

Franck seufzte. Wohl oder übel würde er sie alle der Reihe nach sichten müssen. Er umfasste den gesamten Bestand mit den Augen, konzentrierte sich wie ein Glücksspieler beim Roulette und griff dann einen Ordner aus der linken Mitte heraus, dessen Markierung AZ 73 ihn an ein Autokennzeichen erinnerte.

Der Ordner war prall gefüllt mit Schriften, Berechnungen und Zahlenkolonnen. Franck blätterte ihn rasch durch. Die Papiere schienen in chronologischer Reihenfolge abgeheftet worden zu sein, wobei das jeweils neuere Dokument obenauf lag. Ganz zum Schluss fand sich ein Schriftwechsel mit dem Bürgermeisteramt von Alzey.

Wahrscheinlich sind die Buchstabenkombinationen wirklich mit den Städtekennzeichen verwandt, dachte er und stellte den Ordner an seinen Platz zurück. Im zweiten Anlauf suchte er nach einem Ordner mit den Buchstaben WI; er fand zwei. Aber es handelte sich nicht um Material über die Winterbergtrasse, sondern um Aufträge aus Wiesbaden. Damit war wenigstens klar, dass die Buchstaben tatsächlich für Städtenamen standen.

Mit wachsender Aufregung holte er den Ordner OD 77 aus dem Regal und schlug ihn auf. Als Erstes fielen ihm kartografische Skizzen ins Auge, und Bernstadt lag immer in ihrem Zentrum.

Franck atmete auf. Er hatte den richtigen Griff getan. Liebevoll strich er über den schwarzen Aktendeckel und legte den kostbaren Fund auf den Schreibtisch. Bevor er sich im Detail mit ihm beschäftigen würde, wollte er alle anderen Ordner kurz durchsehen, ob er sie definitiv aussondern konnte.

Er setzte sich vor den Regalen auf den Boden und begann mit seiner Arbeit. Die etwa sechzig Ordner herauszunehmen, aufzuschlagen und wieder zurückzustellen ließen seinen Enthusiasmus zwar schon nach kurzer Zeit erlahmen; aber da er sich den Erfolg bereits gesichert hatte, blieb er dennoch bei guter Laune. Um die oberste Reihe erreichen zu können, musste Franck auf die Knie gehen und wie ein Stehaufmännchen auf und nieder wippen.

Gerade als er den vorletzten Ordner zurückgestellt hatte, ging die Tür auf und Elke jonglierte ein Tablett mit zwei Tassen Kaffee, Zuckerdose und Milchkännchen einhändig bis zum Zeichentisch und stellte es dort ab.

„Das war Rettung im letzten Moment“, sagte Franck. „Ich habe schon eine Staublunge wie ein Kumpel im Ruhrbergbau.“

Im Schlepptau ihrer Mutter kam das blonde Töchterchen und hielt ein Stück Papier in der Hand. „Ich habe dir ein Bild gemalt“, sagte es.

„Das ist aber lieb von dir“, antwortete Franck. „Wie heißt du denn?“

„Eva“, sagte sie.

„Da werden es die Jungs aber später schwer haben, dir zu widerstehen.“

„Sie heißt genau genommen Eva-Maria“, ergänzte Elke.

„Ach so“, lachte Franck, „dann wird es nicht so schlimm.“

Er hockte sich wieder hin und betrachtete das Bild. „Das ist ja ein großes Auto.“

„Ja, ein Mercedes“, sagte Eva.

„Dann musst du aber noch den Stern auf den Motor malen. Du kennst doch den Mercedesstern?“

Eva nickte.

„Und wer sitzt da vorne am Steuer?"
„Das ist Papa; er ist müde."
„Dann soll er doch eine Pause machen."
„Er will aber schnell nach Hause. Es ist schon ganz dunkel."
„Sicher leuchten ihm der Mond und die Sterne", sagte Franck.
„Es gibt keinen Mond. Siehst du nicht, es ist ganz dunkel", protestierte sie.
„Ja, jetzt sehe ich es. Was liegt denn da auf dem Rücksitz?" Franck deutete auf ein großes Rechteck.
„Das ist Papas Aktentasche. Sie ist ganz voll mit Zetteln."
„Schreibst du mir noch deinen Namen auf das Bild? In bunten Farben?"
Eva nickte, nahm das Blatt und sprang davon.
„Ja, so ist es", sagte Elke. „Wir müssen damit leben."
Sie rührte mit dem Löffel in ihrer Tasse herum, obwohl sie weder Milch noch Zucker genommen hatte. Franck nahm beides und rührte ebenfalls, trank einen Schluck und stellte die Tasse ab.
„Einen Ordner über die Winterbergtrasse habe ich gefunden. Ich muss ihn mir aber noch ausführlich ansehen."
„Seitdem du diese Andeutungen gemacht hast, geht mir so vieles durch den Kopf", sagte sie. Franck schwieg geduldig. „Ich glaube, du solltest eins noch wissen, obwohl ich nicht gern darüber spreche. Bevor mein Mann starb, war ich mit Dellwig zusammen."
„Ich habe mir so etwas Ähnliches gedacht." Er zögerte, nahm noch einen Schluck Kaffee, um Zeit zu gewinnen. „Ich muss dich das jetzt fragen, Elke."
Sie nickte, ahnte wohl schon, was kam.
„Hast du Dellwig erzählt, wo dein Mann den Abend verbringen würde?"
„Ich weiß es nicht mehr. Aber es kann sein. Ich war doch verliebt und suchte nach Möglichkeiten, ihn zu treffen. Es war übrigens das letzte Mal." Sie starrte aus dem Fenster.
Soeben verliert sie ihre letzten Illusionen über diesen Mann, dachte Franck. „Ich weiß, was du denkst", sagte er behutsam. „Es ist furchtbar, aber wahr." Er lauschte seinen eigenen Worten nach, war aber nicht sicher, ob sie Elke Simon erreichten.

„Ich will, dass er dafür bestraft wird."

„Wir tun unser Bestes", antwortete er. „Wenn wir uns zusammenschließen, könnte es klappen. Quast junior ist auch schon dabei."

„Ich bin da, wenn ihr mich braucht."

Elke verließ das Zimmer. Franck schloss die Augen und schlug die Hände vors Gesicht. So verharrte er einige Sekunden lang. Irgendwo im Haus schlug viermal eine Uhr.

Er setzte sich an den Schreibtisch und nahm sich die Akte OD 77 vor. Je länger er sie durchblätterte, desto größer wurde seine Verwirrung. Zahlen, nichts als Zahlen. Komplizierte Berechnungen, dazwischen ein paar hingekritzelte Zeichnungen, die gedankenverloren entstanden sein mochten, wenn es nicht mehr weiter ging. Halbkreise, wie Tunnelöffnungen, mit einem Tannenbäumchen auf dem Dach. Dann gab es Ausführungen über verschiedene Gesteinsformationen, versehen mit Längenangaben. Die ganze Werkstatt eines Bauingenieurs. Entwürfe, Skizzen – Simon hatte alles abgeheftet.

Mit wachsender Ungeduld legte Franck ein Blatt nach dem anderen von der rechten auf die linke Seite. Alle Blätter waren einseitig beschrieben. Simon hatte eine gut lesbare Handschrift; die Buchstaben standen senkrecht und ein wenig eckig im Raum; die Worte gruppierten sich zu Linien, die in einem rechten Winkel zu den Schnittkanten des Blattes standen. Keins der Papiere trug ein Datum. Nicht auszudenken, was geschähe, wenn die Blätter aus dem Ordner herausfallen würden. Franck konnte kein Gliederungsprinzip erkennen.

Er fühlte sich lebhaft an Archivarbeiten erinnert, an tagelange Durchsicht von Aktenbündeln, die mit dem typischen Archivknoten verschlossen waren. Nie fand man das, was man wirklich suchte, aber immer etwas, das sich verwenden ließ. Wissenschaft hatte auch etwas mit Sitzfleisch, Ausdauer und Durchhaltevermögen zu tun. Man konnte nicht einfach mit dem Nachdenken aufhören, wenn das Abendessen fertig war. Vor allem dann nicht, wenn man sich zurückgesetzt fühlte.

Friedrich Simon hatte auch durchgehalten, vor sich hin gebrütet und immer wieder von vorn angefangen zu rechnen. Das konnte man den Papieren ansehen. Vielleicht war es das erste Mal gewesen, dass eines seiner Projekte nicht zum Zuge kam. Irgendwann war dann der Verdacht in ihm aufgestiegen, dass hier nicht alles mit rechten Dingen zugegangen sein konnte. Er wusste doch, wie gut er war. Simon war noch schweigsamer und noch fleißiger geworden. Auch seiner Frau hatte er sich nicht mehr mitgeteilt; zu ungeheuerlich war sein Verdacht.

Es folgten mehrere Blätter, bedeckt mit vier- bis fünfstelligen Zahlenkolonnen, die in zwei Spalten nebeneinander aufgelistet worden waren. Es sah so aus, als hätte Simon hier zwei verschiedene Dinge miteinander verglichen. Franck blätterte zwei Seiten zurück und stellte fest, dass die Kolonnen mit römisch eins und zwei überschrieben waren. Er blätterte weiter. Am Ende der Aufstellung wurde zusammengerechnet; Kolonne zwei wies die niedrigere Gesamtsumme auf.

Wahrscheinlich hat er die beiden Varianten miteinander verglichen und festgestellt, dass seine eigene Trassenführung kostengünstiger war, überlegte Franck. Das wussten wir schon. Aber warum hatte die teurere Lösung den Zuschlag erhalten? Simons Papiere schienen darauf keine Antwort zu geben.

Wie durch ein Zauberwort befreit, öffnete sich die Tür. Eva marschierte herein und legte stolz ihre Zeichnung auf die Zahlenreihen. Die Kühlerhaube des Autos zierte nun ein großer, fünfzackiger roter Stern, der direkt von Che Guevaras Mütze stammen musste.

„Das sieht aber toll aus", sagte Franck. „Und deinen Namen kannst du auch schreiben."

„Ich gehe doch schon zur Schule", antwortete sie stolz. Es konnte höchstens einen Monat her sein, dass sie eingeschult worden war.

Elke erschien in der Türöffnung und versuchte, ihre Tochter aus dem Zimmer zu lotsen. Franck betrachtete Evas Zeichnung. „Moment mal, Elke", sagte er und wandte sich an Eva. „Ist dein Vater immer mit seiner Aktentasche losgefahren?"

Sie nickte.

„Manchmal hat er mir etwas mitgebracht."

„Wo ist denn die Aktentasche jetzt?" Er schaute Elke fragend an.

„In der Abstellkammer."

„Her damit!", rief er. Er war sich plötzlich sicher, in ihr etwas Wichtiges zu finden.

„Wenn ich das nächste Mal komme, bringe ich dir auch etwas mit, Eva. Was möchtest du denn haben?“

Ihre Augen strahlten. „Einen Bagger“, antwortete sie.

40

Franck saß im Institut, wartete auf seine Sprechstundengäste und ließ derweil den vergangenen Tag an sich vorüberziehen. In Simons Aktentasche hatte er einen schmalen, roten Schnellhefter gefunden und das darin enthaltene Material war überaus brisant. Franck konnte es kaum fassen. Es handelte sich um das komplette Angebot der Konkurrenzfirma für die Dellwigtrasse, datiert auf den 15. März 1977. Wie war Simon nur an diese Unterlagen gekommen? Da musste ein Maulwurf am Werk gewesen sein.

Franck hatte genau so reagiert, wie es vermutlich auch Simon getan hätte. Er verglich die Zahlen im Angebot mit den Kolonnen, die Simon im Ordner OD 77 unter römisch eins ermittelt hatte. Das Angebot war erheblich teurer als Simons Schätzungen. Franck brauchte einige Zeit, um sich klar zu machen, was das bedeutete. Die Dellwigtrasse war nicht nur teurer als die Winterbergtrasse, das Angebot der Firma lag auch erheblich über dem, was Simon, der schließlich Spezialist auf dem Gebiet war, für die Dellwigtrasse errechnet hatte. Die Kreistagsabgeordneten waren hereingelegt worden, als sie den Auftrag erteilten.

Schnellhefter und Ordner lagen nun in Darmstadt auf Francks Schreibtisch. Petra und Andreas glaubten nicht, dass der Inhalt des roten Hefters schon ausgereicht hatte, um Simon gefährlich werden zu lassen. Denn immer noch wies keine schriftliche Spur zu Dellwig. Simon musste mehr gewusst haben, um Dellwig zu gefährden. Etwas, das es nicht schwarz auf weiß gab. Ungeklärt war auch, warum Simon das Material ausgerechnet an seinem Todestag mit sich führte.

Die Tür ging auf, aber kein Student, sondern Heilmann kam herein. Er trug wieder sein blassrotes Hemd, als ob er nur dieses eine hätte. Unter der Anzugsjacke konnte man breite

Hosenträger bewundern. Der kommt mir gerade recht, dachte Franck.

Heilmann wedelte mit einem Brief in der Hand und warf ihn dann auf den Schreibtisch. „Das ist ein Irrläufer“, sagte er, „dieser Brief gehört dir.“

Franck warf einen Blick auf den Brief, musterte den vor ihm Stehenden und sagte dann: „Nein, da ist eine Kopie für dich drin. Damit du siehst, was aus deiner Anzeige geworden ist.“

Heilmanns Gesicht nahm die Farbe seines Hemdes an. „Ich verstehe nicht recht,“, stotterte er und sank auf den Besucherstuhl.

Franck nahm den Brieföffner zur Hand, fuhr mit Daumen und Zeigefinger an seinen Schnittkanten entlang, und stieß dann das Werkzeug blitzschnell gegen Heilmanns Bauch. Der wich entsetzt ein paar Zentimeter zurück.

„Hier“, sagte Franck, „du kannst ihn aufschlitzen.“

Heilmann verharrte reglos im Sessel und klammerte sich mit den Händen an den Armlehnen.

„Dann eben nicht. Übrigens kriege ich von dir noch ein paar Abzüge für mein Fotoalbum. Oder sind die Aufnahmen aus Darmstadt nichts geworden?“

„Ich weiß nicht, wovon du redest“, brachte Heilmann heraus.

Franck stand auf, beugte sich über den Schreibtisch und stützte die Arme auf die Platte, sodass er sich Aug in Aug mit seinem Erpresser befand. „Du weißt sehr wohl, wovon ich rede. Wie lebt es sich denn mit einer Toten auf dem Gewissen?“

Er sah das Flackern in Heilmanns Augen. Das hatte gesessen.

„Die Kopien von den Klausuren kannst du jetzt wegwerfen. Die helfen dir nicht mehr. Und wenn du das nächste Mal eine Sauerei vorhast, dann nimm nicht die Schreibmaschine aus dem Sekretariat.“

Franck setzte sich wieder. Heilmann öffnete den Mund, aber bevor er etwas sagen konnte, brüllte Franck: „Und jetzt raus. Aber ein bisschen plötzlich. Und sieh zu, dass du mir nicht im Dunkeln begegnest.“

Heilmann stand auf. „Du kannst mir gar nichts beweisen. Pluster dich nur nicht so auf.“ Er wandte sich zur Tür. Dort stand plötzlich Frau Kaiser.

„Was ist denn hier los?“

„Wir proben gerade eine Szene aus den ‚Räubern‘. Soeben verlässt Schufterle, der Intrigant, den Raum. Wahrscheinlich wird er sich umbringen.“ Franck nickte in Richtung Heilmann. Der schlich sich an der Sekretärin vorbei aus dem Zimmer.

„Reden Sie keinen Unsinn, Herr Franck.“

„Keine Angst. Ich bin ganz ruhig. Will denn niemand in meine Sprechstunde kommen?“

Am Nachmittag rief Petra an. Es gab Neuigkeiten. Die SPD hatte 1977 eine anonyme Wahlkampfspende in Höhe von 50.000 DM erhalten.

„Stammt die Information wieder von Freddie?“, fragte er.

„Nein“, entgegnete sie, „er weiß wahrscheinlich gar nichts davon. Die Spende ging an den Landesverband. Sonst wäre es wohl zu offensichtlich gewesen.“

„Und Dellwig fährt seitdem mit einem neuen Schlitten herum?“

Petra lachte. „Du beliebst zu scherzen.“

„Ich hätte nicht übel Lust, das Baujahr seines BMWs herauszufinden. Die Schmiergelder an ihn müssen ja irgendwohin geflossen sein. Er ist doch nicht so dumm und legt sie auf die hohe Kante.“

„In der Sache kommen wir nicht weiter“, sagte Petra. „Dass Dellwig auch persönlich Geld erhalten hat, um seine Trasse durchzusetzen, ist zwar plausibel, aber das werden wir nicht beweisen können.“

„Simon hat es gewusst“, antwortete er, „und musste dafür sterben. Die Frage ist nur, wie er das herausbekommen hat.“

„Der Maulwurf“, schlug Petra vor, „in der Firma.“

„Das wäre eine Möglichkeit. Aber wie sollen wir denn den Namen des Maulwurfs herausfinden? Wir können doch nicht eine Annonce in die Zeitung setzen: Maulwurf für den Tunnel gesucht. Zuschriften unter dem Stichwort Simon erbeten an die DR.“

Petra lachte. „Du hast manchmal ziemlich abseitige Ideen. Aber warum eigentlich nicht“, fügte sie hinzu. „Schaden kann sie keinen anrichten. Und vielleicht locken wir jemanden aus dem Bau. Die Annonce kommt in die Samstagsausgabe. Wie lautete der Text?“

Das Gespräch mit Petra war der Höhepunkt des Nachmittags. Wenn es zwischen ihnen gut lief, dann wurden sie richtig kreativ. Und dieser Fall war nur mit viel Fantasie zu lösen. Dellwig musste verunsichert werden; dann würde er vielleicht einen Fehler begehen. Wie bei einem Schachspiel, in dem der Meister alle regelgerechten Züge beherrschte, aber eben nur diese.

Als Franck am Freitagmorgen nach einem Frühstück in der Bäckerei das Institut betrat, fand er Frau Kaiser in heller Aufregung vor.

„Herr Heilmann liegt im Krankenhaus", berichtete sie. „Er ist gestern Nacht zusammengeschlagen worden. Ich habe gerade mit seiner Frau telefoniert."

„Ach nein", sagte Franck, „wie ist denn das passiert?"

Er ballte die rechte Hand zur Faust und strich mit der linken liebevoll über die Knöchel.

„Auf dem Weg zum Parkplatz. Er hatte Bücher unterm Arm und konnte sich nicht gleich wehren. Es waren zwei Personen. Einer hat ihn von hinten angefallen und festgehalten; der andere hat zugeschlagen."

„Konnte er denn die Täter erkennen?"

„Nein", antwortete Frau Kaiser. „Dazu war es zu dunkel. Sie wissen doch, dass auf dem Weg an der Beleuchtung gespart wird."

Franck nickte. In den letzten Monaten waren dort zwei Studentinnen überfallen worden. Man hatte die Frauenbeauftragte der Uni eingeschaltet, aber geändert hatte sich eigentlich nichts. Jetzt hatte es also Heilmann erwischt.

„Was hat er denn abgekriegt?", erkundigte sich Franck.

„Zwei Rippen sind gebrochen und das Nasenbein auch. Er muss fürchterlich ausgesehen haben, als man ihn fand. Sein Hemd war zerrissen und sein Auge blutunterlaufen." Frau Kaiser schüttelte sich.

„So, so", sagte Franck, „das schöne rosarote Hemd ohne Kragen und das rechte Auge marmoriert."

„Woher wissen Sie denn, dass es das rechte Auge war?", fragte Frau Kaiser misstrauisch.

„Ich weiß gar nichts. Das war nur ein Zitat."

„Und das Sonderbare ist“, fuhr Frau Kaiser fort, „dass man ihm gar nicht das Geld abgenommen hat. Er wurde einfach nur niedergeschlagen und dann liegen gelassen.“

„Na, dann wird der norddeutsche Kommissar ja einiges zum Knacken haben“, entgegnete Franck.

Frau Kaiser blickte ihn von der Seite her an, sagte aber nur: „Ich gehe heute früher und besuche Herrn Heilmann in der Klinik.“

„Bestellen Sie ihm einen Gruß von mir und meinen Wunsch um Besserung.“

Franck betrat sein Zimmer und setzte sich an seinen Schreibtisch. Das Stück Himmel, das er einsehen konnte, war makellos blau. Nicht eine einzige Wolke konnte er entdecken.

Es ging Schlag auf Schlag.

In der Post befand sich ein Brief Dellwigs. Der vom Dienst suspendierte Polizeikommissar hatte sich mit der Antwort beeilt. Wahrscheinlich wusste er mit seiner Zeit nichts anzufangen. Gespannt schlitzte Franck den Umschlag mit dem Brieföffner auf. Als Erstes fiel ihm ins Auge, dass die Antwort aus mehreren Zeilen bestand. Das würde für den Vergleich mit dem Abschiedsbrief genügen.

Der Text bot eine Überraschung. Dellwig sagte zu und schlug als Termin den kommenden Dienstag vor. Das war mehr, als Franck erwartet hatte. Ja, das passte ihm eigentlich gar nicht, aber zurück konnte er jetzt nicht mehr.

Franck kopierte den Brief und schickte das Original an Quast junior. Bis Dienstag würde vielleicht schon ein Ergebnis aus Wiesbaden vorliegen, mit dem man Dellwig attackieren konnte.

„Da gehst du natürlich hin“, sagte Petra am Abend. „Wir verschieben den Italien-Urlaub um eine Woche und überlegen uns bis Dienstag eine Strategie. Der Fisch hat angebissen.“

Am Montag brachte Petra eine Antwort auf die Zeitungsannonce mit nach Hause. Eine Maschinenfabrik bot ihr Modell „Maulwurf“ für den Tunnelbau an. Sie schickte ein farbiges Prospekt, auf dem man das Ungetüm bewundern konnte.

Von Quast junior lag noch keine Antwort vor. Sie mussten ihre Strategie modifizieren.

41

Karl Dellwig trug auch in seiner Wohnung den grauen Anzug, in dem er zum Prozess erschienen war, dazu ein leicht getöntes Hemd und eine blassblaue Krawatte. Er wirkte jünger als Ende vierzig und außerordentlich beherrscht.

„Ich bin richtig neugierig, was Sie als Historiker von mir wollen", sagte er zur Begrüßung und führte Franck ins Haus. In Dellwigs formelle Höflichkeit mischte sich eine Spur Misstrauen.

Sie traten in ein Zimmer, das man früher als Bibliothek bezeichnet hätte: Bücherregale an allen Wänden, und in der Mitte befand sich ein schwerer Glastisch mit verchromten Beinen. Um ihn herum waren vier Ledersessel in derselben kalten Chromkonstruktion gruppiert. Durch die Vorhänge des einzigen Fensters fiel wenig Tageslicht. Fehlte nur noch, dass der Butler die Getränke brachte.

Nachdem sie Platz genommen hatten, bedankte sich Franck zunächst artig für Dellwigs „Entgegenkommen". Er war sich der Schwierigkeit seiner Mission bewusst, schließlich saß er einem potenziellen Mörder gegenüber. Er durfte nicht zu viel, aber auch nicht zu wenig sagen, wenn ihr Plan aufgehen sollte.

„Ich habe es in meinem Brief schon angedeutet", sagte Franck, „meiner Meinung nach betreiben Historiker und Detektive dasselbe Handwerk. Sie klären Ereignisse der Vergangenheit auf, und zwar mit den gleichen Methoden, wie zum Beispiel Befragung von Zeugen. Ja, wir haben in unserer Wissenschaft sogar ebenfalls die Trennung zwischen Ermittler und Richter."

Auf diesem Terrain fühlte sich Franck zu Hause; er hätte noch ewig weiterreden können, aber Dellwig ließ das nicht zu. „Wir könnten natürlich lange Vergleiche über unsere Methoden anstellen", sagte er. „Aber deshalb sind Sie doch nicht zu mir gekommen."

„Sie haben recht", antwortete Franck. „Ich habe Ihren Prozess verfolgt, vornehmlich in den Zeitungen, aber zweimal bin ich auch bei den Verhandlungen gewesen. Um Ihnen mein Interesse an Ihrem Fall zu erklären, muss ich jedoch über meine Arbeit sprechen."

Dellwig zündete sich eine Zigarette an und legte das

Streichholz neben einen gläsernen Aschenbecher auf den Tisch. Er hatte lange, feingliedrige Hände und ließ sich die Fingernägel maniküren. Franck wertete die Zigarette als Zustimmung und fuhr fort.

„Wenn wir einmal die Personen, die Geschichte machen, als Täter bezeichnen, dann kann man sagen: Uns Historiker interessiert nicht nur die Rekonstruktion der Tat, sondern vor allem das Motiv des Täters. Genau das aber fehlt in Ihrem Fall."

Dellwig lehnte sich in den Sessel zurück und schlug die Beine übereinander. Der höfliche Hausherr schien sich in einen hellwachen Zuhörer zu verwandeln.

Franck beschloss, die zweite Runde zu eröffnen. Er wollte unter allen Umständen die Gesprächsführung wiedergewinnen. „Lesen Sie eigentlich Krimis?"

Dellwig wurde von dieser abrupten Wendung sichtlich überrascht. Er antwortete wie ein Schüler dem Lehrer. „Selten. Ein paar Maigrets. Aber meistens ärgere ich mich darüber, wie in ihnen die Polizeiarbeit beschrieben wird."

„Sehen Sie", lächelte Franck. „Und wenn ich einen Krimi über den Fall Dellwig schriebe, in der Version, die der vorsitzende Richter bei der Urteilsverkündung vertrat, dann würde er nicht gedruckt werden. Er würde abgelehnt, weil er zu viele Ungereimtheiten enthielte."

Dellwig setzte zu einer Antwort an. Franck kam ihm zuvor. „Jetzt kommen Sie mir nicht mit der Phrase, die Wirklichkeit sei oftmals unwirklicher als ein Roman."

„Was wollen Sie eigentlich von mir?", fragte Dellwig. „Ich habe in den Verhandlungen alles gesagt und dem nichts hinzuzufügen. Soll ich Ihnen vielleicht ein Autogramm geben?"

Jetzt versucht er sich mit Ironie zu retten, dachte Franck. „Ein Autogramm? Das wäre gar nicht schlecht. Aber dann auf einem Foto von Ihnen. Haben Sie vielleicht eins da? Es kann auch ein Schnappschuss vom Urlaub sein. Es gibt überall Studenten, die solche Fotos machen und dann sofort verkaufen."

Dellwig schwieg.

„Es muss ja nicht die Freundin mit drauf sein", schob Franck nach.

Dellwig stand auf.

„Ich hole uns etwas zu trinken. Mögen Sie einen Cognac?"

Franck nickte.

Ich gönne ihm eine Erholungspause, dachte er. Bis jetzt lief es ganz gut. Aber es reicht noch nicht. Eins muss ich noch nachschieben.

„Sie haben von Ungereimtheiten im Prozess gesprochen", sagte Dellwig und stellte die Flasche ohne Untersetzer auf den Tisch. „Was meinen Sie damit?"

„Zum Beispiel die Geschichte mit dem Gutachten, das angeblich drei Monate unbeachtet auf Ihrem Schreibtisch lag. Ein schlichter Gang zur Filiale der Unfallversicherung, ein Interview mit der Sachbearbeiterin – und die Angelegenheit sieht ganz anders aus. Ich frage mich ernsthaft, warum die Staatsanwaltschaft diese Frau Lenz nicht als Zeugin benannt hat." Franck schüttelte den Kopf.

„Aber diese Betriebsblindheit kommt auch bei uns Historikern vor. Naheliegende Quellen werden am ehesten übersehen. Meistens dann, wenn man eine vorgefasste Meinung hat. Mir fällt da die Geschichte von Hölderlins Flucht aus Jena ein." Er unterbrach sich. „Sie kennen doch Friedrich Hölderlin? Für seine Flucht finden die Historiker kein stimmiges Motiv. Weil sie die politischen Hintergründe des Falls missachten."

Plötzlich war es ganz still im Raum. Dellwig strich sich mit der rechten Hand über den Bart. Aber er schwieg. Franck nippte an seinem Cognac. Jetzt galt es, den Rückwärtsgang einzulegen.

„Natürlich haben Sie das harmlose Gutachten längst vernichtet. Nach dem Tod von Quast ist es ja überflüssig geworden. Aber es war schon genial von Ihnen, wie Sie es zwischenzeitlich Quast untergeschoben haben. Und das, ohne Edgar Allan Poe zu kennen."

„Von wem reden Sie da?", Dellwig runzelte die Stirn.

„Von einem Schriftsteller des 19. Jahrhunderts, der drei Kriminalgeschichten geschrieben hat. Ich dachte ursprünglich, Sie hätten sich eine davon zum Vorbild genommen. Darin geht es um einen entwendeten Brief, mit dem dasselbe geschieht, wie mit Ihrem Gutachten. Aber alle Achtung, dass Sie ganz von selbst darauf gekommen sind!"

„Sie sind sehr belesen", sagte Dellwig vorsichtig, „aber Sie spekulieren auch wild vor sich hin."

Jetzt fragt er nicht mehr, warum ich hier bin, registrierte Franck. Jetzt will er mich aushorchen.

„Ich bin gekommen, um Sie kennenzulernen, Herr Dellwig. Ich werde Ihren Fall in meine Abhandlung über die Gemeinsamkeiten zwischen der Geschichtswissenschaft und der Kriminalistik aufnehmen. Deshalb habe ich mich für Sie interessiert. Und ich möchte Ihnen eine Frage stellen."

„Die wäre?"

Dellwig trank seinen Cognac aus, zündete sich eine neue Zigarette an und legte das Streichholz exakt ausgerichtet neben das andere auf den Tisch. Die schwarzen, abgebrannten Köpfe wiesen in dieselbe Richtung. „Warum haben Sie das Protokoll Ihrer ersten Vernehmung unterzeichnet, in dem Sie den Versicherungsbetrug zugaben, und warum haben Sie das Geständnis im Prozess selbst wieder zurückgenommen?"

Dellwig lächelte.

„Sagen Sie nicht, die Unterzeichnung war ein Blackout", fuhr Franck fort. Das glaube ich Ihnen nicht. Sie haben mehr als zwanzig Dienstjahre auf dem Buckel."

Dellwig lächelte immer noch. „Dafür finden Sie in Ihren Geschichten wohl keine Erklärung", höhnte er.

„Oh doch", konterte Franck. Jetzt hatte er Dellwig wieder in der Ecke. „Eine solche Szene kommt in jedem dritten Krimi vor. Meistens gesteht der Täter etwas, um ein größeres Verbrechen zu verheimlichen. Lesen Sie nur ‚Das zweite Geständnis des Leo Koczyk'. Da zündet einer seine Scheune an, um die Versicherung zu betrügen. Zwei Tage später wird die junge, hübsche Schwägerin ermordet. In der Untersuchungshaft gesteht der Betrüger seinem Zellengenossen den Mord. Während der Gerichtsverhandlung beteuert er wieder seine Unschuld."

Dellwigs Lächeln gefror zu Eis.

„Wie es weitergeht, sage ich nicht", fügte Franck hinzu. „Man soll den Ausgang von Krimis nicht vorwegnehmen."

„Ich habe keinen Versicherungsbetrug begangen", sagte Dellwig kalt. „Wir gehen in die Revision."

Franck wollte schon sagen, die beiden Hauptzeugen seien ja auch tot, konnte sich aber im letzten Moment bremsen. Er hatte mit Petra lange darüber gesprochen, ob er auf den Tod Simons anspielen sollte. Sie hatte zur Vorsicht gemahnt, aber schließlich waren sie übereingekommen, dass es sein musste. Und so ging Franck in die letzte Runde.

„Eine andere Ungereimtheit im Prozess besteht meiner Meinung nach darin, dass die Witwe des Unfallopfers nicht vorgeladen wurde."

„Was hätte sie denn aussagen können?", fragte Dellwig wie aus der Pistole geschossen. Für einen kurzen Moment verengten sich seine Augen.

„Zum Beispiel, womit sich ihr Mann in den Tagen vor seinem Tod beruflich beschäftigt hat. Ich kenne einen Kollegen in Stuttgart, der ist ebenfalls Tiefbauingenieur. Er hat mir erzählt, dass Herr Simon auf seinem Gebiet eine Kapazität gewesen ist. Wenn die Darmstädter uns nicht zuvorgekommen wären, würde Simon seinen Lehrauftrag in Stuttgart wahrnehmen. Vielleicht wäre er dann noch am Leben."

„Das ist gut möglich", antwortete Dellwig. „Ich bin kein Philosoph. Aber einen Unfall kann man überall haben."

„So einen Beruf könnte ich nicht ausüben", fuhr Franck fort. „Mein Kollege sitzt den ganzen Tag herum und rechnet, wenn er nicht gerade Konstruktionszeichnungen macht. Zumeist beschäftigt er sich mit Tunnelbauten. Ewig kühl und konzentriert. Nur wenn ihm ein Auftrag durch die Lappen geht, dann kann er wütend werden. Friedrich Simon stelle ich mir genauso vor. Wie er in der Firma ‚Hessen Tiefbau' oder zu Hause am Schreibtisch sitzt, Zahlenkolonnen zusammenstellt, zeichnet, einen Aktenordner nach dem andern füllt und darüber seine Frau vernachlässigt."

Franck nahm Dellwig ins Visier. Der rückte die abgebrannten Streichhölzchen zurecht und sagte dann: „Sie sind mit einer blühenden Fantasie ausgestattet, Herr Dr. Franck."

„Das muss ich als Schriftsteller sein. Haben Sie Friedrich Simon gekannt? Liege ich mit meiner Einschätzung denn so weit daneben?"

„Ich habe Simon nicht gekannt", erklärte Dellwig kurz und knapp. „Woher sollte ich denn?"

Er wirft mich nicht raus, dachte Franck. Das ist schon ein halbes Schuldeingeständnis. Er gibt zwar nur einsilbige und nichtssagende Antworten, aber er lässt mich reden. Er glaubt, dass er mich aushorcht und merkt nicht, dass ich ihn auf die Fährte setze.

„Ich dachte“, sagte Franck leichthin, „Sie kannten ihn seit der Geschichte mit der Winterbergtrasse.“

„Was wissen Sie denn über die Winterbergtrasse?“ Dellwig war nun offenkundig verblüfft.

„Herr Kommissar, ich bitte Sie!“ Franck spielte den Empörten. „Ich bin Historiker und kann Zeitungen lesen, auch wenn sie drei Jahre alt sind. Ich habe Ihnen doch gesagt, dass wir Historiker wie die Detektive arbeiten.“ Und nach einer kurzen Pause: „Mitunter sind wir sogar erfolgreicher als die Detektive.“

Wieder entstand eine Pause. „Aber herauszubekommen, dass Sie bis zu den Wahlen von 1977 SPD-Fraktionsvorsitzender im Kreistag waren, ist wirklich kein Hexenwerk.“

Dellwig erhob sich. „Haben Sie Ihre Fragen alle gestellt?“

Auch Franck stand auf. Jetzt reicht es ihm also, dachte er. Mir ebenfalls.

„Ich danke Ihnen für das Hintergrundgespräch.“

Als sie an der offenen Haustür standen und sich förmlich verabschiedeten, deutete Franck auf das Auto am Straßenrand. „Gehört der tolle Schlitten Ihnen?“

Dellwig nickte.

„Ein BMW Baujahr 1977, nicht schlecht. In Darmstadt gekauft. Der macht sicher seine 200 Sachen. Vergessen Sie nicht, zum TÜV zu gehen; Sie sind schon überfällig. Nicht auszudenken, wenn Quast junior Ihnen einen Strafzettel geben müsste.“

42

Karl Dellwig konnte in dieser Nacht keinen Schlaf finden. Das Gespräch mit dem merkwürdigen Historiker hatte ihn verunsichert. Es war schon ewig her, dass jemand ihn derart aus der Fassung gebracht hatte. Während des Prozesses war ihm das jedenfalls nie passiert, auch nicht in der Zeit der Voruntersuchung.

Dellwig hatte gelernt, andere Menschen zu beherrschen, und er sog aus dieser Fähigkeit einen großen Teil seines Selbstbewusstseins. Er liebte es, aus der Position eines Unsichtbaren heraus die Fäden zu ziehen und sein Ensemble mit möglichst wenig Einsatz zu dirigieren. Natürlich kam es immer wieder einmal vor, dass jemand etwas Unvorhergesehenes tat, wie etwa dieser Polizeimeister Hermann. Aber Dellwig fasste solche Alleingänge stets als Herausforderungen auf, sein Personalmanagement weiter zu vervollkommnen.

Zuerst hatte er diesen Dr. Franck, der mit einer Tasche voll Geschichten daherkam, für den Prototyp des weltfremden Wissenschaftlers gehalten. Doch dann kamen diese Andeutungen über das Foto, über politische Hintergründe des Falls; sogar von Mord hatte er gesprochen. Sollte das alles Zufall gewesen sein?

Dellwig stand auf, zog seinen seidenen Morgenmantel an und ging in die Bibliothek herunter. Er genehmigte sich einen Black and White und wählte den Sessel, in dem dieser Dr. Franck gesessen hatte. Zweifelsohne hatte der Mann einiges herausbekommen, was Dellwig lieber unter den Teppich gekehrt hätte. Die Geschichte vom doppelten Gutachten stimmte, und es war ihm schleierhaft, wie man sie bei einem Schriftsteller finden konnte, der seit 130 Jahren tot war.

Dellwig hatte sich sogar die Mühe gemacht, in seinem einbändigen Universallexikon nachzuschlagen, fand aber dort außer den Lebensdaten des amerikanischen Dichters nicht viel mehr als den Hinweis, dass dieser ein „Meister der analytisch untermauerten Kriminal- und Schauererzählung" gewesen sei. Das brachte ihn auch nicht wieder ins Lot.

Es war ihm immer noch nicht klar, was dieser Dr. Franck von ihm gewollt hatte. Vielleicht war er wirklich nur eine selbstverliebte Plaudertasche. Dellwig nahm einen kräftigen Schluck und beruhigte sich mit dem Gedanken, dass der Mann von ihm eigentlich nichts erfahren hatte. Eine einzige konkrete Frage hatte er gestellt, nämlich warum der Kommissar das Vernehmungsprotokoll unterzeichnet hatte, war dann aber wieder in eine Kriminalgeschichte ausgewichen.

Natürlich war es kein Aussetzer gewesen, als Dellwig in der ersten Vernehmung den Versicherungsbetrug zugegeben hatte. Seinerzeit hatte er die Lage, in die ihn der übereifrige Hermann versetzt hatte, klar und nüchtern analysiert und war zu dem Schluss gekommen, dass ein Damenopfer angebracht war. Nur sein Verteidiger hatte alles verkompliziert, indem er darauf bestand, dass Dellwig sein Geständnis zurücknehmen müsse. Dem hatte er natürlich nicht sagen können, warum ein Opfer nötig war.

Dellwig glaubte immer noch, dass seine ursprüngliche Strategie zum Erfolg geführt hätte. Elke hatte ruhiggestellt werden müssen, damit sie keinen Verdacht schöpfte. Er hatte das öffentliche Interesse auf die Versicherungsgeschichte gelenkt, indem er sich gezielt ungeschickt verhielt. Dadurch waren etwaige Spekulationen über Simons Tod im Keim erstickt worden, und er hatte einen Vorwand gewonnen, um Elke nicht mehr zu treffen. Eine Geldstrafe ließe sich leicht mit der nächsten Rate wettmachen. Eigentlich müsste er dem Polizeimeister sogar dankbar dafür sein, dass dieser eine allseits überzeugende Todesursache ermittelt hatte.

Dellwig wanderte im Raum hin und her, blieb am Fenster stehen und schaute abwesend in die Nacht hinaus. Auf der gegenüberliegenden Straßenseite stand ein rotes Auto mit Darmstädter Kennzeichen. Die Nachbarn mussten noch Besuch haben. Er schaute auf die Uhr; viertel nach zwei.

Dann war ihm Quast in die Quere gekommen. Er hatte das Gutachten gestohlen und ihn zu einer weiteren Korrektur gezwungen. Den Vorwurf, einen Unfallbericht manipuliert zu haben, hatte er noch entkräften können, indem er sich als ein überkorrekter Beamter aufspielte. Aber die Notlüge, das Gutachten drei Monate lang auf dem Schreibtisch liegen gelassen und vergessen zu haben, hatte man ihm nicht abgenommen. Sei's drum! Es ging ja um so unendlich viel mehr.

Er stieg die Treppe ins Schlafzimmer empor und löschte das Licht. Gott sei Dank war seine Frau zu ihren Eltern gefahren. Sie konnte das öffentliche Schaulaufen, wie sie sagte, nicht mehr ertragen. Er hingegen sonnte sich in diesem allgemeinen Interesse an seiner Person. Er kehrte in die Bibliothek zurück, knipste auch dort das Licht aus und stellte sich mit einem neuen Glas Whisky ans Fenster. Schließlich war er immer noch Polizeikommissar, wenn auch ein suspendierter.

Dellwig hatte das Foto, das dieser junge Mann von ihnen auf der Heidelberger Brücke gemacht hatte, ganz vergessen. Für ihn war es nicht wichtig gewesen; aber Elke hatte darum gebeten, und so war ihm nichts anderes übrig geblieben, als einzuwilligen und zu bezahlen. Wenn sein heutiger Besucher nicht nur so dahergeredet hatte, sondern diesen besonderen „Schnappschuss" – ein merkwürdig altertümliches Wort – meinte, dann konnte sein Wissen nur von Elke selbst stammen.

Ich muss mich entscheiden, ob ich ihn ernst nehme oder nicht, dachte er. Und demgemäß handeln.

Er registrierte, dass neben dem roten Sportwagen nun eine junge Frau stand. Sie trug eine dunkle Lederjacke und dunkle Jeans, mochte um die dreißig sein, und ihre Kurven waren auch im fahlen Licht der Straßenlaternen deutlich auszumachen. Seine Armbanduhr zeigte Viertel vor drei an.

Eine flotte Biene zu später Stunde, dachte er. Ich habe sie hier noch nie gesehen. Mit knackigem Hintern und vollen Titten. So etwas käme mir gerade recht. Sein Lebensgeist regte sich wieder.

Wo sie wohl herkommt? In dem Haus, vor dem ihre Kutsche steht, wohnt doch nur ein älteres Ehepaar.

Die Frau schloss den Wagen auf, musterte für einen Moment die Fenster von Dellwigs Haus, strich sich eine Haarlocke aus dem Gesicht und stieg ein. Die Scheinwerfer gingen an, und im Nu schoss der Wagen davon.

Dass dieser Dr. Franck auch die Winterbergtrasse erwähnt hatte, passte Dellwig gar nicht. Es war doch schon so viel Gras über die Sache gewachsen. Dann hatte Simon plötzlich Lunte gerochen, sich dabei aber nicht nur die Finger verbrannt. Jetzt stieg Franck wie ein Gespenst aus dessen Sarg und belebte die Vergangenheit wieder. Schon im Geschichtsunterricht auf dem Gymnasium hatte Dellwig immer gedacht, dass man die Toten doch ruhen lassen sollte. Dellwig grinste. Heute war er mehr denn je dieser Meinung.

Selbst wenn der Geschichtsdoktor seine Nase nur in vergilbte Zeitungen gesteckt haben sollte … Aber nein, er brachte die Winterbergtrasse mit Simon in Verbindung. Dessen Name hatte in diesem Zusammenhang in keiner Zeitung gestanden. Und dann die Geschichte mit dem Stuttgarter Bauingenieur, der Tag und Nacht arbeitete! Wie hatte er sich ausgedrückt? „Der einen Aktenordner nach dem anderen füllte und darüber seine Frau vernachlässigte."

Solche Redereien konnten nur auf konkreten Informationen beruhen. Und für diese Informationen konnte es nur eine

Quelle geben. Diese Quelle musste verstopft werden. Koste es, was es wolle.

Dellwig wandte sich vom Fenster ab und stellte das noch halb volle Glas auf den Tisch. Jetzt wusste er, was zu tun war.

Petra Giseke merkte, dass sie zu schnell fuhr. Aber sie kannte die Strecke gut, und zu dieser Zeit war praktisch niemand mehr unterwegs.

Gegen halb drei war sie abgelöst worden, nach dieser stundenlangen Sonderschicht, die sich immer zäher hingezogen hatte. Zuerst ging sie, das Haus stets in Sichtweite behaltend, auf und ab und studierte den herbstlichen Schmuck der Vorgärten. Dann entdeckte sie in nicht allzu weiter Entfernung eine Bank und ließ sich von der Abendsonne aufwärmen. Als sie das Gefühl bekam, bei längerem Herumsitzen aufzufallen, stieg sie ins Auto und schaltete das Radio ein. Bald konnte sie die kurzen Nachrichtensendungen auswendig mitsprechen. Zu jeder vollen Stunde fuhr sie einmal um den Block herum und parkte anschließend an einer anderen Stelle.

Hin und wieder legte sie sich auf den Rücksitz, damit es so aussah, als sei der Wagen leer, aber aus Angst einzuschlafen, gönnte sie sich den Luxus immer nur für kurze Zeit. Sie fürchtete sich auch davor, dass Dellwig etwas unternehmen könnte und sie allein darauf würde reagieren müssen.

Wir bewegen uns auf einem gefährlichen Terrain, dachte sie. Und dort ist er uns überlegen. Ich habe noch nie jemanden beschattet.

Dellwig war zu Hause geblieben; gegen Viertel nach zwei löschte er alle Lichter und ging ins Bett. Was er wohl im Schilde führte? Sie waren überein gekommen, dass er entweder in der Nacht oder am nächsten Tag aktiv werden würde. Jetzt würde es wohl morgen so weit sein. Vorausgesetzt, Andreas hatte seine Sache gut gemacht.

Sie fuhr nun durch ein kurvenreiches Waldstück und passierte die Stelle, an der ein Weg zu Quasts Häuschen abbog. Dort hatte Dellwig, wie sie vermuteten, seinen Stellvertreter mit dem Taschentuch erdrosselt. Weil Quast zu viel wusste und im Prozess gegen Dellwig auszusagen begann.

Seitdem der Chefredakteur ihr die Artikelserie untersagt

hatte, war Petra wild entschlossen, den Fall aufzuklären. Wenn es sein musste, dann konnte sie zäh sein, besonders, wenn die Wut sie antrieb. Sie hätte diese ganze Sozi-Männer-Clique, die Abgeordnetenmandate und Ministersessel verteilte, auf den Mond schießen können.

Das kleine Städtchen, durch dessen Gassen sie fuhr, lag im Tiefschlaf. Bald würde sie zu Andreas ins warme Bett kriechen und wenigstens für ein paar Stunden abschalten können. In seiner Nähe schöpfte sie immer wieder Hoffnung. Von ihm strömte eine Ruhe aus, die nichts mit Passivität zu tun hatte. Gegen vier Uhr würde sie zu Hause sein.

Andreas Franck wachte auf, als Petra kam und sich zu ihm legte. Bald hörte er ihre gleichmäßigen Atemzüge, konnte selbst aber keinen Schlaf mehr finden. Er hatte intensiv geträumt, und die starken Bilder wirkten in ihm nach.

Zunächst saßen sie zu viert in einer Gartenwirtschaft, zwei Männer und zwei Frauen. Es war wie in einer Laube, die zugleich schützte und den Blick nach draußen versperrte. Als es ans Zahlen ging, fand er in seiner Geldtasche eine Münze, die ihm völlig fremd war. Er zeigte sie herum, auch der Wirtin, doch niemand wusste, aus welchem Land sie stammte.

In der nächsten Szene wollte er sein Flugzeug erreichen, das in wenigen Stunden startete. Sie waren noch zu dritt und mussten eine große Verkehrsinsel zu Fuß umrunden. Plötzlich merkte er, dass sein Koffer fehlte. Die Aktentasche hielt er fest in der Hand, doch der Koffer war weg. Er ging zur Pension zurück, in der er übernachtet hatte, fand aber den Eingang nicht mehr. Die vierstöckigen Häuser sahen alle gleich aus.

Sein Begleiter half ihm; die dritte Person, eine Frau mit etwas zu breiten Hüften, verschwand von der Bildfläche. Die Pension war wie eine Wohnung mit mehreren Zimmern eingerichtet. In einem verdunkelten Raum schien eine Frau im Bett zu liegen. Sie hob kurz ihren Kopf, als er suchend eintrat. Überrascht war sie nicht, dass er kam. Aber den Koffer fand er nirgends.

Dann befand er sich mit seinem Begleiter wieder auf dem Weg zum Flughafen. Die Stadt lag am Meer. Ein großer, gelber Tanker wollte das Weite suchen, wurde aber von zwei Schleppern an die Mole gezogen. Er schlingerte bedenklich in den Wellen.

Der Begleiter streckte sich erholungsbedürftig ins Gras, mit der Aktentasche als Kopfstütze. Das ging dann doch zu weit! Wie sollte er da sein Flugzeug erreichen! Franck entriss ihm die Aktentasche und ging allein weiter die Straße entlang. Sie lag offen vor ihm. Da erhob sich plötzlich ein Sturm, und eine riesige Sandwolke fegte Franck entgegen. Er konnte nichts mehr sehen.

Franck erhob sich vorsichtig, um Petra nicht zu wecken. Er ging im Dunkeln in die Küche und setzte sich einen Kaffee auf. Staunte wieder darüber, dass Redewendungen aus dem Alltag in den Träumen als Bildergeschichten wiederkehrten. Schüttelte den Kopf, um ihn klar zu bekommen.

Bald würde es also rundgehen. Der Wind würde ihm voll ins Gesicht wehen, und er musste aufpassen, dass ihm kein Sand in die Augen gestreut wurde. Obwohl sie anfangs zu viert gewesen waren, würde er den letzten Teil des Weges allein gehen müssen. Denn er hatte die Verantwortung übernommen. Den Plan ausgearbeitet, wie sie Dellwig zur Strecke bringen konnten. Dellwig, der mit falscher Münze spielte. Den gelben Tanker, der das Weite suchen wollte. Hatte er, Franck, alles bedacht? Würden die zwei Schlepper den Tanker an die Mole ziehen? Hatte Franck niemanden einer unkalkulierbaren Gefahr ausgesetzt? Die beiden Frauen waren plötzlich verschwunden. Was musste er selbst zurücklassen, um sein Ziel zu erreichen? Würde er den Flieger noch erwischen? Wohin würde ihn seine Reise führen?

Franck sah auf die Küchenuhr. Fast fünf.

Hör auf zu grübeln, dachte er. Du kannst es nicht mehr aufhalten. Trink deinen Kaffee.

Um halb sechs fielen Anton Quast die Augen zu. Er hatte die Journalistin vor drei Stunden abgelöst und freiwillig den schwierigeren Part übernommen; diejenige Spanne der Nacht, die in den Morgen hinüberging. Seiner Meinung nach würde Dellwig erst zwischen sieben und acht Uhr tätig werden.

Dann aber hieß es, schnell und konsequent zu reagieren. Es gab zwei Ziele, die Dellwig ansteuern konnte: Frau Gisekes Wohnung in Darmstadt oder Frau Simons Haus hier in der Nähe. Sie hatten ihre Strategie hauptsächlich darauf ausgerichtet, Frau Simon zu schützen, aber auch für den unwahrscheinlicheren Fall ein Notprogramm entwickelt. Das Hauptproblem bestand darin, mobil zu bleiben und rechtzeitig an Ort und Stelle zu sein.

Im Autoradio lief seit einer halben Stunde das Morgenprogramm. Eine wie aufgedreht wirkende Moderatorin bemühte sich, gute Laune zu verbreiten. Dabei verhaspelte sie sich bei jedem zweiten Satz. Jemand, der einen so hektischen Tagesbeginn miterleben musste, war für die nächsten drei bis vier Stunden gezeichnet.

Quast blickte träge zu Dellwigs Haus hinüber. Es lag, wie seit drei Stunden schon, still und dunkel da. Frau Giseke hatte ihm bei der Ablösung versichert, dass Dellwig daheim gewesen war. Also musste er auch jetzt noch dort sein.

Es war schon eine bunte Truppe, die sich da zusammengefunden hatte, um Dellwig zu stellen. Zwei auswärtige Amateurdetektive, von ihrem Ehrgeiz getrieben, und zwei Einheimische, denen Dellwig die Familie brutal zerstört hatte. Quast hatte sich erst nach einigem Zögern zur Mitarbeit entschließen können, denn die Methoden, die das Duo Giseke–Franck vorschlug, standen in keinem Handbuch der Polizeiarbeit, und einem gewissenhaften Ordnungshüter wie Quast war es schwergefallen, sie zu akzeptieren.

Nach den beiden schrecklichen Todesfällen war er wochenlang wie gelähmt gewesen. Mechanisch hatte er seinen Dienst ausgeübt und die Beileidsworte seiner Kollegen über sich ergehen lassen. Nur indem er sich abkapselte und keine Gefühle an sich heranließ, hatte er die zwei Beerdigungen überstanden.

Dann überkam ihn der Schmerz, und er hätte tagelang heulen können. Verstehen konnte er das ganze Geschehen nicht, und da er im Grunde ein religiöser Mensch war, begann er an der Weltordnung zu zweifeln. Immer dachte er nur, das darf doch alles nicht wahr sein. Gleich wache ich auf, und es entpuppt sich alles als ein böser Traum. Seine Frau war ihm in dieser Zeit eine große Hilfe gewesen, und er wusste nicht, ob er ohne sie hätte weiter leben wollen.

In den benachbarten Häusern gingen die ersten Lichter an. Bald würden Männer aus den Türen treten, in ihre Autos steigen und zur Arbeit fahren. Der Alltag hatte auch etwas Beruhigendes an sich.

Als Dr. Franck in der Polizeistation aufgetaucht war und mit ihm gesprochen hatte, war ein Ruck durch seinen erschlafften Körper gegangen. Ganz langsam stieg nun die Wut in ihm auf, ließ seine Schläfen pochen, und zog eine brennende Spur über die Kopfhaut. Seine Frau hatte ihn besorgt angeschaut, aber geschwiegen, und ihn mehrfach spontan umarmt; auch heute Morgen wieder, als er die Dienstwaffe aus dem Schrank holte. Sie sagte nur: „Pass auf dich auf."

So war es in der ganzen Familie Quast gewesen. Man war kein Freund großer Worte.

Um kurz nach sieben sah Quast, wie sich die Haustür öffnete und Dellwig heraustrat. Instinktiv duckte sich Quast hinter das Lenkrad, doch der Observierte holte nur die Zeitung aus dem Briefkasten und verschwand wieder in seinen vier Wänden. Quast stellte das Radio aus und vergewisserte sich, ob er noch seine Pistole bei sich hatte. Der Countdown lief.

Elke Simon fühlte sich erst etwas besser, nachdem die Kinder um halb acht zur Schule gegangen waren. Beim Frühstück hatte sie ihre Unruhe nicht verbergen können und Eva-Maria wegen jeder Kleinigkeit angeschnauzt. Sie war übermüdet nach der schlaflosen Nacht, aber froh, die Kinder aus der Schusslinie zu haben. Mechanisch hob sie die Kaffeetasse zum Mund und trank einen Schluck. Sofort rebellierte ihr Magen und trieb sie auf die Toilette.

Das große Haus strahlte eine trügerische Ruhe aus. Elke konnte nicht viel mehr tun als warten, und sie würde dabei allein bleiben. Das war wohl die undankbarste Aufgabe, aber sie hatte sich nicht dagegen gesträubt. Heute fiel der Gang zum Wochenmarkt aus. Sie würde sich sorgfältig ankleiden und schminken und der Ankunft Dellwigs wie eine liebende Frau entgegensehen.

Nein, nicht mehr wie eine Geliebte. Sie hasste ihn schon, seitdem er sie hatte sitzen lassen, aber gestand sich dieses Gefühl erst so richtig ein, als sie die Chance bekam, sich an ihm zu rächen. Ihr Blick fiel auf das Frühstücksmesser neben ihrem Teller, und sie musste lachen. So leicht sollte er nicht davonkommen. Was war ein schneller Tod schon im Vergleich zu zwanzig kärglichen Jahren im Gefängnis?

Als Franck ihr seinen Plan am Telefon auseinandersetzte, erklärte sie sich sofort dazu bereit, mitzumachen. Sie hatte den großen, starken Mann, der immer mit einem Teil in einer anderen Welt zu sein schien, inzwischen schätzen gelernt. Sie nahm es ihm nicht übel, dass er ihre Annäherungsversuche abgelehnt hatte. Auch mit seiner Freundin Petra hatte sie ein paar sachliche Worte gewechselt. Alle mussten jetzt zusammenhalten, sollte ihr Vorhaben gelingen.

Ob Dellwig sich wohl wie ein Dieb hereinschleichen würde? Zwar hatte er ihr bei der denkwürdigen letzten Zusammenkunft die Hausschlüssel zurückgegeben, aber sie war sich nicht sicher, ob er sich nicht doch einen Nachschlüssel hatte fertigen lassen.

Sie blickte auf die Uhr. Schon nach acht. Es wurde Zeit, sich anzuziehen.

43

Um halb neun klingelte das Telefon. Andreas Franck war schon auf dem Sprung, nahm den Hörer ab. Petra, noch etwas schläfrig, sah ihn erwartungsvoll an.

„Er ist auf dem Weg nach Darmstadt", sagte Quast, und man hörte ihm an, dass er gelaufen war. „Ich kann ihm nicht weiter folgen, das würde er auf den langen Waldstücken merken. Ihr müsst ihn am Ortseingang übernehmen. Den Wagen kennt ihr ja."

„Das ist eine Finte", sagte Franck sofort, „darauf fallen wir nicht herein. Wir kommen nach Bernstadt. Sie fahren bitte auch dorthin und legen sich wie verabredet auf die Lauer."

Quast wollte protestieren.

„Herr Quast, bitte keine Diskussionen. Sie haben zugestimmt, dass wir das Kommando übernehmen. Wenn er hier in unsere Wohnung einbricht, kann nicht viel passieren. Die Beweisstücke liegen ja in der Redaktion. Anders herum ist das Risiko viel größer. Außerdem müsste er uns entgegen kommen, wenn er wirklich nach Darmstadt will. Es gibt nur eine Verbindungsstraße." Franck legte auf.

„Petra, wir müssen los. Und drück auf die Tube. Er fährt

zunächst Richtung Darmstadt, um uns zu täuschen. Dadurch gewinnen wir Zeit."

Franck hatte nie darauf geachtet, wie viele Ampeln es in der Stadt gab. Heute morgen schienen sie alle auf rot zu stehen.

Dellwig würde auf direktem Weg ungefähr eine halbe Stunde brauchen; mit seinem Täuschungsmanöver vielleicht fünfundvierzig Minuten. Sie könnten es in einer Stunde schaffen. Also war Quast eine Viertelstunde allein. Andererseits würde Dellwig nicht sofort auf Elke zustürzen. Um halb zehn mussten sie da sein, um sicherzustellen, dass ihr nichts passierte.

Petra war jetzt putzmunter. Auf der Ausfallstraße wechselte sie beständig die Spur. Trotzdem kamen sie im dichten Morgenverkehr viel zu langsam voran.

„Schau nicht immer auf die Uhr", sagte Petra, „das macht mich ganz nervös."

Als sie Darmstadt hinter sich gelassen hatten, ging es zügiger. Dann kamen sie durch das kleine Städtchen und mussten am Ortsende ein Industriegebiet durchqueren.

Schon von Weitem sahen sie einen Lastwagen mit Anhänger. Er stand mitten auf der Straße und versperrte beide Fahrspuren. Ganz langsam versuchte der Fahrer, rückwärts in eine Einfahrt zu setzen, die nicht viel breiter als der Wagen selbst zu sein schien. Petra bremste ab; sie würden den Laster erreichen, wenn er ihre Fahrbahn frei gemacht hatte. Als sie bis auf fünfzig Meter herangefahren waren, hielt der Laster an, fuhr wieder vorwärts und versperrte ihre Spur. Der Fahrer hatte es nicht geschafft und versuchte das Manöver ein zweites Mal.

Petra musste anhalten. Sie kurbelte das Seitenfenster herunter. Andreas sackte in sich zusammen und sagte nichts.

Der Lastwagenfahrer war mit einer Engelsgeduld ausgestattet. Er kümmerte sich nicht um die Autoschlangen, die sich zu seiner Rechten und Linken bildeten, sondern verrichtete gewissenhaft seine Arbeit. Es war sicher schwer, in die Einfahrt zu gelangen, aber Andreas konnte die Leistung des Mannes im Moment nicht würdigen.

„Ich habe die Strecke schon einmal in fünfundfünfzig Minuten geschafft", sagte Petra.

„Wahrscheinlich, als wir uns in Bernstadt im Café trafen", antwortete Andreas.

Sie lächelte wie ertappt.

„Damals bist du zwei Minuten nach vier gekommen", fuhr er fort.

„Aber nicht zu spät", antwortete sie und fuhr mit der Hand durch sein Haar.

Beim vierten Versuch hatte der Fahrer den Wagen in die Einfahrt bugsiert. Petra ließ den Motor an.

Ihnen fehlten sechs wichtige Minuten. Jetzt brauchte auf dem kurvenreichen Waldstück nur noch ein Traktor mit Höchstgeschwindigkeit zwanzig vor ihnen aufzutauchen, und alles wäre zu spät.

Um zehn vor neun verließ Elke Simon das Haus, schloss die Tür sorgfältig ab und schritt durch den Vorgarten auf die Straße. Sie trug ihre braune Kordhose, ein weißes T-Shirt und ihre abgewetzte Velour-Jacke. Die blonden Haare hatte sie hochgesteckt, in der linken Hand hielt sie einen Einkaufskorb.

Elke Simon blickte sich um. Sie wusste, dass die beiden Nachbarhäuser zu dieser Tageszeit leer standen. Am Straßenrand gab es genügend Parkplätze, aber Dellwig würde wohl nicht direkt vor dem Haus halten.

Sie setzte sich in ihren VW und fuhr den Wagen in die Garage. Mit der vorderen Stoßstange touchierte sie leicht die Fahrräder, die an der gegenüberliegenden Wand standen. Nachdem sie die Garagentür heruntergelassen hatte, schlenderte sie mit dem leeren Korb in der Hand zum nahe gelegenen Wäldchen.

Hier ging sie mit den Kindern oft spazieren. Sie kannte einen schattigen Platz, von dem aus ihr Haus unbemerkt einzusehen war. Dort angekommen, setzte sie sich ins Gras. Jetzt hieß es wieder warten. Auf der Straße fuhr ein dunkelblauer Personenwagen langsam an den Reihenhäusern vorbei. Sie konnte die Marke nicht erkennen. Wenn es doch schon Quast wäre! Elke Simon schaute auf ihre Uhr.

Quast junior erreichte die Straße, in der das Haus Simon stand, um fünf nach neun. Obwohl er hier noch nie gewesen war, hatte er den Weg ohne Schwierigkeiten gefunden. Er saß in seinem Privatwagen und war in Zivil. Langsam fuhr er an den drei Reihenhäusern vorbei. Alles schien ruhig zu sein. An der nächsten

Kreuzung bog er ab, fuhr noch etwa zweihundert Meter weiter und parkte den Wagen am Straßenrand. Er steckte seine Dienstwaffe in den Anorak und stieg aus. Nach der langen Nachtwache tat ihm die frische Luft gut. Er blinzelte in die Sonne.

Jetzt durfte er vor allem kein Aufsehen erregen. Den drei Reihenhäusern konnte man sich von hinten nähern, indem man am Rand eines Feldes entlangging. Es gab dort zwar keinen offiziellen Weg; aber einem harmlosen Spaziergänger würde man verzeihen, wenn er nur das Feld nicht zerstörte. In der Ferne sah er eine Frau, die ihren Hund ausführte. Die Frau wollte weitergehen, aber der Hund schnüffelte an jedem Erdklumpen herum.

Quast erreichte die Grünfläche hinter Simons Haus und betrat, geschützt durch dichtes Buschwerk und einige Fichten, den Geräteschuppen. Er schloss die Tür hinter sich und ließ sich auf einem Holzklotz nieder. Vor ihm befand sich eine kleine Öffnung, durch die er die Terrassentür in Parterre und die Fenster des ersten Stocks im Blick hatte.

Er atmete auf. Nun mussten nur noch die beiden Darmstädter rechtzeitig eintreffen.

Dellwig kam zu Fuß. Er bog in das stille Seitengässchen ein und hielt sich dicht an den Zäunen und Hecken. Ausnahmsweise trug er einen hellen Rollkragenpullover unter seinem Anzug. Mit einer großen Tasche in der Hand und so wie er sich fortbewegte, nicht zu langsam und nicht zu schnell, hätte man ihn für einen Vertreter halten können, der den grünen Witwen in den Vororten nutzloses Zeug anzudrehen versuchte.

Er hatte sich, wie immer, sorgfältig gekleidet, ein leichtes Frühstück zubereitet und dazu die Zeitung gelesen. Da er sich über die Bedeutung des nächtlichen roten Sportwagens nicht sicher war, fuhr er vorsichtshalber ein Stück Richtung Darmstadt. Zunächst glaubte er, dass ein Auto ihn verfolgte, doch als er in den bekannten Waldweg einbog und wartete, kam das Auto nicht an ihm vorbei.

Ruhig bleiben und keine Gespenster sehen, das war immer deine Stärke, dachte er. So soll es auch heute sein.

Vor dem Haus und in der ganzen Straße war Elkes VW nicht zu sehen. Er wusste, dass sie mittwochs immer zum Wochenmarkt fuhr. In dieser Zeit wollte er die Wohnung in Ruhe durchsuchen.

Ohne zu zögern, öffnete er das Gartentor und schritt die wenigen Meter durch den Vorgarten und dann die Treppenstufen hinauf bis zur Haustür. Hier blieb er einen Augenblick stehen und klingelte. Er schaute auf seine Armbanduhr. Es war Viertel nach neun. Als sich nichts regte, verdeckte er mit seinem Körper die Haustür und steckte seinen Nachschlüssel ins Schloss. Die Tür öffnete sich ohne Widerstand.

Dellwig betrat das Haus Simon. Zweimal war er schon hier gewesen; zuletzt in offizieller Mission, als er Elke die Nachricht vom Tod ihres Mannes überbrachte. Sie war sehr gefasst gewesen, jedenfalls so lange, bis er seine Absicht verkündete, ihre Beziehung zu beenden.

Auf weichen Sohlen stieg er die Treppe hinauf in den ersten Stock. Er öffnete die Tür zu Simons Arbeitszimmer und schaute sich um. Sofort bemerkte er, dass an einer Stelle des prall gefüllten Aktenregals eine Lücke klaffte. Das sah nicht gut für ihn aus. Vorsichtig und das Fensterlicht meidend, trat er näher. Das Regal war an dieser Stelle nicht staubig. Ohne Zweifel hatte hier ein weiterer Ordner gestanden.

Dellwig verließ den Arbeitsraum des Toten und betrat das Nebenzimmer. Auch hier hatte sich noch nichts geändert. Er musterte das durch eine Tagesdecke geschützte Doppelbett und die beiden Kommoden, die die Schlafstätte wie klobige Pfosten einrahmten. Gegenüber dem Fenster, das auf den Garten hinausging, befand sich eine Schrankwand. Er öffnete deren Türen und ließ seinen Blick über Elkes Kleider wandern. Dann machte er sich über die beiden Kommoden her. Die Schubladen der ersten Kommode waren leer.

Um zur anderen Kommode zu kommen, kroch er unter dem Fensterbrett an der Wand entlang und setzte sich auf den Boden. Gerade, als er die oberste Schublade herausziehen wollte, hörte er, dass unten im Haus eine Tür geöffnet wurde. Erschreckt sprang er auf.

Um halb zehn hielt Elke Simon es nicht mehr aus. Sie erhob sich, strich sich mit der Hand über den Hintern und strebte mit energischen Schritten zum Haus zurück. Sie hatte von ihrem Beobachtungsposten aus Dellwig nicht kommen sehen und auch sonst nichts Ungewöhnliches bemerkt. Wahrscheinlich war die Aktion gescheitert. Trotzdem wollte sie sich, wie verabredet, an das ausgearbeitete Drehbuch halten.

In ihrer Straße war kein weiteres Auto geparkt worden. Das Haus sah so aus, wie sie es vor einer Dreiviertel Stunde verlassen hatte.

Sie ging durch den Vorgarten, öffnete die Haustür, zog sich im Windfang die Schuhe aus und stellte den Korb ab. Sie öffnete die Tür zum Wohnzimmer, trat ein und schloss sie wieder. Auf Zehenspitzen schritt sie durch den Raum bis zur Terrassentür und legte den Hebel so herum, dass sie zwar geschlossen blieb, aber von außen aufgedrückt werden konnte. Ebenso leise schlich sie zurück und machte sich am Radio zu schaffen.

Nach oben durfte sie nicht gehen. Wenn Dellwig im Haus war, musste er herunter gelockt werden. Nun begann sie doch vor Aufregung zu zittern. Bisher hatte sie alle notwendigen Schritte mechanisch getan. Sie fasste sich ein Herz und rief laut: „Vater, bist du das?“

Als Antwort hörte sie Schritte im ersten Stock und auf den obersten Treppenstufen. Der Mann, der herab kam, war nicht ihr Vater.

„Was willst du denn hier“, rief Elke in gut gespielter Überraschung. Sie fühlte sich plötzlich so sicher, wie eine Schauspielerin, die nach einer Improvisation ihren Text wiedergefunden hatte.

„Das weißt du doch ganz genau“, sagte Dellwig kalt. „Gib das Foto her.“ Seine Stimme bekam einen drohenden Unterton.

„Das könnte dir so passen“, antwortete sie, wich aber vorsichtshalber zwei Schritte Richtung Eingang zurück. „Das Foto bringt dich zehn Monate ins Gefängnis. Und da sollst du auch hin.“

Dellwig machte einen Schritt auf sie zu, besann sich aber und versuchte es mit Überredungskunst. „Warum denn jetzt so plötzlich diese Sinnesänderung? Das hättest du doch schon im Prozess haben können. Willst du mich etwa erpressen?“

Diese Unterstellung ließ etwas in Elke Simon platzen. „Du kannst wohl nur in solchen Kategorien denken“, schrie sie ihn an. „Du hast dir nie etwas aus mir gemacht. Du hast mich nur über meinen Mann ausgehorcht, weil er bei der Winterbergtrasse dein Konkurrent gewesen ist. Dann hast du ihn umgebracht, weil er zu viel wusste. Und mich sitzen lassen. Dafür wirst du büßen!“

„Alle Achtung. Wie hast du denn das herausbekommen?“, fragte er, und in seinen Worten lag eine gefährliche Ruhe.

Elke Simon nahm nicht wahr, dass sich sein Ton geändert hatte. Sie sah nur den Mann vor sich, den sie einmal geliebt und der sie so schnöde hintergangen hatte. Einmal in Fahrt geraten, legte sie nach.

„Allein die Tatsache, dass du hier bist, ist schon ein Schuldbekenntnis. Aber das belastende Material, das mein Mann von der anderen Firma erhalten hat, das kriegst du nicht.“

Dellwig griff in seine Hosentasche. Mit seinem Fuß trat er einen kleinen Stoffball zur Seite, der langsam unter das Sofa rollte.

Elke Simon blickte Hilfe suchend zur Terrassentür, doch dort regte sich nichts.

Dellwig stand wie ein Ungeheuer vor ihr, kam noch einen Schritt näher und sagte: „Du wirst mir schon sagen, wo ich das Material finde, schon in deinem eigenen Interesse. Sonst bist du auch dran.“ Dellwig hielt plötzlich ein großes Taschentuch in der Hand.

„Ach, willst du mich auf dieselbe Art umbringen wie Quast?“

In seinen Augen flackerte es. „Dein freches Maul werd ich dir stopfen“, zischte er. „Und zwar gleich.“

„Du willst so groß sein“, sagte sie voller Verachtung, „und doch bist du nur ein kleiner, dreckiger Mörder.“

Da sprang Dellwig los. Im Nu lagen seine Hände an ihrem Hals. Instinktiv riss Elke Simon ein Knie hoch und rammte es ihm zwischen die Beine.

Aber er zuckte nur kurz, dann drückte er zu. Sie begann zu keuchen.

„Hände weg und zurücktreten.“

Dellwig wirbelte herum. In der offenen Terrassentür stand Quast junior, eine Pistole in der Hand. „Sie haben jetzt auch noch einen Mordversuch auf Ihrem Konto“, sagte er.

Elke Simon rieb sich den Hals. Dellwig steckte das Tuch wieder in die Tasche und strich mit den Händen sein Jackett glatt. „Nur eine kleine Meinungsverschiedenheit, weiter nichts.“ Er hob beschwichtigend die Schultern.

„Herr Dellwig“, sagte Quast und drückte den Rücken durch, „ich verhafte Sie wegen Mordes an Friedrich Simon und Walter Quast.“

Dellwig lachte. „Spielen Sie kein Theater, Mann. Es gibt keine Beweise.“

„Sie haben den Abschiedsbrief meines Vaters auf Ihrer privaten Schreibmaschine getippt. Darüber existiert ein wissenschaftliches Gutachten.“

Dellwig runzelte die Stirn. Er trat einen Schritt zurück, sodass er jetzt schräg hinter Elke Simon stand.

„Sie haben uns selbst einen Brief zum Vergleich abgeliefert“, ergänzte Quast.

„An wen sollte ich denn den geschrieben haben?“

Dann fiel ihm der Historiker ein. Blitzschnell sprang Dellwig auf Elke Simon zu, drehte ihr den Arm auf den Rücken und hielt sie wie ein Schutzschild zwischen sich und Quast. Elke schrie auf.

„Mitkommen“, raunzte er und zog Elke zurück in Richtung Wohnzimmertür. „Sonst breche ich dir den Arm.“

„Das schaffen Sie nie, Dellwig“, sagte Quast. Aber er ließ die Pistole sinken.

Dellwig war nur noch einen halben Meter von der Tür entfernt, da wurde sie von außen aufgerissen und traf ihn voll ins Kreuz. Vor Schmerz ließ er Elke Simon los.

„Geben Sie auf“, sagte Andreas Franck und betrat den Raum. Petra folgte ihm. Sie ging zu Elke Simon und sah sie fragend an. „Alles in Ordnung?“

Elke nickte.

„Sie haben ein handfestes Mordmotiv“, ergänzte Quast. „Das reicht für einen neuen Prozess.“

„Was sollte ich denn für ein Motiv haben?“ Dellwig war noch immer nicht gewillt, einfach aufzugeben.

„Sie haben Ihren BMW 1977 in Darmstadt bar bezahlt“, griff Franck ein.

„Das ist doch kein Verbrechen.“ Dellwig lachte irritiert.

„Wir werden die Person schon finden, die Ihnen damals das Geld in die Hand gedrückt hat.“

„Mein Vater hatte die Schmiergeldaffäre auch schon herausgefunden“, fügte Quast hinzu, „deshalb musste er sterben.“

Dellwig verschränkte seine Arme vor der Brust. „Jetzt sage ich gar nichts mehr."

„Das würde ich Ihnen auch raten", antwortete Franck, „sonst kämen Sie zum zweiten Mal in die Verlegenheit, im Prozess Ihre erste Aussage widerrufen zu müssen. Du kannst den Kassettenrecorder jetzt abstellen, Elke."

Epilog
November 1980

Andreas Franck saß in seinem neuen Ein-Zimmer-Appartement und starrte über die Hausdächer Degerlochs in einen nasskalten Abendhimmel. Es gab für ihn nichts mehr zu tun. Dellwig befand sich in Untersuchungshaft; in einem weiteren Prozess würde er wegen Bestechlichkeit und vorsätzlichen Versicherungsbetrugs verurteilt werden. Ob die Beweise allerdings auch für eine Mordanklage ausreichen würden, galt abzuwarten.

Franck fühlte eine große Leere in sich. Es hieß, in den Alltag zurückzukehren. In einen Alltag mit ellenlangen nutzlosen Sitzungen, ewig gestressten Kollegen und den vielen Studenten, die er prüfen musste. Wer wohl der Nachfolger Heilmanns werden würde?

Franck betrachtete den gelb angestrichenen Bagger auf seinem Schreibtisch, den er für Eva-Maria Simon gekauft hatte. Man konnte mit dem Lenkrad die Räder aus Vollgummi bewegen und mit einem Hebel den Arm dirigieren, an dem die Schaufel befestigt war. Wenn der Arm sich senkte, öffnete sich die Schaufel wie ein hungriger Mund.

Er würde Eva-Maria das versprochene Geschenk bringen und Elke dabei noch einmal sehen. Dann erst wieder in zehn Jahren, wenn er alt und grau sein würde.

Lustlos blätterte Franck in der *Stuttgarter Zeitung*.

Die SPD hatte die Bundestagswahlen gewonnen und im Odenwaldkreis auch an Zweitstimmen die CDU überflügelt. Das Direktmandat ging an Heinrich Klein von der SPD. Der saß nun im Bundestag und hörte sich an, wie der alte und neue Bundeskanzler Helmut Schmidt seine Regierungserklärung vortrug. In der Bundestagsdebatte würde Oppositionsführer Helmut Kohl das große Wort führen. Regierung und Opposition waren sich allerdings einig, dass das Fernstraßennetz in Deutschland ausgebaut werden müsse. Die Schnellstraße zwischen der A 81 und der A 5 würde natürlich nicht verwirklicht werden und der Odenwald als Erholungsgebiet erhalten bleiben. Aber die Gelder aus Bonn standen für andere Straßenbauprojekte zur Verfügung, die andere Erholungsgebiete zerstören würden.

Dem Sportteil der Zeitung widmete sich Franck etwas länger. Werder hatte mit 25 : 9 Punkten hinter dem VfL Osnabrück den zweiten Tabellenplatz erklommen. Wenigstens etwas, das den Alltag erträglicher machte.

Nach langen Gesprächen mit Andreas hatte Petra das Angebot abgelehnt, Pressesprecherin des hessischen Kultusministers zu werden. Es war wirklich eine längere Diskussion wert gewesen, herauszufinden, wo Petra am ehesten ihre journalistische Freiheit behalten konnte. Letztlich billigte er ihre Entscheidung. Das Angebot aus Wiesbaden war für sie nichts anderes als eine elegante Form der Bestechung gewesen. Ein Trostpflaster dafür, dass sie im Fall Dellwig auf die Artikelserie verzichtet hatte.

Verzichten müssen hatte auch Franck, und zwar auf den Italienurlaub mit Petra. Sie wollte unbedingt über den zweiten Dellwig-Prozess berichten. Er musste das wohl oder übel akzeptieren. Eher übel.

In solchen Stunden, wenn sich der Frust wie ein nasskalter Nebel im Kopf festzusetzen drohte, gab es nur einen Lichtblick: die nie ganz zu entschlüsselnden Botschaften aus dem akustischen Jenseits, vorgetragen und vermittelt von Pink Floyd:

„Ganz allein oder zu zweit: Die, die dich wirklich lieben, gehen außerhalb der Mauer auf und ab. Einige Hand in Hand, andere in Gruppen zusammen. Die mit den offenen Herzen und die Künstler halten stand. Und wenn sie dir alles gegeben haben, straucheln einige und fallen, denn es ist nicht leicht, mit seinem Herz gegen die Wand zu schlagen, die einige Verrückte errichtet haben."

Nachwort des Autors

Allen, die mich nach teils mehrmaligem geduldigen Lesen oder Hören des Manuskripts mit konstruktiver Kritik und beifälligem Lob zu immer neuen Verbesserungen angespornt haben, möchte ich herzlich danken: zu allererst Christine; dann gleich darauf Werner und Dietlinde in Bamberg; Jochen und Renate in Stuttgart; Eberhard, Gudrun und Lore vom Leonberger Stammtisch, Jens in Stockholm sowie meiner Literaturagentin Rose Bienia in Tübingen.

Ich hoffe, dass diejenigen Krimischriftsteller, die mich mit ihren Romanen zu einigen Formulierungen, Einfällen oder Parodien angeregt haben, diese als das nehmen, was sie sind: der Ausdruck meines großen Respekts vor ihrem literarischen Werk.

Natürlich sind alle Personen dieses Romans und alle Situationen, in die sie geraten, frei erfunden, sodass Ähnlichkeiten mit real existierenden Personen und ihrer Geschichte rein zufällig wären. Aber ebenso selbstverständlich versucht man als Schriftsteller, mit offenen Augen durch die Welt zu gehen und man hört, sieht und liest dabei manches, was dann den Roman als ein Mosaiksteinchen, aber in völlig veränderten Zusammenhängen bereichert.